古典文獻研究輯刊

十 編

潘美月・杜潔祥 主編

第 10 冊

《文選》選詩研究（下）

楊淑華 著

國家圖書館出版品預行編目資料

《文選》選詩研究（下）／楊淑華 著 — 初版 — 台北縣永和市：
花木蘭文化出版社，2010〔民 99〕
目 4+224 面：19×26 公分
（古典文獻研究輯刊 十編；第 10 冊）
ISBN：978-986-254-148-7（精裝）
1. 文選　2. 研究考訂
830.18　　　　　　　　　　　　　　　　　99001805

ISBN - 978-986-254-148-7

古典文獻研究輯刊
十 編 第 十 冊　　　　　　　ISBN：978-986-254-148-7

《文選》選詩研究（下）

作　　者	楊淑華
主　　編	潘美月　杜潔祥
總 編 輯	杜潔祥
企劃出版	北京大學文化資源研究中心
出　　版	花木蘭文化出版社
發 行 所	花木蘭文化出版社
發 行 人	高小娟
聯絡地址	台北縣永和市中正路五九五號七樓之三
	電話：02-2923-1455／傳眞：02-2923-1452
網　　址	http://www.huamulan.tw 信箱 sut81518@ms59.hinet.net
印　　刷	普羅文化出版廣告事業
初　　版	2010 年 3 月
定　　價	十編 20 冊（精裝）新台幣 31,000 元

《文選》選詩研究（下）

楊淑華　著

目次

第五章 《文選》選錄詩篇之評價

第一節 入選各家詩篇輯全

　　《文選‧序》曰:「自姬漢以來,眇焉悠邈,時更七代,數逾千祀,詞人才子,則名溢於縹囊,飛文染翰,則卷盈乎緗帙,自非略其蕪穢,集其清英,蓋欲兼功大半,難矣!」此乃明示《文選》基於編纂規模、文學觀點、研習效率等實際考量,本無法亦無須盡錄歷代文翰,故「略其蕪穢、集其清英」之刪汰篩選,遂爲《文選》編集、命名之精神所在。然而,在此類缺乏圈點、評註等批評形式之文學選集中,編輯者選文之標準、作品之評價,何由顯現?王瑤先生以爲:

> 中國人一向不太注重詩文評,他們對詩的意見,常是寓於總集之選彙中。因此,一部《文選》之影響中國詩人文人,遠遠超過任何一部詩文評之作。(《關於中國古典文學問題‧中國文學批評與總集》)

　　此言對中國詩文評地位之詮釋,雖有待商榷,但其洞析中國文學選集之影響力,則值得注意。由《文章流別集》、《文選》、《玉臺新詠》等現存歷代總集之演變,不難尋繹出中國文學選集確實具有此種隱寓褒貶之效能:形式上未明示評註、不標榜流別,然于選錄角度、選錄與否、著錄多寡間,實已區分優劣、暗寓評價。因此,個人以爲:欲探究《文選》選錄詩篇之傾向,分析諸家作品之評價,實必復其選錄前各家詩篇之全貌,方可察見編者探芟之匠心,衡較詩篇入選與否之準據。而「詩篇輯全」,則爲其必要而艱鉅之奠基工作。

　　由《隋書‧經籍志》、《唐書‧藝文志》等歷代史志著錄中古代文集數量之銳減，已約略可知：今日所存漢魏舊集，實已不及齊梁時百分之一強。據此比例推測，則古人詩篇之散佚者，乃十之八九。今由《文選》詩卷所錄諸家文集之存佚比較，亦可略見梗櫱：

　　歷代史志中《文選》詩卷選錄各家文集存佚情形參見下表（附表五：一）：

表五：（一）歷代史志著錄中《文選》詩卷各家文集之存佚情形

隋　書　經　籍　志		舊唐書經籍志	唐書藝文志	宋史藝文志	漢魏六朝百三名家集	六朝詩集	四庫全書集部藏書
附註梁代所存	隋代著錄						
	漢成帝班婕妤集一卷						
	漢騎都尉李陵集二卷	李陵集二卷	（同上）				
後漢河間相張衡集十二卷	（同上）十一卷	張衡集十卷	（同上）	張衡集六卷	張衡集一卷		
又一本十四卷	（亡）						
後漢左中郎將蔡邕集二十卷、錄一卷	（同上）十二卷	蔡邕集二十卷※	（同上）	蔡邕集十卷	蔡邕集二卷		蔡中郎集六卷江蘇採進本
	漢侍中王粲集十一卷	王粲集十卷	（同上）	王粲集八卷	王粲集一卷		
魏武帝集三十卷、錄一卷	（同上）二十六卷	（同上）十卷	（同上）		魏武帝集一卷		
武皇帝逸集十卷	（亡）						
	魏武帝集新撰十卷△						
魏文帝集二十三卷	（同上）十卷	（同上）三十卷※	（同上）	魏文帝集一卷	魏文帝集二卷		
	魏陳思王曹植集三十卷	魏陳思王集二十卷（又、三十卷）	（同上）	曹植集十卷	曹植集二卷	陳思王集四卷	曹子建集十卷兩案江總督採進本
魏太子文學應瑒集五卷、錄一卷	（同上）一卷	應瑒集二卷	（同上）		應瑒集一卷		
	魏太子文學劉楨集四卷	劉楨集二卷	（同上）		劉楨集一卷		
魏散騎常侍繆襲集五卷、錄一卷	（同上）五卷	繆襲集五卷	（同上）				
魏衛尉卿應璩集十卷、錄一卷	（同上）十卷				應璩集一卷		
魏步兵校尉阮籍集十五卷、錄一卷	（同上）十卷	阮籍集五卷	（同上）	阮籍集十卷	阮籍集一卷	阮嗣宗集三卷	
魏中散大夫嵇康集十五卷、錄一卷	（同上）十三卷	嵇康集十五卷	（同上）	嵇康集十卷	嵇康集一卷	嵇中散集一卷	嵇中散集十卷兩江總督採進本
晉散騎常侍應貞集五卷	（同上）一卷	應貞集五卷	（同上）				
晉司隸校尉傅玄集五十卷、錄一卷	（同上）十五卷	傅玄集五十卷	（同上）	傅玄集一卷	傅玄集一卷		

隋書經籍志		舊唐書經籍志	唐書藝文志	宋史藝文志	漢魏六朝百三名家集	六朝詩集	四庫全書集部藏書
附註梁代所存	隋代著錄						
晉太宰何劭集二卷、錄一卷	（亡）	何劭集二卷△	（同上）				
晉司隸校尉傅咸集三十卷，錄一卷	（同上）十七卷	傅咸集三十卷※	（同上）			傅咸集一卷	
晉太子中庶子棗據二卷，錄一卷	（亡）	棗據集二卷△	（同上）				
	晉司空張華集十卷錄一卷	張華集十卷	（同上）	張華集二卷又詩一卷	張華集一卷		
晉齊王府記室左思集五卷，錄一卷	（同上）二卷	左思集五卷※	（同上）				
晉大司馬東曹掾張翰集二卷，錄一卷	（亡）	張翰集二卷△	（同上）				
晉平原內史陸機集四十七卷，錄一卷	（同上）十四卷	陸機十五卷	（同上）	陸機集十卷	陸機集一卷	陸士衡集七卷	
晉征南司馬曹攄集三卷，錄一卷	（亡）	曹攄集二卷△	（同上）				
晉清河太守陸雲集十卷，錄一卷	（同上）十二卷	陸雲集十卷	（同上）	陸雲集十卷	陸雲集十卷	陸士龍集四卷	陸士龍集十卷編修勵守謙家藏本
晉中書郎張載集三卷，錄一卷	（同上）七卷	張載集三卷	（同上）		張載集一卷		
晉黃門郎張協集四卷，錄一卷	（同上）三卷	張協集二卷	（同上）		張協集一卷		
晉馮翊太守孫楚十二卷	（同上）六卷	孫楚集十卷※	（同上）		孫楚集一卷		
晉散騎侍郎王讚集五卷	（亡）	王讚集三卷△	（同上）				
晉衛尉卿石崇集六卷，錄一卷	六卷	石崇集五卷	（同上）				
	晉黃門郎潘岳集十卷	潘岳集十卷	（同上）	潘岳集七卷	潘岳集一卷		
	晉太常卿潘尼集集十卷	潘尼集十卷	（同上）		潘尼集一卷		
	晉頓丘太守歐陽建集二卷	歐陽建集二卷	（同上）				
晉著作郎束皙集五卷，錄一卷	（同上）七卷	束皙集七卷	（同上）	束皙集一卷	束皙集一卷		
晉太尉劉琨集十卷	（同上）九卷	劉琨集九卷	（同上）	劉琨集十卷	劉琨集十卷		
	劉琨別集十二卷						
晉司空從事中郎盧諶集十卷，錄一卷	（同上）十卷	盧諶集十卷	（同上）				
晉弘農太守郭璞集十卷，錄一卷	（同上）十七卷	郭璞集十卷	（同上）	郭璞集六卷	郭璞集六卷		
晉東陽太守殷仲文集五卷	（同上）七卷	殷仲文集七卷	（同上）				

隋 書 經 籍 志		舊唐書經籍志	唐書藝文志	宋史藝文志	漢魏六朝百三名家集	六朝詩集	四庫全書集部藏書
附註梁代所存	隋代著錄						
晉左僕射謝琨集五卷	（同上）三卷						
		司馬彪集三卷	（同上）				
	宋南平王鑠集五卷	宋南平王集五卷	（同上）				
	宋豫章太守謝瞻集三卷	謝瞻集二卷	（同上）				
宋徵士陶潛集五卷，錄一卷	（同上）九卷，錄一卷	陶淵明集五卷	※陶潛集二十卷又集五卷	陶淵明集十卷	陶淵明集一卷		陶淵明集八卷內府藏本
宋司徒府參軍謝惠連集五卷，錄一卷	（同上）六卷，錄一卷		謝惠連集五卷	謝惠連五卷	謝惠連一卷	謝惠連集一卷	
宋太尉袁淑集十卷，錄一卷	（同上）十一卷，并目錄	袁淑集十卷	（同上）		袁淑集一卷		
宋秘書監王微集十卷，錄一卷	（同上）十卷	王微集十卷	（同上）				
宋臨川內史謝靈運集二十卷、錄一卷	（同上）十九卷	謝靈運集十五卷	（同上）	謝靈連集九卷	謝靈運二卷	謝康樂集一卷	
范曄集十五卷，錄一卷	（亡）						
宋特進顏延之集三十卷	（同上）二十五卷	顏延之集三十卷	（同上）	顏延之集五卷	顏延之集二卷		
顏延之逸集一卷	（亡）						
宋護軍將軍王僧達集十卷，錄一卷	（同上）十卷	王僧達集十卷	（同上）	王僧達集十卷			
宋征虜記室參軍鮑照集六卷	（同上）十卷	鮑照集十卷	（同上）	鮑昭集十卷	鮑照集二卷	鮑照集八卷	鮑參軍集十卷安徽巡撫採進本
齊前軍參軍虞羲集十一卷	（同上）九卷，殘缺	虞義集十一卷	（同上）				
	齊吏部郎謝朓集十二卷	謝朓集十卷	（同上）	謝朓集十卷又詩一卷	謝朓集一卷	謝宣城集五卷	謝宣城集五卷內府藏本
	謝朓逸集一卷						
後軍法曹參軍陸厥集十卷	（同上）八卷	陸厥集十卷	（同上）				
梁國子博士丘遲集十一卷	（同上）十卷，并錄				丘遲集一卷		
梁金紫光祿大夫江淹集二十卷	（同上）九卷	江淹前集十卷	江淹集十卷	（同上）	江淹集二卷		
	江淹後集十卷	江淹後集十卷	（同上）				江文通集四卷江蘇巡撫採進本
	梁尚書僕射范雲集十一卷，并錄	范雲集十二卷	（同上）				
	梁太常卿任昉集三十四卷	任昉集三十四卷	（同上）	任昉集六卷	任昉集一卷		

隋 書 經 籍 志		舊唐書 經籍志	唐 書 藝文志	宋 史 藝文志	漢魏六 朝百三 名家集	六朝詩集	四庫全書 集部藏書
附註梁代所存	隋代著錄						
梁特進沈約集一百一卷，并錄		沈約集一〇〇卷	（同上）	沈約集九卷又詩一卷	沈約集二卷	沈約集一卷	
		沈約集略三十卷	（同上）				
共四十六部 五七二卷	共五七部 六三九卷	五十五部 七〇八卷	五十六部 七三二卷	共二十五部一八九卷	共三十五部四六卷	共十部 詩二五部	共八部 六三卷

圖表說明

1. 本表陳列文集係以《文選》卷十九～三十一詩卷中選錄詩家之詩文別集為限。

2. 本表資料以《隋書‧經籍志》之著錄為主，由其小字附註上溯梁代存佚情況，其下比對《唐書》、《宋史》等史志及《六朝詩集》、《四庫全書》等總集之著錄。其梁代文集未註出者，或與隋代卷帙或為隋代新輯成文集，因無從查證，故從李雲光〈補梁藝文志〉之例，闕而不錄。

3. 綜觀《隋志》各代文集著錄方式，劉宋以後，較少附「錄一卷」之註，而改以「并錄」「目錄」之用語。由此推論：《隋志》中「梁〇卷，錄一卷」者，俱指梁代文集之卷帙情況。

4. 凡註中「錄一卷」、「并錄」者，始認定為隋時仍存其錄志，餘「梁有錄一卷亡」等皆於《隋志》中刊落之。

5. 凡前代無錄，後代始出，或先佚後復出之文集，皆視為後人補輯之新集，以△標誌之。

6. 凡文集題名如舊而卷數後增者，皆視經後人補入之新集，難免舛訛之可能，則以「※」標誌之。

小　結

1. 由各代文集盛衰而言：《隋書‧經籍志》乃最早之可信著錄，故其載錄文集部數較多，卷帙也較豐富；唐代時文集仍盛，故所存部帙稍有減損，而補卷卻未稍遜；宋以後則文集散失凋落大半；至明代，始見各家補輯重刊，然猶難復舊觀，而反增淆亂。故清初《四庫》所集者，僅嵇康、陸雲、陶潛、鮑照等數本唐人舊集及宋人重編之《蔡中郎集》，餘皆以不足採錄而略收。

2. 由文集之散佚補輯而言：與《隋志》之附註對照，隋代之文集已較梁代略有散佚，集中卷數、內容均見減損。但亦有後人補輯之新集產生，故總觀卷帙不減反增。至唐代此風愈熾，後出文集之部帙規模往往超乎前

集，其中固有蒐羅之功，但訛亂亦隨之增加。明代時，篇翰散失愈多，學者致力於輯佚，舉凡孤帙殘編、隻韻片字，莫不網蒐羅致，故詩文別集之輯刊增多，彙集之功，超邁前人。但其材料多輯自總集、類書，真偽已難詳究；又因貪博失精，舛訛疊見，故參用時須予鑑察細考。

由此，得見今日從事古詩輯佚研究之二大困境，乃在於：舊集散失殆盡，蒐羅不易；前人輯校失當，真偽難明。所幸近世有敦煌手稿、漢墓殘簡等原始資料之補輯，及海外《文館詞林》殘卷等詩文之參照，遂令《全漢三國晉南北朝詩》、《先秦魏晉南北朝詩》等近人輯校之全詩，於窮力數十年考辨後，得以愈益精備，蔚為大成。然而，限於編輯主旨及輯校態度之差異，各書均有其輯錄之特色及難免之舛漏，就詩篇輯佚之周備性而言，本不當專從一家。

再則，由研究本身之獨特需求而言：此處詩篇輯佚之目的在試復《文選》選詩各家詩篇之全貌，首重其「全」，由於歷代詩文散佚零落，常見殘句零篇。凡有歧出分見之異文，則以一篇計，不排除另為一作之可能。故其輯佚難免較廣泛，此乃與一般文集嚴於考辨之輯佚稍有不同；而齊梁之世，考證辨偽未臻精覈，有當世廣傳公推之論說，今人多已證其疑誤者（如蘇李〈送別詩〉為後漢人偽作，〈飲馬長城窟行〉，為蔡邕之作），如全以今日輯校為準，斷與當代取材、歸分有別，故不應全以今尺衡諸古人。因故，本節詩篇之輯佚，雖限於能力，無法親校各家舊集，須藉助近人輯全之成就，但亦不囿於一書所錄。且以《文選》中既定之作品考證為準，不必以今日之真偽去取之。

以下，即將近代主要及次要古詩總集逐一簡介，期能藉全面之概觀，瞭解各書短長，知所截補，使《文選》選入各家詩篇之輯全，臻於周備。

一、主要古詩總集簡介

（一）《古詩紀》明‧馮惟訥撰

其書原分四集：前集十卷，皆古逸詩；正集一百三十集，錄漢魏以下，陳隋以前之詩；外集四卷，採附仙鬼之詩；別集十二卷，則前人論詩之語，共一百五十六卷。今見《四庫全書》所采吳琯等重刊本則削各集之別而併之。

張四維序其編旨有二：一以明興詩人承宋元餘習，頗乏遠調；一見世之論詩多根柢于唐，鮮能窮本知變，以窺風雅之始。遂遍括斷簡殘篇、聲歌里諺，參諸通儒博士、郡邑載籍而校訂，凡十四稔之勤篤以成。故《四庫全書‧總目提要》評其：「溯詩家之淵源者，不能外是書而別求。固亦採珠之滄海，

伐木之鄧林也。」並以厥後之《古詩所》、《古詩類苑》、《八代詩乘》皆據是書為藍本，而無能出其右，惟此編為詩家圭臬。今由其采摭繁富，凡例嚴謹，亦可見《四庫》所評，諒非虛美。

（二）《全漢三國晉南北朝詩》民國・丁福保編

全書五十四卷。含緒言、總目各一卷，暨漢、三國、晉、宋、齊、梁、陳、北魏、北齊、北周、隋等十一集。梅軒先生鑑於明人纂輯往往貪多務博、真偽雜糅，遂以《古詩紀》為藍本，進行較嚴格之考辨增刪，並採馮舒《詩紀匡繆》之議以正前人繆誤。由〈緒言〉列舉舊集六種缺誤，及書中按語註解之詳盡，皆可見其用心。故張祖翼評其：「於唐以前之詩，莫不窮源而竟委、兼收而並蓄。一篇之微，不容紊其賓主，片詞之簡，不肯忽於魯魚。」（八朝全詩序）而梅軒亦自以為「誤者正之，偽者刪之，闕者補之」，可為「總攬群籍、揚搉古今」、「略得源流本末」之全詩。

惟其體例、編序多仍《古詩紀》之舊，卷帙分割、不便檢索，且於真偽考辨、出處著錄上略存缺失，故有逯書之志思超軼。

（三）《先秦漢魏晉南北朝詩》民國・逯欽立輯校

本書係以馮惟訥《古詩紀》為基礎，以楊守敬《古詩存目》為參考，編錄先秦迄隋之詩歌謠諺，共一百三十五卷。依先秦、漢、魏、晉等時代，分為十二部分。

逯氏感於馮紀蒐廣考陋、編體陳舊，不利研究；而丁書略取謠諺、按斷誤謬，難以信據。遂廣取群籍，悉心輯校，補宜闕佚、訂正謬誤，歷時二十四年，始草編此部鉅著，可謂古詩總集中糾補前人、萃集大成之作。故編者推介本書具備：取材廣博、資料翔實、異文齊備、考訂精審、編排得宜等五項特長（請參書前「出版說明」）。卓亭先生亦自以其搜集完備、考據信實深表滿意（後記）。今由其編排明確、體例周備，亦可印證輯校者態度謹慎、方法科學之期許。本書之編纂，確已使古代歌詩謠諺之整理考證工作達到當前顛峯，並為詩歌研究者彙集詳贍之材料。惟因部帙浩繁、蒐采廣博，乃有部分校勘，考辨及體例上之疏漏，多屬鉤稽失察之微疵。大體而言，仍為瑕不掩瑜之鉅作！

二、次要古詩總集簡介

（一）《漢魏六朝百三名家集》明・張溥編

　　本書乃以張燮七十二家集爲根柢，而取馮惟訥《古詩紀》、梅鼎祚《文紀》所輯入大家補益之，自漢、賈長沙，迄於隋、薛司隸，凡百三家，一百十八卷。

　　因其部帙重大，務求完全，故不免考辨失當，割裂牴牾者，《四庫全書‧總目提要》撮舉其淆亂者九，並評其「不免務得貪多，失於限斷。編餘亦往往無法，考證亦往往未明」，此乃本書采錄寬泛之爲人垢病處。然而，其部居分明，「以文隸人，以人隸代，使唐以前作者遺篇，一一略見其梗槩。」（《四庫全書總目提要》）亦有其蒐羅放佚之功，可作研究古代詩文之重要參考。

（二）《六朝詩集》明‧編者不詳

　　本書爲明‧毗陵陳氏刻本，冠以薛應旂先生序，未署明編者姓氏，今傳影印明刻本，則經今人號曰「懶散道人」者校補，並爲之序。

　　書中收錄自《梁武帝集》，迄《庾開府集》共二十四部、五十五卷。其中除阮籍、嵇康、陸雲、鮑照、江淹六家爲唐前舊集外，殆多爲明人彙補之詩集。其專以六朝詩勒爲一部，不襲六朝侈靡之陳說，標舉齊梁詩承漢魏、開盛唐之地位，志輯王通所續詩之散逸，故爲研究古詩者所重。而編次多仍舊集，不必以時代先後爲序，且字體寬朗明晰，亦爲具參校價值之善本。

　　由上述諸書簡介，得見近代古詩總集之編輯，可謂後來居上、漸出轉精。然囿於編輯者才力、專擅之限制，各書亦偏具其長，難求周備，須視研究主旨擇取之。本節旨在探求《文選》選錄詩篇之成就，欲復齊梁時期可見詩篇之大概。務求其廣博、周備，故不僅以輯校嚴格之《先秦漢魏晉南北朝詩》爲限，而兼采三書材料之全，並酌參《漢魏六朝百三名家集》、《六朝詩集》之內容，將《文選》詩卷中所選六十五家之詩篇，分類列表輯錄（詳參見附錄四）。

　　經列表校錄諸本詩集，乃確切驗證簡介所言：逯欽立先生輯校之《先秦漢魏晉南北朝詩》三冊，在詩篇蒐羅廣博、考辨精審上均爲眾作之冠。惟其編排以作者卒年爲準，將詩篇依樂府、詩之體裁區分而別，與先前諸家全詩之編排大相逕庭，逐家逐詩列表查對之作法益覺其切要，頗能顯明各書輯校之差異。現以《先秦漢魏晉南北朝詩》爲主，撮舉他書輯錄之結果比較：凡逯書在標題處理，考辨刪汰上具獨到見解者，皆從之而略；如經逯書辨僞，與《文選》所錄顯然有別，則以《文選》爲準取之；經比對爲逯書所略，而未按註其略取之論證者，則闕疑而錄之，留待詳考。（結果參見下表）

表五：（二）

從逯書之法刪汰未計入者

△與逯書處理有異			
甲、作者標示有別：			
蔡　邕	飲馬長城窟行	一首	《文選》標作無名氏
曹　植	代劉勳妻王氏雜詩	一首	《玉臺新詠》、丁書標作曹丕
未題作者	白紵舞歌詩	三首	本集標作張華
未題作者	晉杯槃舞歌詩	六首	本集標作張華
曹　丕	見挽船士兄弟辭別詩	一首	《樂府詩集》作謝靈運〈折楊柳行〉
乙、詩題歸分有別：			
潘　岳	別詩	一首	《詩紀》、本集均分作二首
曹　植	妾薄命行	一首	《詩紀》、《樂府詩集》均分作三首
曹　植	野田黃雀行	一首	《文選》以下諸書多作〈箜篌引〉
郭　璞	無題殘詩	四首	本集別作〈題墓詩〉、〈春〉、〈別〉詩
△經逯書考辨而刪：			
張　衡	思玄詩	一首	逯書按語考其爲系辭
謝靈運	王子晉讚	一首	逯書凡例明「讚」不錄
謝靈運	巖下見老翁四五少年讚	一首	
謝靈運	維摩經十譬讚	一首	
江　淹	雲山讚	一首	
△逯書未註明而略者			
陶　潛	問來使	一首	方祖桑先生考證爲僞作
陶　潛	四時	一首	方祖桑先生考證爲僞作
陶　潛	歸田園居	一首	方祖桑先生考證爲僞作

從他書之論計爲逯書佚詩者

△逯書辨僞而仍錄之者			
李　陵	別詩	十一首	《文選》以李詩爲眞而取之
蘇　武	詩	六首	《文選》以蘇詩爲眞而取之
繆　襲	挽歌	一首	《文選》選錄
△逯書較他書略選者			
劉　楨	贈從弟詩	一首	《百三名家集》錄有四首
曹　操	塘上行	一首	丁書著錄

曹　植	元會詩	一首	本集除正會詩，另有元會詩，有辭異
古　辭		一首	《五臣注文選》作古辭，逯書案：日帖二光《文選》亦錄此詩
曹　植	艷歌行	一首	丁書著錄
曹　植	死牛詩	一首	丁書著錄
秕　康	雜詩（四言）	一首	《古詩紀》著錄
傅　玄	三光篇	一首	本集著錄
傅　玄	九曲歌	一首	本集著錄
張　華	橘詩	一首	本集著錄
陸　機	秋詠	一首	丁書、本集均著錄
劉　琨	胡姬年十五	一首	丁書、《詩紀》、本集均具著錄
謝靈運	枏溪詩	一首	本集、《升菴詩話》均輯佚
謝靈運	泉山詩	一首	本集、升菴詩話均輯佚
謝靈運	大林峯	一首	本集著錄
謝靈運	丹山詩	一首	《升菴詩話》卷十四輯佚
鮑　照	詠老	一首	丁書、本集著錄
	春咏	一首	丁書、本集著錄
范　雲	有所思	一首	《古詩紀》著錄
任　昉	清暑殿聯句－柏梁臺體	一首	《古詩紀》著錄
沈　約	月	一首	《六朝詩集》著錄
	詠月篇	一首	《六朝詩集》著錄
	答元金紫餉朱李	一首	《六朝詩集》著錄
	清且發玄洲	一首	《六朝詩集》著錄
	白銅鍉歌	三首	《六朝詩集》著錄

　　合計上述輯佚結果，乃較逯書中題為六十五家詩者多出十四首。雖未必為逯書所佚輯的詩篇數，至少表明輯校者對此部分詩篇處理未能明確、態度曖昧。根究其令人產生此種觀感之由，殆有二點：

　　一、按語注釋太過簡略，故於詩篇真偽、作者、篇數處理之差異，常須經由比對方能見知。或者僅注明其異，而未詳所以然之論證，令人不敢隨意趨從。如劉楨〈贈從弟詩〉本集載四首，而逯書僅錄三首，未明其故；又徐幹〈為挽船士與新娶妻別〉一首，《玉臺新詠》、《類聚》、《古詩紀》等皆作魏文帝，而逯書獨考異，作者、題名皆殊，且另出一首，卻未詳其理。

　　二、對前出之詩全集態度曖昧。首先由其「引用書目」而觀，均為前人文

集、類書，除《樂府詩集》、《文選》、《玉臺新詠》，均無見《六朝詩集》、《漢六朝百三名家集》之總集彙編。而其「後記」則直詆丁福保《全漢三國晉南北朝詩》「既不完備又難信據」，自述此書之編纂「繼承了《詩紀》，而又在《詩紀》編纂基礎上進行了輯補、校訂與整理的。」足見其於前表排比之各書皆有所參校、考訂，卻仍有繆襲「挽歌」以下之二十七首為他書蒐錄而未按注異同：究因鄙其疏漏，詳而未曾細校？抑考其為偽作而捨棄不錄？頗令人費解。

　　故基於「文集散佚、詩篇殘零」之前提，凡此類未經考辨之異文，均尊重其或為遺佚之可能，蒐歸各家詩篇。如此輯得各家詩篇總數及類別分布如下：（參見表五：（三））

表五：（三）、《文選》選入各家詩篇輯全簡表

時代	作者	詩篇總數	類數	各　類　詩　篇　分　布									無題殘詩	備　註
先秦	荊　軻	1	1	雜歌 1									0	
漢1	劉　邦	2	1	雜歌 2									0	
2	韋　孟	2	2	勸勵 1	詠懷									
3	李　陵	12	3	雜詩 3	祖餞 8	雜歌 1								
4	蘇　武	6	3	雜詩 4	贈答 1	祖餞 1								
5	班婕妤	1	1	樂府 1										
6	張　衡	13	3	雜 6	雜歌 6	歎 1								
三國1	劉　楨	27	3	公讌	贈答 10	雜詩 3							13	張溥集中「劉侍中集」錄贈從弟四首，故贈答詩共十首。
2	王　粲	31	8	公讌 1	詠史 1	哀傷 4	贈答 5	軍戎 7	雜詩 5	郊祀 1	樂府 4		3	雜詩中殘詩（四）首古文苑作「雜詩四首」。
3	應　瑒	6	4	公讌 2	祖餞 2	贈答 1	雜詩 1						0	
4	曹　操	23	1	樂府									0	
5	曹　丕	54	6	公讌 1	游覽 3	行旅 7	樂府 26	雜歌 1	雜詩 8				8	
6	曹　植	137	11	獻詩 2	公讌 4	祖餞 5	詠史 7	遊仙 1	游覽 2	哀傷 3	贈答 6	樂府 73 雜詩 21 雜歌 6	11	樂府 73 中含謳（六）死牛詩，殘詩中二首「四言詩」。
7	繆　襲	13	2	挽歌 1	樂府 12								0	

時代	作者	詩篇總數	類數	各類詩篇分布									無題殘詩	備註
8	應璩	34	2	百一23	雜詩2								9	無題殘詩「古有行道人，陌上見三叟」全集」丁書詩題作「三叟」，逸書收入「百一詩」。
9	阮籍	98	2	詠懷95		雜歌3								
	嵇康	64	7	詠史10	遊仙2	詠懷2	哀傷2	贈答23	樂府8	雜詩16			1	依逸書作法，將五言「贈兄李才詩」分出。本集將此併入「雜詩」中，而逸書分立為殘詩
晉1	應貞	2	1	公讌1									1	
2	傅玄	160	9	公讌2	哀傷1	贈答2	郊廟20	樂府79	挽歌3	雜歌19	雜詩16	雜擬5	12	「鸞鳥晒鳳凰、望舒繼白日」、丁書、本集、詩紀均作「宴詩」。(9)全集中「三光篇」為逸書所無 其中含「雜言詩」一首。(10)「九曲歌」一首為逸書所無，全集中備載。
3	棗據	9	2	贈答1	雜詩1									
4	孫楚	8	5	公讌2	祖餞3	哀傷1	贈答1	雜歌1					7	
5	傅咸	20	2	贈答9	雜詩7								4	
6	郭泰機	1	1	贈答1									4	
7	張華	81	9	勸勵1	公讌2	祖餞1	遊仙4	招隱2	贈答4	樂府45	雜擬1	雜詩11	9	※家風詩→補亡？勸勵
8	潘岳	25	9	勸勵1	獻詩1	祖餞3	詠懷1	哀傷5	贈答1	行旅4	雜歌1	雜詩5	3	「魯公詩」僅餘四言二句，不易辨之故入「雜詩」。
9	石崇	10	3	樂府5	贈答4	雜詩1							0	
10	歐陽建	2	2	臨終1	贈答1								0	
11	何劭	5	4	祖餞1	遊仙1	贈答1	雜詩1						1	
12	張載	21	8	祖餞1	招隱1	游覽3	詠懷1	哀傷2	贈答1	雜詩3	雜擬4		5	其中「大谷石榴、木滋之最」一首四言，用韻獨到，丁書，題作「秋詩」。

時代	作者	詩篇總數	類數	各類詩篇分布	無題殘詩	備註
13	陸機	124	11	公讌2 祖餞4 招隱3 游覽1 贈答24 行旅5 樂府35 挽歌10 雜歌10 雜詩8 雜擬12	10	
14	陸雲	37	4	公讌3 祖餞2 贈答22 雜詩4	6	（13）其中含一失題四首爲各本所同。
15	左思	15	4	詠史9 招隱2 哀傷2 雜詩2	0	
16	束皙	6	1	補亡6	0	
17	司馬彪	8	1	贈答2	6	
18	張協	15	4	詠史1 遊仙1 雜歌1 雜詩11	1	
19	曹攄	11	2	贈答9 雜詩2	0	
20	王讚	5	3	公讌2 祖餞1 雜詩2	0	
21	潘尼	30	8	獻詩1 公讌5 祖餞2 游覽2 贈答12 行旅1 雜歌2 雜詩3		
東晉1	劉琨	5	2	贈答2 雜歌3	0	
2	張翰	6	3	贈答1 雜歌1 雜詩4	0	
3	郭璞	31	3	遊仙19 贈答4 雜詩1	7	
4	盧諶	11	3	詠史1 贈答6 雜詩1	3	
5	殷仲文	3	3	游覽1 祖餞1 行旅1	0	
6	謝混	5	4	勸勵1 祖餞1 游覽1 雜詩1	1	
7	王康琚	2	2	招隱1 反招隱1	0	
宋1	陶潛	125	11	勸勵2 祖餞2 詠史3 游覽3 詠史7 哀傷1 贈答1 行旅4 挽歌 雜詩77 雜擬9 （聯句1）	14	
2	謝瞻	6	5	公讌1 祖餞1 詠史1 游覽1 贈答2	0	
3	謝靈運	107	10	述德2 公讌2 祖餞3 游覽19 哀傷1 詠懷1 贈答9 行旅24 樂府18 雜詩14 （雜體3） 雜擬8	3	※「雜體」3含：東陽溪中贈答詩二首、「作離合」一首。 ※樂府「悲哉行」原載（陸士衡）集，逐考其誤雜於此。
4	謝惠連	35	7	祖餞2 公讌1 游覽2 詠懷1 贈答 樂府13 雜詩7 雜擬1 （雜合3）	4	
5	王微	5	2	哀傷1 雜詩4		
6	范曄	2	2	公讌1 臨終1	0	

時代	作者	詩篇總數	類數	各類詩篇分布										無題殘詩	備註
7	袁淑	9	3	游覽1	雜詩6	雜擬2								0	
8	劉鑠	10	4	行旅1	樂府2	雜詩1	雜擬5							1	
9	顏延之	37	9	公讌1	詠史6	游覽5	哀傷1	贈答4	行旅3	郊廟3	樂府1	雜歌1	雜詩5	3	
10	王僧達	5	3	贈答1	雜詩	雜擬1	公讌1							1	
11	鮑照	209	12	公讌2	祖餞8	詠史4	游覽12	哀傷5	贈答11	樂府41	挽歌1	行旅12	雜詩35		此首一詩一,逸書未題名,丁書、古詩紀則皆作(朱櫻)。
				雜擬49	雜歌21	(聯句5)	(字謎3)							0	含蕭史曲、王昭君二殘篇
齊1	謝朓	149	9	公讌4	祖餞9	游覽9	哀傷1	贈答9	樂府29	雜詩72	郊廟3	(聯句1)	行旅8	0	雜詩含一詠邯鄲故才人嫁爲廝養卒婦一,而不入「樂府」類。又郊廟含(齊雩祭歌)八首。
2	陸厥	11	3	贈答1	樂府3	雜歌7								0	
梁1	范雲	43	7	祖餞5	游覽1	贈答7	行旅4	樂府	雜詩18	雜擬4				5	
2	江淹	132	10	祖餞3	游覽5	哀傷	贈答	行旅11	郊廟5	樂府3	雜詩25	雜擬46	公讌4	8	殘詩中含詩3首歌3謠2
3	虞羲	13	5	祖餞2	詠史	贈答2	樂府2	雜詩6							
4	任昉	22	6	公讌6	祖餞1	游覽4	哀傷1	贈答8	雜詩5	(聯句1)					
5	丘遲	11	4	公讌2	贈答2	行旅2	雜詩5								
6	沈約	241	12	公讌	祖餞4	游覽11	贈答9	行旅5	哀傷10	樂府65	郊廟22	雜歌13	雜詩79	1	
				遊仙4	雜擬2										
7	徐悱	4		游覽1	樂府1	贈答2									
合計		六五（家）		2354（首）											

　　前述之詩篇統計,雖以量化之數據,提供《文選》選詩研究之參考基準。但自其列表結果分析,亦得見數點詩體發展之特色:

　　首先,自各代存詩數量之分布觀察,並未受時代遠近影響其多寡,而是集中於少數勤於吟詠,創作豐沛之大家,如魏之曹植、晉之傅玄、陸機、宋之鮑照、陶潛等人。其餘多則四、五十、少則二、三首,零星散布各代,而無特殊趨向;由此類大家互較,則愈近齊梁,詩家創作數量愈豐、愈以詩專擅,如謝靈運、謝朓、沈約等人。顯示詩發展至齊梁,風氣大開,其創作地

位亦漸漸提昇。自此二點歸結：《文選》選入各家存詩數目之豐瘠，或與詩家創作成就高下相關性大，受時代因素影響較小。

次者，自各類詩篇之分布觀察，如將各類存詩依數量多寡序列，依次為「雜詩」五○六首、「樂府」四五八首、「贈答」二四四首、「雜擬」一四○首，其數量排名乃與《文選》選詩之分布相應；再依各類詩盛行之比例（具該類詩篇之作家數／入選總人數）而較，則依次為「雜詩」45/65、「贈答」41/65、「樂府」23/65、「公讌」21/65。其次另有「游覽」20/65則以晉末宋初較盛行、「行旅」15/65、在宋、齊二代作者較多，「雜擬」13/65則集中在傅玄、張載、及宋梁之少數詩家。以上詩篇數量、詩家人數之分布，與《文選》各類詩入選情況大體吻合。（詳見第三章第四節）足見《文選》選錄作品、詩家之配置，確可反映出入選各家創作實況。

再者，自各家存詩數量與選錄地位之關係觀察，可發現各代存詩數量多（三十首以上）者，其創作內容亦多涵括六類以上，如王粲以下十七家皆然（僅阮籍、應璩、謝惠連、郭璞四家，分別以專擅一體著稱）。可見其詩篇得以傳存相當數目者，均具體擅各類、文思富贍之詩才；而其中存詩較豐碩之數家，如曹植、陸機、謝靈運、謝朓等，放入各代選錄地位衡較，又分居魁首，且躋為歷代之詩英。乃可進一步推證：《文選》選詩入選諸家，其詩篇留存數量每與詩學成就呈正相關。即通常獨擅各代，名冠諸賢之大家，其詩篇較受重視，保存亦較完整。但卻非所有存詩較豐者，於《文選》中選錄地位均高。

由此，我們得以再次省思「詩篇輯全」之意義：由於年代邈遠、文籍殘敗之限制，詩篇輯全之極至，僅能力復作者已刊刻、結集之詩篇全貌，而無法窮竟其畢生之作。乃因文人基於「立言不朽」之慎重，此類定稿傳世之作品，刊行之初，通常已經作者或編者刪汰取捨，為該詩人眾篇之孔翠，具備相當程度之詩學代表性。故「詩篇輯全」所得，並非各家作品純然客觀、未經刪汰之「全貌」，而是初步篩選後之「多數」，加以時空疏隔、文集之彙編、精選之後又再澄濾繁蕪，今日所能追復之「全」，實為個中精萃，其與詩壇地位、創作成就有密切相關，實已不可避免。

反觀《文選》選詩之背景，先有嬴秦焚坑之禍，致使先秦風諺殆盡，繼以懷惠之亂、齊末兵燹，六朝詩文缺亡遂眾，故縱使梁初雖廣蒐輯補，亦難得窺見諸文集全貌，故其選錄僅尚其精，不求其全。時至今日，眾家舊集存不及百一（參前文表五：（一）），所輯之所謂「全貌」更不免誤差，然筆者猶

矻矻以求者，乃勉力以復存詩之全數，經衡較而考察《文選》刪選之準據，
得以顯其評詩之趨向。故雖知「不中」，亦僅可能期其相去「不遠」！

第二節　於各家詩篇之代表性

　　《文選》選詩明示以集清英、便披覽為宗旨，溯其源流，乃承《文章流
別集》秘旨而發揚之；其後唐宋詩選紛出，旨趣稍異而皆以選彙菁華為標榜，
乃襲《文選》之精神以推廣，故於詩選發展中，《文選》選詩實居承先啟後之
關鍵。然就詩選內涵而論，能否適切地刪汰繁蕪，彙集菁華而無遺，應為評
估《文選》評詩價值之關鍵，故當於詩篇輯全之前提下，針對詩篇本身之成
就進行分析、比較。

　　而編者所謂「清英」之意涵，析言之，當具二義：一謂各家詩篇之菁英，
一指眾作之華萃。故本章亦分由詩家作品、各類作品二角度評析。

　　各家詩篇之精英，本因個人習作勤惰、成就高低、傳集殘全、而多寡詳
略有別，更隨鑑賞者之好尚而崇抑不一。然基於選符公議、操持文柄之常理，
口陳標榜、選詩結集者，通常能以較嚴謹的態度，采摘各家詩篇之孔翠，反
映選者個人或時代評詩之觀點。因此，以後代詩選之輯錄來區別各家作品之
代表性乃普受文學研究者肯定、採行。〔註1〕惟選集之編旨、範圍、趨向不一，
對代表作之詮釋功用亦異，故所用以比較選集之選定、選錄結果之適當解釋，
乃為此類研究須審慎斟酌之處。

一、詩選集之選定

　　《隋志》以下，歷代史志載錄之詩選集多如河鯽，如今存佚不一。加以
因應《文選》選詩宗旨、範圍，考慮選集公正性、資料完整等因素，刪汰後
所得之選集如下：

　　　　《明史‧藝文志》：《詩體明辨》徐師曾，《古今詩刪》李于麟、《詩源辨
　　　　　體》許學夷、《石倉十二代詩選》曹學佺。

　　　　《清史稿‧藝文志》：《古詩選》王士禎、《歷朝詩約選》劉大魁。

〔註1〕在文學作品研究中，參酌選集之選錄情況，便可由選錄次數多寡，分別同作者
　　　中各篇作品之代表地位。如潘麗珠《盛唐王孟詩派美學研究》師大國文研究所
　　　七十六年論文；王基倫〈歷代歐陽脩古文的抽樣分析〉民國80年，《中國學術
　　　年刊》十二集；均採此種參考選集著錄次數，以區別作品代表性之作法。

《四庫全書・集部總目》:《文章正宗》宋・眞德秀、《古今詩刪》明・李
　攀龍、《石倉歷代詩選》明・曹學佺、《古詩鏡》明・陸時雍。
《四庫全書・集部存目》:《詩學正宗》明・浦南金、《古詩選》清・王士禎。
《叢書子目類編》:《古詩評選》清・王夫之、《阮亭古詩》清・王士禎、
　《古詩源》清・沈德潛、《文章正宗》宋・眞德秀。

　　今以《四庫全書》收錄爲主。擇其所重、刪其散佚、取宋、明、清三代
之選集代表七家:〔註2〕《文章正宗》、《古今詩刪》、《石倉歷代詩選》、《古詩
鏡》、《古詩評選》、《古詩源》、《古詩選》

　　此外,別具宗旨之《詩體明辨》、《詩比興箋》與清季以來近人選集:《八
代詩選》《詩選》等雖未成定論,但詳贍有體,足以參照。以下即簡述各選集
之特色:

　　《文章正宗》,宋、眞德秀撰。凡二十卷,區爲辭命、議論、敘事、詩賦
四目。明序其所輯以明義理,切世用爲主。其體本乎古、其指近乎經者始取
之。故奉朱文公三變說,〔註3〕取尙漢魏古詩以迄郭璞、陶潛,以其得性情之
正、興寄高遠,後人無以過之。顧炎武則病其以理爲要,不得詩人之趣。

　　《古今詩刪》,明、李攀龍編。凡三十四卷,分體選錄古逸至明之歷代詩,
號稱「以工於辭不悖其體〔風雅頌〕」爲刪取,實則尊李夢陽「詩必盛唐」說,
多取漢唐、詩人之作而不及宋元詩。然其論旨足以見風會變遷之由,故足參
觀。〔註4〕

　　《石倉歷代詩選》,明、曹學佺編。共五百六卷。上起古初、下迄於明,
選十二代詩近詳遠略,其中古詩凡十三卷。四庫全書總目提要評其略存作者

〔註2〕　此處以《四庫全書》之收錄爲主,原因有二:一以選集研究冀能保存完整、
　　　易於取得以方便比較;一以《四庫全書》雖有獨特之編纂目的,但於文集之
　　　編體、宗旨,尚能客觀予以篩選、分析。故以其總目、存目所錄五部並皆選
　　　入。並酌取《古詩評選》、《古詩源》二部。至於《詩學正宗》、《詩源辯體》
　　　雖爲鉅著,卻因資料遍尋無著,故暫時割捨未論。
〔註3〕　參見眞德秀《文章正宗》綱目,〈詩賦〉目下曰:「朱文公嘗言古今之詩凡
　　　有三變,蓋自書傳所記,虞夏以來,下及漢魏,自爲一等;自晉宋間顏謝
　　　以後,下及唐初自爲一等;自沈宋以後,定著律詩,下及今日,又爲一等。」
　　　並自敘其編選乃循此三等之別而取舍多寡。看似尊古賤今,其實評選頗得
　　　其理。
〔註4〕　參見《四庫全書總目提要》卷一百,集部・總集類評《古今詩刪》曰:「然明
　　　季論詩之黨判於七子,七子論詩之旨不外此編,錄而存之,亦足以見風會變
　　　遷之故,是非蜂起之由,未足廢也。」

梗槩、去取並不違風雅之旨，〔註5〕故多為學者研習。

《古詩鏡》，明、陸時雍編。三十六卷。乃《詩鏡》之一集，前有「總論」一篇。其論詩以神韻為宗、情境為主，蓋以針砭王李流習、隱刺鍾譚綺風。然其採摭精審、評釋詳核，故推為明末諸選之善本。〔註6〕

《古詩評選》，清、王夫之選。分體評錄漢魏以迄明之詩六卷。自謂「六經責我開生面」，以別雅鄭、辨貞淫為務，於齊魯三家論詩外別開生面，與孔子刪詩之旨往往冥契。

《古詩選》，清、王士禎選。共三十二卷。五言、七言分體而錄。明示蕭選之異同、刪其繁蕪、無略菁英，而增入樂府、五律警策。四庫詆其以時先後為去留之說、姚惜抱則推其「當人心之公者」。〔註7〕觀其以二體辨明古詩源流、斟酌風會變遷，實深明詩道者也。

《古詩源》，清、沈德潛編。錄古逸迄於北朝、隋、陳諸代詩十四卷，欲盡古詩之雅者，為學詩者導源，使覽者窮本知變，以漸窺風雅之遺音。〔註8〕而其先秦廣錄古逸謠諺，各代後並附之以歌謠、及漢詩多取〈羽林郎〉、〈古詩為焦仲卿妻作〉等篇，均見其選詩態度較前人開放、肯定樂府民歌之成就。

以上七者，乃宋明清三代詩選之精薈。至於《詩體明辨》志復風雅、急於辨體；《詩比興箋》以箋詩三百之法註漢魏以下詩，皆崇詩教風化、遵本溯源者也，〔註9〕亦聊一格。近代詩選流靡、標榜不一，《八代詩選》體大宏觀

〔註5〕 又見《四庫全書總目提要》集部・總集類，評曰：「（石倉歷代詩選）所選雖卷帙浩博，不免傷於糅襍，然上下二千年間作者皆略存梗槩，又學佺本自工詩，故去取亦大都不乖風雅之旨，固勝貪多務得，細大不捐者。」

〔註6〕 又見《四庫全書總目提要》集部・總集類・評《古今詩刪》曰：「蓋其時王李餘波相沿未息，學者方以吞剝為工，故於蹊徑易尋者，往往加之排斥，欲以針砭流俗，故不免於懲羹而吹韲，然其採摭精審、評釋詳核，凡運會升降，一一皆可考見其源流，在明末諸選之中，固不可不謂之善本矣。」

〔註7〕 參見《方東樹評古詩選》序，汪中先生引姚惜抱先生評曰：「人心之公意，雖具於人，而當其始無一人發之，則人人之公意不見，苟發之而同者會矣。論詩如漁洋之古詩鈔，可謂當人心之公者也。」（聯經出版，民國64年）

〔註8〕 參見沈德潛《古詩源》序曰：「……則唐詩者宋元之上流，而古詩又唐詩之發源也……茲復溯陳而上極乎黃軒，凡三百篇楚騷外，自郊廟樂章、訖童謠里諺無不備采，書成得一十四卷，不敢謂已盡古詩，而古詩之雅者略盡於此，凡為學詩者導之源也。」（見《古詩源箋註》，華正書局，民七十二年）

〔註9〕 參見《詩體明辨》之書名及書前丘民瞻、沈芬、沈騊之序，皆詳溯源流、辨明詩體，且其〈凡例〉、〈編序〉亦皆以「古歌謠辭」、「四言古詩」等詩體為界、層層區分，其志復風雅、急於辯體之用心已明；而《詩比興箋》自序其

而選錄較寬，戴氏《詩選》不標宗趣而採擇精要，〔註 10〕足爲個中翹楚，故皆附錄而觀。

二、各家詩篇於後代選集中之地位

爲突顯各家詩篇於後世選集中地位高下，凸顯《文選》選詩之代表性及影響力，乃以前文中《文選》選詩地位較高之十三家爲例。縱依時代序列選集時代，橫依《文選》詩類分列，以明晰各選集選詩之篇目，藉選錄次數多寡，區別各詩家受肯定之程度，並循線以見各代、各家評選趨向之異同及變遷：（詳見後表）

表五：（四）、歷代名家詩篇在後代選集之地位

△作者：曹　植

《文選》選錄詩作		宋代	明　　代			清　　代			民　國		詩體明辯	詩比興箋	備註
		文章正宗	古今詩刪	石倉詩選	古詩鏡	古詩評選	古詩選	古詩源	八代詩選	詩選			
獻詩	上責躬詩				✓				✓				少
	應詔								✓				少
公讌	公讌詩		✓公宴詩	✓	✓				公宴詩侍太子座				
祖餞	送應氏詩（二）	✓（一）清時難屢得			✓	✓	✓	✓	✓	✓			
詠史	三良詩		✓		✓			✓	✓				※
哀傷	七哀詩	✓	✓	怨詩行	✓	✓	✓	✓	✓	✓	✓		※
贈答	贈徐幹		✓		✓	✓			✓				※
	贈丁儀		✓		✓	✓			✓				※
	贈王粲		✓		✓	✓			✓				
	又贈丁儀王粲	✓贈丁儀王粲	✓			✓			✓				
	贈白馬王彪	✓	✓		✓	✓		✓	✓	✓	✓七首		※
	贈丁翼								✓				無
									仙人篇 盤石篇				

作意曰：「詩比興箋何爲而作也？蘄水陳太初修選以箋古詩之法箋漢唐之詩，使讀者知比興之所起，即知志之所之也。」

〔註 10〕今存《八代詩選》（三十一年重刊）共二十卷，依四言、五言、六言、襍言、襍體等體式區分，收錄詳贍，盡賅各家詩篇英華。戴君仁編《詩選》（文化大學，民國 70 年出版，共分正續二編，正編自漢迄唐，共取六百餘篇，自著〈例言〉曰：「本書所錄，咸爲古今選家所習選者，美惡從眾，不標旨趣。」故可藉此一窺歷選詩之流變，故亦參酌之。

《文選》選錄詩作		宋代	明代			清代			民國		詩體明辯	詩比興箋	備註
		文章正宗	古今詩刪	石倉詩選	古詩鏡	古詩評選	古詩選	古詩源	八代詩選	詩選			
樂府	箜篌引	✓	✓	✓	✓		✓	✓	箜篌引 ✓靈芝篇	✓	擬箜篌引		※
	名都篇				✓		✓	✓	名都篇 鬪雞篇	✓			※
	美女篇		✓	✓	✓		✓	✓	美滿編 五游	✓	✓		※
	白馬篇	✓	✓	吁嗟篇	✓		✓	✓	白馬篇 吁嗟篇	✓	✓		※
				蒲生行 浮萍篇	✓		鰕鉅篇	鰕鉅篇 蒲生行 浮萍篇	✓✓			✓浮萍篇	
			✓怨歌行	怨詩行 遠遊篇	✓		✓聖皇篇	怨歌行 遠游篇	✓✓聖皇篇				
				五遊盤石篇	棄婦篇		棄婦篇	驅車篇	✓✓				
雜詩	朔風詩		✓（二）		✓五章	✓	✓	種葛篇	✓✓		✓五章		※
	情詩					✓	✓			✓			
	雜詩（六）高臺多悲風	✓	雜詩（三）	✓（五）	✓（四）	✓（一）	✓	✓	雜詩（十）✓	✓	雜詩（六）✓		※
	轉蓬離本根	✓						✓	✓悠悠遠行客		✓		※
	西北有織婦	✓							✓西北有織婦 明月照高樓		✓		少
	南國有佳人	✓	✓	✓	✓	✓		✓	✓南國有佳人	✓	✓		※
	僕夫早嚴駕	✓							✓僕夫早嚴駕	✓	✓		
	飛觀百餘尺	✓	攬衣出中閨	✓					✓飛觀百餘尺 ✓攬衣出中閨		✓		
				門有萬里客 野田黃雀行	當來日大難✓	✓✓	✓✓		當欲游南山行 ✓野田黃雀行				
				當牆欲高行	✓泰山梁甫行		✓泰山梁父行		✓升天行				
					君子行	艷歌	七步詩		君子行 ✓七步詩				
			矯志詩	閨情			共廿四		✓矯志詩薤露行				
				薤露行					惟漢行 精微篇				
									遠游篇 喜雨詩				
									失題				
								（雜言樂府）	妾薄命				

《文選》選錄詩作	宋代	明　　代			清　　代			民　國		詩體明辯	詩比興箋	備註
	文章正宗	古今詩刪	石倉詩選	古詩鏡	古詩評選	古詩選	古詩源	八代詩選	詩選			
								平陵東				
								當來日大難				
								桂之樹行				
								豫章行				
								當事君行				
								當車以駕行				
								苦思行				
								離友詩				
							郊廟樂章	輦舞歌（五）				

比較結果：尚具代表性

1. 同受推崇的作品：15/25。〈送應氏詩〉、〈贈徐幹〉、〈贈丁儀〉、〈贈王粲〉、〈贈白馬王彪〉、〈箜篌引〉等 7 篇

2. 後世少選之繁蕪：〈贈丁翼〉一首、〈上責躬應詔詩〉二首、〈雜詩〉一首：（1）西北有織婦。

3. 後世多錄之遺珠：〈怨歌行〉一首、〈吁嗟篇〉一首、〈浮萍篇〉一首、〈當牆欲高行〉一首、〈當來日大難〉一首。

4. 依時代分論：（1）明代以後詳錄其樂府作品，且選錄大量《文選》未取之詩篇。（2）除《八代詩選》外，清代後之選集，選曹詩均較明代少，且樂府佔了極大份量。

5. 由選集分論：（1）《文章正宗》、《古詩評選》大體自《文選》所錄中增刪。（2）《古詩鏡》、《八代詩選》取錄曹植詩較詳（與選集規模或有關聯）。

△作者：阮　籍

《文選》選錄詩作		宋代	明　　代			清　　代			民　國		詩體明辯	詩比興箋	備註
		文章正宗	古今詩刪	石倉詩選	古詩鏡	古詩評選	古詩選	古詩源	八代詩選	詩選			
詠懷	（一）夜中不能寐	∨	∨	∨	∨	∨	∨	∨		∨	∨		
	（二）二妃游江濱	∨		∨		∨	∨			∨	∨		
	（三）嘉樹下成蹊	∨		∨		∨	∨	∨		∨	∨		
	（四）昔日繁華子			∨		∨		×			∨		
	（五）天馬出西北	∨	∨	∨		∨	∨	∨		∨	∨		
	（六）登高臨四野							×		∨		∨	少
	（七）平生少年時		∨	∨		∨	∨	∨		∨	∨		
	（八）昔聞東陵瓜	∨				∨	∨	∨		∨	∨		
	（九）步出上東門	∨				∨	∨	∨		∨	∨		
	（十）昔年十四五		∨	∨		∨	∨					重原命安在		

《文選》選錄詩作	宋代	明代			清代			民國		詩體明辯	詩比興箋	備註
	文章正宗	古今詩刪	石倉詩選	古詩鏡	古詩評選	古詩選	古詩源	八代詩選	詩選			
（十一）徘徊蓬池上			v			v			v		v	
（十二）炎暑惟茲夏			v	v			×			v	v	
（十三）灼灼西頹日	v		v	v	v		v				v	
（十四）獨坐空堂上			v	v	v		v			v	v	
（十五）北里多奇舞			v			v			v		v	混元生兩儀
（十六）湛湛長江水	v	v	v	v	v	v	v		v		v	洪生資制度
（十七）開秋兆涼氣				懸車在西南開秋兆涼氣	v	v v	v		v		v	
				西方有佳人楊朱泣歧路	v 楊朱泣歧路	v	v v		西方有佳人	v		
				於心懷寸陰		於心懷寸陰				v		世務何繽紛
				夏后乘靈輿		夏后乘靈輿						夸談快憤懣
				儔物終始殊		東南有射山						
				朝登洪坡顛步遊三衢旁		朝登洪坡顛						
		駕言發魏都	v	v 一日復一夕	v	v	v					
				周鄭天下交		朝陽不再盛	v					
			炎光延萬里	若木耀西海		v		v	v			
			少年學擊劍	壯士何慷慨		壯士何慷慨		v	v			
			共七首	殷憂令志結			天網彌四野					
							王業須良輔					王子年十五
				鸞鷖飛桑榆			v					人言願延年
							清露為凝霜					昔余游大梁
							v					十日出暘谷
							儒者通六藝					丹心失恩澤
			出門望佳人塞門不可出				塞門不可出					
				v 木槿榮丘墓		v 大人先生歌	木槿榮丘墓					
			林中有奇鳥				秋駕安可學					

比較結果：尚具代表性

1. 同受推崇者 14/17。〈夜中不能寐〉、〈二妃游江濱〉、〈嘉樹下成蹊〉、〈天馬出西北〉、〈平生少年時〉、〈昔聞東陵瓜〉、〈步出上東門〉、〈昔年十四五〉、〈徘徊蓬池上〉、〈灼灼西頹日〉、〈獨坐空堂上〉、〈北里有奇舞〉、〈湛湛長江水〉、〈開秋兆涼氣〉。

2. 後世少選之繁蕪：〈登高臨四野〉一首。

3. 後世多錄之遺珠：〈駕言發魏都〉一首、〈西佳有佳人〉一首。

4. 依時代分論：（1）明清選集大體仍與《文選》相近，僅少數有所刪捨，但補充所遺者甚多。

5. 依選集分論：（1）《文章正宗》大體據《文選》內容進行刪捨。

△作者：潘　岳

《文選》選錄詩作		宋代	明　代			清　代			民　國		詩體明辯	詩比興箋	備註
		文章正宗	古今詩刪	石倉詩選	古詩鏡	古詩評選	古詩選	古詩源	八代詩選	詩選			
獻詩	關中詩	無											
祖餞	金谷集作詩			ˇ									
哀傷	悼亡詩三首			ˇ二首		ˇ二首	ˇ二首			ˇ三首			
			ˇ哀詩	ˇ								ˇ	
贈答	為賈謐作贈陸機												
行旅	河陽縣作二首		ˇ	ˇ一首	ˇ一首					ˇ(一)			
	在懷縣作二首		ˇ		ˇ一首								
雜詩				ˇ內顧詩二首	ˇ	ˇ							
									ˇ離合詩				
小計	十首		三首	六首	三首	三首	二首		一首	三首	一首	三首	

比較結果：差異較大

1. 為後世共推之詩篇：約 4/25。〈悼亡詩〉二首、〈河陽縣作在懷縣作〉一首。

2. 後世少選之繁蕪：共約二十首。〈關中詩〉一首、〈金谷集作詩為賈謐作贈陸機〉等。

3. 後世多錄之遺珠：〈哀詩〉一首、〈內顧詩〉二首。

4. 由時代而論：明代選集尚選取少數潘詩以備其體，清代選集則顯然選取較略，不尚其風格。

5. 由選集而論：《文章正宗》完全略取潘詩，惟《石倉歷代詩選》、《八代詩選》選取較詳。

△作者：陸　機

《文選》選錄詩作		宋代 文章正宗	明代 古今詩刪	明代 石倉詩選	明代 古詩鏡	清代 古詩評選	清代 古詩選	清代 古詩源	民國 八代詩選	民國 詩選	詩體明辯	詩比興箋	備註
公讌									v			無	無
招隱	招隱詩	v	v	v	v		v	v	v		v		
贈答	贈馮文羆遷斥丘令		v（二）						v				
	答賈謐								v				無
	於承明作與士龍								v				無
	贈尚書郎顧彥先（二）			v					v（一）				少
	贈交阯太守顧公眞		v						v				少
	贈從兄車騎			v					v				少
	答張士然								v				無
	爲顧彥先贈婦（二）		v（二）	v（二）	（一）東南有思婦	辭家遠遊	合爲一		v（二）	v（二）			
	贈馮文羆		v				v						
	又贈弟士龍					v 贈潘尼			贈弟士龍 v	v			少
行旅	赴洛（二）								v（二）				少
	赴洛道中作（二）		v（二）		v（一）		v（二合一）		v（二）	v（二）			
	爲吳王郎中時從梁陳作		v										少
樂府	猛虎行	v	v	v	v	v			v	v			
	君子行								v				無
	從軍行		v	v					v				
	豫章行			v	v				v	v			
	苦寒行								v				無
	飲馬長城窟行			v	v				v				
	門有車馬客行		v	v	v				v	v			
	君子有所思行			v	v				v				
	齊謳行			v					v				少
	日出東南隅行		v	v					v				
	長安有狹邪行		v		v				v				
	前緩聲歌								v				無
	長歌行			v					v				少
	吳趨行					v			v				少
	塘上行	v				v			v				少
	悲哉行								v				
	短歌行	v	v	v	v	v	v		v 折楊柳		v		
		共4首		班婕妤駕言出北闕行		v 上留田行			v 班婕妤 v 駕言出北闕行	燕歌行		共五首	
				梁甫吟		共6首		隴西行共十二首	v 梁甫吟				

《文選》選錄詩作		宋代 文章正宗	明代 古今詩刪	明代 石倉詩選	明代 古詩鏡	清代 古詩評選	清代 古詩選	清代 古詩源	民國 八代詩選	民國 詩選	詩體明辯	詩比興箋	備註
				爲陸思遠婦作					爲陸思遠婦作 爲周夫人贈車騎				
挽歌	挽歌詩（三）				✓（三）				✓（三）				少
雜詩	園葵詩			✓					✓（二）				少
									尸鄉亭				
雜擬	擬行行重行行								✓				無
	擬今日良宴會			✓					✓				少
	擬迢迢牽牛星			✓			✓		✓	✓			
	擬江採芙蓉			✓					✓				少
	擬青青河畔草			✓					✓				少
	擬明月何皎皎			✓	✓	✓	✓	✓	✓	✓			
	蘭若生朝陽								✓				無
	青青陵上柏	✓							✓				少
	東城一何高								✓				無
	西北有高樓					✓			✓				少
	庭中有奇樹			✓		✓			✓				少
	明月皎夜光							✓	✓				少
			共十七首										

《八代詩選》尚錄有：

1. 雜言樂府：〈董逃行〉、〈上留言行〉、〈燕歌行〉、〈鞠歌行〉、〈順東西門行〉。
2. 雜體：〈百年歌〉六首。

比較結果：差異較大

1. 爲後世共推之詩篇 10/52：

    △〈爲顧彥先贈婦（二）〉。

    △樂府：〈猛虎行〉、〈門有車馬客行〉、〈塘上行〉、〈短歌行〉。

    △雜擬：〈明月何皎皎〉。

    △〈招隱詩〉。

    △〈赴洛道中〉。

2. 後世少選之繁蕪：〈皇太子讌玄圃宣猷〉、〈堂有令賦詩〉一首、〈答賈謐〉一首、〈於承明作與士龍〉一首、〈答張士然〉一首、〈君子行〉一首、〈苦寒行〉一首、〈前緩聲歌〉一首、〈贈從兄車騎〉等二十首。

3. 後世多錄之遺珠：〈班婕妤〉一首。

4. 依時代分論：（1）明代選集尚推許陸詩之富贍，能諷勸，取錄尚多。（2）清代選集則選取較少，殆鄙其俳比，僅錄古拙之篇。

5. 依詩選分論：（1）《文章正宗》選取甚少，蓋以其言多舖陳。（2）《詩比興箋》尚比興之旨者尤疾之，竟至完全不錄。

△作者：左　思

《文選》選錄詩作		宋代 文章正宗	明代 古今詩刪	明代 石倉詩選	明代 古詩鏡	清代 古詩評選	清代 古詩選	清代 古詩源	民國 八代詩選	民國 詩選	詩體明辯	詩比興箋	備註
詠史	弱冠弄柔翰	詠史✓	✓	✓		✓	✓	✓	✓	✓	✓選七首	無	
	鬱鬱澗底松		✓	✓	✓	✓	✓	✓	✓	✓			
	吾希段干木	✓		✓			✓	✓	✓	✓			
	濟濟京城內	✓		✓		✓	✓	✓	✓	✓			
	皓天舒白日	✓		✓			✓	✓	✓	✓			
	荊軻飲燕市			✓		✓	✓	✓	✓	✓			
	習習籠中鳥		✓	✓		✓	✓	✓	✓	✓			
	主父宦不達			✓		✓	✓	✓	✓	✓			
招隱	杖策招隱士	✓	✓	✓	✓	✓	✓	✓	✓	✓			
	經始東山廬	✓		✓		✓	✓	✓	✓	✓			
雜詩	秋風何冽冽			✓		✓	✓	✓	✓	✓			
									嬌女詩				
		共六首	共五首	共十一首	共三首	共七首	共十首	共十首	共十二首	共八首	共十首	無	

比較結果：相當具代表性

1. 詩篇均受後世推崇 11/11。如〈詠史詩〉八首，〈招隱詩〉等，分受不同觀點之選集青睞。
2. 明清二代選集皆推崇左思三類詩篇，惟「詠史」類取錄詳略有別。
3. 各選集中，有《文章正宗》、《古今詩刪》不錄左氏「雜詩」作品。

△作者：陶　潛（宋代第1）

《文選》選錄詩作		宋代 文章正宗	明代 古今詩刪	明代 石倉詩選	明代 古詩鏡	清代 古詩評選	清代 古詩選	清代 古詩源	民國 八代詩選	民國 詩選	詩體明辯	詩比興箋	備註
行旅	始作鎮軍參軍經曲阿作一首	始作鎮軍參軍經✓曲阿		✓	✓		✓	✓	✓	✓	✓	詩卅五首	
	辛丑歲七月赴假還江陵夜行塗口作	✓夜行江陵途中	✓	✓	✓		✓	✓	✓阻風於規林（二）				
				✓於王撫軍座送客	✓				✓				※
				✓為建威將軍使都經錢	✓			✓（一）	✓和胡西曹				
挽歌	挽歌			✓擬挽歌辭三首	✓（一）				✓（三）		✓		
				悲從弟仲德			✓有生必有死		悲從弟仲德示周祖詠三郎				

《文選》選錄詩作		宋代	明代			清代			民國		詩體明辯	詩比興箋	備註
		文章正宗	古今詩刪	石倉詩選	古詩鏡	古詩評選	古詩選	古詩源	八代詩選	詩選			
雜詩	雜詩：結廬在人境	飲酒(十)	飲酒(二)ˇ	飲酒(十一)	飲酒(十三)ˇ	ˇ(二)	飲酒二十首	飲酒(十)	(二十)述酒	ˇ(十)	飲酒(十)	ˇ	
	秋菊有佳色			ˇ詠二疏		ˇ		ˇ	止酒(雜體)詠二疏				
	詠貧士(萬族各有託)	ˇ詠貧士(三)		詠貧士(四)			ˇ(五)	ˇ ˇ	詠貧士(七)			ˇ	
	讀山海經	詠荊軻ˇ	十三首	ˇ(一)	ˇ		ˇ詠荊軻	ˇ ˇ	ˇ ˇ讀山海經(十三)	ˇ ˇ		ˇ(十二)	※※
		ˇ雜詩(四)	雜詩(二)	雜詩(四)	雜詩(二)	ˇ雜詩	ˇ雜詩	雜詩(三)	雜詩(十二)	ˇ	雜詩(二)		※
						責子形影神(三)							
		九日閑居		ˇ	ˇ	ˇ九日閑居ˇ有會而作			ˇ ˇ			ˇ	※
		詠三良			ˇ歲暮和張常侍			歲暮和張常侍	ˇ ˇ詠三良				
		ˇ桃源		桃花源詩	ˇ	ˇ	ˇ	ˇ	ˇ	ˇ桃源花詩	ˇ		※
雜擬	擬古詩(一)(日暮天無雲)	擬古七首：日暮天無雲	擬古(五)	擬古	(三)首ˇ	ˇ擬古日暮天無雲	擬古(七)	擬古(八)ˇ	擬古(九)	ˇ(三)	擬古(五)	擬古(九)	
		榮榮牕下蘭				榮榮窗下蘭	ˇ	ˇ	ˇ	ˇ	ˇ		
		△辭家夙嚴駕				ˇ辭家夙嚴駕	ˇ	ˇ	ˇ				
				△仲春遘時雨		ˇ仲春遘時雨	ˇ	ˇ	ˇ				
		△迢迢百尺樓	ˇ		ˇ	ˇ		迢迢百尺樓	ˇ				
		△東方有一士	ˇ					東方有一士	ˇ蒼蒼谷中樹	ˇ	ˇ		
		△少時壯且厲種桑長江邊	ˇ		江邊種桑ˇ長江邊	ˇ ˇ	ˇ	少時壯且厲	ˇ種桑長江邊	ˇ ˇ	ˇ ˇ		
游覽		游斜川		ˇ游斜川答龐參軍(六章)		ˇ答龐參軍	ˇ	ˇ	ˇ	ˇ	四時詩		※
				諸人共遊周家墓柏	諸人共遊ˇ墓家柏	諸人共遊ˇ墓柏		諸人共遊周家暮柏下					※
贈答				和劉柴桑	五月且作私戴主	ˇ ˇ		ˇ ˇ和劉柴桑					※※

《文選》選錄詩作		宋代	明 代			清 代			民 國		詩體明辯	詩比興箋	備註
		文章正宗	古今詩刪	石倉詩選	古詩鏡	古詩評選	古詩選	古詩源	八代詩選	詩選			
	和郭主簿			✓酬劉柴桑	✓(二)首	✓(一)	✓酬劉(51)桑	✓✓	✓(二)	✓(二)	✓		※※
	贈羊長史			✓			✓✓與殷晉曲別	贈羊長史✓	✓✓				※
				✓癸卯十二日中作與從弟敬遠	✓		✓			✓丙辰漢田舍穫			※
				酬丁柴桑(三)			命子酬丁柴桑(二)			✓命子			
雜詩	歸田園居(五)			✓(五)	✓(三)	✓歸田園居(二)	✓歸田園居(五)✓乞食	歸田園居(五)	✓(五)✓	✓(五)	✓(三)		※
	己酉歲九月九日✓移居(二)			✓(二)	✓✓(二)首	✓(一)	✓移居(二)	連雨獨酌✓(二)	✓✓(二)	✓(二)	✓(二)		※
	懷古田舍			登柳歲始春懷古田舍二首	✓		✓(二)	✓(二)	✓(二)還舊居	✓(一)	癸卯懷古田舍		※
	西田獲稻			✓西山穫稻己酉歲九月九日		✓	✓	(98)成✓					※
	停雲時運			停雲(四章)時運✓	停雲時運(四)	✓(四章)✓(四章)	✓停雲時運	共卅五首	✓停雲				※※
	榮木共四六首			✓榮木(四章)野鳥(四)	歸鳥(四)	✓(四章)勸農(六章)	✓歸鳥✓榮木✓勸農		✓榮木				※

比較結果：差異較大

1. 受後世共推之詩篇 8/8：顯示凡《文選》入選者，皆爲後世選錄，甚至詳補其餘。

2. 後世少選之繁蕪：無（入選者皆受推崇）。

3. 後世多錄之遺珠：甚多

    △〈歸田園居〉。

    △〈雜詩〉。

    △〈九日閑居〉

    △〈桃花源詩〉。

    △〈擬古詩〉等共十九首。

4. 自《文章正宗》以下即陸續增補《文選》未錄詩篇。

5. 除《古詩刪》外，均大量選錄陶詩。此謂「大量」，除指實際數量外，與其他詩家相較下所佔比例亦高。

△作者：謝靈運

《文選》選錄詩作		宋代 文章正宗	明　代			清　代			民　國		詩體 明辨	詩比 興箋	備註
			古今 詩刪	石倉 詩選	古詩鏡	古詩 評選	古詩選	古詩源	八代 詩選	詩選			
述德	述祖德詩（二）		∨（二）		∨（二）	∨（一）	∨	∨（二）	∨（二）		∨（二）	無	
公讌	九月從宋公戲馬臺送孔令				∨		∨		∨		∨		
祖餞	隣里相送方山		∨	∨	∨	∨	∨	∨	∨				
游覽	從游京口北固應詔		∨		∨		∨	∨	∨				
	晚出西射堂		∨	∨	∨	∨	∨		∨	∨			
	登池上樓	∨		∨	∨	∨	∨	∨	∨	∨	∨		
	游南亭			∨	∨	∨	∨	∨	∨				
	游赤石進帆海		∨	∨	∨	∨	∨	∨	∨				
	石壁精舍還湖中	∨ 石壁精舍		∨	∨	∨	∨	∨	∨				
	登石門最高頂			∨	∨	∨	∨	∨	∨				
	於南山往北山經湖中瞻眺				∨	∨	∨	∨	∨		∨		
	從斤竹澗越嶺溪			∨	∨	∨	∨	∨	∨		∨		
哀傷	廬陵王墓下作				∨	∨	∨		∨				
贈答	還舊園作見顏范二中書				∨		∨		∨				少
	登臨海嶠與從弟惠連			∨	∨		∨		∨	∨			
	酬從弟惠連			∨ 五首									
			東陽溪中贈贈答二首	∨（二）首	∨				∨				※民歌式
行旅	初發都			∨	∨				∨				少
	過始寧墅	∨	∨	∨	∨		∨	∨	∨				
	富春渚			∨	∨	∨	∨	∨	∨				
	七里瀨			∨	∨	∨	∨	∨	∨				
	發江中孤嶼		∨ 登江中孤嶼	∨	∨				∨				
	初去郡	∨	∨		∨				∨				
	初發石首城		∨		∨				∨		∨		
	道路憶山中			∨	∨	∨			∨	∨			
	入彭蠡湖口			∨	∨	∨	∨	∨	∨				
	入華子岡是麻源第三			∨	∨	∨	∨	∨	∨	∨	∨		
				∨ 初往新安桐廬口	入東道路詩	∨			入東道路詩∨初往新安桐廬口				
				∨ 夜宿石門詩		∨	∨	夜宿石門	∨	∨		※
				∨ 過白岸亭詩		∨	∨		∨			※
				∨ 登永嘉綠嶂山詩		∨	∨	∨				※
					郡東山望溟海				∨				

《文選》選錄詩作		宋代	明代			清代			民國		詩體明辯	詩比興箋	備註
		文章正宗	古今詩刪	石倉詩選	古詩鏡	古詩評選	古詩選	古詩源	八代詩選	詩選			
樂府	會吟行								苦寒行 豫章行				無
				折楊柳行（一）		相逢行 折楊柳行			善哉行 ∨（二）		∨折楊柳行		※
				長歌行 燕歌行		悲哉行			∨隴西行				
雜詩	南樓中望所遲客			君子有所思行			∨		君子有所思行 ∨				
	齊中讀書	∨	∨			∨	∨		∨				
	田南樹園激流植授	∨	∨		∨	∨	∨		∨		∨		
	石門新營所住四面高山迴谿石瀨茂林脩竹	∨石門新營			∨		∨		∨				
		共七首	共十七首			∨∨	∨歲暮	∨		共廿首			
				石室山詩	∨登上戍石鼓山詩	七夕詠牛女	共二十一首	共廿五首					※
				郡東山望溟海詩					游嶺門山詩				
				種桑詩					命學士講書種桑詩				
				共卅七首	共卅四首	共卅三首			發歸瀨三瀑布望兩溪				
淮批	擬魏太子鄴中集詩（八）	擬魏太子鄴中集詩（八）							擬魏太子鄴中集詩（八）				少

《八代詩選》尚錄有：

〈過瞿溪山僧〉、〈石室立招提精舍〉、〈臨終詩〉、〈燕歌行〉、〈鞠歌行〉、〈順東西門行〉、〈作離合〉。

比較結果：尚具代表性

1. 後世共推之詩篇：〈述祖德詩〉（二）、〈九日從宋公戲馬臺送孔令〉、〈鄰里相送方山〉、〈從游京口北固應詔〉、〈晚出西射堂〉、〈登池上樓〉、〈游南亭〉、〈游赤石進帆海〉等共廿六篇。

2. 後世少選之繁蕪：〈還舊園作見顏范二中書〉一首、〈初發都〉一首、〈會吟行〉一首、〈擬魏太子鄴中集詩〉八首。

3. 後世多餘之遺珠：〈夜宿石門〉一首、〈過白岸亭〉一首、〈登永嘉綠嶂山詩〉一首、〈折楊柳行〉一首、〈石室山詩〉一首。

4. 依時代而言：宋代《文章正宗》以下，對謝詩均相當偏重，但多寡、詳略不一，常因各本宗旨而異。

5. 依選本而言大體相近：（1）哀傷、贈答類不錄者：《文章正宗》、《古詩源》（2）樂

府類選錄者四本：《石倉詩選》、《古詩評選》、《八代詩選》、《詩體明辯》（3）雜擬類選錄者：一本《八代詩選》。

△作者：顏延之

類	《文選》選錄詩作	宋代	明代			清代			民國		詩體明辯	詩比興箋	備註
		文章正宗	古今詩刪	石倉詩選	古詩鏡	古詩評選	古詩選	古詩源	八代詩選	詩選			
公讌	應詔曲水讌詩					✓							無
	皇太子釋奠會詩												無
詠史	秋胡詩			✓			✓						
	五君詠（五首）	✓	✓二首	✓五首	✓五首		✓五						※
游覽	應詔觀北湖田收				✓								
	車駕幸京口侍遊蒜山		✓	✓									
	車駕幸京口三月三日侍遊曲阿後湖詩												無
哀傷	拜陵廟作				✓								
贈答	贈王太常				✓								
	夏夜呈從兄散騎車長沙			✓		✓	✓						※
	直東宮答鄭尚書		✓										
	和謝靈運			和謝監靈運	✓								
行旅	北使洛				✓	✓							※
	還至梁城作			✓	✓	✓							
	始安郡還都與張湘州登巴陵城樓作		✓	✓	✓	✓							※
郊廟	宋郊祀歌（二）						✓郊祀歌（二）						※
雜詩				✓為織女贈牽牛									
				✓歸鴻									
行旅				✓辭難潮溝									
小計	二十一首	五首	五首	十五首	十二首	三首	十二首				無	無	

比較結果：差異較大

1. 共為古今共推之佳作不多，僅 9/21：〈五君詠〉五首、〈夏夜呈從兄散騎車長沙〉一首、〈北使洛〉一首、〈還至梁城〉一首、〈始安郡還都與張湘州登巴陵城樓作〉一首。

2. 後世少選之繁蕪：〈皇太子釋奠會詩〉一首、〈應詔曲水讌詩〉一首、〈車駕幸京口侍游蒜山〉一首、〈三月三日侍遊曲阿後湖〉一首、〈拜陵廟作〉一首。

3. 後世多錄之遺珠：〈為織女贈牽牛〉一首、〈歸鴻〉一首、〈辭難潮溝〉一首。

4. 歷代詩選選錄顏詩雖較《文選》簡略許多，但〈五君詠〉、〈北使洛等各類名篇則大體亦受選家重視。

5. 由詩選而觀，則《詩體明辯》等書對顏詩較不推重，故選取較少，甚或完全略之。

△作者：鮑　照

《文選》選錄詩作		宋代	明　代			清　代			民　國		詩體明辯	詩比興箋	備註
		文章正宗	古今詩刪	石倉詩選	古詩鏡	古詩評選	古詩選	古詩源	八代詩選	詩選			
詠史	詠史		ᵛ		ᵛ	ᵛ					ᵛ		
					侍宴覈舟山		蜀四賢詠		侍宴覆舟山（二）				
游覽	行藥藥至城東橋		ᵛ		臨川王服還田里				ᵛ ᵛ				
			從登香爐峯		登廬山ᵛ		ᵛ登廬山望石門		ᵛ ᵛ ᵛ				
樂府	東武吟	ᵛ			代東武吟 北風涼行	ᵛ	ᵛ	ᵛ代	ᵛ ᵛ 北風涼行	ᵛ			
	出自薊北門行	ᵛ	ᵛ		ᵛ代空城雀	ᵛ	ᵛ	ᵛ	ᵛ ᵛ				
	結客少年場行		ᵛ		ᵛ代朝飛雉				ᵛ ᵛ				
	東門行	ᵛ			ᵛ代夜坐吟	ᵛ	ᵛ	ᵛ代東門行	ᵛ ᵛ	ᵛ			
	苦熱行				代春日行 代萬里行			ᵛ					無
	白頭吟	ᵛ			代淮南王 代白頭吟		ᵛ	ᵛ ᵛ	ᵛ（二）		ᵛ		※
	放歌行				採桑ᵛ代放歌行			ᵛ	採桑ᵛ				
	升天行				代白紵曲（二）代擢歌行				代白紵曲（二）				
					代白紵舞歌辭（四）代陽春登荊山行	ᵛ（三）	ᵛ（四）	ᵛ（四）	ᵛ（四）		ᵛ（一）		
					代鳴雁行 代朗月行	代門有車馬客行	ᵛ代鳴雁行		ᵛ代鳴雁行夜聽妓				
行旅	還都道中作					上潯陽還都道中	ᵛ上潯陽還都道中						
			還都道中ᵛ發後渚			還都道中	發後渚		ᵛ（三）				
雜詩	數詩				從過舊宮				數名詩（雜體）				
	翫月城西門解中				ᵛ翫月城西門廨中 在江陵歌年傷老	ᵛ							
					歲暮悲三日、秋夜	ᵛ		秋夜和王丞	ᵛ和王護軍秋夕				
雜擬	擬古詩（三）幽并重騎射				ᵛ擬古（三）	ᵛ擬古（七）ᵛ	擬古（六）	擬古（八）		ᵛ	ᵛ（二）		

《文選》選錄詩作	宋代	明代			清代			民國		詩體明辯	詩比興箋	備註
	文章正宗	古今詩刪	石倉詩選	古詩鏡	古詩評選	古詩選	古詩源	八代詩選	詩選			
魯客事楚王				ˇ	ˇ	ˇ						
十五諷詩書				束薪幽篁裏		ˇ尙四首	ˇ尙三首					
學劉公幹體								ˇ（五）擬阮公詩				
代君子有所思								ˇ贈故人馬子喬				
		共四首	贈故馬子喬六首	（一）代陳思王白馬篇				ˇ ˇ				
							紹古辭（二）	葬四	（七）			
				擬行路難（十二）梅花落	ˇ（九）	ˇ（八）	ˇ（八）	ˇ 十六ˇ	六ˇ 六			
游覽				ˇ登黃鶴磯		ˇ登靈陽九里埭	ˇ	ˇ				
				登翻車峴從庚中郎遊			△從庚中郎遊園山石室	ˇ登車峴				
祖餞				日落望江贈荀丞吳興別庚中郎		ˇ						
				與伍侍郎別		ˇ	送別王宣城都曹別	ˇ ˇ				
行旅		還都至三山望石頭城		秋日示秋上人	ˇ	還都至三山望石頭城		ˇ ˇ				
				吳歌、春詠出蘭		發後諸、建除詩歧陽守風		ˇ ˇ				
雜詩		園中秋散中興歌		園中秋散行京口至竹里		園中秋散觀圃人藝植		ˇ ˇ				※
		觀圃人藝植過銅山掘黃精				過銅山掘黃精			觀圃人藝植過銅山掘黃精			※

△八代詩選尚多選廿五首：

〈代挽歌〉、〈代昇天行〉、〈代堂上歌〉、〈代邊居行〉、〈代邦街行〉、〈蕭史曲〉、〈從拜陵登京峴〉、〈蒜山被始興王命作〉、〈送從弟道秀別〉、〈和傅大農與僚故別〉、〈送盛侍郎餞候亭〉、〈與荀中書別〉、〈還都口號〉、〈苦雨〉、〈三日〉、〈詠秋〉、〈秋夕〉、〈冬至〉、〈冬日〉、〈望孤石〉、〈山行見孤桐〉、〈詠雙燕（二）〉、〈吳歌（歌謠）〉。

比較結果：差異較大

1. 後世共推之佳作：〈詠史〉，樂府——〈東武吟〉、〈出自薊北門行〉、〈東門行〉，〈還

都道中作〉,〈擬古——幽并重騎射〉。

2. 後世少選之繁蕪:〈苦熱行〉一首、〈昇天行〉一首、〈數詩〉一首、〈代君子有所思行〉一首、〈擬古詩〉一首、〈十五諷詩書〉。

3. 後世多錄之遺珠:〈代淮南王〉二首、〈代白紵舞歌辭〉四首、〈擬行路難〉八首、〈梅花落〉一首、〈登黃鶴磯〉一首、〈園中秋散〉、〈過銅山掘黃精〉一首。

4. 由時代而觀,則鮑照詩約自明代後漸受選家鍾愛,選錄逐代趨詳。

5. 由詩選而觀,則以《文章正宗》選取鮑詩較少,而《古詩鏡》、《古詩選》、《八代詩選》則選錄至多,愛不忍刪捨。

△作者:謝　朓

《文選》選錄詩作		宋代	明　　代			清　　代			民　　國		詩體明辯	詩比興箋	備註
		文章正宗	古今詩刪	石倉詩選	古詩鏡	古詩評選	古詩源	古詩選	八代詩選	詩選			
祖鑑	新亭渚別范零陵		ˇ	ˇ				ˇ					
游覽	游東田	ˇ		ˇ	ˇ游東田		ˇ	ˇ	ˇ	ˇ			
		ˇ	游山						ˇ	ˇ			
樂府				江上曲		ˇ		ˇ	ˇ				
				登山曲		蒲生行			ˇ蒲生行				
哀傷	同謝諮議銅爵臺			ˇ									
				懷故人			懷故人				懷古人	ˇ	
贈答	郡內高齋閑坐答呂法曹	ˇ	ˇ	ˇ								ˇ	
	在郡臥病呈沈上書		ˇ					ˇ				ˇ	
	暫使下都夜發新至京邑贈西府同僚	ˇ夜發新林	ˇ	ˇ				ˇ				ˇ	
	酬王晉安		ˇ	ˇ								ˇ	
				將游湘水尋句溪				ˇ				ˇ	
行旅	之宣城出新林浦向版橋	ˇ	ˇ	ˇ				ˇ				ˇ	
	敬亭山							ˇ					
	休沐重還道中		ˇ休休重還丹陽道中	ˇ				ˇ	ˇ			ˇ	
	晚登三山還望京邑	ˇ		ˇ				ˇ				ˇ	
	京路夜發											ˇ	
樂府	鼓吹曲			追遠曲									
				從戎曲									
				出藩曲									
				ˇ芳樹	ˇ	芳樹							
				ˇ臨高臺	ˇ								
				ˇ入朝曲			同王主簿有思	ˇ					

| 《文選》選錄詩作 | | 宋代 | 明代 | | | 清代 | | | 民國 | | 詩體明辯 | 詩比興箋 | 備註 |
		文章正宗	古今詩刪	石倉詩選	古詩鏡	古詩評選	古詩源	古詩選	八代詩選	詩選			
雜詩	使出尚書省				✓				✓				
	直中書省	✓			✓				✓				
	觀朝雨	✓							✓				
	郡內登望								✓				
	和伏武昌登孫權故城				✓				✓				
	和王著作八公山詩				✓				✓				
	和徐都曹詩				✓								
	和王主簿怨情				✓				✓				
					玉階怨	✓	✓	✓		✓		✓	※
					金谷聚	✓	✓	✓					※
								將游湘水尋句溪					
				ˇ冬日晚郡事隙				✓					
					高齋視事			✓					
				落日悵望				✓					
				移病還園示親屬				✓					
				治宅				✓					
								春思					
					秋夜			✓					
								和宋記室省中	✓	共二十首			
				和何議曹郊遊（二）				✓（二）					
				新治北窗和何從事				✓					
雜詩					和劉中書			和劉中書	✓				※
			和劉西曹望海臺	✓	✓								※
					ˇ和江丞北戍琅邪城	✓	✓						※
					ˇ和王丞聞琴	✓	✓						
					贈王主簿								※離夜
					ˇ和沈右率諸君餞謝文學			✓	✓				
					離夜			✓	✓				

《文選》選錄詩作	宋代	明　　代			清　　代			民　國		詩體明辯	詩比興箋	備註
	文章正宗	古今詩刪	石倉詩選	古詩鏡	古詩評選	古詩源	古詩選	八代詩選	詩選			
						ˇ 渡漢江						※
			望三湖				ˇ					
				銅雀悲	ˇ	ˇ 送江檀朱還上國						
		王孫遊		ˇ	ˇ	ˇ						
			多緒罷懷示蕭、虞、劉、江			ˇ						
			宋江曹還遠館			ˇ						
				ˇ 與江水曹至干濱戲		ˇ						
				ˇ 還塗臨渚		ˇ	ˇ					
				ˇ 往敬亭路中		ˇ	ˇ					
			臨溪送別	ˇ		ˇ						
			奉和隨王殿下十六首	ˇ	ˇ	ˇ		ˇ（十六）				
								侍宴華光殿				
								三日侍宴曲水				
				ˇ 詠邯鄲才人嫁為廝養卒婦				ˇ				
								同羈夜集				
								忝投湘江與宣城吏民別				
								始之宣城郡				
								夜聽妓				
								秋夜解講				
								賦貧民田				
								賽敬亭山廟喜雨		ˇ		
			奉和竟陵王同沈右率過劉先生墓					ˇ				

−192−

| 《文選》選錄詩作 | 文章正宗 | 古今詩刪 | 石倉詩選 | 古詩鏡 | 古詩評選 | 古詩源 | 古詩選 | 八代詩選 | 詩選 | 詩體明辯 | 詩比興箋 | 備註 |
	宋代	明代			清代			民國				
								夏始和劉屏陵				
								贈王主簿				
			和蕭中庶直石頭					✓				
			別江水曹					和王長史臥病				
				巫山高				霄祭歌（三）		✓		
				曲池之水				霄祭歌（三）				
				琵琶				阻雪連句遙贈和				
				詠幔				紀功曹中園				
			鏡臺					閒坐				
				同王主簿有所思				侍筵西堂落日望鄉				
			燈					祀敬亭山春雨				
			燭									
			琴									
			席									
			詠竹火籠									

比較結果：尚具代表性

1. 後世共推之佳作：〈同謝諮議銅爵臺〉、〈郡內高齋閑坐答呂法曹〉、〈暫使下都夜發新林至京邑贈西府同僚〉、〈酬王晉安〉、〈之宣城出新林浦向版橋〉、〈休沐重還道中〉、〈夜登山三山還望京邑〉、〈京路夜發〉、〈直中書省〉、〈觀南雨〉、〈那內登望〉、〈和伏武昌登孫權故城〉、〈和王著作八公山詩〉。

2. 後世少選之繁蕪：〈鼓吹曲〉一首、〈敬亭山〉一首、〈始出尚書省〉一首、〈和王主簿季哲怨情〉一首。

3. 後世多錄之遺珠：〈游山〉一首、〈江上曲〉一首、〈新治北窗和何從事〉、〈和劉西曹望海臺〉、〈和王中丞聞琴〉、〈王階怨〉等十首。

4. 依時代而觀，歷代詩選選取謝朓詩均多。惟《詩體明辯》、《文章正宗》選取較少。

5. 與《文選》選入詩篇比較，則各類均有部分詩篇為古今共推，可見其選取尚具代表性。惟後代鑑賞角度轉移，故補遺之詩篇頗多。

△作者：江 淹

《文選》選錄詩作		宋代 文章正宗	明代 古今詩刪	明代 石倉詩選	明代 古詩鏡	清代 古詩評選	清代 古詩源	清代 古詩選	民國 八代詩選	民國 詩選	詩體明辯	詩比興箋	備註
游覽	從建平王登廬山香爐峰	無	✓		✓	✓		✓	✓	✓			
								銅爵妓	✓				
				步桐臺				步桐臺	✓				
								侍始安王石頭					
								從征虜始安王道中					
行旅	望荊山		✓	✓	✓	✓		✓	✓				
								秋至懷歸	✓				
				渡西塞望江上諸山				渡西皇望江山諸山					
								赤亭渚	✓	✓			
				遊黃檗山				✓	✓				
								從建平王遊紀南城					
								僵陽亭					
雜擬	古離別		✓			✓		✓	✓				
	李都尉		✓					✓	✓				少
	班婕妤		✓					✓	✓				
	劉文學楨								✓				無
	王侍中粲								✓				無
	嵇中散康							✓	✓				無
	阮步兵籍							✓	✓				少
	張司空華			離情				✓	✓				少
	潘黃門岳								✓				
	陸平原機								✓				無
	左記室思							✓	✓				無
	張黃門協								✓				少
	劉太尉琨					✓		✓	✓				無
	盧中郎諶							✓	✓			✓	
	郭弘農璞								✓				少
	孫廷尉綽								✓				少
	許徵君詢	✓						✓	✓				無
	殷東陽仲文	✓							✓				
	謝僕射混	✓	✓						✓				少
	陶徵君潛	✓	✓	✓	✓	✓	✓	✓	✓				
	顏特進延之								✓	✓			
	謝臨川靈運							✓	✓				少
	謝法曹惠連		✓					✓	✓				少

《文選》選錄詩作		宋代	明代			清代			民國		詩體明辯	詩比興箋	備註
		文章正宗	古今詩刪	石倉詩選	古詩鏡	古詩評選	古詩源	古詩選	八代詩選	詩選			
	王徵君微							✓	✓				少
	袁太尉淑								✓				少
	謝光祿莊	✓											無
	張黃門協								✓				無
雜擬	鮑參軍昭								✓				少
	休上人			✓	✓	✓		✓	✓				
			✓效阮公詩（二）			✓（八）	✓（五）	✓（七）	✓（十四）				
								劉僕射東山集					
			✓無錫縣集	✓歷山集		✓		✓	✓				
								貽表常侍	✓	✓	✓		
								夜燈和殷長史					
									✓（五）			✓（三）	
								秦女					
						陸東海譙山集			✓				
						寄丘三公							
						池上酬劉記室			✓				
						吳中禮石佛							
						採石上菖蒲							
						臥疾怨別劉長史			✓				
						惜晚春應劉秘書			✓				
						學魏文帝							
						郊外望秋答殷博士							
						無錫舅相送銜涕別			✓				
									渡泉嶠出諸山之頂				
									還故園				
									外兵舅夜集				
									古意報袁功曹				

| 《文選》選錄詩作 | | 宋代 | 明　　代 | | | 清　　代 | | | 民　　國 | | 詩體明辯 | 詩比興箋 | 備註 |
		文章正宗	古今詩刪	石倉詩選	古詩鏡	古詩評選	古詩源	古詩選	八代詩選	詩選			
									從蕭驃騎新帝壘				
									秋夕納涼奉和荊獄舅				
									傷內弟劉常侍				
									悼室人（七）				
									迎籍田樂歌	✓			
									✓			效古十五首	

比較結果：差異較大

1. 同受後世推崇佳作：〈從建平王登廬山香爐峰〉、〈望荊山〉、雜體詩——〈古離別〉、〈陶徵君潛〉、〈惠休上人〉。

2. 後世少選之繁蕪：〈雜體詩〉三十首，其中無入選者：〈劉文學楨〉一首、〈王侍中粲〉一首、〈潘黃門岳〉一首等共八首；少入選者有：〈李都尉〉一首、〈嵇中散康〉一首、〈阮步兵籍〉一首等共十三首。

3. 後世多錄之遺珠：〈效阮公詩〉。

4. 由詩選而論：《文章正宗》、《古詩鏡》選取較少，而《古今詩刪》、《古詩選》、《八代詩選》則大量選錄。《古詩評選》選取者與《文選》迥異。

5. 由時代而論：並無明顯之升降趨勢，多仿選本之旨趣而有詳略不同。

△作者：沈　約

| 《文選》選錄詩作 | | 宋代 | 明　　代 | | | 清　　代 | | | 民　　國 | | 詩體明辯 | 詩比興箋 | 備註 |
		文章正宗	古今詩刪	石倉詩選	古詩鏡	古詩評選	古詩源	古詩選	八代詩選	詩選			
公讌	應詔樂游餞呂僧珍		✓		✓				✓		✓		
					上巳華光殿	九日侍宴樂遊苑							
					侍宴詠反舌	為臨川王九日侍太子宴							
					三日侍林光殿曲水應制				✓				
					從齊武帝瑯琊城講武應詔				✓				
祖餞	別范安成	✓	✓	✓			✓	✓	✓	✓			
					餞文學離夜			✓		✓			

《文選》選錄詩作		宋代	明代	明代	明代	清代	清代	清代	民國	民國	詩體明辯	詩比興箋	備註
		文章正宗	古今詩冊	石倉詩選	古詩鏡	古詩評選	古詩源	古詩選	八代詩選	詩選	詩體明辯	詩比興箋	備註
				劉眞人東山還					ˇ				
				送別友人					登元暢樓				
遊覽	鍾山詩應西陽王教			ˇ（五）				ˇ	ˇ（五）				
	宿東園		ˇ	ˇ	ˇ			ˇ	ˇ				
							ˇ		ˇ				
				赤松澗			赤松澗						
				泛永康江	ˇ				登高望春				
行旅	早發定山			ˇ	ˇ	ˇ			ˇ				
	薪安江水主清淺深見底貽京邑游好			ˇ		ˇ			ˇ				
雜詩	和謝宣城詩												
	應王中丞思遠詠月			ˇ					ˇ	ˇ			無
	多節後至丞相第詣世子車中作			ˇ		ˇ			ˇ				無
	直學省愁臥			ˇ		ˇ			ˇ			ˇ	
	詠湖中雁												
	三月三日率爾成			ˇ					ˇ				無
						ˇ石塘瀨聽猿							無
雜擬								效古					
哀傷					ˇ	商傷謝朓							
									日出東南隅行				
				春思	昭君詞				昭君詞				
			襄陽蹋銅歌	長歌行			長歌行（二）		ˇ		襄陽蹋銅蹄（一）		
			襄陽蹋銅歌	從軍行		ˇ臨高臺		ˇ臨高臺	芳樹		夜夜曲		※夜夜曲
				夜夜曲	ˇ				ˇ	共三首			
				攜手曲	樂未央				豫章行	共三首			
									卻出西門行				
									青青河畔草				
				循意朱方道路	ˇ				ˇ				
				古意	ˇ				ˇ				
			和王中書德哀詠白雲	和竟陵王遊仙詩二首	奉和陵王經劉瓛墓				ˇ和王中書				
				初春					梁甫吟				
				白馬篇					白馬篇				

《文選》選錄詩作	宋代 文章正宗	明代 古今詩刪	石倉詩選	古詩鏡	清代 古詩評選	古詩源	古詩選	民國 八代詩選	詩選	詩體明辯	詩比興箋	備註
		傷春	ˇ					酬謝宣城朓臥疾				
		華陽先生登樓不復下贈呈						少年新昏為之詠				
		詠新荷應詔	早行逢故人車中為贈					夢見美人				
		六懷詩（四）						ˇ			ˇ 六憶詩（四）	
		織女贈牽牛										
		詠雪應令	為鄰人有懷不至					詠雪應令				
								悼亡				
								詠山榴				
								詠杜若				
								江南弄（四）				
								樂未央				
								四時白紵歌五				
								上巳華光殿				
								六憶詩				
								八詠（八）首				
								鼓吹曲（二）				
								梁三朝雅樂歌等五首				
											梁三胡雅樂歌（六）等十五首	

比較結果：差異較大

1. 同受後世推崇佳作：〈別范安成〉、〈宿東園〉、〈直學省愁臥〉。

2. 後世少選之繁蕪：〈和謝宣城詩〉一首、〈應王中丞思遠詠月〉一首、〈詠湖中雁〉一首、〈游沈道士館〉一首、〈三月三日率爾成〉一首。

3. 後世多錄之遺珠：〈夜夜曲〉一首、〈三日侍靈光殿曲水宴詩〉。

4. 選集中《文章正宗》、《古選》選取較少，而各代中以明代選集選錄沈詩較詳，清代則見遞減。

5. 在「祖餞」、「行旅」、「游覽」方面受公認為其詩才所擅而「雜詩」之爭議較大。

6. 後世推許其「樂府」民歌，郊祀樂等《文選》未選之。

三、表列結果綜觀

經上表排比，《文選》選錄名家詩篇乃得以逐一檢視其評價地位，並撮要得知古今選詩之異同、歷代選本評選之特點。

首先，自詩家選錄內容衡觀，依入選詩篇之重疊性，約可分三層論之：

（一）《文選》選詩結果頗具代表性者，僅左思一家。其詠史詩八首，招隱詩二首，雜詩一首，雖爲各家取舍互異（參見前表）然祇是好惡程度有別，大體皆受四家以上選錄。對其詩才之詮釋，亦首尚詠史、次及招隱、雜詩。乃顯示《文選》選編左詩處理至當、評價中肯，故歷數代而仍獲認同。

（二）《文選》選詩結果尚具代表性者，有阮籍、曹植、謝靈運等四家。其阮籍固以詠懷一體擅名，專長之推崇頗爲一致，而其選錄篇數、內容則稍見參差：曹植、謝靈運、謝朓詩篇之精華雖均受青睞，但部分作品褒貶不一，乃隨各家選例而取舍（參見前表）。

（三）《文選》選詩結果差異較多者，則有陸機、陶潛等大家。其中陸、顏、潘、沈素以才富詞贍、取擅當代，《文選》對之亦擢取較寬、繁蕪未除；陶潛則取湮當代、見知後世，受晚近詩選推譽，補遺之珠玉甚多；鮑照詩則雖同受蕭選及諸家愛好，賞鑒之詩類、篇製卻頗見懸殊（見前表）。

若自詩篇選錄傾向撮論，則《文選》以下選詩風尚之遷變，約可見諸數端：

（一）詩家選錄地位之升降：選集中入選篇數既爲評價高低之指標，對詩人選取份量之配置，乃足引鑑時代風尚之趨勢。如陸機、顏延之、潘岳諸家詩篇，歷代詩選遞見輕淺，而取向陶詩者眾家驚多，由此潮流升降對照，可知「詞采雕鏤、聲文過情」之詩篇，自宋明以下已漸勢微，而「質樸眞摯、自然高遠」之作品乃漸獲知賞。

（二）詩家風格詮釋之差異：「音實難知，知實難逢，逮其知音，千載其一乎？」（《文心雕龍・知音》）故同一詩篇，隨鑒賞者不同，其意境領會、評價優劣亦異，此評析角度之分踞，遂造成詩家風格詮釋之歧異。如鮑照詩原爲南朝詩評斥其「新麗險急」（參見前文），此乃概括其全體詩篇特色，較論於前人相對之詞；至於明清選家多推其俊逸雄壯，則專美其歌行曠逸之氣勢，壯麗之文詞；前者著眼修辭特色，後者撮論樂府風格，評析觀點本具差異，其詩篇之選錄乃自然有別；又如謝朓詩於齊梁本因精巧新麗稱絕，宋明以後不廢其艷麗，而特許其獨抒性情，聲色中骨幹堅強、情韻幽遠，小謝詩地立

雖繫於不墜，推舉之觀點、篇章卻乃因時而易。

（三）詩家作品取舍之紛歧：選集基於刪繁取菁，詩無盡善之實際權衡，對各家製作必有取舍，刪取之間，詩篇評價之優劣自見。如《文選》選曹子建詩，以贈答、雜詩最多，獻詩、公讌獨到；明清選集則偏詳樂府，而捨略應制、公讌之作；選謝靈運詩亦有此歧見，《文選》中倍譽謝詩遊覽山水諸篇、兼取樂府、雜擬類之典雅有體，後出選家則盡刪擬詩、樂府，寧詳取山水及民歌；又如沈約郊廟雅歌、清婉小曲之見愛於後人，亦皆與《文選》選取之作品趨向有別。

以上自選集表列分析《文選》所錄各家詩篇之代表性、歸納《文選》及後代七家選集詩之差異，大體概見：《文選》選編諸士頗具鑒裁，選入各家詩篇尚具代表性，故同為古今推舉之詩篇多，而後世少錄之繁蕪、未選之遺珠較少。然而，陶潛、陸機、鮑照、沈約諸家評價地位變遷、詩才專擅分歧之差異亦不容忽視，顯示《文選》選詩觀點具鮮明之當代色彩，故與後世詩選取向略異。

四、詩篇之研究

人情殊異，各憑其好惡取舍，是丹非素，嗤妍奪采，此主觀評價之紛歧乃詩學評論難以趨同之由。同時者如此，異代者尤烈，故《文選》選詩之異於後世詩選，亦屬自然。在時代風尚遞變、評選宗旨或異之前提下，如冒然將其相提並較，據歧異之大小而論斷優劣，實昧乎時變，於理未合。然其選錄異同，實有助於《文選》選詩重點之釐清。

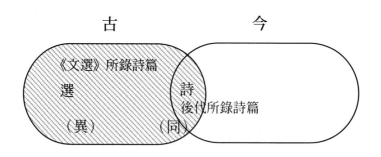

今旨在詳究《文選》選詩之觀點，故必以《文選》所錄詩篇為主。前文詩選結果雖分據古今二端析論，此處則著重「選詩」本身。或析其「異」，自

選錄結果差異，探討「選詩」爲人垢病之原因；或論其「同」，以突顯同獲後人推選詩篇之地位，區別古今評詩之取向；並綜觀全體，比較「異、「同」俾於觀察「選詩」之特質；至於各代、各本迻錄之歧異比較、是非評論，則待深究各選集宗旨、選者詩論後，另撰文詳析。

（一）同題詩篇

此處「同題詩篇」係專指同作者以同一題名，連續創作之成組詩篇。因其同出一家，命題重疊，通常在風格、題材上較爲近似，故前人評論每統觀爲一作，概稱其優劣。〔註 11〕惟選集囿於彙錄眾製、刪繁擷精之規制，於此體涵多篇、良莠俱出之同題詩，勢必有所刪存取捨。基於諸多條件相近之優勢，在選集著錄異同中撮此類而觀，乃最易於彰顯選者之評選取向。

以阮籍〈詠懷詩〉爲例。今存五言詠懷之全者八十有二，《文選》僅取〈夜中不能寐〉等十七首迻錄，雖臻列「詠懷」類大家，較論於全作，其刪汰亦嚴矣（約五取其一）。然觀此十七篇「詩中清英」在後人選集中仍褒貶不一：大抵〈夜中不能寐〉、〈二妃遊江濱〉等十一首普受多數選家推崇，〈登高臨四野〉、〈昔日繁華子〉等七首則知者日稀。此種選錄次數雖不足全據之以爲詩篇成就定論，但由此可知此二類詩篇之修辭、篇章、主題思想等創作技巧，或有可見之歧異，以致古、今評價懸別。今較觀詩篇本身，果可以後世少選之七篇爲線索，獲下列近似之趨向：

1. 直陳論理：詩雖以言志，而貴蘊溫厚以蓄意趣，故不宜過分說理，以免失其韻致。而「登高臨四野」等少見選錄之作，往往不避直陳，時見「求仁自得仁，豈復嘆咨嗟」（〈詠懷〉第六）「丹青著明哲、永世不相忘」（〈詠懷〉第四）等急情直述之語，取意率眞而乏含蓄餘韻。於興寄悠遠著稱之阮詩中，此類詩篇自難獲選家青睞。

2. 俳比失滯：詩句俳比成對，本南朝詩常見之修辭技法，但過於工求俳偶，使上下對句僅以表現一種意境，則不免「合掌」之通病。〔註 12〕在〈炎暑惟茲夏〉等七篇詩篇中，時見「四時更代謝、日月遞差馳」（〈詠懷〉第十

〔註 11〕 由表列結果之「同受古今推崇」詩篇之比例多寡區別：佔 2/3 以上者爲頗具代表性；2/3－1/3 者爲尚具代表性；1/3 以下者爲差異較大。

〔註 12〕 此處同題詩篇除爲同題組詩外，更有同一作者之前提，故其題材、風格大體近似。雖體涵數篇，而自古詩評多以一體視之。如《詩品》評阮籍〈詠懷〉、郭璞〈遊仙〉；又見《歷代詩話》中諸家評張衡〈四愁詩〉、傅玄〈七經詩〉、沈約〈八詠〉、潘岳〈悼亡〉等同題組詩，皆視爲一體而論。

三）「孤鳥西北飛、離獸東南下」（〈詠懷〉第十五）等二句合意之偶對，此刻意對偶以致文意板滯之弊，或為後世選詩者割捨之由。

3. 詞隱旨晦：詠懷詩本成於政權移轉、志士慮禍之亂世，故雖「志在譏刺」，而「文多隱避」（《文選》李善注）乃其不得已而具之通貌，此由阮詩中援引頻繁之典故、影射可獲驗證。當其使用過當，則反致詞意晦澀、篇旨模糊之病。如〈昔日繁華子〉、〈開秋兆涼氣〉等作均借用故實以深寓諷喻，惟其感慨特多、稍言即止，遂使「百代之卜難以情測」，無法深鑒其幽旨，〈登高臨四野〉等七首遂難覓知音。

前述三點大體可作為《文選》所錄部分詩篇所以未受後世贊從之擬測，擴而充之，其實亦即阮詩常見缺弊之概括。今較知《文選》選詩於此直諫、俳偶等使用過當之作品未予排拒，反捨棄〈駕言發魏都〉等清暢顯亮〔註13〕之作，則其「辭向雅麗、詩寓勸諷」之趨向明確，但僅執著於用典、俳偶之作法，未能嚴求技巧之圓熟、風教之效果，故有部分詩篇刪選未嚴，為後代詩選從略。

另有江淹〈雜體詩〉諸篇，亦足供類比。《文選》雜擬類取江淹〈雜體詩〉三十首，或如其序言所謂：「今作三十首，斅其文體，雖不足品藻流別、淵源，亦無乖商榷之爾。」〈雜體詩序〉觀其全體，確已揆舉歷代詩壇英華，標明摹擬習作之徑路，且文詞雅馴、名句麗典間出，而無拘於俳偶之習，固有其獨出眾製之成就。然於一家一類全錄三十首，佔本類半數之比例，《文選》對其擢重乃顯然可見。其中精粗網羅、繁蕪尚多，由後代選集篇目之衡較可知。如研究詩篇，其〈擬劉文學楨感遇〉、〈擬王侍中粲懷德〉等八篇之所以未能取聞後世，大體亦有修辭，擬作上之二項缺弊：

1. 因俳偶、就韻之故，使詞語牽強拙滯。〔註14〕
2. 摹用成詞，拘於句法，擬作僅得形似。〔註15〕

〔註13〕參見邱鎮京著《阮籍詠懷詩研究》一書（第六章 218 頁）其指摘阮詩作法之缺弊有四，其中有謂「也有同一涵義、出現在同一首詩中的情形，這種上下句同時表現一種意境的情形叫合掌，乃歷代詩人所極力避免的缺點。」（文津出版社，民國 69 年。）

〔註14〕陳沆《詩比興箋》卷三箋註此詩為「借古以寓今也。」王船山《古詩評選》卷四，則評〈駕言發魏都〉曰：「亮甚、切甚，然可嗣此音者微……吟此知步兵他作之深穩，非不欲明目電舌，直不得爾。然此之顯亮，又何嘗咬著一粒米！」

〔註15〕參見汪師韓著《詩學纂聞》卷十二，詳舉江淹雜體詩之拙句二十三例，析其有「湊韻、支綴、乖隔、拙滯」等缺弊，並曰：「三十首中，蕪詞累句過其半。」

故「雲斾象漢徒，宸網擬星懸」（〈擬袁太尉淑「從駕」〉）、「水鸛巢層甍，山雲潤柱礎。」（〈擬黃門協「苦雨」〉）乃以晦澀支綴而受嗤，「流念辭南澨，銜怨別西津」（〈擬陸平原機「羈宦」〉）、「橘柚在南國，因君爲羽翼」（〈擬劉文學楨「感遇」〉）則顯露步驅古人，襲改文詞之拙迹。其雖多屬片詞零章之憾，終無損江淹在擬古詩作上之獨特地位。然自前述兩例詩篇之芟除未盡，亦可稍知《文選》選詩大體偏好詩篇形式之美，於詞義晦澀、作法陳襲之現象不忍割愛，故對阮籍，江淹諸作之選取，與今選稍見分歧。

（二）同類詩篇

《文選》錄詩，獨以類分，類之所同，必有其體調風格之近似，由此乃可見選者之品味格調。惟情隨境異、志因時遷，作者吟詠，終身不同。加以評鑒者取尚紛殊，雖爲同家同類之作，選集住往抑揚不一。執卷並較，正足見其選錄甄別之基本差異，標明《文選》選詩之趨向。

以《文選》樂府類鮑照諸篇而觀：〈東武吟〉以下雖多敘征役、羈旅之苦，亦不排除〈白頭吟〉閨婦怨之怨、〈升天行〉學仙之辭，可顯其題材豐富而以雄渾見長。統合八篇創作特色，約有下列數種趨勢：

1. 依詠舊題：樂府詩本入樂而歌，命題有標示內容、曲調之功用，〔註16〕故多依題爲詠。晉宋以後擬作漸多，遂有「舊曲新歌」、「不拘題旨」之作法。而《文選》所錄樂府，雖爲文士擬作，卻襲古題義旨，謳吟之風尚存，故可爲典範。

2. 文詞雅麗清暢，少見淺俗：此固因鮑照詩本以新麗險急著稱，參照鮑集全詩，實不乏俚俗淺易，語近謠諺之篇，〔註17〕而《文選》選詩則盡摒此類、專取〈出自薊北門行〉等慷慨壯麗之古樂府，其好惡乃至爲明顯。

3. 句式駢偶工整，不尚險奇：《文選》選取鮑照樂府，均以五言古調爲主，

〔註16〕歷代詩話中指斥江淹擬古詩篇拘謹無神者頗多。陸時雍《詩鏡‧總論》曰：「江淹材具不深，凋零自易。其所擬古，亦壽陵餘子學步於邯鄲者耳。」謝榛《四溟詩話》卷一：「江淹劉琨，用韻整齊，造語整齊，不如越石吐出心肝。」又評擬顏年詩曰：「辭致典縟，得應制之體，但不變句法，大家或不拘此。」又見馮班《鈍吟雜錄》卷五亦以江、陸擬詩處處敵法前人，與古人擬詩之法不同。

〔註17〕參見吳兢《樂府古題要解》歷敘樂府諸題之命名緣起與內容每每關係緊密。又見林文瑞〈樂府詩的特性及其源流之研究〉一文34頁，即強調樂府詩有「合樂的詩」之特性，故「只要看詩題，便可以判斷是古體詩還是近體詩。」《中華文化復興月刊》十九卷六期‧民國75年6月）

略其七言、雜體之歌行俗調。且所錄〈昇天行〉、〈苦熱行〉諸作，乃鮑詩中較尚辭采、典麗工偶之篇章，全詩中半數以上詩句採對偶、用典之形式。

由此概見《文選》於鮑照樂府作品之詮釋，乃與沈約「嘗爲古樂府，文甚遒麗。」（《宋書‧臨川王傳》）之鑒賞相近，與蕭子顯「發唱驚挺、操調險急」（《南齊書‧文學傳論》）之評價稍見出入。較諸後代詩選，則少爲後人推崇之〈昇天行〉、〈苦熱行〉等，雖可謂矯健遒勁，但其抒寫仍屬典重含蓄，終不似〈代淮南王〉、〈擬行路難〉、〈白紵舞歌辭〉等篇直抒感懷、壯亢奔瀉、流麗婉轉。〔註18〕殆因後者多取資於民歌謳謠之淺露易達、吟詠自由，故流暢直抒、篇體輕艷，向爲齊梁文士譏評爲「委巷之歌」。〔註19〕《文選》略此而取彼，蓋有其因應當代風尚、雅好典麗風俗之權衡。

再以陸機樂府詩爲驗：《文選》誌錄陸機樂府詩〈猛虎行〉等十七首，將近其現存樂府作品之半數（17/38），佔本類詩篇之三分之一多（17/40），儼然許爲樂府詩大家。綜觀其入選詩篇，較〈折楊柳行〉、〈班婕妤〉等略選樂府，大體亦有：依詠舊題、文詞典雅、工偶俳比、寓寄諷勸之特色。如以同抒閨怨之〈塘上行〉、〈班婕妤〉對照，略可見其取捨之異：

〈塘上行〉

江蘺生幽渚，微芳不足宣。被蒙風雲會，移居華池邊。

發藻玉臺下，垂影滄浪淵。霑潤既已渥，結根奧且堅。

四節逝不處，繁華難久鮮。淑氣與時殞，餘芳隨風捐。

天道有遷易，人理無常全。男懼智傾愚，女愛衰避妍。

不惜微軀退，但懼蒼蠅前。願君廣末光，照妾薄暮年。

〈班婕妤〉

婕妤去辭寵，淹留終不見。寄情在玉階，託意惟團扇。

春苔暗階除，秋草蕪高處。黃昏履絲絕，愁來空雨面。

〔註18〕觀鮑照存詩中，大體以古樂府爲主，但其中亦有〈吳歌〉、〈采菱歌〉、〈中興歌〉等新曲流調。及〈擬行路難〉、〈代白紵曲〉等句式活潑，詞語淺暢之作品。故張仁青《六朝唯美文學》第二章26頁，乃引《宋書》之論謂鮑照樂府之成就，不止於古樂府歌行（文史哲出版社，民國69年）。

〔註19〕參見王船山《古詩評選》卷一（24頁）：「〈行路難〉諸篇一以天才天韻吹宕而成，獨唱千古更如和者。看明遠樂府別是一番急切，覓佳處早已失之，吟詠往來，覺蓬勃如春煙彌漫、如秋水溢日盈心，斯得之矣。」又見《彥周詩話》卷八、《升菴詩話》卷七，皆謂：「明遠行路難，壯麗豪放，若決江河，詩中不可比擬，大過賈誼〈過秦論〉。」（自由出版社，民國61年。）

———（贛州本「霑」作「沾」）

〈塘上行〉一篇鋪敘舒緩，時寓故實，句俳詞華，實為「才高詞贍」之典型。然其逞才無捨、俳比規矩，在抒情言志之功效上，有時反不如篇章精巧、寓情景物之〈班婕妤〉寫法深刻婉轉。故如〈班婕妤〉等語無規諫，詞無雕藻，而情意真切，陶冶有功者，反為後世詩選鍾取，較諸〈君子行〉、〈苦寒行〉、〈前緩聲歌〉等鋪陳直訴、排比文采之樂府，情韻幽邈而有餘。如黃子雲直貶《文選》之推尚陸機樂府曰：

> 平原四言，差強人意。至五言樂府，一味俳比敷衍，間多硬句，且踵前人步伐，不能流露性情，均無足觀，當日偶為茂先一語之襃，故得名馳江左。昭明喜平調，又多採錄，後因沿襲而不覺，實晉詩中之下乘也。（《野鴻詩的》）

此語殆已盡括後代選家對陸詩缺弊之觀感，引發《文選》偏尚陸氏樂府詩之評價爭議，並突顯古今詩選評詩觀點之歧異。由以上分析比較可知：《文選》選詩確有崇尚典雅，多取翰藻，不忌直諫，不避平調之傾向。驗之於前人研究，亦多見此種評論。〔註20〕足見《文選》過於依循時尚、重視形式美感之選詩趨向，乃眾家同見之結論。

（三）異類詩篇

「詩之為技，較爾可知」（《詩品序》），故同題者可於風格、題材外同中尋異；同類者須於類型中區較優劣，分別取捨；異類者則可賅括諸類由異求同，鉤勒一家風貌，評騭選錄優劣。詩篇雖有同異，終須由詩文本身著手，論風格，則必綜觀詩篇全體，析篇章，必以題材相近者作例證。

謹以建安才子曹植詩篇為例。《文選》錄其詩八類二十五篇，於歷代詩家中名列第四，其選錄地位卓然前列，亦廣受歷代詩話、詩選推譽。允為建安才子、漢魏大成。〔註21〕由《文選》所錄公讌、贈答、雜詩諸作觀之，大體

〔註20〕參見劉師培《中古文學史》27頁，以為晉宋樂府均以淫艷哀音被於江左，以此體施於五言業捉者，亦始晉宋之間，後有鮑照，前有惠林。亦《南史‧顏延之傳》載顏延之每薄湯惠休詩，謂人曰：「惠休制作，委巷中歌謠耳。」《詩品》中品，評鮑照詩亦曰：「然貴尚巧似，不避危仄，頗傷清雅之調。故言險俗者，每以附照。」足見鮑照此類作品，在南朝雅士中之風評未佳。

〔註21〕參見駱鴻凱《文選學》義例第二，31～32頁。按曰：「竊謂昭明選文，主於沈思翰藻……艾次七代，薈萃群言，擇其文之尤典雅者，勒為一書，用以切劘時趨，標指先正。跡其所錄，高文典冊十之七、清辭秀句十之五，纖靡之音

頗能稱其「骨氣奇高、詞彩華茂、情兼雅怨、體被文質」（《詩品》‧卷上）之評。如以下摘句，皆為情采並茂、才華精露之詩英：

> 山川阻且遠，別促會日長。願為比翼鳥，施翮起高翔。（〈送應氏詩〉）

> 初秋涼氣發，庭樹微銷落。凝霜依玉除，清風飄飛閣。（〈贈丁儀〉）

> 孤雁飛南游，過庭長哀吟。翹思慕遠人，願欲託遺音。（〈雜詩—高臺多悲風〉）

> 伊洛廣且深，欲濟川無梁。汎舟越洪濤，怨彼東路長。（〈贈白馬王彪〉）

> 驚風飄白日，光景馳西流。盛時不可再，百年忽我遒。（〈箜篌引〉）

> 微陰翳陽景，清風飄我衣。游魚潛綠水，翔鳥薄天飛。（〈情詩〉）

將此入選二十餘篇與後世詩選所輯論較，乃頗能集其英華，逾半數均為千載吟咏之名篇，詩類之配置，亦適當標顯曹植才華之專擅。惟樂府一類僅選〈箜篌引〉等四首，偏重詞采華茂之作，遺〈吁嗟篇〉、〈浮萍篇〉等淺易婉轉之篇，稍可鑒其選詩之趨向。

〈浮萍篇〉、〈吁嗟篇〉、〈種葛篇〉、〈棄婦篇〉等，多寄子建黃初二年後屢遭貶謫，遷寓東西之慨，〔註22〕故以浮萍無根、轉蓬逐風自傷，並借閨婦思君、舊人見棄為詞，語傷感而意深沈。惟其才氣琳琅，故文淺意妙，風華綽約。以致陸時雍雖推其詩「惆有餘情」，猶謂其「高華之氣溢人襟帶」。〔註23〕足見其遣詞造句本難掩雍容華贍之氣度。然較之以直抒遷寓心境之〈七哀詩〉、〈雜詩〉、

百不得一。崇雅黜靡，昭然可見。」又見袁行霈〈從《昭明文選》所選詩歌看蕭統的文學思想〉一文中：「在眾多的詩人裡，蕭統偏愛陸士衡這樣一位意圖逞才至于繁蕪的詩人，說明了他本人文學思想的偏向，這就是把辭采放到了突出的地位。可見謝靈運也是一位逞才炫博，以辭采的華麗取勝的詩人，而這是蕭統特別推崇他的一個重要原因。」見趙福海等《昭明文選研究論文集》（吉林文史出版社，1988 年）。

〔註22〕 自《詩品》將曹植喻為人倫之周孔，鱗羽之龍鳳，子建詩在建安詩壇之評價乃維繫不墜，後世多沿襲：明‧王世貞《藝苑卮言》卷三、評曰：「正平子建，直可稱建安才子，其次文舉，又其次為公幹仲宣。」沈德潛《說詩晬語》卷上：「蘇李之後，陳思繼起，父兄多才，渠尤獨步……鄴下諸子，文翰鱗集，未許執金鼓而抗顏行也，故應為一大宗。」李重華《貞一齋詩說》：「魏詩以陳思作主，餘子輔之，五言自漢迄魏，得思王始稱大成。」

〔註23〕 參見曹植〈遷都賦〉序曰：「余初封平原，轉出臨淄，中命鄄城，遂徙雍丘，改邑浚儀，而末將適于東阿。號則六易，居實三遷。連遇瘠土，衣食不繼。」又見《三國志‧魏書‧曹植本傳》：「十一年中而三遷都，常汲汲無歡。」故子建以浮萍、蓬草自況，乃抒寄遷徙不安之悒鬱。

〈責躬、應詔詩〉等《文選》所錄，則其辭色、氣勢顯然隨形見絀。

　　首以風格、情調較近於〈吁嗟篇〉等作之〈七哀詩〉、〈雜詩六首〉進行品賞。其託寓棄婦、轉蓬、遊子等形象以言志之手法頗為雷同，如：

　　　　吁嗟此轉蓬，居世何獨然。長去本根逝，宿夜無休閒。東西經七陌，南北越九阡。卒遇回風起，吹我入雲間。(〈吁嗟篇〉)

　　　　轉蓬離本根，飄颻隨長風。何意迴飆舉，吹我入雲中。(〈雜詩〉之二) ——（陳八郎本、贛州、明州本「迴」均作「迴」）

　　　　憂懷從中來，歎息通雞鳴。反側不能寐，逍遙於前庭。(〈棄婦篇〉)

　　　　太息終長夜，悲嘯入青雲。妾身守空閨，良人行從軍。自期三年歸，今已歷九春。(〈雜詩〉之三)

　　　　上有愁思婦，悲歎有餘哀。借問歎者誰？言是客子妻。君行逾十年，孤妾常獨棲。(〈七哀詩〉) ——（陳八郎本、贛州、明州本「客」均作「宕」）

　　然就修辭技巧而觀，則《文選》選錄諸篇大體較精煉典雅。除抒寫節奏較緊密、情感較隱約外，其複詞、詞組之出現頻繁、虛詞助嘆之罕用，均造成詩文醇雅富贍、抒情含蓄之效果。相對於〈吁嗟篇〉、〈種葛篇〉等淺詞吟哦，暢訴衷腸之真摯質樸，恰似漢代古詩與樂府民歌二種類型之分野，其雖同出於曹植擬代，經建安才情之潤采，此風格之趨向猶依稀可辨。故〈浮萍篇〉等樂府，雖無〈白馬〉、〈美女〉之贍麗采藻以登選列，卻以犀利爽致為後世詩選蒐遺。而《文選》詳彼略此，其崇尚古詩、文士本位之立場亦由此得見。〔註24〕

　　再驗之以《文選》優擢、後人刪除之〈責躬〉、〈應詔〉詩。遍尋眾選，僅《古詩鏡》、《八代詩選》錄其〈責躬〉一首，《文選》則詳錄全作，并附其疏，列為獻詩一類之典範，古今選錄態度乃天壤有別；自技法評析，〈責躬〉全詩以四言成句，由追德前祖、感懷皇恩、深悔貶黜、愧蒙爵封而矢志報國、雀躍承詔，層層推構而止於險要，餘意無窮。〔註25〕可謂秉恢宏之氣度、駢

〔註24〕參見陸時雍《古詩鏡》卷五，〈浮萍篇〉後評曰：「〈塘上行〉質直簡厚，〈蒲生行〉犀利風華。『茉莫自有芳，不若桂與蘭。』英英爽致；『悲風來入懷，淚下如垂露。』其言恫有餘情。每讀子建詩，覺高華之氣溢人襟帶。」

〔註25〕〈白馬〉、〈美女〉諸篇乃子建樂府中詞較贍麗者，故沈德潛《古詩源》·卷二曰：「名都，白馬二篇，敷陳藻采，所謂修辭之章也。」胡應麟《詩藪》亦評

麗之辭色以體繼雅頌，故多曲音稱譽之美詞，不脫獻主詠德之窠臼，爲評者嘆其逞詞；但其懷骨肉天倫之深摯、孤臣孽子之忠忱，氣盛骨高，更受讚嘆。〔註26〕觀其修辭端麗、風格雅正，文過其情，實爲六朝文士制作之典型，故主題敘意相近，而蕭選取此篇，捨樂府之質樸自然，亦足以凸顯其與後人評鑒美感之差異。

再以齊梁文擘沈約詩篇而觀。今日可輯沈詩約有二一餘首，《文選》僅錄〈應詔樂遊餞呂僧珍〉等十三首，其獲選者雖爲少數，卻分屬五類，可稱精煉之作，故大體亦受後人推許。唯「雜詩」一類選入多篇，風格間雜，後人評價殊異，或可藉以窺別評詩趨向。

綜觀今存沈約全詩，可謂內涵眾製、取材多方，大抵以抒情婉轉、風格清麗者擅名。故鍾嶸謂其「長於清怨」，陳繹曾評其「清瘦可愛」。〔註27〕而《文選》選取者，則多工麗之作，僅少數篇章能兼蓄情理（如〈別范安成〉、〈早發定山〉等）。其中尤以〈和謝宣城〉等雜詩六首意淺而滯，徒以巧對麗詞顯其材力。如

　　　賓階綠錢滿，客位紫苔生。（〈冬節後詣世子車中作〉）

　　　神交疲夢寐，路遠隔思存。（〈和謝宣城〉）

　　　虛館清陰滿，神宇曖微微。網蟲垂戶織，夕鳥傍簷飛。（〈直學省愁臥〉）——（贛州本亦作〈學省愁臥〉，陳八郎本、明州本作〈直學省愁臥〉）

　　　洛陽繁華子，長安輕薄兒。東出千金堰，西臨雁鶩陂。（〈三月三日

日：「子建名都、白馬、美女諸篇，辭極贍麗，然句頗尚工，語多致飾，視東西京樂府、天然古質，殊自不同。」于光華《評註昭明文選》卷七、錄孫評「雜詩」六首曰：「彷彿十九首風度，惟是面目太修潔，所以古色少遜。」而《文選》乃取此類文士樂府及體法十九首之「雜詩六首」，其承古詩一脈傳統之傾向乃可知矣。

〔註26〕參見于光華《評註昭明文選》卷五、評〈責躬應詔詩〉曰：「望闕戀主，託於一路寫來，已至皇都，便可不言而自喻，凡古人文字，有寫上半截下半截意義明者，云於寫處不寫，於不寫處自寫，深於寫者也。」

〔註27〕參見陸時雍《古詩鏡》卷五、評責躬詩曰：「子建四言不及王粲甚遠，〈責躬〉、〈應詔〉是駢麗語，所可喜者是其便便屬足。」又見《評註昭明文選》卷五、錄何義門評曰：「曲意稱頌處，人亦能之，而語語帶入兄弟天倫卻妙。」孫評：「步驅韋丞相自劾及復國二詩，嚴整不反韋而風度過之。」又見同書李安溪評曰：「如此氣盛詞肆之作僅見耳。杜子美詠德詩頗似之，韓子所謂卓聲變風騷也。」

率爾成篇〉）

　　如此二句成對以成一意象者甚繁，不備詳舉。其意或正或反，詞性相稱，或寓典故，或蓄詞采，意雖不免彈緩晦澀，卻逞其才富詞贍，匠心獨具。尙詞文之美者固不忍割捨，倡神韻意境者，自以聲色過情斥之。〔註28〕《文選》與近古詩選之評價差異，當緣於此。〔註29〕

　　再以整首詩篇之組構而論，《文選》在煉句、造詞上乃選取特嚴。如以下同以月夜悠思爲詠之詩篇，古今鑒取之角度即可見差別：

《文選》所錄：　　　　　　　　　《石倉歷代詩選》等所錄：

應王中丞思遠詠月　　　　　　　**夜夜曲**

月華臨靜夜，夜靜滅氛埃。　　　　河漢縱且橫，北斗橫復直。

方暉竟戶入，圓影隙中來。　　　　星漢空如此，寧知心有憶。

高樓思切婦，西園游上才。　　　　孤燈曖不明，寒機曉猶織。

網軒映珠綴，應門照綠苔。　　　　零淚向誰道，雞鳴徒歎息。

洞房殊未曉，清光信悠哉。

　　由篇章修飾而較，〈應王中丞思遠詠月〉一首可謂句句用工，兩兩巧對。首二句以「靜夜」一詞轉換蟬聯，說明時間背景，亦烘托月夜情境。次四句兩兩成對，一以方圓、廣狹之角度描繪月光之動向，一以思婦守閨、遊子歡宴二事屬對，憂樂映襯而詞語妥帖。「網軒映珠綴」二句則當句各寫光、影之變化，高下對比，詞飾雕彩而刻畫精細生動。何義門先生則獨鍾末二句，以爲「悠哉」二字括盡達曙事。並謂「小庾以下，必無此力量。一詩中，戶隙門樓園軒房七事，可抵小賦。」（《評註昭明文選》卷七，33 頁）及對沈休文

〔註28〕參見鍾嶸《詩品》中品卷，評沈約詩曰：「觀休文眾製、五言最優。詳其文體，察其餘論，固知憲章鮑明遠也。所以不閑於經論，而長於清怨。」元・陳繹曾《詩譜》第 4 頁、評沈約曰：「佳處斷削，清瘦可愛，自拘聲病，氣骨蔥然，唐諸家聲律皆出此。」（正中書局，民國 74 年初版）

〔註29〕沈詩之詞意超卓，固爲少數詩家推重，如：沈德潛《古詩源》卷四：「家令詩，較之鮑謝，性情聲色轉遜一格矣，然在蕭梁之代，亦推大家，以篇幅尚闊、詞氣尚厚，能存古詩一脈也。」陳祚明《古詩評選》卷四，曰：「詩品獨謂工麗見長，品題並繆。要其擅勝，特在含毫之先。命旨既超，匠心獨造，渾淪跌宕，具以神行，字句之間，不妨率直。」《評註昭明文選》卷七，則錄孫評〈和謝宣城詩〉：「但涉解說，則覺味短。」又評〈冬節後至丞相第詣庶子車中作〉一首曰：「曲池平是浮語，應工句不透。」足見沈詩之襃貶不同，皆由於評者取尚角度之異。

才富詞贍之妙深予嘆服。

〈夜夜曲〉一首則用江南歌謠之體，五言八句。風格趨向於清暢委婉，措辭簡易少雕琢，卻自然成趣。如首二句「河漢縱且橫，北斗橫復直」字句似見重覆，實於疊用中寓變化，意象亦自遠溯近，由全面而集於句部。「孤燈晦不明，寒機曉猶織」則應對自然，不流刻板，分由視覺、聽覺之角度描摹獨守長夜之孤寂感。全詩中情語雖多，而皆寓於景物，多予人形象鮮活而抒情真切之感，不落艷體穠麗直露一流。王壬秋評其：「艷詩而能使橫筆」（《詩品注》215頁），蓋貴其抒情婉轉之作法。

二首雖俱寫靜夜而手法互異，一篇以詠物實實之精神，刻畫月光流瀉於不同時空中之變化痕迹，盡力於摹景而情貫於中；一篇之寫景只為興起感懷或寄寓深情，以助成情語之發抒。故前者詩意隱含、情為詞掩，有才富辭巧之嘆，而後者修辭無痕，情溢乎詞，抒情而不致輕艷，乃遺餘思無限，雖情態殊趣而各具其美。而《文選》選錄〈應王中丞思遠詠月〉，捨略〈夜夜曲〉，除詩體雅俗外，無可否認地亦具此修辭繁簡、抒寫曲直上之評選差異。

評析《文選》選詩趨向之論，凡選學論者、前代詩評雖已不乏所見，然筆者經由詩篇研究、比較，卻能確切地獲得以下的驗證、釐清：

以「選詩」中各家同獲古今贊賞之作品而論，固皆質文兼俱、情采粲溢之佳作，符合「事出于沈思、義歸乎翰藻」之標舉，亦為各家擲地有聲、不容見棄之代表作；由未獲共鳴之「選詩」及「選詩」整體特色歸納，則文采富麗、組構繁巧之詩篇，通常易得選者青睞。或因其須賴博學高才之蓄積、具較高之藝術技巧，符合齊梁文士之美感標準，指明易學、難得之學詩徑路，故成為《文選》選詩之優先，其餘之篇章，或非並未洵美，然因卷佚有限亦不得不予捨棄。

第三節　於各類詩篇之代表性

《文選》詩卷區分之二十四類，雖難以今日習見之題材、體裁等基準架構出分類體系，但由前文釐析依當時選編之情況觀察，各「類」實為一種當代習分之詩體，一種通用之創作類型。《文選》既以「類」為編排之準據，選入詩篇除符合「清英」之條件外，在各類中亦當具有創作成就、風格類型上之代表地位，故各類詩篇之選錄分析，遂有其檢覈選詩成就之研究價值。

今依各類詩篇「入選比例」、「選錄地位」二角度觀察，則可延續第四章第一節之研究，針對《文選》選詩可能之缺弊：選錄或寬（入選比例偏高）、刪汰或嚴（入選比例較低）、特予推崇（一類專擅）、獨具好尚（某類專擅）等現象，分例考察，雖無法二十四類、四百餘首逐一檢覈，謹以抽樣例舉之方式，撮要驗諸《文選》選詩，能否去蕪存菁，得各類之精英？

一、依各類詩入選比例而較

此所謂「入選比例」本立於歷代詩輯佚之基礎，於文集散佚、篇章殘存之前提下，實難求其相當準確，故僅以目前存詩所見為主，乃為藉數量關係之大概，以略見《文選》取錄各類詩可能之趨向。簡列比較如下：

表五：（五）、《文選》選入各類詩比例

類　　別	文選詩分類 小　　計	歷代古詩分類 總　　計	各類詩入選 比　　例		備　　註 佔文選詩卷 比　　例	
補　亡	6	7	86%		6/442	
述　德	2	2	%		2/442	
勸　勵	2	16	13%		2/442	
獻　詩	3	8	38%		3/442	
公　讌	14	118	12%		14/442	
祖　餞	8	153	5%		8/442	
詠　史	21	49	43%	1	21/442	7
百　一	1	3	4%		1/442	
遊　仙	8	136	6%		8/442	
招　隱	3	10	30%	3	3/442	
反招隱	1	1	100%		1/442	
游　覽	23	190	1%		23/442	6
詠　懷	18	134	13%		1/442	8
臨　終	1	7	14%		1/442	
哀　傷	13	72	18%	7	13/442	
贈　答	72	428	17%	8	72/442	2
行　旅	34	141	24%	4	34/442	
軍　匣	5	23	22%	6	5/442	
郊　廟	2	206	1%		2/442	

類　　別	文選詩分類 小　　計	歷代古詩分類 總　　計	各類詩入選 比　　例		備　　註 佔文選詩卷 比　　例	
樂　府	40	1705	2%		40/442	4
挽　歌	5	22	23%	5	5/442	
雜　歌	4	332	1%		4/442	
雜　詩	93	915	10%		93/442	1
雜　擬	63	161	39%	2	63/442	3
無題殘詩		205				
小　　計	442	5109				

　　自上表中數據比較，各類詩入選比例高低雖已顯然可見，然其量化之意義卻值得深思、斟酌：

　　（一）比例之多寡是否即可表明各類選錄之絕對差距？

　　（二）比例之高低是否足以據爲各類選錄之先後次第？

　　依前章之研究，已大致可知《文選》詩卷各類之設立，除表明創作類型外，亦具突顯詩體創製之功用。故於「歷代存詩總數較少」「選詩與存詩差距較小」之類別，均不排除其爲《文選》所特意標舉之可能，如補亡、述德、臨終、獻詩、百一〔註30〕等，自無依比例推求選錄態度之必要，可不計入排名論較。而上述二疑義，凡經思慮者，則知其答案當爲否定的：

　　「入選比例」本身既非準確數據，其多寡之差距自然無法充分反映各類詩選錄之眞象，本不可固執以推論各類排序、優勢。而在去除可能具強調意義之五類後，將各類比例排序，亦僅爲觀察大體趨向之便。大體而言，據各類詩入選比例，約可發現《文選》選詩有以下傾向：

　　1. 詠史、雜擬、招隱等類之可見存篇稀罕，卻有三分之一以上已爲《文選》迻錄。或可因此推論《文選》選錄此三類詩較具代表性，使餘詩相形見絀、逐代遺佚？或即《文選》選錄之初即對此數類中部分詩篇從優擢取、刪汰較少？

〔註30〕　「歷代存詩總數」較少者，有述德、補亡、臨終三類，表示此數類詩篇之創作，可能較不普遍、致傳存較少，或後人之刪佚太多，故難見原貌。「選詩與存詩差距」較少者，有述德、補亡、獻詩、百一等類。其中「百一」類雖存廿三首，而僅見應璩所作。表示選者可能對此數類詩刪汰較少，故謂其爲《文選》特意標舉之可能性。然就比例言，此二種情形者均佔必然優勢，如提與他類並較，乃有失公允，故先予排除另論。

　　2. 樂府、雜歌、郊廟等類之輯得存詩豐碩，《文選》選錄該類亦見詳備，卻未能稱其存詩之相對份量。顯示《文選》於此三類詩或有刪汰較嚴之傾向？或對此三類詩另有名義以外之選錄要求？以致有百分之九十九以上之可見存詩皆未受肯定。

　　因此，循此二方向，選定入選比例較高、偏低的詩類以進行詩篇之比較研究，或可獲致較確切、更深入之成果。

（一）入選比例較高之詩類

　　自前述列表排比，顯見《文選》諸詩類中入選比例較高者，爲「詠史」、「雜擬」等類。參見備註，其所佔選詩份量亦多，足見此二類於數值比較及相對地位上，均佔選錄之優勢。詳究選篇，「詠史」類共錄十家、二十一篇詩。其中以左思八首、顏延之六首、地位卓著，驗諸存詩內容、歷代詩評、詩集選萃（參見前文），此二家詠史詩洵爲篇章之珠澤，廣被眾家之賞愛；而歷代詩篇配置，則選魏詩二首、西晉詩九首、東晉一首、宋詩七首、齊詩一首、梁代一首，稍略於魏而詳於晉，而大體符合歷代詠史詩發展及存篇現況（參見第三章表五），故自詩篇份量配置、發展史實考察，《文選》選詠史一類詩，確已具基本層面之代表性。

　　綜覽詩篇內容，則體寓多方、抒寫自由。雖均以五言詩爲主，而構體不拘，或短章遒緊、貫如連珠，則太冲〈詠史〉、延年〈五君〉足稱奇絕；或長篇舒緩、歷鑑史事，則盧諶〈覽古〉、宣遠〈張子房詩〉最爲繁切。至於詠史筆法，更無滯著，隳括本事、默寓己意者，固符正體之製；主抒情志、借史詠懷者，尤見巧變之概。〔註31〕故由結構、作法上未見近似，僅題旨、修辭稍得如下趨向：

1. 多敘仕宦、論出處

　　《文選》所錄詠史各篇，分以三良、二疏、張良、秋胡爲咏，題材兼及遠近、仕隱，而大體嘆前賢建業立身之智慧，借古事以論治亂進退之契機，乃不離士大夫之本位。故事事語關仕宦、篇篇感出人臣，此乃《文選》詠史詩鮮明可見之特質。即便如「秋胡詩」之美潔婦，亦篇重宦遊而略於桑女；

〔註31〕參見于光華《評註昭明文選》卷五「詠史」402 頁引何義門《文選評本》曰：「詠史者，不過美其事而詠歎之。隳括本傳，不加藻飾，此正體也。太冲多攄胸臆，乃又其變，敘致本事，能不冗不晦，以此爲難。」故正體、變體之別，乃據此而論。

〔註 32〕〈五君詠〉雖頌名士，仍語多擶憤、非安於遯世之辭。胸懷壯志、急於經世，本古今知識份子之共同關懷，亦爲歷代詠史詩之主要論題，現《文選》所選專取之而舍其餘，其纂集之宗旨徵此可見。

2. 必寫情志、抒懷抱

今存詠史，首肇班固，本近於史論贊以主述史事，略存旨意爲體。魏晉以下，曹植、左思皆以史事寓懷抒感，題曰詠史，實爲詠懷。〔註 33〕鮑照又創變其體，借故實以諷喻時事，則詠史詩寄情寫志之用遂廣。細察《文選》所選二十一首，違論其敘事之多寡，率皆以託意喻己爲辭，故註家多詳引生平，以明其志。〔註 34〕而其特予推舉之左思、顏延之二家，尤以直寄性情、勇於自序而普獲詩家共鳴。〔註 35〕足見《文選》雖出於摛文尙藻之齊梁，猶不偏廢抒情言志之詩本質。

3. 好比興，貴得蘊藉

比興之法、溯源風雅，因景起興、藉物喻志，能使意深而味有餘。《文選》

〔註 32〕 參見《文選》卷二一所錄顏延之〈秋胡詩〉，本爲五言長篇，旨在美魯秋胡子之妻有高節。今則歷敍其初婚、宦游、行路、宦歸、贈金諸事，較諸史傳詳於秋胡行役之苦，略記桑下贈金挑婦之事。故何義門評曰：「題是秋胡詩，而重在潔婦。今詩中詳敍秋胡宦游事而于桑下挹金一段顧略焉。體製殊不可解。」

〔註 33〕 《評註昭明文選》卷五引何焯評子建〈三良詩〉曰：「此首全是自傷，出首二句，便見心曲。又評左思〈詠史詩〉曰：「題云詠史，其實乃詠懷也。」王瑤《中古文學史論》卷二，127 頁亦曰：「其實當時人對歷史上某些眞實事件的看法，並不像我們現在這樣認眞。……如當時流行的詠史詩，其基本性質和另外一種游仙詩，實在沒有什麼分別。」

〔註 34〕 《六臣註文選》卷二一「詠史」王仲宣下，向曰：「謂覽史書以詠其行事得失，或自寄情焉。曹公好以己事誅殺賢良，粲故託言秦穆公殺三良自殉以諷之。」又見曹子建下註，良曰：「義與前詩同，植被文帝責黜，意者是悔不隨武帝死，而託是詩。」又左太冲下註，向曰：「是詩之意多以喻己。」又見張景陽、盧子諒、謝宣遠、顏延年、虞子陽下皆有此類疏解。

〔註 35〕 參見汪中《詩品注》上品，引張玉穀《古詩賞析》曰：「太冲詠史，初非采衍史事，特借史事以詠己之懷抱也。」歷代詩評推崇左思詠史者，除貴其雄壯精切之風格外，多以詠己懷抱爲難得。如沈德潛《古詩源》卷二，評曰：「太冲詠史，不必專詠一人、專詠一事，詠古人而己之性情俱見，此千秋絕唱也。」而《文選》卷二一〈五君詠〉下，李善注曰：「當時劉湛言於彭城王義康，出爲永嘉太守，延年甚怨憤，乃作五君詠以述竹林七賢山濤、王戎以貴顯被黜，詠嵇康曰：『鸞翮有時鎩、龍性誰能馴』；詠阮籍曰『物故不可論、途窮能無慟』；詠阮咸曰：『屢薦不入官，一麾乃出守』；詠劉伶曰：『韜精日沈飲，誰知非荒宴』此四句蓋自序也。」

所取詠史古詩、多用比興，一以古人史事自況，寄喻懷抱，慷慨陳辭而不傷
直評。如子建之喻三良、明遠之託君平、張景陽詠二疏、虞子陽頌霍將；一
則訴諸景物描摹、委婉興情，形象鮮活而意韻緜遠，如左思以籠鳥舉翮興窮
士固守之志；延年以高鳳棲梧起秋胡潔婦之貞，仲宣以黃鳥託悲切之情，太
沖借松苗喻高下之勢。用之精當深切者，首推左思，故雖以風格險峻稱野，
仍因善用比興而獨得深意。〔註36〕

4. 尚典麗、不忌鋪陳

《文選》選錄詠史二十餘篇，雖剛柔並蓄、曲直互見、兼取諸家菁華，
其篇章之詞采典麗，乃眾製所同，當其刻畫綿密，更曲盡鋪采摛藻之妙。以
質樸雄渾見長之太沖，猶時見「邊城苦鳴鏑、羽檄飛京都」（〈詠史〉第一）、
「朝集金張館、暮宿許史廬。南鄰擊鐘磬、北里吹笙竽。」（〈詠史〉第三）
等鋪敘之辭。至於鏤采綺密之延年、辭采稱異之宣遠，自然更見麗句「峻節
貫秋霜、明艷侔朝日……原隰多悲涼，迴飆卷高樹，離獸起荒蹊、驚鳥縱橫
去」（顏延之〈秋胡詩〉）、「神武睦三正、裁成被八荒。明兩燭河陰、慶霄薄
汾陽。鑾旂歷頹寢、飾像薦嘉嘗。」（謝瞻〈張子房詩〉），此二家詩皆負當世
盛名，而其修辭駢典雅、論述娓娓詳切，異於魏晉諸家之雄奇矯健，獨出以
繁縟長篇。餘如明遠、子陽之詠史，雖適緊近於律體，〔註37〕其屬對繁華、
鍊字險絕之用心，實與前述各家無異。

概括《文選》詠史類詩篇內容，詞采之趨於典麗固已顯而易見。遂使「選
詩」蒙「過文失眞」之通貶。〔註38〕若深究題旨，由抒詠本質、比興詩法之
獨存，則知「選詩」何以得「存古韻度、義歸婉轉」〔註39〕之評論。據此而

〔註36〕參見鍾嶸《詩品》卷上，評左思詩曰：「文典以怨，頗爲精切，得諷諭之致。
　　　　「野於陸機，而深於潘岳。」此「野於陸機」乃以左思才高氣雄，辭不加飾，
　　　　流於豪放疏野；而深於潘岳則因其比興巧妙，深蓄情致。故王闓運曰：「太沖
　　　　詩亦追險勁。而多托比興，加以頓挫，故無直致之處。」

〔註37〕參見《評註昭明文選》卷五，何焯評虞子陽〈詠霍將軍北伐詩〉曰：「前用飛
　　　　狐瀚海，則後用骨都日遠，前用羽書刁斗則後用胡笳羌笛，步步相爲映發，
　　　　此永明以後詩體也。」又：同卷于光華評鮑照〈詠史詩〉曰：「一路說得繁華，
　　　　一結怎歸寂寞，筆法甚緊，感慨甚深。」

〔註38〕同見《評註文選》卷五〈秋胡詩〉後，何義門評曰：「焦仲卿詩質而近野，此
　　　　過於文卻似少眞意。獨取此者，與此書氣味協也。」

〔註39〕參見《歷代詩話》中元·范梈《木天禁語》評「選詩」之家數爲「婉曲委順」，
　　　　學者不察，失于柔弱。陳繹曾《詩譜》則以爲：「讀文選詩分三節，東都以上
　　　　主情，建安以下主意，三謝以下主辭。齊梁諸家，五言未能律體，七言乃多

觀袁宏深獲推崇之詠史詩可獲得驗證：〔註40〕

> 無名困螻蟻，有名世所疑。中庸難爲體，狂狷不及時。楊惲非忌貴，
> 知及有餘辭。躬耕南山下，蕪穢不遑治。趙瑟奏哀音，秦聲歌新辭。
> 吐音非凡唱，負此欲何之。

則袁詩之深厚蘊藉、清暢自然，頗足發諷喻詠志之旨。固無遜子諒，足繼太沖，然其渾然無飾之詞語，置於「選詩」間，或將有鄙直之譏。《文選》舍而未選，或即緣於修辭風格不類之故。

其次，就「雜擬」類研究。《文選》錄「雜擬」詩六十三首，始選晉、陸機，終取梁、江淹，共十家，就選集篇幅、詩篇比例而觀，均爲諸類之前茅，具顯著之評選優勢（參見表三：（九））。而其篇章之分配：晉取二家十三首、宋取六家十九首、梁取二家三十一首，正與「雜擬」初行於兩晉，盛於劉宋、登峯於齊梁之發展應合（參見表三：（十一））。足見，以模擬兩漢古詩、前人體製爲式之「雜擬」詩，雖爲兩晉後新興，卻爲齊梁詩之主流，享有《文選》評選之禮遇及詮釋之用心，反映風尚之時代性甚爲鮮明。尤以陸機等三大家擬作之詳錄，足以窺見《文選》選詩之好尚。

《文選》優選擬古詩，特鍾情於陸機、謝靈運、江淹三家，故〈擬古詩〉十二首、〈擬魏太子鄴中集詩〉八首、〈雜體詩〉三十首等成組詩篇乃不憚詳錄，然評析各篇，實不盡爲成功之擬作。模擬之習，本鑑於前人篇製獨到而擬以爲式，後之習者更率相依倣，〔註41〕故於詩文、辭賦等文體莫不見此類擬作，六朝以下文士爭露文才，擬題競采之風遂盛。而其體式，題材既襲自原作，所以較長短者，自見於模擬之極似與文辭之奇麗，評賞擬古詩篇，亦不妨由此作法、修辭上著手。

古製，韻度猶出盛唐人上一等」。

〔註40〕參見歷代詩選集，王士禎《古詩選》、王船山《古詩評選》等均同輯補《文選》所未選之袁宏〈詠史詩〉。其中〈周昌耿介臣〉一首爲王船山評且「未免以論斷」，方東樹評其「陳腐」。僅〈無名困螻蟻〉一首直抒胸臆、曉暢有意韻，故王船山謂其「先布意深，後序事蘊藉，詠史高唱，無如此矣！」

〔註41〕此模擬習作之風由詩文序錄，史傳論述中均可見例如。如《漢書》卷八十七上，〈揚雄傳〉曰：「（雄）又旁（仿）離騷而作重一篇，名曰廣騷，又旁惜誦以下至懷沙一卷，名曰畔牢愁。……先是蜀有司馬相如作賦甚弘麗，雄心壯之，每作賦，常擬以爲式。」又見《陸士衡集》卷四十八，陸機〈遂志賦〉序曰：「昔崔篆作詩以明道述志，而馮衍又作顯志賦，班固又作幽通賦，皆相依倣焉。」足見此種以前人詩文擬以爲式之作法乃學者之通常歷程，故文人相依倣之風習乃日盛於六朝。

　　《文選》錄雜擬詩六十餘首，雖均號稱詩中清英，而其模擬作法實各異風趣，代有遞變：西晉多準式兩漢古詩、步驅緊追；劉宋以下則兼法魏晉，貴得體度風韻神似；齊梁諸家則不拘流別、咸取其美，並不諱隱短長，酌變其體。此模擬典範、重心之移轉，自陸、謝、江三家詩尤鮮明可鑒：陸機〈擬古詩〉大抵以〈行行重行行〉等古詩爲習法，〔註42〕風度、神韻、詞語、結構莫不揣習，故明題曰「擬……」某篇；自謝靈運〈擬鄴中集詩〉，乃慕建安文風，而代爲之詞、微倣其體，〔註43〕則不必以實作實人爲詠，惟模其神似；至於江淹〈雜體詩〉，凡體擅一方者莫不稱善，倣法多方，雖不免囿於個人之才識、好尚而致作品高不下齊，有妙具形神而超軼本作者，有句法稍似而顏色過濃者，乙有革其缺弊、依擬氣度創變者。〔註44〕雖三家技法各有巧妙，眾篇中拙劣不一，《文選》均予兼蓄並容，足見其於擬詩之作法並無定見，亦未嚴求，可謂精蕪並存。

　　至於雜擬諸篇之修辭，則顯然較作法易尋見統一性：均具典正繁麗之風格。典正者，謂其措辭必出有源（或點竄詩文、或得其精神），並以整練爲要，如下列諸例：

原　作	擬　作
盈盈樓上女，皎皎當窓牖。	皎皎彼姝女，阿那當軒織。
娥娥紅粉粧，纖纖出素手。	粲粲妖容姿，灼灼美顏色。
（〈青青河畔草〉）	（陸機〈擬青青河畔草〉）
白馬飾金羈，連翩西北馳。	劍騎何翩翩，長安五陵間。
（曹植〈白馬篇〉）	（袁淑〈倣曹子建白馬篇〉）
鸞鳩飛桑榆，海鳥運天池。	青鳥海上遊，鸞斯蒿下飛。

〔註42〕陸機擬古詩之作，今存見者僅《文選》所錄十二首，而《詩品》卷上，評古詩則謂：「陸機所擬十四，文溫以麗」蓋本有十四篇，梁初鍾嶸猶見之，今已散佚。吳汝綸考其或爲〈驅車上東門〉、〈迴車駕言邁〉二首，則陸機之擬作，除〈蘭若生朝陽〉外，均大抵以《文選》所選〈古詩十九首〉爲擬題。

〔註43〕參見孫月峯《文選瀹註》評鄴中集詩曰：「此諸作非若士衡之句字皆儗，只是代爲之詞，兼微效其體耳。細玩亦不甚似，然比之康樂，自較蒼勁有骨力，猶有建安黃初遺意。」

〔註44〕今觀詩篇內容及參照後世詩評，乃知江淹等家擬詩，已不似陸機之固守前人，而是瑕瑜並露，並稍矯其弊而體勝原作。如其擬顏、謝則得其深切精密，亦不掩其繁縟冗長；擬曹丕、謝莊、惠休上人則神態彷彿、尤勝原詩；擬許詢、張綽則變革缺弊、妙得維肖。評語則詳見于光華《評註昭明文選》卷七。

豈不識宏大，羽翼不相宜。　　　　　浮沉不相宜，羽翼各有歸。
　　　　　（阮籍〈詠懷〉）　　　　　　　（江淹〈擬阮步兵詠懷〉）

　　類此者甚多，不備詳引。大抵已可知擬詩諸句具詞語承襲、轉換之迹，
並再度精煉詩語，使語意更明確、詞句更工整修鍊。繁麗者，則涵括其構意
之繁複與措辭之藻飾而言。構意繁複除籍夸飾、比興、對偶諸種修辭技巧使
意境曲折、豐富，更具體見於章句、詞語之繁複：（按「。。」示其用複詞、
罕語。「‧‧」示其為用典。）

　　例一：朝馳左賢陣，夜薄休屠營。昔事前軍幕，今逐嫖姚兵。（范雲〈傚
　　　　　古〉）──（陳八郎本、明州本、贛州本「馳作驅」）

　　例二：蘭逕少行迹，玉臺生網絲。庭樹發紅彩，閨草含碧滋。（江淹〈擬
　　　　　張司空華〉）

　　例三：蕭舲出郊際，徙樂逗江陰。翠山方靄靄，青浦正沈沈。（江淹〈擬
　　　　　謝光祿莊〉）

　　例四：嵒嶠轉奇秀，岑崟還相蔽。赤玉隱瑤溪，雲錦被沙汭。（江淹〈擬
　　　　　謝臨川靈運〉）

　　對偶、排比本為魏晉詩中習見之修辭法，除令詩語修整外，更因其互句
足意而使意境重覆、舒緩。如再加以事義、成詞之嵌鑲，則益增詩意迂迴深
思之趣，如例一二之屬對運典，均為章句繁複之類。或借代以古字雅詞，或
飾以複詞、彩藻，均足誇耀文才而使詞采鮮艷繁綺，如例二、三、四中詞組、
複詞、疊字之潤飾。而此類措詞鍊句之精贍，除獲致構意繁複之效果，其本
身即呈現雕琢彩繪之文字形象，二者本互為表裏、相輔相成。亦是六朝雜擬
詩，甚至《文選》所錄詩篇整體，極為鮮明之修辭特色。此特色於前述三大
家詩篇中，尤磊磊可見。故鍾嶸《詩品》評陸機詩曰：

　　才高詞瞻，舉體華美。氣少於公幹，文劣於仲宣。尚規矩、貴綺錯，
　　有傷直致之奇……（〈上品〉）
　　評謝靈運詩曰：「嶸謂若人興多才高，寓目輒書，內無乏思，外無遺
　　物，其繁富宜哉。然名章迥句、處處間起，麗典新聲，絡繹奔會，
　　譽猶青松之拔灌木、白玉之映塵沙，未足貶其高潔也。」（〈上品〉）

　　評江淹詩則詳述郭璞索彩筆一事，足見江詩亦本以文彩爛然著稱當世。
然修辭過求「典正繁麗」，則流靡氣卑，失於雕鑿。故陸機〈擬青青陵上柏〉、

〈擬東城一何高〉、〈擬西北有高樓〉、謝靈運〈擬鄴中集詩〉中〈魏太子〉、〈陳琳〉、〈徐幹〉、〈劉楨〉諸篇、江淹〈雜體詩〉擬劉楨、王粲、左思、陶潛、王微諸作，皆因詞妍色濃、過於作意而見嗤於後世，〔註 45〕而《文選》一概全錄而不加刪捨，遂使「典麗」成為「選詩」之通評。此乃由「雜擬」詩篇研究所得之印證。

　　要之，研析詩篇入選比例較高之詠史、雜擬二類作品，已可略見《文選》選詩大抵兼重形式與內涵，並適度考量詩類創作發展時代而配置作品，故此二類所選詩篇頗具代表性，為後世選家所遵循。惟其評詩偏尚典麗之修辭風格，故於部分詩家之組詩不忍刪捨（如陸、謝、江三家〈雜詩〉）、亦有部分清易曉暢之佳作（如袁宏〈詠史詩〉）獨遭選錄，乃白璧中之微疵。

（二）入選比例較低之詩類

　　由前表排比可知《文選》各類詩篇入選比例較低，篇章份量亦少者，乃雜歌、郊廟、樂府諸類。探究其比例偏低之因，除「樂府」、「雜歌」等名義古今有別，寬狹不一外（參見第六章），大體可見選詩者對此三類作品具刪嚴略取之傾向：

　　1. 自前文「詩作輯佚」、「詩話評論」，均可見傅玄、張華、沈約、王融、吳均等家，均有數量可觀之樂府作品，頗獲詩家推重，本具入選之可能，卻為《文選》從略。

　　2. 由整體數量、時代與作家之比例檢覈，均未與存詩現況相應：現存樂府詩一千七百餘首，為各類之冠，然《文選》選錄四十首，僅居各類第四，雜歌則存作各類第四，僅取四首，其選錄份量顯然偏低；各時代作品之配置，亦偏詳於三國、西晉，而略於東漢、東晉與梁代；〔註 46〕於諸家歌詩，則獨鍾陸機、鮑照，略選其餘。

　　據此二點論證，足以推知：《文選》選詩略於樂府、雜歌類之作品，乃是一種有意、且關涉評詩觀點之現象，值得由詩篇之選錄詳予辨析。

〔註45〕參見前章表列，上列諸篇大抵均為明清以後選集刪略，後代詩選評註亦多詆其修辭，詳見于光華《評註文選》卷 7 頁 34～48（學海書局，民國 57 年）。

〔註46〕由《文選》樂府詩之時代而觀：兩漢樂府現存三百五十餘首，選古樂府三首；三國樂府存一百九十餘首，選建安樂府八首，西晉樂府存二百七十餘首，選十八首；東晉樂府存三百五十餘首，均未選；宋代樂府存二百八十七首，選九首；齊代樂府存一百多首，選一首；梁代樂府一百二十多首，則全都未選。故依其比例關係而言，詳於三國、西晉，略於東漢、東晉與梁代。

　　首先，溯源「樂府」詩體，本採自各地謳謠，但通覽《文選》「樂府」類四十首詩，其篇題、素材雖豐富多方，頗具風謠色彩，然詳較詩篇風格，創作技法，仍可歸結數點特徵，明顯與民間歌謠有別：

　　甲、句式整齊：通常所見歌謠，多具即興謳吟之特質，每首句數無拘，每句字無定數〔註47〕形式上頗爲活潑自由，而《文選》所錄樂府四十首，除「猛虎行」首二句爲雜言外，多爲五言、四言等，全篇，句式整齊統一。

　　乙、文辭雅馴：風謠源自民間自由創作，故通常具備文辭淺近俚俗，抒情直露之特質，此由吳歌西曲等民歌中皆可印證。然《文選》所選樂府詩措辭嚴謹文雅，少見虛字代詞，而頻用典故成辭，故雖較他類詩篇顯得清暢有風致，但仍與民歌之率眞自然有別。

　　丙、句法講究：《文選》樂府詩除文辭典雅，異於風謠之質樸外，並習見對偶、排比的整麗，頂眞、順敘之連繫，問答、倒裝之變化，〔註48〕諸此技巧皆使詩篇更爲繁縟精贍，句式修整，去謠諺之俚俗益遠。

　　由此形式上之明顯差異，已大致可見《文選》選「樂府詩」本有其獨特取向。另在基本精神上更與「感於哀樂，緣事而發」之漢俗曲樂府相異，轉而以個人情志、感懷爲抒詠重心，此由曹氏父子、鮑照等人之作品均可尋見軌跡。故其詩篇內容雖大體承襲樂府古題之題旨、題材上廣收風土色彩較濃之作品（如〈齊謳行〉、〈吳趨行〉、〈會吟行〉、〈東武吟〉等）甚至詩文中仍留有說唱歌詩之格式（如〈東武吟〉：「主人且勿諠、賤子歌一言」，〈會吟行〉：「六引緩清唱，三調佇繁音，列筵皆靜寂，咸共聆會吟」等），但仍以經後人擬作、修潤之文士樂府爲主，與今存之漢代歌謠、樂府古辭風格頗見差距，

〔註47〕參見屈萬里〈論國風非民間歌謠的本來面目〉一文第2頁，曰：「我們通常所見的歌謠，一般的形式是：每首既沒有一定的句數，每句也沒有一定的字數；總都是有話就說，興盡即止。所以它們的篇章和句子，大多數是不整齊的。」

〔註48〕對偶、排比之句式乃「選詩」極普遍之修辭法，樂府類作品亦多此例：如「抑手接飛猱，俯身散馬蹄。狡捷過猴猿，勇剽若豹螭」（曹植〈白馬篇〉），「近火固宜熱，履冰豈惡寒」（陸機〈君子行〉），則爲連句屬對者；「山不厭高，海不厭深」（曹操〈短歌行〉）、「昔爲匣中玉，今爲糞上英」（石崇〈王羽君辭〉）則以排比映襯；頂眞之句，如「青青河邊草，縣縣思遠道，遠道不可思，夙昔夢見之」（〈飲馬長城窟行〉）、「伊洛有歧路，歧路交朱輪」（〈長安有狹邪行〉）尤爲樂府詩中常見；順敘之法，則〈飲馬長城窟行〉、〈王明君辭〉、〈日出東南隅行〉等篇皆習見，頗見敘事詩風采。餘如「性命安可懷」、「父母且不顧」（〈白馬篇〉）之倒裝、「苦哉遠征人，撫心悲如何」（〈從軍行〉）設問句法，均顯出文士樂府修辭鍊句之工。

較唐宋以後樂府詩集之收錄範圍狹猛許多，故其共同之特色亦鮮明易覺。

　　次者，細究《文選》樂府類選錄各家詩篇之實況，則三曹父子之高亢、陸機擬作之平典，似較獲選詩者鍾愛。然鑑賞詩文，魏武〈短歌行〉、〈苦寒行〉二篇固蒼勁高古，體式獨創，〔註49〕魏文〈燕歌行〉、〈善哉行〉二篇亦清麗有度，足徵其抒情婉轉之長。〔註50〕但曹植〈白馬〉、〈名都〉諸篇則不免詞采華耀，漸失本色，並未足作其樂府詩之代表。〔註51〕而陸機〈短歌行〉、〈門有車馬客行〉、〈塘上行〉諸篇以眞切清麗擅名，〈猛虎行〉、〈長安有狹邪行〉等亦雅正有古意，餘篇雖各具抒詠情態，然非盡爲佳作，時聞拘謹貧乏之譏，選其十七，實流於浮濫。〔註52〕由《文選》對曹植樂府獨具偏好〈白馬〉、〈名都〉之麗辭，略〈浮萍篇〉、〈吁嗟篇〉之深情，選陸機樂府多錄〈預章行〉等擒藻之篇，刪〈班婕妤〉、〈折楊柳行〉等眞摯之作，且不忌曹、陸「事謝管絃」之乖調，〔註53〕其於樂府詩特重文辭甚於音樂性之傾向亦稍可見。

〔註49〕沈德潛《古詩源》卷五：「借古樂寫時事，始於曹公。」其實曹操亦於樂府中抒寫政治抱負與理想。如〈苦寒行〉、〈短歌行〉乃分別反映其軍旅生活、政治事業之感懷。而〈短歌行〉之以四言作樂府，更爲樂府形式上之成功嘗試，故沈德潛謂其「於三百篇外，自開奇響。」而王運熙《漢魏六朝樂府詩》更評其貢獻有三：「首先開創風氣，推動樂府詩的繁榮……其次以其佳作，充實詩壇……第三舊曲新歌，另闢蹊徑。」見第二章73、74頁（華正書局，民國72年）。

〔註50〕由存詩觀察，《先秦漢晉南北朝詩》上冊中收錄曹丕樂府詩廿五首，其中四言、五言、六言、七言和雜言各體兼備，大都質樸清麗，善於抒情。如〈善哉行〉是反映亂世中戍卒遊子思歸之情，〈燕歌行〉則寫思歸感秋相思之情，乃現存最古之七言樂府。故王運熙《漢魏六朝樂府詩》評曹丕樂府曰：「曹丕很擅於吟詠男女情愛和離愁別緒，特點是抒情婉轉，情調俳惻，善用鋪排。」（見第二章75頁，《國文天地》雜誌社，民國79年）

〔註51〕曹植詩素以「詞采華茂、體被文質」（鍾嶸語）著稱。而其白馬篇、名都篇等樂府，尤爲代表。故胡應麟評其「辭極贍麗，然句頗尚工、語多致飾」，沈德潛亦評其爲「修辭之章」此皆前文所引。而王世貞《藝苑巵言》卷三則更評三曹樂府曰：「曹公莽莽，古直悲涼。子桓小藻，自是樂府本色。子建天才流麗，雖譽冠千古，而實遜其父兄。何以故？材太高，辭太華。」

〔註52〕黃子雲《野鴻詩的》曰：「平原五言樂府一味俳比敷衍，間多硬句，且踵前人步伐，不能流露性情，均無足觀。」此評雖不免貶之太過，亦足顯其弊。許學夷《詩源辯體》則曰：「士衡五言如〈從軍行〉、〈飲馬長城窟行〉、〈苦寒行〉、〈前緩聲歌〉、〈齊謳行〉等，則體皆敷衍，語皆構結，而更入於俳偶雕刻矣。」于光華《評註文選》卷七、6頁則引邵子湘評曰：「士衡樂府，大抵平敍處多，而少英奇磊落之致。昭明收之，何太多也。讀者宜稍爲分別。」（學海書局，民國70年）

〔註53〕《文心雕龍・樂府第七》曰：「子建士衡，咸有佳篇，並無詔伶人，故事謝管

　　此外，《文選》於南朝樂府詩則推謝靈運、鮑照、謝朓爲大家。以現存宋齊以後五百餘首樂府作品而觀，《文選》所選三家雖頗擅詩名，選錄之十篇卻不足稱樂府清英，更未能突顯南朝樂府發展之特色。如謝靈運〈會吟行〉，乃繼陸機〈吳趨行〉、〈齊謳行〉後又一述風土之作。惟樂府本非康樂所嫻，〔註54〕又出于東渡過客之手，雖構詞綿密、風采俊發，終乏鄉土眞情以實其骨幹；而〈昇天行〉、〈苦熱行〉等篇，本鮑照五言古調中較典麗工偶之篇章，並未能展現鮑詩奔逸雄渾之風格，與興寄諷喻之創變，亦不足舉爲樂府詩菁英；至於〈鼓吹曲〉雖屬謝朓樂府中應教之名篇，然此「江南佳麗地，金陵帝王州」一首徒務歌頌，乃其樂府諸篇中較清麗工整者，僅得見玄暉修辭之精密，而未顯其情意婉惬之長，故有「淺景淺語，未見所佳」之評。〔註55〕

　　樂府詩發展至南朝，秉漢魏樂府傳統之文人樂府已漸勢微，唱作之風氣不振，內容亦少新意，僅鮑照、謝靈運、謝惠連等力圖振作。相形之下，極具江南色彩之民歌俗曲（如〈子夜歌〉、〈讀曲歌〉等），已由民間迅速蔓延至文人士族間，成爲採聲製辭、改作配唱之新聲。非但君王貴族趨新好奇，當代名士亦曾試作，足見其發展之蓬勃，而昭明太子等編者，選樂府詩竟未稍及。殆因此類民歌淺調俗，雖清麗婉轉，但多屬纏綿浪漫之情歌，對謹遵漢魏樂府傳統、文士本位之《文選》而言，不異爲淫曲鄭聲，雖爲宴樂狎戲之娛，卻難登大雅。其之刪捨，雖可理解。然其囿於文人本位，難免好典尚藻之習，未能挈取樂府現實之精神、統觀當代樂府之全面發展，使家有遺珠、代有遺聲，遂使「選集清英」之標榜，僅限於當代意義，難獲後世選家共鳴。

　　同樣源於本位主義之主觀評價，亦見於對傅玄、張華等人樂府詩之漠視及選取「雜歌」類作品之簡陋。傅玄、張華、沈約是當代樂府詩之作手，非但勤於吟詠、成就亦高，唯其不襲古意，雖沿用古題而自創新意；不避俗體艷情，託辭於怨女棄婦，而寓諷諫感懷於其中。〔註56〕故雖清麗婉轉、駢語

────────────────

絃，俗稱乖調。」許學夷《詩源辯體》評曰：「士衡樂府五言，體製聲調，與子建相類，而俳偶雕刻，愈失其體，時稱曹陸爲乖調。」按：二說當以劉說爲是，正因事謝管絃，故曰「乖調」，且其時雕鏤尚藻之風熾，必無以此辨爲乖調之理。

〔註54〕參見《評註昭明文選》卷六，引何義門《文選評本‧會吟行》後評曰：「樂府詩宜讓明遠，謝公不嫻斯體，他章亦無可觀。」（學海書局，民國70年）。

〔註55〕又見《評註昭明文選》卷六，引孫月峯《文選瀹註》於謝朓〈鼓吹曲〉後評曰：「淺景淺語，未見所作。然清麗工整，漸開五七言近體。」

〔註56〕由目前存詩所見，傅玄樂府存七九首，張華四五首，皆足稱大家。故沈德潛

絡繹，仍未符文士樂府好古典雅之風格標準。至於率性詠歌、即事抒懷之「雜歌」類作品，本最符合「感物吟志」之詩歌緣起，〔註57〕亦爲兩漢以來，歷代歌詠不絕之詩體。而《文選》選詩僅錄四首，且前二首出自史傳所錄，後二首爲擬代之詞，雖備徒歌之一體，實則刪略甚多，偏重擬古、典雅之作。故項羽「力拔山兮氣蓋世」、李延年「北方有佳人，絕世而獨立」等豪放、簡約之作品被其汰除，各代傳唱閭里之雜曲歌謠亦非所尙。

因此，藉由詩篇入選比例偏低之現象深究，我們得以發現《文選》選詩在樂府、雜歌二類具獨特之選取角度；經選取內容之分析研究，更確定其「崇尙典雅、不錄俗唱」、「寧取擬古，不必創新」之文人取向，再度印證《文選》「作爲文士習作典範」之編輯目的。並證實其固執「古詩」一脈傳統，以致輕忽「樂府」民歌本質之選詩趨向。

二、依各類詩選錄地位而較

《文選》選詩以「類」細分，作爲編排綱領。各「類」之呈現，除可作詩才專擅之表徵外，亦可視爲創作類型之指標。前者已於前文（四章第一節）依詩家專長表現進行分析。至於創作類型之評估，則當由詩篇考核其代表性。而此「代表性」，就分類之觀點而言，當具有各類之典型價值，以選集之角度而言，則應具詩篇創作之典範價值。以下即偏重此二方向探究《文選》選錄之詩篇。

（一）獨立成類之詩篇〔註58〕

凡以一篇或一類作品獨立成類者，通常具二種可能：或因此類詩篇僅存一作，且無法附入他類；或因此篇頗爲傑出，值得專立一類顯其特色。《文選》詩卷中此種獨立成類者有七，依類別形成之緣由，可分別而論。

1. 已相沿模習成爲定體者

如「百一」類僅選應璩〈百一詩〉一首。據李善注引《楚國先賢傳》、《晉陽秋》之說，此「百一」詩除內容具「譏切時事」「頗有補益」之諷諫價值

《古詩源》卷二，評傅玄曰：「長於樂府而短於古詩。」且傅、張二家皆善於以女性題材寄寓諷諫，故張溥《百三名家題辭》評傅玄曰：「新溫婉麗，善言兒女。」而鍾嶸《詩品》亦評張華曰：「猶恨其兒女情多，風雲氣少。」見殷孟倫輯注《漢總六朝百三家題辭注》（世界書局，民國51年）。

〔註57〕《文心雕龍・明詩》第六、論詩歌原始曰：「人秉七情，應物斯感，感物吟志，莫非自然。」

〔註58〕此處「詩篇」之涵義較寬，非僅指獨立之單篇，亦兼同一作者之同題組詩而言。

外，體裁上或有「以百言爲一篇」之趨勢，故自應璩創作後，已獨立標爲一體，今尚可見何遜〈聊作百一體詩〉之擬作，及《唐書》著錄之〈百一詩〉別集。〔註59〕而《文選》獨取應璩一篇，蓋許其創制有功，惟後繼微邈，故難得佳作。另「郊廟」類僅選顏延年〈宋郊祀歌〉二首，則頗見微詞，以略取漢魏古製爲憾。〔註60〕據樂志載錄，漢魏之世雖屢復雅樂，卻因遭晉氏之亂，樂人悉沒於戎虜，至宋文帝詔淮撰立新歌、郊祀宗廟之歌舞始漸完備。〔註61〕故選錄宋郊廟歌辭本有推其倡復雅制之義，非必漢詩而後可選。再詳究歌辭，顏氏所造郊祀歌辭，字字典重、語語雍容，頗具功成饗神之氣度，如其「彙威寶命，嚴恭帝祖，炳海表岱，系唐胄楚。」一首顯然較漢〈安世房中歌〉：「大孝備矣，休德昭明」一段語更鋪陳，文加藻飾。雖端莊雅麗頗稱體制，〔註62〕渾厚質樸則難嗣遺響，今《文選》錄宋辭而捨漢歌，並刪略〈饗神歌〉三言之體，其崇雅黜俗，不尚簡質之取向可知。故何焯曰：

> 不採錄漢郊祀、房中諸篇者，與此書文體不相入。」（《評註昭明文選》卷七）

又如〈臨終詩〉之獨取歐陽堅石，捨孔融、謝靈運、范曄之高才盛名，

〔註59〕 《文選》卷二十一，李善注引張方賢《楚國先賢傳》曰：「汝南應休璉作百一詩篇，譏切時事，徧以示在事者，咸皆怪愕。」又引孫盛《晉陽秋》曰：「應璩作五言詩百三十篇，言時事頗有補益，世多傳之。今書《七志》曰：『應璩集謂之新詩，以百言爲一篇，或謂之百一詩！』然以字名詩，義無所取。」按：今據《文選》所錄詩而觀，其篇恰近於百言，或於其諷諫之詩義外亦具此體裁之形制。又自《唐書·藝文志》著錄，有見「百一詩二卷，李慶撰」之別集著錄。足見此「百一詩」自魏晉後已沿爲定體。

〔註60〕 參見清·李重華《貞一齋詩說》論詩以「真意流露、氣厚詞樸」者爲尚，故重譏《文選》取捨不當曰：「今《文選》不衷六義，而因事分類裁別，固已陋矣。又樂府、郊廟不取漢取宋……其他繁靡既多，遺迭不少，謬戾未可殫述。」又見《文選學》義例第二，引劉申受〈八代文苑敘錄〉評《文選》選錄失當曰：「郊祀不采《漢志》，僅及延年，樂府止涉五言，未遑曲調……顯違例而彌陋。」

〔註61〕 參見《宋書·樂志》一：「宋帝元嘉九年，太樂令鍾宗之更調金石。十四年，治書令史奚縱又改之。……元嘉十八年九月，有司奏：『二郊宜奏登哥。』又議宗廟舞事……二十二年，南郊，始設登哥，詔御史中丞顏延之造哥詩，廟舞猶闕。」

〔註62〕 《評註昭明文選》卷六、郊祀歌後引何義門評曰：「雅與題稱，麗不病蕪，楊班儔也。康樂亦復不能兼。」又方伯海曰：「此篇極寫禮樂陳設之盛……題中題後截截周到，二詩誠屬清廟明堂之響，不如是則與題面不相稱。」（學海書局，民國70年）。

〔註63〕亦可由詩篇探究緣由:

> 伯陽適西戎,孔子欲居蠻。苟懷四方志,所在可游盤。況乃遭屯塞,
> 顛沛遇災患。古人達機兆,游近關。咨余沖且暗,抱責守微官。潛
> 圖密已構,成此禍福端。恢恢六合間,四海一何寬。天網布紘綱,
> 投足不獲安。松柏隆冬悴,然後知歲寒。不涉太行險,誰知斯路難。
> 眞僞因事顯,人情難豫觀。窮達有定分,慷慨復何歎。上負慈母恩,
> 痛酷摧心肝。下顧所憐女,惻惻心中酸。二子棄若遺,念皆遘凶殘。
> 不惜一身死,惟此如循環。執紙五情塞,揮筆涕汍瀾。(歐陽建、臨
> 終詩)——(八郎本、明州本作「二子棄遺念,皆遘其凶殘。」)

殆亦可見歐陽建之詩文質兼備,層敘分明,雖悲切慷慨而不失莊重,故標舉
爲臨終詩之本色。

2. 彰明其義特予創立者

至如選束晳之〈補亡詩〉,體裁乃西晉以來熟見,以詩三百爲擬代題材之
習作。但以「補亡」逕稱之,並獨設一類,則爲《文選》首創,其志繼風雅、
步驟古人之用心可知。故何焯註曰:「首以以補亡詩編集,欲以繼三百篇,非
苟然而已也。」(《評註昭明文選》卷五)

> (南陔、孝子相戒以養也)循彼南陔,言採其蘭。眷戀庭闈,心不遑
> 安。彼居之子,罔或游盤。馨爾夕膳、絜爾晨餐。循彼南陔,厥草油
> 油。彼居之子,色思其柔。眷戀庭闈。心不遑留。馨爾夕膳,絜爾晨
> 羞。有獺有獺,在河之涘。淩波赴汨,噬魴捕鯉。嗷嗷林鳥,受哺于
> 子,養隆敬薄,惟禽之似。勖增爾虔,以介丕祉。(白華、孝子之絜
> 白也)白華朱萼,被於幽薄。

> 粲粲門子,如磨如錯。終晨三省,匪惰其恪。白華絳趺,在陵之陬。
> 蕡蕡士子,涅而不渝。竭誠盡敬,蠢蠢忘劬。白華玄足,在丘之曲。
> 堂堂處子,無營無欲。鮮侔晨葩,莫之點辱。(以下〈華黍〉、〈由庚〉
> 等篇略)

觀此詩清和雅潤,頗具風度,惜意興淺露,蘊藉不足,且對偶精切,辭
語流麗(謝榛評語,見《泗溟詩話》卷一),風格顯不如夏侯湛〈周詩〉、潘
安仁〈家風詩〉深厚有古趣。惟六篇體貫,有序有則,尙可補前人遺篇。故

〔註63〕《文選》臨終詩僅取歐陽堅石一篇。而據今存詩所見,孔融、謝靈運、范曄、
　　　　顧歡等人均有臨終詩之作。

《詩譜》謂其「全篇煆煉，首尾有法」。又如招隱詩亦兩晉習見之篇，《文選》獨以王康琚〈反招隱詩〉另立一類，乃推崇其不從俗流，意有新創，文雖屬對平典，未脫晉詩靡習，仍淵雅足當一類。至於謝靈運〈述祖德詩〉、王粲〈從軍詩〉，詩篇內容均為歌功紀實、情文粲溢之美文。而一秉述事繼志之孝，寫先人尊主隆人、功成隱退之高節，一為歷敘征役、頌揚軍威之連章詩，於篇旨、功用上均具獨特性，〔註64〕又未見足以衡論之篇章，故為之專設一類，當有標立體製，以供模習之示範作用。

　　簡言之，上述獨立成類之七組詩篇，大抵在題材、體式方面各踞形勝，故得以稱立一類。尤鮮明者，乃其宏麗鋪陳、富贍典雅之修辭風格，為各篇所類同。據此或可推論：修辭風格之趨於雅麗，乃《文選》選詩之基本要求，而後，再將選錄之詩篇依體分類，分制其宜。故以今日評詩觀點研析，各篇雖未必為各類中創作成就最高者，卻均具其體製之特色，可為各類之典型。藉此，《文選》選詩之原則、取向，乃依稀可辨、自成條理。

（二）一家專長之詩篇

　　《文選》評選詩篇，有於一類中佔選錄份量特多者，或意謂此家專力於本類詩篇習作，或以此家詩篇成就足為歷代之冠。凡此詮釋各家詩才專擅之結果，除綜觀詩家各類作品、參酌詩家評論（詳見前文）外，更須由詩篇本身比較、驗證。《文選》中以此一家專長呈現之類別有六，其中四類依循詩題命名，二類因內容另擬類名。

1. 依循詩題為類名者

　　通常此類詩篇創作盛行，已相沿為定體定名（如招隱、挽歌），或由於某家詩篇體創宗風，為眾家所習（如遊仙、詠懷），故詩篇之題名、內容體裁已緊密結合，具鮮明之類型特色。如招隱詩本流行魏晉廿衰亂離之世，士人藉招尋隱者以明疾世退隱之志。〔註65〕

　　　策杖招隱士，荒塗橫古今。巖穴無結構，丘中有鳴琴。白雲停陰岡，

〔註64〕宋、郭茂倩《樂府詩集》將王粲〈從軍詩〉列入卷三十三「相和歌辭」之「平調曲」——〈從軍行〉中，足見其體裁或有與樂府混淆處。今據李善注引《魏志》曰：「建安二十年十月征西京張魯，魯及五子降，十二月至自南鄭，侍中王粲作五言詩以美其事。」故知其乃隨軍紀實之五言詩，本有其獨特性，非必為樂府歌詩之一體。

〔註65〕六臣注《文選》「招隱詩」下、良注曰：「思若天下溷濁，故將招尋隱者，欲以退不仕。」

丹葩曜陽林。石泉漱瓊瑤，纖鱗亦浮沈。非必絲與竹，山水有清音。
何事待嘯歌，灌木自悲吟。秋菊兼糇糧，幽蘭間重襟。躊躇足力煩，
聊欲投吾簪。（左思〈招隱詩〉（一））——（陳八郎本、明州本作
「或」）

經始東山廬，果下自成榛。前有寒泉井，聊可瑩心神。峭蒨青蔥間，
竹柏得其眞。弱葉栖霜雪，飛榮流餘津。爵服無常玩，好惡有屈伸。
結綬生纏牽，彈冠去埃塵。惠連非吾屈，首陽非吾仁。相與觀所尚，
逍遙撰良辰。（左思〈招隱詩〉（二））——（陳八郎本、贛州本、明
州本作「悄」。）

明發心不夷，振衣聊躑躅。躑躅欲安之，幽人在浚谷。朝采南澗藻，
夕息西山足。輕條象雲構，密葉成翠幄。激楚佇蘭林，回芳薄秀木。
山溜何泠泠，飛泉漱鳴玉。哀音附靈波，頹響赴曾曲。至樂非有假，
安事澆醇樸。富貴苟難圖，稅駕從所欲。（陸機〈招隱詩〉）——（陳
八郎、明州、贛州本作「淳」）

　　與現存之招隱詩互較，《文選》所錄三篇，非但詞雅意淳，且太冲詩耿介直
寫胸臆、士衡詩殷厚足繼風雅，比之於未入選者：張華詩之用典鋪陳，陸機餘
二首之麗詞描摹，〔註66〕顯然較符合文質兼俱、沈思翰藻之標榜；又如挽歌詩
之作，雖始於兩漢薤露、蒿里之悲吟，然繆熙伯實具創變之功；〔註67〕而陸機
乃繼之以勤作、淵明復用之以自輓，三者均雅具韻致，而適足爲挽歌詩發展階
段之表徵，選配至爲允當。至於詠懷詩以阮籍爲主，遊仙詩選郭璞較多，本眾
家所推、史有定評（參見前文），參之於未入選之歷代存詩，此二家習作實豐，
《文選》雅好文辭，刪汰亦嚴，〔註68〕遺漏、繁蕪雖所難免，然選錄諸篇大抵

〔註66〕參見《先秦漢魏晉南北朝詩》另收錄有張華〈招隱詩〉及陸機〈招隱詩〉殘
　　　篇各兩首（分見上冊622頁、691頁）其中張華詩多見「連惠亮未遇，雄才屈
　　　不伸」、「循名掩不著，藏器待無期」等運典屬對之句，陸詩殘篇則偏重泉林
　　　之細摹，如「芳蘭振蕙葉，玉泉涌微瀾」、「清泉盪玉渚，文魚躍中波」等句
　　　子（木鐸出版社，民國71年）。
〔註67〕于光華《評註文選》卷七「挽歌詩」下注釋，乃辨明挽歌之源起，非始於田
　　　橫門人，《左傳》、《莊子》已見載錄。六臣注《文選》李善注則曰：「繆襲……
　　　官至尚書光祿勳，故爲悲歌以寄其情。後廣之爲薤露、蒿里歌以送喪也。」（學
　　　海書局，民國70年）。
〔註68〕由現今輯詩而觀，阮籍有五言〈詠懷詩〉八十二首、《文選》選十七首，郭璞
　　　存〈遊仙詩〉十八首選七首。其創作既豐，《文選》刪汰亦多。

略得二家詩中典雅深思、抒情寫志之精萃，亦足爲各類之核心篇章，〔註69〕顯示《文選》於辭尚雅麗之外，亦頗能欣賞阮詩慮禍懷憂之曠遠、郭詩仙景詠懷之清志，唯前者建創體之功，後者具集成之勢，故於各類中之地位亦稍異。

2. 隨內容另擬類名者

類名本欲以賅括詩體特質，如其體式屢遷，或題文疏隔，自需易定類目以概稱之。如「哀傷」一類所錄，涵嵇康幽憤直抒之四言、魏晉諸子之七哀、南朝宦遊訴哀之酬作，題材、意皆不拘一方，故繫之以「哀傷」之目，謂其哀感傷懷，情眞語惻也。通觀入選十三篇，雖隨性賦情、傷感殊異，但皆難免富贍之態，唯其麗藻不失古雅，故徒添情韻飛動而不覺浮矯，此由王粲〈七哀〉、張載〈七哀〉、潘岳〈悼亡〉諸篇尤可驗證，稍可嗤者，僅顏延之〈拜陵廟作〉一首。鋪襯過長，失於繁密〔註70〕、餘皆不失情文並茂之佳篇。另有「獻詩」一類，收子建、潘岳應詔輸誠之篇、雖因體制之需、掇彩藻以宏觀，然全篇仍屬眞情流露、氣勢渾成之美篇。子建〈責躬應詔詩〉前節已稍評析，潘岳〈關中詩〉則更爲敘事分明之詩史。既分章詳述關中亂反始末，亦以悲憫體察黎民疾苦，評論戰亂功過，敘事論理甚爲得體。雖因詩長未便引見，但由詩評亦略可知。孫月峯讚其「分章敘事、曲折有法，亦自三百篇來」，何義門則評曰：「觀晉書孟觀傳所載事甚略，此詩可補其闕。議論奇偉，非士衡所及。」（《評註文選》卷五）二家皆推崇潘詩之詳實有體。

故自評選一家爲主之詩類而觀，其選錄之諸家詩篇，大多出於該體習作勤奮或詩名共推之大家，詩才專擅之詮釋具極高之一致性，詩篇亦較少繁蕪，於諸類中堪爲呈現體變之精萃。

此外，尚有「數家兼擅一類」、「各家地位平均」等配置類型，其於詩才專擅之詮釋功能較弱，但亦略可尋見下列取向：詠史類以左思做主，樂府詩以陸機爲典型，雜擬詩則江淹、陸機、謝靈運三家著稱，此皆見前文研析。另有「雜詩」一類選張協爲眾家之冠，「遊覽」、「行旅」類同推謝靈運擅場，亦爲《文選》選詩極明確之評價取向呈現，值得藉此研探編者之選詩觀。

〔註69〕由存詩中論較，尚有遊仙詩之大量存作出於東晉庾闡，然其作法，內容大體承襲景純餘烈，故不足觀。

〔註70〕《評註昭明文選》卷五、引何焯評曰：「讀老杜昭陵二詩，乃歎延年爲陋。顏詩大抵長於鋪陳。」又引方伯海曰：「只中間衣冠數語是拜陵廟正位，餘皆從題之前後鋪襯，文字鋪襯則難警策。而應制文體，自應爾也。」（學海書局，民國70年）。

　　由選詩比重鑒衡，《文選》編者待謝靈運詩甚爲禮重。何以知之？「遊覽」「行旅」詩篇本爲晉宋後逐代勃興之寫作風尚，《文選》選取未詳，而謝詩一得其九，一佔其十，並列二類榜首，地位煊要，儼然許爲山水題材之作手。驗諸謝靈運文集，今見存詩中，有過半之篇章皆寄託山水抒寫，〔註71〕餘如侍遊、應制、擬代之作亦常雜遊山攬勝之句，其致力於山水題材之習作可謂專且勤；而其詩篇成就亦早受歷代詩評肯定，劉勰已推其領宋詩宗風、鍾嶸更許爲元嘉之雄，〔註72〕後人論山水詩，率以謝客爲垂範〔註73〕足見《文選》選謝詩之偏重，既符評詩公論，於標誌其詩體之擅長上，尤顯其超卓之鑒材。

　　由詩篇本身觀察，謝詩於自然景物描摹用心，果有其獨到處三：修辭有法、體物有心、觀景有我。若由詩語之錘煉而論，謝詩之儷偶爭奇、窮力追新早爲評者嘆服，〔註74〕篇中名句磊磊亦常見詩評摘引：

　　　　白雲抱幽石，綠篠媚清漣。（〈過始寧墅〉）

　　　　雲日相輝映，空水共澄鮮。（〈登江中孤嶼〉）

　　　　林壑歛暝色，雲霞收夕霏。（〈石壁精舍還湖中作〉）

　　　　池塘生春草，園柳變鳴禽。（〈登池上樓〉）

　　　　密林含餘清，遠峯隱半規。（〈遊南亭〉）

　　雖未予詳列，已自前例可知謝詩之造語鮮麗、煉字精妙，故景物靈動鮮

〔註71〕參見林文月〈中國山水詩的特質〉一文附記統計，謝靈運現存詩八十七首（據黃節《謝康樂詩注》）。其中山水詩三十三首，占全集二分之一弱。（《中外文學》三卷八期・1935年1月）今據《先秦漢魏南北朝詩》及詩話輯佚所得：謝靈運共有一○七首，其中遊覽十九首，行旅二四首，共四三首，亦近半爲以山水爲題材之詩篇（參見本章第一節表列）。

〔註72〕劉勰《文心雕龍・明詩》曰：「宋初文詠、體有因革、莊老告退、而山水方滋。」即針對顏謝之宗風評。鍾嶸《詩品・序》則讚謝靈運「才高詞盛、富艷難蹤」。又曰「謝客爲元嘉之雄，顏延年爲輔」。

〔註73〕參見沈約《宋書・謝靈運傳》曰：「爰逮宋氏，顏謝騰聲：靈運之與會標舉，延年之體裁明密，竝方軌前秀，垂範後昆。」沈德潛《古詩源》卷三，則曰：「遊山水詩，應以康樂爲開先池。」汪師韓《詩學纂聞》則曰：「後人刻畫山水，無不奉謝爲嵩崋墟。」

〔註74〕《文心雕龍・明詩》已粗論謝詩摹寫之精密，在於「儷采百字之偶，爭價一句之奇，情必極貌以寫物，辭必窮力而追新。」方東樹《昭昧詹言》則尤詳喻謝詩自命意、顧題、布局、選字、下語……之嚴謹用心。故曰：「觀康樂詩純是功力，如挽強弩，規矩步武、寸步不失。」（見《方東樹評古詩選》卷四，269頁，聯經出版社，民國64年）

活，「狀難寫之景，如在目前」。然其狀景之深刻、得人心，非僅致勝於墨彩，乃肇源於體物細膩、寫景有情。以心體物，乃能察見其本形、感受其生命力，摹其形、色、變化，以我觀察，遂能寓情於景，以景抒情，甚至以景物轉化呈現心境之流動，表現己身之孤獨感，〔註 75〕故謝靈運山水詩之特色，乃如呂正惠先生所析：〔註 76〕

> 透過綿密的文字工夫（從個別字句貫穿到整個篇章），捕捉事物（包括詩人自己）的本質，以表現出事物獨特的生命。

其模山範水之詩篇卓絕，本兼具修辭工夫及事物本質二層面，故能「鮮」而「活」，如「出水芙蓉」清新可愛，而不流於顏詩「錯采鏤金」之雕繢（《詩品》卷中引湯惠休評）。

由《文選》選謝詩之內容驗證：其游覽、行旅二類所選十九篇大抵概括謝集中山水詩之佳句名篇，可知選者之評選公允，能網羅菁；華入品並列「游覽」（以寫景為主）「行旅」（以客思為主）二類之冠，則意謂選者於謝詩情景交融之特質早已鑒察。此外，《文選》所選謝詩以遊覽、行旅為多，並突顯「對仗工整」、「首敘事、繼寫景，結以情理」之作法，〔註 77〕實已囊括靈運山水詩之典型。故知《文選》詮選謝詩頗能舉其精神、得其珠玉。雖囿於時尚，較偏重篇贍詞精之修辭層面，仍不致尚文略質。此由其同類中，選謝靈運詩多於顏延之，選謝朓詩多於沈約，皆可為佐證，更於「雜詩」類特擇張協詩

〔註 75〕 參見林文月〈中國山水詩的特質〉一文論謝靈運山水詩引白居易〈讀謝靈運詩〉一段文字，並謂「山水是他（謝靈運）積鬱之情的發洩處，山水也是他寂寞內心的知音……。」（同註 71 文，又見《山水與古典》一書 16 頁，純文學出版社，民國 65 年）呂正惠〈杜甫與謝靈運〉一文則曰謝詩的最大價值是在：「把自己對大自然種種現象的感受，跟自己的心境結合起來，從而表達他那一份特殊的『孤獨感』。」（見《杜甫與六朝詩人》一書第 57 頁，大安出版社，民國 78 年）。

〔註 76〕 參見前註呂正惠《杜甫與六朝詩人》第三章〈杜甫與謝靈運〉一文第 51～61 頁，詳析謝詩之修辭特色及思想內涵後，下此結論。

〔註 77〕 參見林文月〈鮑照與謝靈運的山水詩〉一文詳析謝詩修辭富艷之特色在於：用字遣詞之凝煉，雙聲疊韻之善用、特重動詞、副詞之選擇。並論謝詩作法曰：「謝靈運寫變化多端之大自然，而善用對仗工整之筆法，其山水詩每每上句寫山，下句則寫水，而山水景物往往於嚴密組織中一一呈現，層層推出……大抵，謝詩首多敘事，繼言景物，而結之以情理，故末句每多感傷，這種井然的次序，幾為慣例典型。」而由其舉證與《文選》選錄作品對照，幾乎即為選詩修辭、作法之概括。見《山水與古典》一書 152 頁（純文學出版社，民國 65 年）。

一例，再獲肯定。

　　《詩品》評張協詩：「文體華淨、少病累，又巧構形式之言……詞采蔥蒨，音韻鏗鏘，使人味之，亹亹不倦。」（卷上）。《文心雕龍‧明詩》則謂五言詩以清麗居宗，而「景陽振其麗」，足見當代公推張協摛藻華麗、叶韻暢亮，實已極五言詩修辭之高妙。由《文選》甄錄之「雜詩」十首綜觀，頗足當此推譽，而其寫景生物、並蓄深情，尤足爲謝詩之祖：

> 房櫳無行跡，庭草萋以綠。青苔依空牆，蜘蛛網四屋。感物多所懷，沈憂結心曲。（〈雜詩〉之一）——（陳八郎本、明州本作「己」）

> 大火流坤維，白日馳西陸。浮陽映翠林，迴飆扇綠竹。……人生瀛海內，忽如鳥過目，川上之歎逝，前修以自勗。（〈雜詩〉之二）——（陳八郎本、明州本作「飆」）

> 輕風摧勁草，凝霜竦高木。密葉日夜疎。叢林森如束。疇昔歎時遲，晚節悲年促！（〈雜詩〉之四）——（陳八郎本作「輕風吹勁草，凝霜竦喬本」，明州本作「輕風推勁草，凝霜竦喬本」）

> 借問此何時？胡蝶飛南國。流波戀舊浦，行雲思故山。（〈雜詩〉之八）

　　雖同寫秋景，而運筆多方，語無遲滯。雖聊撮數例，其煉句措詞之警妙，已令人嘆絕。故知張公之分領晉代、啓發鮑謝，〔註78〕誠非溢美。然所選十篇亦非盡爲詞旨精贍者，亦有〈昔我資章甫〉、〈此鄉非吾地〉、〈朝登魯陽關〉等數首無意構景，揮灑衷情，風韻高古之作品，看似未得景陽所長，實最符「遇物即言」之雜詩特質。《文選》廣錄十篇，不加刪捨，乃不僅因尊重組詩作品之完整性，亦有貴其風古氣壯〔註79〕之故，語雖質淳而義淵雅，仍不失爲五言佳作。藉此可知《文選》選詩亦不全以華詞麗句爲必。

　　溯觀本段研究，無論自「獨立成類」「一家專長」或「數家兼擅」等角度考察，均可見《文選》各類中詩篇之選錄大體具備相當程度之代表性，足爲一類

〔註78〕參見何焯《文選評本》，評張協〈雜詩〉曰：「胸次之高，言語之妙，景陽與元亮之在兩晉，猶長庚啓明之麗天矣。」又曰：「詩家鍊字琢句，始於景陽，而極於鮑明遠。」

〔註79〕參見汪中《詩品注》107～108頁評張協〈大火流坤維〉一首，引何焯評曰：「骨氣挺拔，不徒工於造語。」評〈昔我資章甫〉一首，則按曰：「此詩比意多，猶有漢魏高風，下此無論矣。」評〈朝登魯陽關〉則引王闓運評曰：「紙上有風，卻異著力寫景者。」按：由張詩內容詳讀，參照數家評語，可知張協詩之可貴，確有其超逸於修辭功夫之思想內涵，故能風骨卓絕。

之典型，亦堪稱質文兼善之佳作。分就單篇研究，雖不時有〈拜陵廟作〉、〈責躬應詔詩〉等富麗之篇，在時風尚文及獨具典範之考量下，實未足據以論其弊。況各類中尚有阮籍〈詠懷〉、景純〈遊仙〉、景陽〈雜詩〉等例可見選詩之不廢質樸。惟其質而不流於俗，故仍符合《文選》風格典雅之整體要求。

第四節　《文選》與《玉臺新詠》之比較

　　以《隋書・經籍志》之附註溯觀，梁代文集蠱盛，僅詩總集即十餘種，今僅擇《玉臺新詠》論較，固因其外緣條件上與《文選》時代相近，並為《詩經》、《楚辭》後現存較早之詩歌總集。更由於其在文學發展上分屬梁代前後期選集之代表，成於文學主張迥異之文士集團，詩篇之選錄足為其詩學評論之表徵。而其選詩範圍重叠，但取錄內容異中有同，更具比較、深究之價值。

　　故歷來並舉《文選》與《玉臺新詠》進行比較研究者甚多，〔註80〕大都就外緣資料、文學觀點、風格差異諸論衡較，體構明晰，卻僅撮論大體趨向、多概念分析，未根本釐清比較基準與論述前提，故缺乏確切之論證，不離泛論推闡之層次。今不鶩廣博，僅篩取二書收錄範圍相近之「古體詩」及歌行體部分論較，以確定比較基準之相當；並在瞭解選詩宗旨、編排體例之前提下，對同一作家詩篇之收錄異同進行分析，期能辨明其選錄差異之真象及緣由，並對前賢所論作一佐證。

一、《玉臺新詠》之編輯宗旨及體例

　　凡論及《玉臺新詠》之編集，多詆其專錄閨房艷歌，謂之集「宮體詩」大成，並波及陳隋、流靡唐初。〔註81〕於是爭引劉肅《大唐新語》之注，以為：《玉臺新詠》乃徐陵奉簡文晚年之命而作，旨在宏大宮體格局、推與雅頌

〔註80〕專就《文選》及《玉臺新詠》二書進行比較者，有：岡村繁〈文選與玉臺新詠〉一文，余崇生譯（《古典文學》第七集）。繆鉞〈文選與玉臺新詠〉一，見《昭明文選論文集》（木鐸出版社，民國65年）。顏智英《昭明文選與玉臺新詠之比較研究》論文（師大國研所碩士論文，民國80年）。另有附見於論文中之零星詩論：如張辰〈略論四蕭的文學觀〉（《內蒙古大學學報》，1988年二期）；周勛初〈梁代文論三派〉（見《文史探微》一書，1987，上海古籍出版社）。

〔註81〕參見胡應麟《詩藪》外編卷二，即指明：「《玉臺》但閨房一體。」紀容舒《玉臺新詠考異》則曰：「《玉臺新詠》非詞關閨闥者不收。」

同觀。〔註82〕此說相沿成理、附者甚眾，其實乃似是而非。據史傳資料考證，劉說成書時間與編集動機顯與事實牴牾；〔註83〕由論述條理省察，各家所論亦不免陷入據影響推論動機之偏繆：《玉臺新詠》選輯諸多宮體艷詩固爲可驗之事實；宮體詩風行於梁代，延及隋唐，亦是確切之史實。但據此推證二者必然相關，以爲《玉臺新詠》專爲倡宮體而作，則祇是想當然耳之輕率推測於理未嚴。追本溯源之道，仍當以序文及命名爲主，先辨析編者精義微旨，再參照外緣資料考證。

　　徐陵〈玉臺新詠序〉詞采艷綺、麗辭繽紛，故後人喻爲「雲中彩鳳、天上石麟」，評其「繡口錦心、妙絕人寰」。〔註84〕雖長篇鋪敘、雕繢滿眼，揆其論理，亦層次分明：篇首「夫凌雲概日……其佳麗也如彼、其才情也如此」一段，詳摹纖纖美人之風采，樹立「容貌傾國、才情清逸」之玉臺麗人典範；「既而椒宮宛轉，柘館陰岑……庶得代彼皋蘇，微蠲愁疾」則謂深宮寂寥，賴詩文以解愁緒；而後敘其選篇結集之由：

> 但往世名篇，當今巧製，分諸麟閣，散在鴻都，不藉篇章、無由披
> 覽。於是燃脂暝寫，弄筆晨書，撰錄艷歌，凡爲十卷。曾無忝雅頌，
> 亦靡濫於風人。涇渭之間，若斯而已。（〈玉臺新詠序〉）

並謂其「麗以金箱、裝之寶軸」，俾便寶愛珍藏、彤管傳唱。故由徐序可見《玉臺新詠》編撰之因緣有二：

> 一以後宮內眷「優游少託、寂寞多閑」，故歷選古今名篇，供其諷詠
> 玩賞，使「無怡神於暇景，惟屬意於新詩」，以排遣鬱悶、紓發幽思。
> 一則標榜才貌兼俱之麗人形象，欲女子在餘曲既終、新妝已竟之時，
> 亦能「開茲縹帙、散此緗繩，永對翫于書帷，長循環於纖手」，終能
> 陶鑄才思，妙解詩賦。

可知其結集宗旨本爲後宮佳人選彙歌詩，以怡情陶思、消磨光陰。故以男女情思爲選材、重抒情艷詞之工巧，不避俚俗，尤愛時歌，乃皆與其預設

〔註82〕唐劉肅《大唐新語》卷三：「梁簡文帝爲太子，好作艷詩，境內化之，浸以成俗，謂之「宮體」。晚年改作，追之不及，乃令徐陵撰《玉臺集》以大其體。」

〔註83〕據紀昀《四庫全書總目提要》所辨，《玉臺新詠》當成於梁初，又據興膳宏與顏智英論文所考：「《玉臺新詠》約成於中大通六年。」時蕭綱尚爲太子，且正爲宮體詩盛行之際。劉肅注曰：「晚年改作，追之不及」實可見其誤。

〔註84〕參見掃葉山房石印本《玉臺新詠》序文後附程琰按語、引齊次風評曰：「雲中彩鳳，天上石麟即此一序。驚才絕艷、妙絕人寰，序言傾國傾城、無雙無對，可謂自評其文。」

之閱讀對象有關，因應宮闈見聞狹隘、情思細密、歌舞娛樂之生活型態及情感需求，而偏重艷歌，不必完全作爲編者評詩之偏好或詩學觀點而解釋。其自謂「曾無忝於雅頌，亦靡濫於風人」之論，亦針對詩樂娛情之疏導功用而論，未必眞有意於標舉「宮體」地位。

驗諸史傳，則梁代爲宮人撰書之風實有前例。《梁書‧張率傳》曰：

> 天監初，臨川王已下並置友、學。以率爲鄱陽王友，遷司徒謝朏掾，直文德待詔省，敕抄乙部書，又使撰婦人事二十餘條，使工書人……繕寫，以給後宮。

此敕文士錄婦人事跡，以給後宮傳習之作法，與徐陵選錄閨怨情詩，供內眷陶養才華，實爲同工異曲。祇是《玉臺新詠》託詞爲麗人所撰集，未明言奉命於誰。且簡文以後，鼓勵女子吟作之風尚，較前代爲開放，故所編由烈女節婦事迹，演變爲歌詞詩賦，亦屬自然。此由梁簡文帝之題序，亦可佐證：

> 四德之美，戚里仰以爲風；七行之奇，渥龍規以爲則。若夫託勾陳之貴，出玉臺之尊；鳳儀間潤，神姿照朗。愛敬之道夙彰，柔嫺之才必備；鳳桐遐遠，清管遼亮；湘川寂寞，淚篠藏葳。（〈臨安公主集序〉）

足見此種「妙善詩賦，才德兼備」之佳麗形象，本爲梁代君臣所賞愛，故撰作詩文以歌詠之，纂集論序以褒揚之，更爲之選錄詩歌、推倡典範，俾嬪妃習法，女子浸濡，其用心實一。由此可推論徐陵纂集之原始動機：乃專爲後宮婦女選編一怡情消暇之詩歌讀本。故特標舉麗人形象，並以「玉臺」命名。

程東治案注《玉臺新詠》之命篇，引王逸〈九思〉曰：「登太乙兮玉臺」，以見其出處。並援陸機〈塘上行〉下六臣注：謂「玉臺以喻婦人之貞」（見掃葉山房本《玉臺新詠》序），其義雖切中，而引證實繆。今查《文選》張衡〈西京賦〉中，有謂：「朝堂承東，溫調延北，西有玉臺，聯以昆德」。注曰：「皆殿與臺名也。」足見「玉臺」本僅爲京都苑囿中亭臺之名。驗諸徐陵自序：亦有「千門萬戶，張衡之所曾賦。周王璧臺之上，漢帝金屋之中」諸語。則知以「玉臺」命名，乃源出周王璧臺之典，取張平子之所賦，稱代後宮內眷所居，並寓指編集之對象。而曰：「新詠」，則如序中屢稱歌舞新曲、新詩、艷歌，明示其「好尚時調、不避流俗」之趨向。其實唐宋間亦多以「玉臺集」稱之者。〔註85〕

〔註85〕《四庫全書總目提要》卷一百八十六，以爲《玉臺集》只是《玉臺新詠》

　　歸結徐序原文及「玉臺」命篇，則《玉臺新詠》編輯之宗旨遂明確可知。至於其結集後對宮體詩之助長及貢獻，雖與選錄結果有關，卻未必為編者原旨，在未進行內容分析前，不當含混同觀，盲目推論。此乃從事《玉臺新詠》比較研究前，首當澄清之觀點。其次，則須對其編排體例稍作瞭解，方能於比較研究中契取要領，彰顯特色。

　　《玉臺新詠》所選歌詩，分錄十卷，此雖為史志著錄、諸本所同。但卷內編排及收錄多寡，則迭見竄亂。〔註86〕為慎求原貌，乃以錄六百九十首之宋刻本為據。細審其編排之體例有三：

　　一、分體選錄：《玉臺新詠》詩篇之編排，大抵依詩歌體製區別為三：卷一至卷八為歷代五言詩；卷九為歷代歌行，多數為七言句式，兼及部分雜言及六言；卷十是歷代絕句，乃為五言二韻，盛行南朝之新體小詩，〔註87〕此種分體編排之作法，遠追《翰林》《流別》之精神，近承《文選》之體例。

　　二、依時序次：各體中前人詩篇之編排，則以作者時代、卒年先後序次，自成起訖。此例與《文選》相同，故可相互參較，考訂錯置。其中卷七、卷八及卷九、卷十之今作部分，則大體同於《法寶聯璧》之編者排序，依職位之高下順敘。〔註88〕

　　三、存歿分錄：據各體中詩篇排次之先後及方式，顯見《玉臺新詠》所收詩家除兼錄存歿，並以皇儲為界，截然區別古今，分採不同之編排基準：歿者依卒；存者據職位、身分高低。如五言詩中，卷一～六為前人之作，卷七先輯梁代帝王，卷八再錄百官、布衣、僧、婦，而依次編列。

　　辨明體例，則知《玉臺新詠》與《文選》最大之差異，乃在於「存歿皆錄」與「兼尚時體」二端。《玉臺新詠》既選錄當世之作，勢難免因政治利害及交遊

的省文。其實由載籍引文可知：唐宋人常用《玉臺集》之稱，如唐林寶《元和姓纂》、宋嚴羽《滄浪詩話》、劉克莊《後村詩話》等，均以《玉臺集》稱引之。而由後人續作之稱為《玉臺後集》（李康）、《廣玉臺集》亦間可為證。

〔註86〕詳見掃葉山房石印本《玉臺新詠》後附明趙均、馮舒等人之後序，詳辨《玉臺新詠》收錄詩篇、卷帙之增易（漢京文化，民國69年）。

〔註87〕參見張滌華《古代詩之總集選介》一書35頁《玉臺新詠》之編輯簡介：「卷一至卷八是漢……各代五言詩，卷九是歷代歌行……卷十是歷代五言二韻的詩，也即古絕句。」（《國文天地》雜誌社，民國79年）。

〔註88〕參見顏智英《昭明文選與玉臺新詠之比較研究》一文，頁71～75，辨明《法寶聯璧》之編者排序。

情誼、詩學觀點之影響而詳略不均；〔註89〕兼尚時體，故將時興之流調－歌行與絕句分立二體，給予正式之肯定，與五言古體詩分庭抗禮。故欲明辨《玉臺新詠》與《文選》選詩之差異，僅須針對五言古體詩、歌行二體中前人之篇章進行比對，則取捨立見分曉。至於徐陵何以選定「存歿皆錄」、「兼尚時體」為其編例，則與編輯目的、評詩風尚及個人詩學評論均相關，須於驗析選錄內容後綜合而觀，不當僅據一端即推演鋪敘。

二、《文選》與《玉臺新詠》之選篇比較

為確切明瞭《文選》與《玉臺新詠》選詩情況之異同，辨明其詩篇取捨原則之差異所在，特以二書同錄之詩家為主、體裁重疊之古體詩、歌行為範圍，進行篇目對照，並酌取詩篇內容評析。由於二書對諸家作品賞鑒歧異，取捨不一，故先以人為準，觀其全體之異同，再就異同兼有之詩家分體而論。

二書所選詩篇全體相同之詩家

	文　選	玉臺新詠
班婕妤	怨歌行（無序）	怨詩（并序）
蔡　邕	飲馬長城窟行題為古樂府無名氏作	飲馬長城窟行
石　崇	王明君辭	王昭君辭一首并序

二書所選詩篇全體相異之作家

	文　選	玉臺新詠
傅　玄	雜詩一首	雜詩五首（與上全異）（卷九）
		樂府詩七首
		和班氏詩
左　思	詠史詩等十一首	
		嬌女詩
謝靈運	述祖德詩等卅二首	
		東陽溪中贈答（卷十）
王僧運	答顏延年	
	和琅琊王依古	
		七夕月下一首

〔註89〕參見日、清水凱夫〈文選撰（選）者考〉一文中，詳於舉證討論劉孝綽之選
　　　　詩循私未公。

沈　約	應詔樂遊餞呂僧珍詩等十三首	
		少年新婚爲之詠
		雜曲三首等二十九首（卷十之三首未計入）
徐　悱	古意酬到長史漑登琅邪城一首	
		贈內
		對房前桃樹詠佳期贈內
丘　遲	侍讌樂遊苑等三首	
		敬酬柳僕射征怨
		答徐侍中爲人贈婦

（一）二書所選詩篇全體相同之詩家

以上三家作品，在詩篇題名及作者署名上，蕭、徐二書處理雖稍見差別，但對其詩篇成就之肯定卻頗爲一致，故其同具之特徵值得留意：

1. 此三位詩人在歷代詩家中均屬小有聲名、詩篇流傳不多者，可供刪選機會單純，或爲其評選結果雷同之原因。

2. 此三篇詩作皆以婦女情思爲題材、或寫其幽怨、或敘其思念。

3. 由修辭風格、抒情手法觀之，三者均採比興法婉轉寄情，詩句排比工整，是閨怨詩中典雅之作。

（二）二書所選詩篇全體相異之詩家

本類詩人共有傅玄等七家。其中傅玄、左思、謝靈運、沈約均爲獨擅當代之名家，而竟無擲地有聲之佳作爲兩書同賞，甚爲可怪！須自諸多因素考察之：

1. 由詩篇數量而論，傅、謝、沈三家篇製甚多，題材豐富、風格多變，或有因此減少選錄同作之可能；餘四家則存詩不多（參本章第一節），然二書所選亦屬多數，何以絕無重覆？必不可僅以刪選機率論之，自當有其選詩基準之根本歧異。

2. 由詩篇體裁而言，《玉臺新詠》所錄除謝靈運〈東陽溪中贈答〉二首爲絕句小詩，傅玄、沈約少數雜言歌行多，幾爲五言之古體、樂府詩，與《文選》選詩重心相同，足見無關選詩體裁。

3. 由詩篇風格而觀，《文選》所選眾作風格相近，趨於典雅工麗（參見前二節）《玉臺新詠》所錄則較具變化，大體風格雖爲婉轉流麗，亦不乏典正工巧之作（王僧達詩），與率眞可愛之詠（謝靈運、沈約詩），風格上無固定之取向。

4. 由詩篇題材而較，《文選》體涵數類、每見兼擅，然此七家所選，唯無言情之作，而其所略，盡錄於《玉臺新詠》書中。由此截然二分之題材差異，再次驗證《玉臺新詠》所錄，偏好思婦、閨情等抒情之題材。

（三）數家兼擅之詩篇

此類詩篇分受二書禮遇、而取舍不同之詩家數量最多，有蘇武以下二十三家（含古詩、古樂府之無名氏計之）。為明條理，再依詩題形式上下二分，以見諸家詳略有別：（參見下頁附表比較）

首先，自同題詩、異題詩二類型概較《文選》、《玉臺新詠》選錄之異同，則顯見同題詩中選錄相同之詩篇較多，選錄歧異之變化亦多，深具研究價值：

一、上欄同題詩中同為二書選錄者有十八家、五十一首，其中張衡、陸機、陶潛、枚乘四家皆有整組取舍相同之作。下欄異題詩同見錄者則有六家、八首，數量上顯然懸殊。殆因題名本為詩篇內容之概括，故凡同題詩，皆涵體裁、內容、風格上相當近似之數首作品，選取重覆之機率自然較高。

二、然就同題詩之組成詩篇分析，其選錄之異同本可區別二書同錄、文選多選、玉臺多選、相互歧異四種情形，且同題各篇內容、風格相當近似，可謂比較形式豐富而研究變因單純，頗能顯明二書選詩之差異，故較異體詩具有深入研析之可能。

以下即僅以同題組詩為主，分類舉證《文選》與《玉臺新詠》在詩篇取舍上之異同：

二書所選同題組詩互有異同之作品

	《文選》	《玉臺新詠》
無名氏	古詩十九首	＝雜詩九首，題為枚乘作
		≠ 古詩八首（四首同）
無名氏	古樂府三首	≠ 蔡邕〈飲馬城窟行〉
		古樂府詩六首（與上全不同）
蘇　武	詩四首	〉 留別妻一首（「結髮為夫婦」一首同）
張　衡	四愁詩四首	＝ 四愁詩四首（卷九）
		同聲歌一首
阮　籍	詠懷詩十七首	〉 詠懷詩二首（二妃遊江濱，昔日繁華子）
劉　鑠	擬古詩二首	〈 雜詩五首（代行行重行行，代明月何皎皎，二首同）
王　微	雜詩一首	〈 雜詩二首（思婦臨高臺一首同）

曹丕	樂府二首：燕歌行	〈	樂府：燕歌行二首
	善哉行		
曹植	七哀詩一首	＝	（明月照高臺亦同）
	雜詩六首	≠	雜詩五首（西北有織婦、南國有佳人，二首同）
	情詩一首	＝	（微陰翳陽景亦同）
	樂府四首	≠	樂府三首（美女篇一首同）
張華	情詩二首	〈	情詩五首（清風動帷幕、游目四野外，二首同）
	雜詩一首	≠	
		≠	雜詩二首
潘岳	悼亡詩三首	〉	悼亡詩兩首（荏苒冬春謝、皎皎窗中月）
張載	擬四愁詩一首	〈	擬四愁詩四首
陸機	擬古詩十二首	〉	擬古七首（西北有高樓、東城一何高，等七首同）
	樂府十七首	〉	樂府三首（艷歌行、塘上行，等三首同）
	爲顧彥先贈婦二首	＝	爲顧弄先贈婦二首
陸雲	爲顧彥先贈婦二首	〈	爲顧彥先贈婦往返四首（二首同）
張協	雜詩十首	〉	雜詩一首（秋夜涼風起一首同）
陶潛	擬古詩一首	＝	擬古詩一首
鮑照	擬古三首	≠	
		≠	擬古
	樂府八首	≠	代白頭吟一首同
		≠	行路難等七首樂府（卷九）
江淹	雜體詩三十首	〉	古體四首（古離別、班婕妤、張司空離情、休上人怨別，四首同）

二書所選異題詩篇互有異同者

	《文選》	《玉臺新詠》
謝惠連	七月七日夜詠牛女	雜詩三首：七月七日夜詠牛女
	擣衣	擣衣
		代古
	泛湖出樓中玩月等三首	
顏延之	秋胡詩一首	秋胡詩一首
	應詔曲水讌詩等十九首	
		爲織女贈牽牛晉
謝朓	和王主簿怨情	雜詩十二首：和王主簿怨情（一首同）
		贈王主簿等十一首（卷十四首未計入）
	新亭渚別范零陵等二十首	

陸 厥	中山孺子妾歌一首	中山孺子妾歌一首
	奉答內兄希叔	
		李夫人及貴夫人歌一首
曹 丕	芙蓉池作	
	雜詩二首	
		於清河見挽船士新婚與妻別一首
		又於清河作
曹 植		妾薄命行（卷九）
		棄婦詩
	責躬、應詔詩等十四首	
張 華	勵志詩	
	答何劭詩	
潘 岳		內顧詩二首
	金谷集作詩等六首	
張 載	七哀詩二首	
陸 機	招隱詩等二十一首	
		周夫人贈車騎一首
		燕歌行一首（卷九）
	大將軍讌會被命作詩等三首	
	詠史詩一首	
陶 潛	挽歌詩等五首	
	翫月城西門廨中	翫月城西門廨中
鮑 照	詠史等五首	
		代京洛篇等七首
江 淹	望荊山等二首	

甲、二書同錄之詩篇

　　凡同為《文選》、《玉臺新詠》二書同錄者，意謂其為符合二書選旨之詩英，可藉以蒐尋二書選詩標準之相似點。如《玉臺新詠》題為枚乘作之「雜詩九首」、張衡「四愁詩四首」、陸機「為顧彥先贈婦二首」、陶潛「擬古詩一首」等同題組詩，及謝惠連「七月七日夜詠牛女」、「擣衣」、顏延之「秋胡詩」等八首異題詩篇。

　　綜觀其內容，大體雖以相思、怨情等婦女思想、情感為描寫題材，亦由此擴及藉香草美人之喻以抒悒鬱（四愁詩）、與見風花雪月而嘆榮樂無常（擬古詩），故其主題思想實不限於女性情思，然在行文、措辭間，則多寫婦女行事，藉美人以抒細膩、悠遠之情。此種興寄手法乃可上溯國風敘倫常之教、

楚辭創美人之喻及宋玉神女賦情之抒情傳統，故爲文士集詩清英之《文選》、爲後宮選編詩材之《玉臺新詠》，皆並選不悖。

乙、《文選》多選之詩篇

《文選》既以選集清英爲標榜，凡其所錄必具有相當程度之代表性，而未見取於《玉臺新詠》。可見後者必有獨特之選詩需求，或較高之選詩標準。故由此類詩之選入、刪汰者互較，當可標明《玉臺新詠》之選詩特點，並檢視《文選》選詩之寬嚴。

歸屬本類之例證，乃有蘇武詩四首、阮籍詠懷詩十七首、陸機擬古詩十二首、樂府詩十七首等七家（參見表列「〉」者），就各家取舍詳略之差異比較，則顯見之區別在於題材內容：如阮籍詠懷十七首多生死富貴之嘆、懷憂怨毒之感，卻僅言情信誓之〈二妃游江濱〉、〈昔日繁華子〉二首爲《玉臺新詠》選錄；蘇武詩四首感慨悲涼、言簡意遠，卻僅嘆夫婦生別之「結髮爲夫妻」一首見錄。餘如張協雜詩十首、陸機樂府詩等皆類此。但驗諸全體，則並非所有以婦女、言情爲題材者皆獲選錄：如潘岳〈悼亡詩〉第三首、陸機擬古詩中〈行行重行行〉、〈明月何皎皎〉二首、江淹雜體詩〈潘黃門述哀〉一首，亦皆敘追悼、相思之情、以婦女爲描寫題材，而竟不見錄，可見此選材因素雖切要，卻非唯一而充分之選錄條件。

以陸機擬古詩十二首爲例。《文選》錄其全數，而《玉臺新詠》僅取〈西北有高樓〉、〈東一何高〉、〈蘭若生春陽〉、〈迢迢牽牛星〉、〈青青河畔草〉、〈庭中有奇樹〉、〈涉江採芙蓉〉七首。觀其選入者不必以婦女相思爲主題，但詩文中則不免多涉佳人艷女語。如擬〈東城一何高〉有謂「京洛多妖麗、玉顏侔瓊蕤」；擬〈庭中有奇樹〉則曰：「芳草久已茂、佳人竟不歸」。觀其刪舍者，則有〈擬行行重行行〉、〈擬明月何皎皎〉二篇，註家雖明其旨敘閨婦之思，〔註90〕詩文亦多相思之辭，而竟未選錄。溯源其古詩本作，則〈今日良宴會〉、〈青青陵上柏〉、〈明月皎夜光〉三首意本在惜時行樂、諷寓權宦，故本不爲《玉臺》選錄之題材，而〈行行重行行〉、〈明月何皎皎〉則一往深情，相思至深，故列選爲枚乘之作。足見徐陵之刪汰只在擬作，而此二篇擬作題材雖切，仍有其未臻標準之原因。試由詩篇析之：

〔註90〕參見六臣註《文選》卷三十，雜擬類、陸機〈擬行行重行行〉下，濟曰：「此明閨婦之思。」又見〈擬明月何皎皎〉下翰曰：「此謂閨人對月思行人之意。」

〈古詩原作〉　　　　　　〈陸機擬作〉

行行重行行，與君生別離。　→　悠悠行邁遠，戚戚憂思深。

相去萬餘里，各在天一涯。　　此思亦何思，思君徽與音。

道路阻且長，會面安可知。　→　音徽日夜離，緬邈若飛沈。

胡馬依北風，越鳥巢南枝。　→　王鮪懷河岫，晨風思北林。

相去日已遠，衣帶日已緩。　　遊子眇天末，還期不可尋。

　　　　　　　　　　（陳八郎本、贛州本、明州本均作「遠」）

浮雲蔽白日，游子不顧返。　　驚飆褰反信，歸雲難寄音。

思君令人老，歲月忽已晚。　→　佇立想萬里，沈憂萃我心。

棄捐勿復道，努力加餐飯。　→　攬衣有餘帶，循形不盈衿。

　　　　　　　　　　去去遺情累，安處撫清琴。

　　　　　　　　　　（陳八郎本作「青琴」）

〈古詩原作〉　　　　　　〈陸機擬作〉

明月何皎皎，照我羅牀帷。　→　安寢北堂上，明月入我牖。

憂愁不能寐，攬衣起徘徊。　┈→　照之有餘暉，攬之不盈手。

客行雖云樂，不如早旋歸。　　涼風繞曲房，寒蟬鳴高柳。

出戶獨彷徨，愁思當告誰。　→　踟躕節行物，我行永已久。

引領還入房，淚下霑裳衣。　→　遊宦會無成，離思難常守。

　　　　　　　　　　（陳八郎本、明州本均作「下淚霑裳衣」）

　　由古詩原作內容檢視，二篇均寫離居愁緒，而無明確強調思婦閨怨之辭，僅「思君令人老」、「棄捐勿復道」、「照我羅牀帷」等措辭稍露女性細膩幽怨之情（故有邵子湘評其為「客行思歸之意言」，見《評註昭明文選》卷七），且其風格典雅持重，故抒情而不淫靡、哀而不傷，為各家推讚。對照之下，陸詩在詩意、作法上之承襲，可謂「步驅如一」（王夫之評語）而詞尚富麗、工求俳偶，故語多拗折、欲深而澀，反不如原詩質樸自然（參見《評註昭明文選》卷七）。其詞既矯飾，抒情又寓於故實，寫思婦之唇吻尤為疏隔，雖寫閨情，卻未能婉轉深刻。故未得徐陵選錄，僅後出之刻本增補之〔註91〕殆亦可見《玉臺新詠》之選錄，於題材之外亦有其創作成就之評估。另外，與同受《文選》、《玉臺新

〔註91〕參見宋刻本《玉臺新詠》中本僅選陸機〈擬古〉七首，清吳兆宜箋注本則較宋本又補錄〈擬行行重行行〉、〈擬明月何皎皎〉二首。

詠》賞鑒之劉鑠擬詩比照，亦可釐清取舍之緣由：

<table>
<tr><td>〈代行行重行行〉</td><td>〈代明月何皎皎〉</td></tr>
<tr><td>眇眇陵長道，遙遙行遠之。</td><td>落宿半遙城，浮雲藹曾闕。</td></tr>
<tr><td>迴車背京里，揮手從此辭。</td><td>玉宇來清風，羅帳延秋月。</td></tr>
<tr><td>堂上流塵生，庭中綠草滋。</td><td>結思想伊人，沈憂懷明發。</td></tr>
<tr><td>寒螿翔水曲，秋兔依山基。</td><td>誰爲客行久，屢見流芳歇。</td></tr>
<tr><td>芳年有華月，佳人無還期。</td><td>河廣川無梁，山高路難越。</td></tr>
<tr><td>日夕涼風起，對酒常相思。</td><td></td></tr>
<tr><td>悲發江南調，憂委子衿詩。</td><td></td></tr>
<tr><td>臥覺明鐙晦，坐見輕紈緇。（陳八郎本「鐙」作「燈」）</td><td></td></tr>
<tr><td>淚容不可飾，幽鏡難復治。</td><td></td></tr>
<tr><td>願垂薄暮景，照妾桑榆時。</td><td></td></tr>
</table>

　　與陸機擬古詩相較，二人在文句整飭、辭采典麗方面頗爲近似，惟於情感刻畫方面，劉詩較爲細膩婉轉，而推陳創新，無拘原作窠臼，故孫評稱其「比士衡可謂青出於藍」。而《玉臺新詠》能舍陸機之大家，取劉鑠之佳作，亦可見其於詩篇「抒情鋪敘、刻畫細緻」之功能特予要求，故陸詩未能甄錄。此乃提示出《文選》多選之諸篇，不僅因題材內容之因素受黜於《玉臺》，亦有其創作成就不足之缺陷。

丙、《玉臺新詠》多選之詩篇

　　根據「世近愈繁、後出轉精」之發展常理，纂集較晚之《玉臺新詠》在選材增多、評論漸出之條件下，本當選錄精要，而反多取詩篇，必有其異乎前集之選詩宗旨、或補綴前人遺珠之識見。今審視《玉臺新詠》詳錄之七家、十四首（參見表列「〈」者），題材大體不脫女性細膩情感之描寫，與晉宋詩輕綺之風尚。但與《文選》所錄者相較，此爲《文選》所略選之諸篇大都風格新麗，抒情較率直而文辭淺近流暢，不避淫艷。如其敘疏隔之遙，《玉臺》選「我在三川陽，子居五湖陰。山海一何曠，譬彼飛與沈。」較之《文選》選入「悠悠君行遠，煢煢妾獨止。山河安可踰，永隔路萬里。」（同見陸雲〈爲顧彥先贈婦〉四首）顯然較爲淺俗質樸、有民歌之率眞。而寫閨思寂寞者，《玉臺》選：「束帶俟將朝，廓落晨星稀。寐假交精爽，覿我佳人姿。巧笑媚歡靨，聯娟眄與眉。」其鋪陳直述、刻畫精麗，與《文選》所選「衿懷擁虛景，輕

衾覆空牀。居歡惜夜促，在戚怨宵長。」（同見張華〈情詩〉五首）之含蓄衿重，則又稍異其趣。

故可知《文選》、《玉臺新詠》二書雖同爲梁代選集，對於詞采富艷之晉宋詩獨有偏尙，但於抒情曲直、風格雅俗之要求，《文選》選詩則稍見嚴格，有崇雅尙繁之傾向。而《玉臺新詠》則包容性較大，舉凡題材接近、抒寫眞摯之詩篇，則不避重覆、盡錄其全，故張衡〈四愁詩〉、傅玄〈擬四愁詩〉、張載〈擬四愁詩〉皆取其全數。且不忌靡俗、詳於言情。故對魏文帝〈燕歌行〉、張華〈情詩〉等兒女情多「華艷妍治」〔註92〕之作不忍割捨。

丁、二書選錄相互歧異之詩篇

《文選》與《玉臺新詠》選詩互異者固以異題詩爲多，但於鮑照擬古詩、古樂府等同題詩篇之取舍迥異，適足微顯二者評詩觀點有別，故值得詳究細辨。此類例證之五家、五十二首詩篇中（參見表列「≠」者），以鮑照樂府詩之歧分最爲典型。

《文選》選鮑照詩頗多，尤詳於雜擬（擬古詩三首）、樂府（樂府詩八首）二類；《玉臺新詠》錄鮑詩亦詳，樂府佔八分之五，足見鮑照詩成就卓著、專擅樂府，乃二家共推之評價。唯其偏尙不同，故取錄有別：

《文選》所選樂府	《玉臺新詠》所選樂府
東武吟	代京洛行
出自薊北門行	代淮南王二首
結客少年場行	代白紵歌辭二首
東門行	
白頭吟 ──────────▶	擬樂府白頭吟
放歌行	行路難四首
苦熱行	
升天行	
（共八首）	（共十首）

二書共選樂府十八首，僅白頭吟一首重覆。可見其選者所好懸殊。試各析其特點如下：

〔註92〕參見鍾嶸《詩品・卷中》評張華詩曰：「其體華艷，興託不奇，巧用文字，務爲妍治。猶恨其兒女情多，風雲氣少。」

　　《文選》所選樂府詩題材較廣，雖敘征戰、遊歷之男兒感慨，亦含以新間舊之怨婦悲辭，但其風格大抵雄渾清俊，真切平穩，出之於五言古體，與《玉臺新詠》之雜言歌行截然有別。

　　《玉臺新詠》所取樂府除不避新體俗調外，借婦女之口以抒情敘事，亦為其寫作題材之共通：此非但驗諸入選之十篇符合，對照於〈擬行路難四首〉之選取，亦顯然可見本書選詩之首要考量，乃在題材之符合宮闈仕女需求。其次則藉其刻畫精細、麗藻堆疊而造成舒緩婉轉之抒情效果，與《文選》取尚之雄健朗暢，顯然有別。

　　此外，由《文選》樂府古辭主抒情志、直陳勸勉、《玉臺新詠》古樂府重敘事詠物、寫實諷諫，亦可見二家對樂府詩之詮釋不同，故取尚有別：《玉臺新詠》編者掌握樂府歌詩采自民間風謠，諷時諫事之本質，在題材適合之前提下呈現樂府原貌，雅俗皆錄、長短不拘，僅以率真自然為貴，如於〈傷歌行〉之感時傷年、吞吐抒情捨而不錄；《文選》選詩則視樂府為詩之體類，循沈思翰藻之文辭準據以衡之，故略於歌行、雜體，避民歌謠諺之俚俗，對兩漢古樂府，鮑照樂府、曹植樂府篇章多所割捨，予人只重抒情而略於敘事之印象。〔註 93〕而《文選》遺漏之珠玉（如〈古詩為焦仲卿妻作〉、〈上山采蘼蕪〉、曹植〈浮萍篇〉、鮑照〈擬行路難〉、〈代淮南王〉等），遂由於《玉臺新詠》之萃補，得以獲後人關注，廣列歷代詩選之名篇。

　　綜觀以上《文選》、《玉臺新詠》選詩之分析，其二者之差異已較為顯明：

　　一、分由詩家、詩篇二角度考察，皆是選錄相同之詩家少、相異之詩家多；選錄相同之詩篇少（共六九篇），相異之詩篇多，此為客觀量化之差異。

　　二、詳據異同之程度分析，二書選詩之差異，雖主要表現於題材之廣狹（《玉臺新詠》偏重男女情思之抒寫），卻非唯一之區別，並有其他風格雅俗、抒情曲直、詩體創作評價等諸多因素，皆造成選詩結果分歧，此乃由內質分析之差距。

　　探尋徐、蕭二書質量雙方均明顯差異之根源，當肇因於編輯主旨之有別：一為文士選集詩英，一為後宮選彙讀本，因應閱讀對象之需求，自然在選材範圍、表現技巧、修辭風格上寬嚴有別，編輯體例，選錄結果亦隨之不同。

<hr />

〔註 93〕參見王運熙〈從文選選錄史書的贊論序述談起〉一文中引《文選》、《文心雕龍》對樂府敘事詩篇之選錄，而曰：「我國古代長期來詩歌創作以抒情詩為乃主，敘事詩不發達。」見王運熙《中國古代文學管窺》一書（1987 年，上海古籍出版社）。

但詳徵於選詩結果,則僅編旨歧異,不足為圓滿解釋:《文選》以廣蒐詩英為標榜,而有古樂府、鮑照、曹植樂府遺珠之憾,《玉臺新詠》以供覽佳麗為號召,而仍見〈傷歌行〉、〈悼亡詩〉、〈擬古詩〉剪裁之舉。足見編輯者詩學評論之內涵及趨向,亦有其不容忽視之差異,前人僅以風格雅俗區別蕭、徐之,實有泯主客地位而失於專斷之嫌。

小　結

延續前章「再評價」之觀點,〔註94〕本章由觀察詩篇內容、分析選錄方向之作法,嘗試評析《文選》選詩結果是否客觀公正。故考察重點在於詩篇之選取、編排能否切合編輯主旨?反應當代詩評趨勢、或顯現明確之詩學主張?

一、以詩家為主之篇目比對與內容分析,肯定《文選》選取歷代重要詩家之作品,大抵依循沉思翰藻之標榜,囊括各家文質俱美之詩英;經古今選詩著重點之差異,亦突顯了《文選》遵從當代風尚、偏好麗詞雅對之取向。確定了其所謂「集其清英」之判斷準據,乃受齊梁時風對各家詩篇之評價影響,不純然以選編者詩學觀點為取捨。

二、以詩類為準之詩篇研究,則藉入選比例發覺《文選》各類詩之選配,確有所偏重、巧寓詩觀,故雜擬詩因時尚而優擢,樂府詩為崇雅而略選;而各類中選錄地位、份量與詩篇成就、詩才專擅之契應,則尤顯出《文選》選詩之鑒識,故其評價常為後代詩話、詩選所沿襲。

三、與《玉臺新詠》詳較選詩內容,乃有助於辨析二書歧異之現象,釐清寫作題材、修辭風格、詩體評價等因素之影響力、呈現梁代評詩風向由梁初永明餘波過渡到中期宮體艷綺之階段轉變,為《文選》代表之詩學觀點適當定位。

總之,就選詩之內容、結構而言,《文選》尚能貫徹編輯主旨(序文)之理論體系,選錄符合時論之詩篇,極富詩論價值與時代色彩,對齊梁詩學評價具有相當的客觀性及代表性。故面對後世學者「崇盛麗辭、文過其實」之批評,或謂編者「循私取捨、態度欠公」之置疑,〔註95〕雖無可否認地,當

〔註94〕參見龔鵬程〈詩歌鑑賞中的評價問題〉一文(《中外文學》十卷七期,民國70年12月),乃提出「評價的再評價」之觀點。

〔註95〕日本學者清水凱夫在〈文選中梁代作品的選錄問題〉、〈文選撰(選)者考〉等一連串論文中,對以劉孝綽為主之文選編者態度置疑,以為劉氏個性。有

視爲《文選》中可能存在之現象，卻不應以偏概全地夸大渲染其影響，或以今衡古地草率定論。畢竟「知多偏好，人莫圓該會已則嗟諷，異我則沮棄。」（《文心雕龍·知音》），文學評論本難得盡同，凡能論之有據、言之成理，即足稱道。由《文選》選詩狀況、評選內容雙重考察，已知其選錄詩篇本有一明確之理念爲核心，如能參照編者論述，連繫全體線索，予以系統呈現，當更可提昇其詩學評論之價值，此乃下章論述所欲致力之目標。

循私情而去取作品之可能。並明列各類因交遊、情誼而選錄之篇章，其中詩篇有：謝朓〈新亭渚別范零陵詩〉、〈在郡臥病呈沈尚書〉、范雲〈古意贈王中書〉、任昉〈出郡傳舍哭范僕射〉、沈約〈和謝宣城〉、徐悱〈古意酬到長史溉登琅邪城詩〉等。今觀清水凱夫其僅以私人情誼關係斷爲濫收，而不論詩篇本身優劣，立論亦未能公允。

第六章 《文選》選學之詩歌理論

　　「理論」原當指明確陳述、自成條理、系統之論述。〔註1〕《文選》詩歌評論之理念，受制於傳統選集體例，除序論外，多為實際批評之結果呈現，而乏明確嚴謹之論述形式，遂令學者忽視其選編活動蘊涵之評論內容。經由前四章體例、選目、作家、詩篇諸角度之研究，我們足以肯定：《文選》選詩現象背後，確實具有自成條理、系統之詩歌評選理論為其支持。故參酌選集序例、編者論述，詳析選編結果，嘗試整理、還原出《文選》評選詩歌之理路，為強調其獨立成學之研究價值，乃沿用「選學」之名。因其體涵雜歌、樂府等類，故暫以「詩歌理論」名之。並據其內容關涉之領域，酌分原理、源流、體類、批評四節討論。行文間則連繫當代詩論觀點、參較其異同，以見《文選》論理之承襲與創變。

　　然而，無可諱言地，雖於分析方法、論證過程中力求詳盡客觀，此詩歌理論之建構仍出於後人之詮釋，與原選編者之論理容有某些程度之疏異。因此，《文選》理論之主體──《文選‧序》中基本文學觀點之確切掌握，益顯其「原始表末、敷理舉統」之關鍵地位，須先予辨析研究：

　　《文選‧序》署曰：梁昭明太子蕭統撰。其作者雖見爭議（參見第一章），而彌綸全書、序明編旨之主導性卻不容置疑。全文略分五段：溯文章源起，論文體時變、體製趨繁，並敘明選文之義例。〔註2〕文簡意賅而章法圓備。雖

───────────────

〔註1〕 參見〔英〕韋勒克與華倫合著，王夢鷗、許國衡譯《文學論》一書，志文出版社，民國65年10月版，第一編第一章「文學與文學研究」、第四章「文學的理論、批評和歷史」二處對於「理論」均著明其「方法的原理、有系統的、綜合的研究」等性質而辨析。

〔註2〕 參見高步瀛《文選李注義疏》一書〈文選序〉之疏證，乃將全序區爲五大部分：「式觀原始……文之時義遠矣哉。」疏曰：「以上文章之由來。」「若夫椎輪爲

總緒文理，不專論於詩，仍具詩歌理論建構上足以取資之基本觀點：

一、遠溯玄古、義昭天文

「式觀原始，眇覿玄風。冬穴夏巢之時，茹毛飲血之世，世質民淳，斯文未作。逮乎伏羲氏之王天下也，始畫八卦、造書契，以代結繩之政，由是文籍生焉。《易》曰：『觀乎天文，以察時變；觀乎人文，以化成天下。』文之時義遠矣哉。」《文選‧序》論「文」之源流，遠溯伏羲畫卦，文籍初造，並引《易經‧賁卦》彖辭，以人文乃聖王之文明、與天文同耀，故可觀盛衰而化天下。遂知其「文」之義，推源人文，以化成為功。不獨以吟詠情性之文章為篇翰，並當標誌文明、贊助風教。

二、各體分驅、變本增華

「若夫椎輪為大輅之始，大輅寧有椎輪之質？增冰為積水所成，積水曾微增冰之凜；何哉？蓋踵其事而增華，變其本而加厲；物既有之，文亦宜然。隨時變改，難可詳悉。嘗試論之曰……（略）。眾制鋒起，源流間出。譬陶匏異器，並為入耳之娛；黼黻不同，俱為悅目之玩。作者之致，蓋云備矣。」《文選‧序》之次段，則喻以踵事增華、變本加厲之法則，撮舉同源間出之賦、騷、詩、頌諸體，以見文制趨繁、辭采增華之勢。如此，則文體日繁乃時勢之必然，故各制其宜而無優劣之別；文采趨靡亦時勢之自然，其妍而又牢，未可謂麗輅不及質椎。〔註3〕凡此諸端，皆因時移世改而變，譬猶物象之自然，無須加以古今貴賤之鑒衡。

因此可知，《文選》之論「文」，乃取其廣義，故溯源典籍文明而綜觀諸制，舉凡詔誥教令、表奏牋記、書誓符檄等實用文體、皆與於論列。後雖囿於纂集規模，略除五經、諸子、辭辯、史書之文，亦僅基於文集體制之實際考量，未可遽以為《文選》論文已摒除子史，義同今日「文學」之純粹觀念。

大輅之始……難可詳悉。」疏曰：「以上文之隨時代變。」「嘗試論之曰……作者之致，蓋云備矣。」疏曰：「至此皆論文章體制之繁。」「余監撫餘閒……蓋欲兼功太半，難矣。」疏曰：「以上選文之意。」「若夫姬公之籍……名曰文選云耳。」疏曰：「自姬公之籍至此，皆言選文之例。」「凡次文之體。」則疏曰：「此附言分體類之例。」案：故由高氏疏文可見，其大體以文分五段為宜。

〔註3〕參見葛洪《抱朴子‧鈞世篇》，亦有謂：「且夫古者事事醇素，今則莫不彫飾。時移世改，理自然也。屬錦麗而且堅，未可謂之減於蓑衣；輜軿妍而又牢，未可謂之不及椎車也。」案：其文義皆與《文選‧序》所言相近，且前出甚久，或為《文選‧序》觀念之所承襲者。

〔註 4〕而其評「文」，則執著「時變」之觀點，以爲文隨時易、變本增華乃自然之勢，故同視古今、無拘體制，惟以各代文學之客觀情勢爲權衡。此外，尚有詩賦同源間出、詩文著重風教等觀點，則另於詩論研究各節詳析。然《文選‧序》論文主旨，至此已略明綱領。

第一節　詩歌之原理

　　摯虞《文章流別》以下，六朝文論、總集多以辨彰文體、溯明流別爲要務，故李充著成文之論，述各體之源〔註 5〕；劉勰則原文於道、論文敘筆〔註 6〕；鍾嶸雖以品第爲先，猶序明時變、評詩溯源。〔註 7〕昭明纂集《文選》，既歷

〔註 4〕討論《文選‧序》中「文」之涵義論述甚多，觀點亦見紛歧：
　　阮元〈書梁昭明太子文選序后〉；劉師培《中國中古文學史‧宋齊梁陳文學概要》，小尾郊一〈昭明太子的文學觀——以文選序爲中心〉等文，多強調《文選‧序》具有「必文而後選」、「別文學爲一部」等強調純文學特質之貢獻。後出學者亦多沿其說，謂《文選》之「文」乃摒經、史、子於外，猶如今之「文學」。
　　呂興昌〈昭明文選的選文標準〉一文則曰：「蕭統認爲『文』的構成要素，能文或形式是必要而且是充分的條件，而意或內容則是可有可無。」故以純文學觀點評蕭統之理論基礎狹隘，選文又充滿非文學作品，二者甚爲矛盾。殷孟倫〈如何理解《文選》編選的標準〉一文則多次強調：「蕭統說的文不容以現代文學意念來作等值替換」，而應以較廣義之文章視之。同時亦曰：「從文學觀點說，我認爲蕭統還沒有建立現代的全面、深刻而完整的文學觀點，因爲他還沒有脫離舊有群書分類和對文的看法。」筆者以爲，前二者之以「純文學」或「形式主義」詮釋《文選‧序》中「文」之觀點，雖簡明卻粗陋易生誤導，仍當以殷孟儒之保留態度，由序文本身「篇翰」之義涵、廣義的詮釋「文」，較爲相近。
〔註 5〕參見李充〈翰林論〉今存佚文，有「何如斯可謂之文」之問答，亦分述讚、表、駁、論、詩等各體源流、作法。
〔註 6〕參見劉勰《文心雕龍‧序志》篇。自序其全書體例爲：「蓋《文心》之作也，本乎道，師乎聖，體乎經，酌乎緯，變乎騷，文之樞紐，亦云極矣；若乃論文敘筆，則囿別區分，原始以表末，釋名以章義，選文以定篇，敷理以舉統，上篇以上，綱領明矣。」故王師更生《文心雕龍讀本‧總論》，乃以卷一〈原道〉～〈辨騷〉五篇爲「文學本原論」，卷二～卷五爲「文學體裁論」，且以「原始以表末」、「釋名以章義」等爲四大綱領。文史哲出版社，第 3～10 頁。
〔註 7〕參見鍾嶸《詩品》，其序文「昔南風之詞」以下，乃追溯五言詩源流，並歷舉諸代名家、評論盛衰。而〈上品〉中評十二家詩，例先述其體之源出，如以古詩、曹植、劉楨、陸機、左思等家先後源出國風，李陵、班婕妤、王粲、潘岳則源出楚辭，阮籍詩則體近小雅。

觀文囿、泛覽辭林、熟通文理，又以刪整蕪穢，使卷無瑕玷爲標榜，其選詩編體乃以探本彰義、溯明源流爲要務，故依論旨所重，區別而論：

一、詩之本質

若由詩之本質辨析，《文選》乃以「源於聖文」爲詩文共性，「言志抒情」爲詩體特質。

前文已論及：《文選・序》溯文之時義，乃歸本於聖王教化，故引《易經・賁卦》象辭曰：「觀乎天文，以察時變；觀乎人文，以化成天下。」此種舉天文、人文並稱其功，以聖道爲文學根本之論證方式，於齊梁文論中頗爲常見，推其原始，則見於《荀子》：

> 聖人也者，道之管也。天下之道管是矣，百王之道一是矣。故詩書禮樂之歸是矣：詩言是其志也，書言是其事也，禮言是其行也，樂言是其和也，春秋言是其微也。（《荀子・儒效篇》）

《荀子》雖謂文學源於聖人之道，但仍以廣義之「文學」——《詩》、《書》、《禮》、《樂》諸學術爲論證。至漢代，陸賈、劉向、王逸諸家，則明確提出「隱之則爲道，布之則爲文詩」（陸賈《新語・慎微》）之觀點，並實踐於校書著錄、文集注釋中，至於齊、魯、韓、毛四家說詩，尤執聖道王功以注詩義，「文原於道」之說法乃瀰漫一代、延續六朝，推其源流，乃皆可視爲《文選》「源出聖文」詩學觀點之遠祖。

魏晉時期，文學之概念雖漸次明晰，原道宗經之論述仍續見堅持。如晉、孫綽謂「典籍文章之言也，治出于天，辭宣于仁」（《孫子》佚文）；葛洪則曰：「……是以聖人實之于文，鑄之于學。夫文學也者，人倫之首，大教之本也。」（《抱朴子》佚文）時仍以聖文典籍爲文學道統，但已由事實論證轉爲追本溯源之歷史陳述，並將重心自聖道王功移於人倫教化之文學效用。至劉勰著《文心雕龍》，以「本乎道、師乎聖、體乎經、酌乎緯、變乎騷」爲文之樞紐（《文心雕龍・序志》），原道說乃削弱兩漢衡文準則之色彩，明確定位爲文學之原理論，並歸星象、地理、人心於自然之「道」，使文德侔天地之義。於率好詭巧、穿鑿取新之齊梁文風，頗有救偏補弊、正本清源之效。故《文選》以下，蕭綱〈昭明太子集序〉、〈答張纘謝示集書〉，阮孝緒〈七錄序〉等，皆襲此「附人文於天文」、「推原於道」之論述形式，﹝註8﹞爲詩文制作尋求雅正崇高之理

﹝註8﹞ 參見柯慶明、曾永義編《兩漢魏晉南北朝文學批評資料彙編》246頁；梁簡文

論根源。

　　沿此乃知，《文選》論詩「源於聖文」之觀念，蓋遠承先秦兩漢學官說詩遺緒，近染六朝原道以振文之論證，故於論文之始，例先崇尚人文、溯觀聖道，以立文學之道統。其所賅義者，本詩文之共性，雖乏新意，卻爲當代論文之必備；雖未標舉體裁，卻足爲詩體之原理，故先予述明。至於詩之特質，則沿續此原道之原理論，以「言志抒情」爲核心，論曰：

　　　　詩者，蓋志之所之也。情動於中，而形於言。關雎、麟趾，正始之
　　　　道著；桑閒、濮上、亡國之音表。故風雅之道，粲然可觀。（《文選・
　　　　序》）

　　由字面對照《毛詩・序》、《禮記・樂記》之原文，《文選・序》此段述明詩體本質之文字，幾乎全然錄自前代典籍，儼然總結〈虞書・舜典〉以下「詩言志、歌永言」之詩教傳統，實則不然。覈諸《文選》選詩實際中類目之訂定與詩篇之配置，則知其「志」之義涵已經變遷，與詩序有別。細察《毛詩・序》中「志」、「情」之用法：

　　　　詩者，志之所之也，在心爲志，發言爲詩。情動於中而形於言，言
　　　　之不足，故嗟歎之……故變風發乎情，止乎禮義。發乎情，民之性
　　　　也，止乎禮義，先王之澤也。

　　由文中「心——志——詩」之緊密關係，與「志」、「情」前後自成論述之形式而觀，其「志」、「情」之義涵乃迥然有別：「志」之義蘊已較〈舜典〉「詩言志」中意志、意願、情感之泛稱狹隘許多，〔註9〕大抵指人理性之意志，即孔穎達《正義》所謂「人意志所之適也」，故其興寄、風刺多圍於國家社會之治亂興衰；而「情」則未脫先秦「情欲」合稱之負面意義，指較爲激動、短暫之感情反應，故須受禮義之適度節制，且於《毛詩・序》之論述中僅作爲補充性之說明。此係漢代「言志」詩觀中「志」「情」用法之典型例證。

　　而《文選・序》中逕曰：「詩者，蓋志之所之也，情動於中，而形於言。」已不再強調「心——志——詩」之全然對等關係，而使「志」、「情」交相注釋，其二者之義界逐稍見模糊，地位亦不再懸殊，此爲見諸序文論述形式之

帝〈昭明太子集序〉，278頁；王筠〈昭明太子哀冊文〉，279頁；劉孝緒〈昭明太子集序〉，280頁；阮孝緒〈七錄序〉，凡於論文之先，皆引證天文，以崇「文」之高義，原懿其德。

〔註9〕參見陳昌明《六朝緣情觀念研究》論文（台大中文所民國76年），第三章〈言志與緣情〉中「言志觀念的特質與轉變」一節，第74頁之「小結」。

差異；徵驗於詩體類目之訂定，則二十四類中，符合《毛詩・序》言「志」之義旨者，僅「述德」、「獻詩」、「百一」、「軍戎」等類，餘如「祖餞」、「哀傷」、「遊仙」、「游覽」、「詠史」、「行旅」等十餘類，多爲個人志趣，情性之抒發（參見前文第二章各類類目之簡釋）。與道德理性、政治教化之功用無直接相關。然由類目內容之消長，已可見「志」之義涵不再局限，而兼具情性、情感之「情」則受到更正式，普遍之認同。且《文選》選篇中「序」一類，明錄子夏《毛詩・序》一篇，則其詩論受《毛詩・序》之影響可知。亦由此足見其「志」涵義之擴大、改變乃是一種有意的、自覺地標異於前說，修正前人，更值得研究者加以重視。再由各類詩篇內容細較：

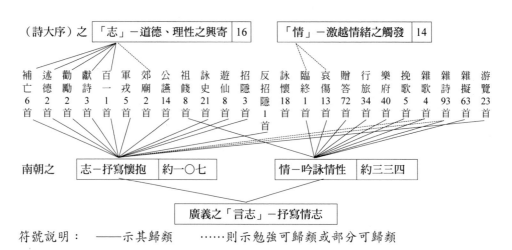

（詩大序）之 「志」－道德、理性之興寄 16　　「情」－激越情緒之觸發 14

補亡6首 述德2首 勸勵2首 獻詩2首 百一3首 軍戎1首 郊廟5首 公讌首 祖餞14首 詠史8首 遊仙21首 招隱8首 反招隱1首 詠懷18首 臨終1首 哀傷13首 贈答72首 行旅34首 樂府40首 挽歌5首 雜歌4首 雜詩93首 雜擬63首 游覽23首

南朝之 志－抒寫懷抱 約一○七　　情－吟詠情性 約三三四

廣義之「言志」－抒寫情志

符號說明： ——示其歸類　……則示勉強可歸類或部分可歸類

　　由上圖歸類之扞格，尤可顯見《文選》選詩時創作類型之區別，早已不再囿於詩序中「志」「情」之義涵，二者的義界似已泯然。如圖表左側選詩中「志」之語意，既可與「情」並列對舉，並可擴大涵括「情志」二者。而「吟詠情性」，在文學創作中之主導地位乃漸獲肯定。此由「賦」體中設立「志」、「情」二類，亦可爲旁證。總之，《文選》論詩之本質雖仍襲用《毛詩・序》之成詞，其「情」、「志」之義涵與詩學概念卻已自覺地與漢儒有所區別。根究原因，除前述原道思想主導文學之影響力削弱外，六朝以來緣情思想之開展尤功不可沒。如陸機《文賦》「詩緣情而綺靡」之首倡，摯虞《文章流別論》「詩以情志爲本，而以成聲爲節」之情志合稱，沈約、劉勰以稟性感物補充「言志」之折衷觀點，〔註10〕而至鍾嶸「搖蕩性情」〔註11〕之明確詮釋，均

〔註10〕 參見沈約《宋書・謝靈運傳論》曰：「史臣曰……『民稟天地之靈、含五常之

爲《文選》以前情志觀念逐步融合之例證。故知於《文選》纂集之齊梁時期，混同「情志」觀念以爲詩之根本，甚或以「吟詠情性」作標榜，均爲當代論詩之風尚。〔註 12〕而《文選》選詩歸類之兼納情志，甚至偏重抒情題材，則非全爲編者詩學觀點之獨創，主要係得自緣情觀念之自然演變與當代詩論之據實反映。

二、詩之功能

由詩之功能檢覈，《文選》選詩乃秉持風教美刺說，推廣「風雅」之義，並將詩之應用擴及人文日用之間。

《文選》論述詩之本質，基本上沿襲文源於道，詩以言志之傳統，其論詩之功能，自不諱風教美刺之主張。然因融合六朝以來以情志爲文章根源之觀點，反能突破漢儒說詩之格局，闡發孔子詩教之根諦。孔子論詩教之篇章，主要見於《論語‧陽貨篇》：

> 小子何莫學乎詩？詩可以興、可以觀、可以群、可以怨；邇之事父、
>
> 遠之事君；多識於鳥獸草木之名。

孔子於此提出「興、觀、群、怨」之論，可視爲對詩歌功能之概念性揭示，分由詩歌抒詠之本質及內容，舉其足以感發志意，考見得失，使人和於群倫、抒解哀怨等作用。〔註 13〕「事父、事君」之說則再次強調其於人倫日常之實用

德，剛柔迭用，喜慍分情。夫志動於中，則歌詠外發，六義所因，四始攸繫』。劉勰《文心雕龍‧明詩》篇曰：「大舜曰：『詩言志、歌永言』聖謨所析，義已明矣。詩者，持人情性，人稟七情，應物斯感，感物吟志，莫非自然。」按：觀此二者雖仍塞「言志」說之大旗，實已兼採緣情觀點，承認情性在創作活動中之觸發作用。

〔註 11〕 參見鍾嶸《詩品》序曰：「氣之動物，物之感人，故搖蕩性情、形諸舞詠，照燭三才，輝麗萬有。靈祇待以之以致饗，幽微藉之以昭告，動天地，感鬼神，莫近于詩。」則其對自然物色感蕩人心，人藉詩以騁情之關係有更爲深刻之體認。

〔註 12〕 如梁簡文帝〈與湘東上書〉批評京師文體，則曰：「未聞吟詠情性，反擬內則之篇，操筆寫志，更摹酒誥之作。」而裴子野〈雕蟲論〉則批評當代詩風浮弱。曰：「自是閭閻年少，貴遊總角，同不擯落六藝，吟詠情性，學者以博依爲急務，謂章句爲專魯」。

〔註 13〕 參見朱熹《四書集註‧陽貨篇》此條目下注曰：「感發意志、考見得失、和而不流、怨而不怒，人倫之道，詩無不備。」又見蔣伯潛《四書讀本》第 268 頁，亦以爲：詩經之作品可以興感人之情意，並可考見得失，了解人情風俗、並以溫柔敦厚、通於樂和，故可以群；所以寫哀怨之情，所以諷刺政治，怨而不怒，哀而不傷，故曰可以怨。

性，如另見〈子路篇〉、〈季氏篇〉之文，〔註14〕則更具體例舉詩三百在從政、修辭上之功用。至於「多識草木鳥獸之名」則屬餘事。故自原典理解：孔子所倡之「詩教」，雖偏重例舉人事、政教之功用，卻不廢「興、怨」等興發性情、抒憤解鬱之特質。〔註15〕惟自《毛詩·序》「經夫婦、成孝敬、厚人倫、美教化、移風俗」一說出，漢儒乃紛陳「作詩者以誦其美而譏其惡」之理，〔註16〕遂使詩歌乃專為「倫理政教」之目的而設，致力於「美刺諷諭」之技巧。

今由《文選》全書而觀，其大體仍遵奉《毛詩·序》之主張，故序文中時見六義、風雅等文字之稱引。而詩類之編排上，亦以「補亡」、「述德」、「勸勵」、「獻詩」等具政治教化、道德諷諫效用之類目優先。足證《文選》辨詩之功用，實以風教為先。又見蕭統〈陶淵明集序〉曰：

> 嘗謂有能觀淵明之文者，馳競之情遣，鄙吝之意袪；貪夫可以廉，
> 懦夫可以立；豈止仁義可蹈，抑乃爵祿可辭，不必傍遊泰華，遠求
> 柱史；此亦有助於風教也。

則知注重文學之風教功能，乃《文選》主編者蕭統一貫之論文主張，故其以賦之特質在於「勸百諷一」之寫作手法，評〈閒情賦〉「卒無諷諫，何足搖其筆端？」王筠〈答湘東王示忠臣傳牋〉亦有「文辭小道，孰若理冠君親、義兼臣子」之論。而此種獎掖風教、側重諷諫之觀點，於《文選》選詩時尤予具體實踐。除前述「述德」「勸勵」等類，於編排上以醒目之地位突顯之，其詩篇之選錄亦較他類優渥－享有較高之入選比例與選錄地位（見前文第三章第二節分析）。同時，在若干風格、題材相近之詩篇間（如同詩家之同題時、同類詩），其因諷諫技巧、風教內容而取捨之作法，亦有跡可尋（參第五章三節論述）。

連繫於六朝諸家文論，則見此種推崇風教之論點，並非《文選》獨傳前人。舉凡摯虞、葛洪、劉勰、鍾嶸、裴子野、蕭綱等人論述，雖分持不同觀點以評詩論文，但其奉六義，宗詩教之態度則一。〔註17〕可知，據引前說、

〔註14〕 參見《論語·子路篇》：「誦詩三百，授之以政，不達；使於四方，不能專對。雖多，亦奚以為！」〈季氏篇〉：「不學詩，無以言。」

〔註15〕 參見屈萬里《詩經釋義·敘論》，以為：孔子詩可以「興」的觀念，已經有抒寫性情之傾同，但他的主旨是在人事和政教上（文化大學出版，民國65年）。

〔註16〕 參見鄭玄〈六藝論〉云：「詩者，弦歌諷諭之聲也。……及其制禮，尊君卑臣，君道剛嚴，臣道柔順。于是箴諫者稀，情志不通，故作詩者以誦其美而譏其惡。」

〔註17〕 分見摯虞〈文章流別論〉、葛洪《抱朴子·解嘲篇》、陶潛〈閒情賦序〉、鍾嶸〈詩品序〉、裴子野〈雕蟲論〉、劉勰《文心雕龍》〈徵聖篇〉、〈宗經篇〉、〈明詩篇〉、蕭綱〈昭明太子集序〉。

倡議風教，已是當代文論提昇詩文價值之共同說詞，《文選》因襲此說本無新意，然其推廣詞義、擴大應用之作法卻具創變之功：

（一）廣「風雅」而兼正變

「風雅」一詞，本源於《周禮·春官》六詩之說，《毛詩·大序》以下，倡議詩教功用者，輒舉六義之說，奉「四始」為詩之極至。〔註18〕此乃因詩序創為「變風」「變雅」之說：

> 上以風化下，下以風刺上，主文而譎諫，言之者無罪，聞之者足以戒。至王道衰，禮義廢，政教失，國異政，家殊俗，而變風變雅作矣。國史明乎得失之跡，傷人倫之廢，吟詠情性以風其上，達於事變而懷其舊俗者也。故變風發乎情，止乎禮義。（《毛詩·大序》）

細察其理，此風雅有正、變之區別，實源於〈樂記〉「治世之音安以樂……亂世之音怨以怒」說，而與政有小大，雅有小大之分異曲同工，旨在強化「風」、「雅」順美匡惡、風刺政俗之效用。而一旦有正變之鑒別，遂使後人作詩自命為正，力避其變，競相歌功頌德、因襲模擬。

《文選》選詩，則推廣「風雅」之義，不避吟詠情性、達於事變之變風變雅。故其序曰：

> 關雎、麟趾，正始之道著；桑間、濮上，亡國之音表。故風雅之道，粲然可觀。（《文選·序》）

既標舉〈關雎〉等符合「四始」極至之安樂詩篇，於〈桑間〉等鄭衛之音亦取其發乎情，而止乎禮義，同具真摯感人之豐實內涵，則其「風雅」之道，實已泯正變之階，唯以情志為觀。故其選錄詩篇中，雖標舉〈述祖德詩〉、〈勵志詩〉等正助風教之作，於〈幽憤詩〉、〈七哀詩〉、〈怨歌行〉等發抒憤怨、悽惻傷婉之詩篇，亦未嘗減抑。

（二）奉人倫而廣日用

如前所述，六朝文論雖續承風教之功用以論詩，但由於緣情觀念之覺醒，其諷諫美刺之內容，乃改以「人倫」為主。如摯虞《文章流別論》云：

〔註18〕 《周禮·春官》本有大師教六詩之文，而《毛詩·關雎序》，既引《周禮》制詩有六義之說，又為之詳釋曰：「是以言一國之事，繫一人之本謂之風，言天下之事，形四方之風，謂之雅。雅者正也，言王政之所由廢興也，政有小大，故有小雅焉，大雅焉。頌者，美盛德之形容，以其成功告於神明者也。是謂四始，詩之至也。」

文章者，所以宣上下之象，明人倫之序，窮理盡性以究萬物之宜者也。

梁簡文帝〈昭明太子集序〉亦曰：

　　成孝敬於人倫，移風俗於王政；道綿乎八極，理浹乎九垓；贊動神

　　明，雍熙鍾石，此之謂人文。

而蕭統〈陶淵明集序〉中「馳競之情遣，鄙吝之意祛」、「貪夫可以廉，懦夫可以立」「貞志不休，安道若節」等贊陶文有助風教之辭，亦針對處世立身之人倫修養而論。如再詳究乎選詩之分類編排，則其切於實用之觀點益明。

　　《文選》詩卷總分二十四類、十三卷，其中「述德、獻詩、郊廟、軍戎」，雖仍以傳統詩教之政治目的爲用，「公讌、祖餞、詠史、百一、招隱、游覽、臨終、贈答、行旅、挽歌」等十餘類，則切於人倫日用之需而新設。如「公讌」本出於臣下侍讌公家、應制而作〔註19〕；「祖餞」則緣於故舊祖道餞別之傷情〔註20〕；類此者不備詳引。已可知齊梁時，詩教風刺之觀念正逐步開放，不再囿於政教之興衰，詩體之制作因而普及於文人讌集、閒居等日常活動，創作題材亦隨之開闊。而《文選》編者詩觀之開明，亦適切地在編選內容上反映出此種詩體功能論之轉變。

第二節　詩歌之源流

　　由詩體源流而觀：《文選》論詩體源起，乃上溯「六義」之風雅；選錄詩篇則詳於漢以後五言詩之流變。

一、詩之起源

　　《文選》辨詩之本質，之所以延續正統「詩言志」說觀點，強調人倫風教之功能，固因秉承荀子「源出聖文」之文學原理，更緣於《毛詩‧序》「宗奉六義」之文學史觀，故當其論詩之起源，則以詩「嫡承風雅」，與「賦頌同源」。以下分項詳明之：

（一）詩別古今，嫡承風雅

　　《文選‧序》論文體源流，以爲「隨時變改，難可詳析」，故僅撮論其大

〔註19〕參見六臣注《文選》卷二十「公讌詩，曹子建」下注曰：「濟曰：『公讌者，臣下在公家侍讌也。』」

〔註20〕同註 19 卷二十八〈荆軻歌序〉「丹祖送於易水上」下注：「善曰：『崔實《四民》〈月令〉曰：「祖道神祀以求道路之福。」』銑曰：『祖者，將祭道以相送。』」

較。其論述之始，即引《毛詩·序》之說。以別古今之異：

> 詩序云：「詩有六義焉，一曰風，二曰賦，三曰比，四曰興，五曰雅，
> 六曰頌。」至於今之作者，異乎古昔。

> 詩者，蓋志之所之也。……關雎、麟趾，正始之道著；桑間、濮上，
> 亡國之音表。故風雅之道，粲然可觀。自炎漢中葉，厥途漸異：退
> 傅有在鄒之作，降將著河梁之篇；四言五言，區以別矣。又少則三
> 言，多則九言，各體互興，分鑣並驅。

觀其文意，一則以古詩之體（《詩經》）約而要，故總涵風、賦、比、興、雅、
頌六義。至於後代文制趨繁、源流間出，詩體遂有別；再則以今詩之體（五
言詩）乃自漢以後分途別出，然體裁雖異，古詩「風以動之，教以化之」之
義〔註21〕猶存。故知《文選》論詩，雖明於古今詩體之異，猶溯源古詩，思
存〈風〉、〈雅〉言志抒情、勸善懲惡之詩義。非僅序文得見此意，察其詩體
分類之實際：各類目之排序，則推「補亡」一類爲首，選束晳所補〈南陔〉、
〈白華〉等六篇以足《詩三百》遺篇，並綴舊制，實有志繼風雅、續成風教
之微旨。〔註22〕

（二）體宗六義，賦頌同源

《文選·序》引《毛詩·序》六義之說，除用以明詩體變遷，亦據之以
見賦、頌等文體之源出。故其又曰：

> （詩有六義）……至於今之作者，異乎古昔。古詩之體，今則全取
> 賦名。荀宋表之於前，賈馬繼之於末。」、「頌者，所以游揚德業，
> 褒讚成功。吉甫有穆若之談，孝子有至矣之歎；舒布爲詩，既言如
> 彼；總成爲頌，又亦若此。

據其所言，實以後世之「賦」體，乃源於古詩「賦」之一義，至漢代題
材擴大、篇制遂繁，乃與詩蔚爲二流。究其起源，實同出《詩》之六義。頌
亦如此，其雖以「游揚德業，褒讚成功」爲特質，溯其體制，實沿《詩》中
雅、頌諸篇肇其源。因之，《文選》中賦、詩、頌諸體，可謂同宗六義，同源
而間出。略其遷變，約如下圖所示：

〔註21〕 參見《文選》卷四十五，錄卜子夏《毛詩·序》，有曰：「風，風也，教也，
　　　　風以動之，教以化之；詩者，志之所之也，在心爲志，發言爲詩。」
〔註22〕 參見于光華《評註文選》卷五，束晳〈補亡詩〉上，引何焯評曰：「首之以補
　　　　亡詩，總集欲以繼三百篇之首，非苟然而已矣。」（學海書局，民國70年）。

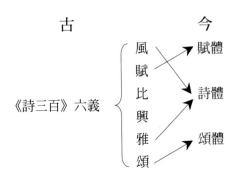

明於《文選》此種「詩別古今，詩賦同源」之詩論特點，則對《文選》序溯風雅，而選詩僅以漢以後詩爲主；以賦爲古詩之流，又將「賦體」編列於「詩體」前之作法，自然能理解其緣由。

此種宗奉六義之文體觀念，今日衡之，雖有混淆詩體、詩用之處，〔註23〕然於六朝時期，卻有其自成脈絡之詩論勢力。如沈約《宋書・謝靈運傳論》以「六義所因、四始收繫、升降謳謠、紛披風什」之觀點，混同詩賦二體以論源流；裴子野〈雕蟲論〉「古者四始六藝，總而爲詩……後之作者，思存枝葉，繁華蘊藻。」亦執此追古溯遠之態度論文體。然詳究異同，考竟原委，《文選》此種「嫡承風雅，賦頌同源」之詩論，實遠襲《文章流別論》，近宗《文心雕龍》宗經之說。

> 周禮太師，掌教六詩：曰風、曰賦、曰比、曰興、曰雅、曰頌。言一國之事，繫一人之本，謂之風。（以下分釋六義）
>
> 後世之爲詩者多矣，其稱功德者謂之頌：其餘則總謂之詩。頌、詩之美者也。古者聖帝明王，功成治定，而頌聲興。
>
> 賦者，敷陳之稱，古詩之流也，古之作詩者，發乎情，止乎禮義。情之發，因辭以形之，禮義之旨，須事以明之，故有賦焉。（三則皆摘錄自摯虞《文章流別論》）

由上引文字，可知摯虞溯文章之流別，亦推源於〈春官〉之六詩，並因「頌」具「美盛德之形容」義，故詩中稱頌帝王功德者，別出一類爲頌體；賦乃「敷陳之稱」，故發乎情，藉文辭敷陳禮義者，又流變爲賦體，此二者與詩可謂同源異流。觀其文體源流內容與《文選・序》甚爲相近，惟頌、賦成

〔註23〕參見《毛詩・序》「詩有六義」一說，孔穎達《毛詩正義》曰：「風雅頌者，詩之異體；賦比興者，詩文之異辭耳。大小不同，而得並爲六義者，賦比興是詩之所用，風雅頌，是詩之成形。用彼三事，成此三事，是故同稱爲義。」

體之先後有別。故疑《文選》以詩體嫡承風雅，與賦、頌同源之觀點，或深受摯虞《文章流別論》之影響。惟摯虞原《周禮》太師掌「六詩」之說，《文選‧序》則引《毛詩‧序》稱詩有「六義」，再度驗證其詩論與《毛詩‧序》亦具密切相關。

　　另一可能之詩論源頭，則爲《文心雕龍》擴充各文章體裁源於「五經」之宗經說。劉勰《文心雕龍》論文，乃推本乎道，故溯明文體，則曰：

　　　　……論說辭序，則《易》統其首；詔策章奏，則《書》發其源；賦頌詞讚，則《詩》立其本。

此處總述文章原理，言後世文體皆出於「五經」之說。至於分論文體諸篇，則以〈明詩〉爲先，次曰〈詮賦〉、〈頌贊〉，意謂三者先後間出。並曰：

　　　　大舜云：「詩言志，歌永言」；聖謨所析，義已明矣。是以「在心爲志，發言爲詩」，舒文載實，其在茲乎！（〈明詩篇〉）

　　　　《詩》有六義，其二曰賦。賦者，鋪也，鋪采摛文，體物寫志也。……賦自詩出，異流分派。（〈詮賦篇〉）

　　　　四始之至，頌居其極。頌者，容也，所以美盛德而述形容也。（〈頌贊篇〉）

則劉勰之論詩，乃遵循《毛詩‧序》對六義之疏解，並採行《文章流別論》上溯文體之觀點。以「詩言志」爲本義，並謂賦、頌同源於《詩》，其宗本六義，創變前說之作法，實爲《文選》所取法。惟《文選》選詩以漢以後詩爲主，故敘「詩」於「賦體」之後，則又稍變其說。

二、詩之流變

　　至於詩體之流變，則《文選》所論，大抵以漢以後之歷代詩爲主，故《文選‧序》雖推贊周代「風雅之道，粲然可觀」，卻仍曰：

　　　　自炎漢中葉，厥途漸異：退傅有在鄒之作，降將著河梁之篇；四言五言，區以別矣。又少則三言，多則九言，各體互興，分鑣並驅。

其意乃謂漢中葉後，五言詩之崛起，突破四言詩獨盛之局勢，並使三——九言各體詩，漸自《詩》中獨立、分流。故由序文論述，已知：漢代中葉後，詩體上乃產生重大之變革，具有發展史之意義；另由《文選》選錄詩篇之時代分析，則選取之四百四十三首中，幾乎全爲漢以後之作品（僅〈荊軻歌〉一首例外，參見第三章表二）。此雖由於〈風〉〈雅〉於漢代已臻五經之列，

故不便芟剪刪選，更因漢代至齊梁間，五言詩之萌發、茁壯，實已在《詩三百》之遺緒下，形成另具風格、特色之詩體，足以在詩壇上開創新局。而《文選》之選編，適可作為此詩體發展之特寫。以梁初之詩體情勢而言，蔚為主流之五言詩自然雀屏中選。故由《文選》選詩結果分析之詩體盛衰，實可視為漢以後五言詩之流變史（詳參前文第三章第二節）。以下即分由發展地位、詩篇評價、創作類型三者論之：

首先，參照前文（第三章第一節）依作者時代分析之結果，約可窺見《文選》對各代詩發展地位之詮釋（見表六：（一））。

經（表六：（一））排次之衡較，顯然可知：無論自「選詩」之選錄份量、當代詩選錄比例而，西晉、三國、劉宋、梁初四期，皆在《文選》選詩結果中，佔有重要地位。尤以西晉一代，為期雖短，詩才薈萃、佳作櫛比，為《文選》推為鼎盛。此乃詩篇統計中頗為一致之結果。

然值得注意、深思的是：分由「當代整體」、「選詩本身」廣狹二角度觀察，則劉宋一代之詩家、詩篇地位，皆見懸殊之變遷，須深入辨析其涵義：

表六：（一）　各代詩發展地位之比較

影響因素		先秦	兩漢	三國	西晉	東晉	劉宋	蕭齊	梁初
時　間	國祚長短	？	425	69	42	103	59	23	25
作　家	佔選詩詩家份量		6	3	1	4	2		4
	當代詩家入選比例		5	2	1	6	4		3
作　品	佔選詩詩篇份量		5	3	1	6	2		4
	當代詩篇入選比例		6	2	1		3	5	4
小計排名	由選詩本身之角度衡量		11	6	2	4			8
			5	3	1	2			4
小計排名	由當代整體之角度衡量		11	4	2	7			7
			5	2	1	3			3
各代詩之整體發展地位			22	10	4	11			15
			5	2	1	3			4

1. 純就詩家、詩篇在《文選》選詩結果中所佔總數（比例）而言，劉宋之十一家、一〇五篇均超越三國、梁初（參見下表），僅次於西晉。如單純僅依入選多寡比較詩篇受肯定程度，選錄地位，則《文選》似以劉宋詩之成就

較高，地位較三國、梁初重要。此乃一般學者評較「選詩」之看法。〔註24〕

2. 如參酌「各代詩創作整體」、「時代長短」二因素，將選詩結果剖析為發展程度、創作成就二者考量，則劉宋、三國等期互有短長。「發展程度」係在時代長短之因素下，以當代詩家、詩篇之總數（目前只能力求「約數」）作為創作風尚之指標，時代短而數量高者則謂其可能風氣盛而發展大。故由劉宋之時代短，詩家、詩篇豐盛，固表明其詩風普及，勝逾三國；梁初時間未及劉宋半數，而詩家過其一半，詩篇繁盛，則其當代詩體創作之發展更見增長。因此，據詩體發展程度而論，實以梁劉宋三國，梁初；「創作成就」則偏重當代入選比例（「選詩」中入選總數／當代總約數）之衡較，以見其整體詩家、詩篇獲選之可能性高低，並參照發展程度之排名。如此，則可見劉宋之詩家、詩篇入選總數雖高，但在其詩風發達之前提下，其當代入選比例實不如三國。三國時期，詩體之發展性既不如劉宋，而入選比例乃高之，據此推測《文選》選詩者，對三國詩之成就、風格，乃有特予推崇之傾向。而梁初詩家入選比例雖高，然緣於當代詩體蓬勃之背景，其詩之刪汰者甚多，故整體評估，其詩之創作成就實仍不及劉宋。故據詩家、詩篇之選錄地位考量《文選》各代詩之創作成就，則以劉宋三國（大於）梁初。（參見表六：（二），六：（三））

表六：（二）

觀　察　角　度	比　較　項　目		三　國	劉　宋	梁　初
	入選詩家總數		10	11	7
純就「選詩」本身之結果衡較	入選詩家	比　例	10/65	11/65	7/65
		排　名	2	1	3
	入選詩篇總數		82	105	54
	入選詩篇	比　例	82/442	105/442	54/442
		排　名	2	1	3
	「選詩」地位	小　計	4	2	6
		排　名	2	1	3

〔註24〕參見袁行霈〈從《昭明文選》所選詩歌看蕭統的文學思想〉一文（見《昭明文選研究論文集》第 29 頁），顏智英《昭明文選與玉臺新詠之比較研究》第五章第一節第 199～200 頁、又見康達維〈《文選·賦》評議〉一文，見《昭明文選研究論文集》第 74～76 頁。（吉林文史，1988 年）

表六：（三）　　參考各代發展因素而比較創作成就

觀　察　角　度		比　較　項　目	三　國	梁　初	劉　宋
創作成就	發展程度	國祚長短	69	25	59
		當代詩家約數	39	32	69
		當代詩篇約數	660	787	920
		發展程度之排名	3	1	2
	當代詩家入選比例		10/39	7/32	11/69
			1	2	3
	當代詩篇入選比例		82/660	54/787	105/920
			1	3	2
	整體選錄地位	小　　計	4	7	7
		排　　名	1	2	2
			1	3	2

　　由此可知，緣於觀察角度之不同，選詩結果之詮釋意義亦當隨之而異。《文選》選錄詩家、詩篇總數之多寡，實雜涵詩體增盛之發展因素，不可冒然據以詮釋評價高低，此乃前人研究之值得商榷處。返本於《文選》「略其蕪穢、集其清英」之刪選特質，兼採各代整體之角度評析，則知：

　　甲、歷代詩體原是呈現「漢代定體，三國開創，西晉蓬勃，宋、梁繼盛」逐代發展之趨勢，故時代雖長短有別，詩家、詩篇卻日見繁盛，詩風愈益普及。

　　乙、兼顧選詩地位、當代比例二者而觀，《文選》論各代詩之發展地位，實推西晉爲首要，三國、劉宋、梁初三期依次序列。

　　此乃據《文選》詩篇作者之時代分析獲知之詩體流變觀點。

　　其次，參照前文（第三章第二節）作品數量分析之結果，則知《文選》對各代詩家詩篇評價之優劣：

表六：（四）　　《文選》選詩對各代詩之評價

	先秦	兩漢	三國	西晉	東晉	劉宋	蕭齊	梁初
入選三篇以上詩家（家）	0	3	6	10	3	6	1	3
排　名		4	2	1	4	2		4
體兼三類以詩家（家）	0	0	5	5	1	6	1	2
排　名			2	2		1		4
入選 3 首以上之組詩（種）	0	3	5	5	1	1	0	1
排　名		3	1	1	4	4		4
入選 3 首以上之同類異題詩（類）	0	0	5	8	1	10	3	2
排　名			3	2		1	4	5
歷代詩評價小計			28	16		28		317

上表係在「入選多寡表示正面評價高低」之前提下，分據入選三篇，體兼三類、組詩、同類異題詩四角度，考察《文選》選詩結果中，對歷代詩家、詩篇之推崇程度。由數量之分布，約可獲致以下之認識：

1. 整體而言，《文選》對歷代詩體流變，仍明顯偏重西晉、三國、劉宋、梁初四期。尤以前三者為優，西晉詩居其高位，無論多篇、多類之大家、名篇，均呈現明顯之選錄優勢。

2. 分析各項而觀，則選取多篇之大家以西晉最多，劉宋、三國居次；體兼各類之大家，以劉宋為多，西晉、三國居次；因組詩獨擅之作品，則以三國、西晉較多，東晉后漸罕其作；以某類詩篇專長之作品，則於劉宋較多，西晉次之。由此略見各代詩體製之消長。

3. 詳析各代詩發展特質，則領先之四期固各具風騷：

西晉：入選多數之大家甚多（十家），且分踞各類專才，創作題材分散，各類名篇紛見。

三國：受推崇之大家雖不多，卻大都為詩才博贍之名家。入選詩篇既分具諸類、亦不乏專長一體、一作之精華。

劉宋：亦不以大家取勝，且乏組詩之名篇，惟其專擅一體之詩才甚多，故得以輝映前代。

梁初：受矚目之大家不多而各見特色，一以組詩擅場（如江淹），二以兼類見長（如沈約），遂因雜擬一體得附於驥尾。

至於未臻前列之兩漢諸期，亦不乏英才：兩漢入選多篇之三家（李陵、蘇武、張衡），均以組詩揚名；東晉居前之三家，則各踞兼類、專體之形勝（盧諶兼三類、專贈答；郭璞擅遊仙）；蕭齊唯賴謝朓一家兼體擅名。

凡此數端，雖源於《文選》選詩數量之分析，卻足以概見歷代詩家、詩篇之評價高低（受肯定程度）、釐清其詩體特色，故足為流變論之核心。

次者，再綜合前文（第三章第三、四節）《文選》詩篇句式，類別之分析，則各代詩篇體式、題材之流變，條貫可知：

時代	句　式　分　布	盛行之詩類（　）者表示獨特而不普及之類別
兩漢	四言 1　五言 30　七言 1	雜詩、樂府。
三國	四言 10　五言 71　七言 1	公讌、雜詩、贈答、樂府、哀傷（獻詩、挽歌）。

西晉	四言 16　五言 104　七言 1　雜言 1	贈答、行旅、雜詩。（獻詩、招隱、遊仙、挽歌）
東晉	四言 4　　五言 17	無
劉宋	四言 4　　五言 101	公讌、贈答、雜詩、雜擬。（挽歌）
蕭齊	五言 53	無
梁初	五言 54	游覽、行旅。

　　如上表所列，則《文選》評論歷代詩之寫作內容，句式變遷，實已甚為明晰。約其旨要，則有以下數點：

　　1. 自歷代詩之句式分布，雖大體呈現四、五言並存之勢，然詳究比例，則五言仍居各代主流之強勢地位。可知《文選》選詩實偏詳五言詩之流變。

　　2. 自創作題材（詩類）之寬狹而觀，則三國（建安詩）吟詠始廣，凡朋友唱答、君臣應制、遊賞讌樂、傷別悼亡，莫不可吟志抒情。其後西晉、劉宋則繼其盛而另創風尚。（西晉——遊仙、招隱，劉宋——雜擬）

　　3. 以句式豐富、題材開闊為鑒衡，則《文選》選歷代詩實以西晉、三國、劉宋三代為盛世。齊梁時期，五言詩已一枝獨秀，創作內容則多為前代沿續，推其所以得與前三期並踞詩體發展之要位者，殆因江淹〈雜體〉三十首之全錄，並挾五言極盛之優勢，故在漢以後五言詩之流變史中惎佔一席。觀其篇體內容，實已為強弩之末。

　　此乃據《文選》詩篇之句式、類別分析獲知之詩體流變觀。

　　總之，《文選》選詩對詩體流變之說，雖無明確議論足以引據，由其選目之客觀結果，亦可總攝綱紀、顯明關鍵：經作者時代分析，則逐代興盛之脈絡可見；以作品數量分析，則詩才之升降，優劣明矣；由句式、類別分析，則詩體盛衰、題材創變之軌跡可知；綜覽三者，則《文選》論詩詳於漢後五言，推崇三國、西晉、劉宋三代詩篇，以才兼數類、體式豐贍者為高之評論觀點，實與《宋書、謝靈運傳》、《南齊書·文學傳論》、《文心雕龍·明詩》、《詩品·序》等綜觀流變之南朝詩論多所契合。稍有異者，乃《文選》之「偏尚西晉」、「獨略東晉」（參見第四章、第二節），此或須自評詩理論詳其由。然其於原始表末、溯明源流之際，多能挈詩體之要，符通變之理。「先博覽以精閱，總綱紀而攝契，然後拓衢路，置關鍵」（《文心雕龍·通變》）此雖為劉勰論為文通變之道，驗諸《文選》詩體流變論，亦頗能切中要旨。

第三節　詩歌之體類

　　上溯先秦兩漢典籍，則知《文選》論詩體之本質、源流，大體宗奉《詩經》六義之精神，以「言志」為本質，風教為功能。雖在質性與釋義上比漢儒有較寬容、深刻之體認，但仍謹慎奉舉正統詩教之旗幟。相對地，其於詩體區別、分類之作法，則顯得獨到而富創意。但緣於草創之觀念懵懂，或使後世選學家有分類雜瑣之譏。〔註25〕然由今日「詩歌分類學」〔註26〕之研究角度評估，《文選》選詩中呈現之詩歌體裁、分類理論，實為其詩論之特色所在。故古遠清先生以為：

> 梁代蕭統的《昭明文選》，企圖通過選文來建立自己的分類學。他將詩分作多類。像這樣仔細的畫分，在以前是鮮見的。(《詩歌分類學‧緒論》)

　　此固由詩體之分類編排述明蕭統編選構想之獨特，自分類之實際作法考量，類目之成立與組構，除須符合邏輯思理之周密性，更賴明確之詩體觀念辨析為基礎。故本節以體、類合稱，並非創新名詞，乃明其二者關係緊密，更先以範疇之釐清、體裁之研究，作為討論分類理論之前提。

一、詩之範疇

　　溯觀詩歌源流，則知《文選》所謂「詩」之義涵乃與《詩三百》古今有別，故其選例摒除經史，所錄詩篇亦以漢以後作者為主；自六義之流變而觀，則《文選》選輯之「詩」體，又與賦、頌、騷同源而間出、釐然獨立，故其分居《文選》之一體，序言亦敘其體裁有別，此乃前章由文體流變之差異，辨明「詩」體之外圍分際。另由《文選》本身之編排、分類，則約可見其「詩」之內在特質，二者互補，足以勾勒詩體之範疇。

　　《文選》之纂集、編排間，雖無顯論著著明其「詩」義廣狹，據該體設

〔註25〕參見駱鴻凱《文選學》義例第二，第25～27頁引姚鼐、章實齋，俞陰甫等家之評論。又見張仁青《六朝唯美文學》一書第四章第132～137頁〈文選之評價〉引劉申叔、章太炎、徐英等家評論。

〔註26〕參見古遠清《詩歌分類學》一書「緒論」曰：「詩歌分類學，是對各類詩歌的特點、詩體的畫分及其產生、發展和流變進行專門考察和研究的一門新興學科。它的主要任務是研究各種詩體產生，發展的規律及其藝術特徵。同時還要對相近的詩體進行歸類，以便分門別類地把握各種詩體的特點和質的差別，更好地按照各種詩體的規律去進行創作和欣賞。」(中國地質大學，1989年)。

類編排之詳略，亦可呈現部分論詩特徵，辨析詩與樂府、歌舞之變遷與關聯：

（一）文辭為主

自人類詩歌發展之史實追溯，上古時期詩、歌、舞三者本合而並施，故《禮記・樂記》曰：「詩言其志，歌詠其聲也，舞動其容也，三者本於心，然後樂器從之。」乃就發動之根源而並論其同。而《毛詩・序》則依其表情達意之自然相須，而曰：「在心為志，發言為詩。情動於中而形於言，言之不足，故嗟歎之；嗟歎之不足，故永歌之；永歌之不足，不知手之舞之，足之蹈之也。」足見於詩歌萌生之初期，詩本與樂、舞相伴輔行。至於兩漢，「詩」之流傳，仍以采作詩篇、入樂歌唱為常態，〔註27〕故《漢書・藝文志・詩賦略》錄高祖以下二十八家、三百一十四篇，名曰：「歌詩」，〔註28〕殆明其傳唱之協律入樂。惟因論述間偏重不同，又以歌唱之文辭為「詩」，配樂之曲調為「歌」，此所謂「誦其言謂之詩，詠其聲謂之歌」，〔註29〕劉勰遂論漢儒「詩與歌別」。〔註30〕

或基於此種創作程度（先作詩再合樂）與傳存形式（詩以文字載錄，易保存；歌難記其曲調，易佚失）之優勢，「詩」至魏晉後，部分作品乃漸失歌唱之音樂性，獨立發展其文字修辭之美感格律，今見此類以綴文析辭為尚之詩篇，大多集中於《文選》篇卷，亦可稍知選者論「詩」之旨趣。而前章撮觀入選詩篇，與同題、同類之一般存詩比較，《文選》選錄之「詩」，大體具三種傾向：

1. 句式整齊：句數雖由十二至二十餘句間，長短不拘，但多為整齊之四、五言詩，文辭間已難見歌謠謳吟、和送之跡。

〔註27〕參見《漢書》卷二十二〈禮樂志〉曰：「初，高祖既定天下，過沛，與故人父老相樂，醉酒歡哀，作『風起』之詩，今沛中僮兒二十人習而歌之……至武帝定郊祀之禮……乃立樂府，采詩夜誦，有趙、代、秦、楚之謳。以李延年為協律都尉，多舉司馬相如等數十人造為詩賦，略論律呂，以合八音之調，作十九章之歌。」按：足見漢代歌詩，乃是先作其詩，再被聲入辭。

〔註28〕參見《漢書》卷三十〈藝文志・詩賦略〉，乃錄「高祖歌詩二篇」、「泰一雜甘泉壽宮歌詩十四篇」、「宗廟歌詩五篇」等二十八家，三百一十四篇。

〔註29〕參同註28書〈六藝略〉──「詩」之論曰：書曰「詩言志，歌詠言」，故哀樂之心感，而歌詠之聲發。誦其言謂之詩，詠其聲謂之歌。

〔註30〕參見《文心雕龍・樂府篇》：「昔子政品文，詩與歌別，故略具樂篇，以標區界。」據王師更生《文心雕龍讀本》注釋，以為劉子政《別錄》以〈六藝略〉和〈詩賦略〉分立，故習法之而分設「明詩」、「樂府」兩篇。

2. 辭義精密：修辭偏好典故、古字、致詞義豐贍曲折，富雅馴之美，而無風謠淺易，質樸之特色。

3. 篇少層疊：《文選》所選詩，雖仍見疊字之修辭，章句間已乏民歌段落層疊、反覆歌詠之漸進結構，除〈補亡詩〉、〈四愁詩〉外，凡聯章長篇、同題組詩，多依選材、題旨而連繫構結，不由形式上類疊反覆。

故由詩歌發展與選詩傾向可知：《文選》所謂「詩」，係以文辭爲主。沿襲漢代以來「樂辭曰詩、詠聲曰歌」〔註 31〕之區別，專取前代樂府、歌曲之辭文，或模擬前人歌辭之作品，遂偏重語文之修飾，不必合於律呂。

（二）體兼樂、歌

《文選》選詩，既沿襲漢志〈詩賦略〉之觀點，由誦其言（文字性）、詠其聲（音樂性）之比較，選擇「詩」爲其體裁之名，則其「詩」一詞涵域甚廣，泛指一切樂章、樂府、歌詩之文辭。而於「樂府」名義則採狹義，以秦漢設「樂府」〔註 32〕所采錄風謠謳吟之民歌風格作品爲主，故其詩涵樂府、雜歌之作，而與《文心雕龍》詩、樂分立之作法有別。

細由《文選》選篇、分類研析：其詩體分類雖大體爲「公讌」、「詠史」、「贈答」等常見之古體詩類目，亦有「樂府」、「郊廟」、「從軍」、「挽歌」、「雜歌」等五類，與後世「樂府」範圍相混雜。究其選篇，則「郊廟」選錄之〈郊祀歌〉、「樂府」之〈鼓吹曲〉，自漢明帝以來即爲雅樂之品類〔註 33〕；「雜歌」所錄〈荊軻歌〉、〈高祖歌〉、「軍戎」所錄〈從軍詩〉〔註 34〕及〈挽歌〉、「樂府」類諸篇，則皆入唐、宋樂府選集之列。（詳見唐・古競之《樂府古題要解》及宋・郭茂倩《樂府詩集》）

〔註 31〕 參同註 30 書〈樂府篇〉曰：「凡樂辭曰詩，詠聲曰歌，聲來被辭，辭繁難節」。

〔註 32〕 參見褚斌杰《中國古代文體概論》第四章「樂府體詩」曰：「班固稱『武帝定郊祀之禮，乃立樂府，采詩夜誦』，后世多根據此而認爲樂府機構是漢武帝劉徹時開始設立的，實際並非如此。一九七七年，在陝西秦始皇墓附近出土的編鐘上面，已有用秦篆刻記「樂府」二字，據此可知秦代已有樂府的設置。又據《漢書・禮樂志》記載：『房中祠樂詞，高祖唐夫人所作也。……孝惠二年使樂府令夏侯寬備其簫管，更名爲《安世樂》。』可知漢因秦制，漢初已有「樂府」。」（北京大學，1990 年）。

〔註 33〕 參見唐・古競《樂府古題要解》載曰：「漢明帝定樂有四品。」此「四品」乃是大予樂、雅頌樂、黃門鼓吹樂、短簫鐃歌樂。其中「大予樂」係祭祀天地神靈和宗廟祖先之用，與後世「郊祀歌」相似。

〔註 34〕 《文選》卷所錄王粲〈從軍詩〉五首，於宋・郭茂倩《樂府詩集》中，則編入卷三十三〈相和歌辭〉——平調曲，名曰「從軍行」。

可見《文選》論「詩」以文辭形式爲特徵，「樂府」、「郊廟」等則爲創作題材之區分，故「詩」雖涵「樂」、「歌」之辭，於篇章範疇與區別層次上瞭然有別，不當與同代他家詩論混同。

（三）偏尚雅製

《文選》選詩雖上宗先秦《詩經》，體涵兩漢「樂府」，似推重風謠之淳樸直諫。嚴格而言，由《詩三百》之文辭、篇章研究，實多爲士大夫獻詩，創作之篇，少數經行人采自太師陳詩之風謠，則亦經文士修潤，非諸國謳謠原貌；〔註35〕而漢樂府、古詩之「文溫以麗、意遠而悲」（《詩品》評語），則尤使學者推論其必經李延年刪改、或疑爲文人擬作。〔註36〕故《文選》之論詩標的與選錄詩篇實多爲文士雅製，罕見里巷歌謠。

由前文之詩篇賞析固可由修辭風格、詩文形式見其辭尙典麗、體異於歌謠（參見第五章第三節），由其詩重魏晉陸機、曹植等華贍名家，多選〈擬古詩〉十二首等典重擬作、〈名都篇〉等精緻樂府（參見第四章第一節），更可證其偏尙雅製，已不避典麗繁縟。此或因《文選》本緣於披覽、習法之便而編纂，故以文士論詩、鋪藻摛文之觀點選取，自然以兩漢古詩爲宗、以法建安、太康爲孔翠，視南朝時興之吳聲、西曲爲閭里俗調，難登大雅。

故知《文選》論「詩」體範疇，乃兼具「重文」、「崇雅」之觀點：著重文辭之形式特徵，故使詩之範圍極廣，足以體涵，各類，並涉樂歌；具崇雅黜俗之風格取向，故不選民歌謠諺。加以其選例避開經史，故〈古詩爲焦仲卿妻作〉、〈董嬌嬈〉等傑出民歌未入選列，漢〈安世房中樂〉〈效祀歌〉等典制亦僅存《漢書》，而未予重錄。此皆可由《文選》詩之「範疇」論中尋求可能之理論依據。

二、詩之體製

詩與歌謠之體製，自古即有區別，除前述《漢書》〈藝文志〉、〈禮樂志〉

〔註35〕 參見屈萬里先生〈論國風非民間歌謠的本來面目〉一文出自《中國古典文學論文精選叢刊：詩歌類》（幼獅文化，74 年 4 月再版）。又見潘師重規〈詩經是一部古代歌謠總集的檢討〉一文發表於：第二屆國際漢學會議論文集—文學組。文中分由《詩經》之作者姓名、構成成分及古代歌謠特質三面析論：「《詩經》三百篇中佔有歌謠成份非常的少，即使有被采詩官采取的民謠，也必經工師加以潤色改造，配合音樂。」

〔註36〕 參見隋樹森《古詩十九首集釋》（中華書局，1958 年初版）卷一「考證」，及馬茂元《古詩十九首探索》（純眞出版社，民國72年）。

之說外，早於《國語》已辨其體：

> （范文子曰）吾聞古之王者，政德既成，又聽於民。於是乎使工誦
> 諫於朝，在列者獻詩使勿兜，風聽臚言於市，辨妖祥於謠。

由范文子之說，可側見「詩」之體製，一則爲士大夫所作，一則爲文字形式之作品，與民間之口頭歌謠顯然自古有別。《文選》選詩，於序論中雖無此具體之標榜，然由其選詩實際，仍可見體裁篇製之獨特趨向。

《文選》溯觀文義、辨明文體，雖大體表示：詩體隨時變改、同源分驅之客觀立場，然據選詩之句式、篇幅、格律分析，仍略可見其選取之篇製具下列特色：

（一）四言正體、五言時調

《文選·序》明述詩體流變，有謂「……故風雅之道，粲然可觀。自炎漢中葉，厥途漸異：退傅有在鄒之作，降將著河梁之篇；四言、五言，區以別矣。又少則三言、多則九言，各體互興，分鑣並驅。」略觀其文，似客觀諸體而無所好尚，深味文旨，實則以四言爲正統，體源風雅，而五言詩則起於西漢中葉，與四言詩分庭抗體。所舉詩體裁多方，卻以四、五言爲主流。驗於選詩結果，則其傾向益明：（參見第三章第三節、第四節）

1. 依《文選》選錄篇數，比例而觀，乃以五言四言最多，七言、雜言次之，略三、六、九言之詩篇不選。

2. 參照歷代存詩數量、略估各體詩之入選率，則《文選》亦較偏重五言、四言，提昇七言，而略於雜言、三言、六言等句式。

3. 鑑察各句式詩之發展：五言詩自漢後逐代興盛，至齊梁遂爲強勢主流；四言詩則持續於漢、魏、晉時期，劉宋後乃漸衰微，七言詩則代有消長，餘詩體則未成氣候。

4. 參考詩家作品之選錄，歷代名家之創作重心大多在四、五言詩；詩篇之選錄比例亦以五言爲高（除束皙、張衡外）；而其詩才專擅亦以兼四、五言者爲先，獨擅五言者次之。

5. 配合詩類中句式之選用，則凡補亡，勸勵、獻詩、郊廟等典重題材多以四言爲之，公讌贈答二類則因其對象之敬愼，而選用四言，餘則多爲五言詩。

綜合諸端，則知《文選》於詩之句式，雖無明確之評論抑揚。選錄詩篇，卻本諸「隨時變改」之文學觀，偏重齊梁時期最適通行興盛之五言詩，選錄

較多較泛；更基於「嫡承風雅、體宗六義」之源流論，奉四言詩於尊貴、典重之地位。較諸摯虞「雅音之韻，四言為正」、劉勰「四言正體、五言流調」之說，〔註37〕《文選》以五言句式為主流，備四言於正位之作法，似較合於詩體發展之時變。

（二）叶韻自由、轉韻分章

叶韻之用，本出於誦詠諧暢、和樂歌唱之聲調美感自覺，故由《詩經》以降，叶韻幾為中國韻文之必備條件。《文選》選錄之齊梁以前古體詩，雖普遍具備叶韻之現象，但其規律自由：

1. 一篇中有押平聲韻者，亦有押仄聲韻者。
2. 通常以二句叶一韻（隔句用韻），亦有每句皆叶、四句三叶之用法。
3. 一篇詩中通常一韻到底，但也可中途數度轉韻。

而自其所叶韻腳歸納，大抵音近相押，用韻較寬。如曹操〈苦寒行〉：

> 北上太行山，艱哉何巍巍。羊腸阪詰屈，車輪為之摧。
> 樹木何蕭索，北風聲正悲。熊羆對我蹲，虎豹夾路啼。
> 谿谷少人民，雪落何霏霏。延頸長歎息，遠行多所懷。
> 我心何怫鬱，思欲一東歸。水深橋梁絕，中路正徘徊。（陳八郎本、贛州明州本作「道」）
> 迷惑失故路，薄暮無宿栖。行行日已遠，人馬同時饑。（陳八郎本、明州本作「暮無所宿栖」）
> 擔囊行取薪，斧冰持作糜。悲彼東山詩，悠悠使我哀。（陳八郎本作「採」，明州本作作「采」）

如依宋本《廣韻》歸其韻部，則分屬山、微、灰、脂、齊、皆、支、咍等韻，可知其通用較寬。又如曹植〈美女篇〉山、仙、刪、寒、桓等韻前後混用；〈名都篇〉先、仙、山、元、桓等韻混用，皆可為例。至晉、宋之際，則稍見轉韻之篇有同篇之中前後轉用者：如陸機〈於承明作與弟士龍〉一篇，前半首叶平聲「庚」韻，後八句則轉為仄聲「語」韻；又如潘岳〈悼亡詩〉第二首，分叶「寒」、「東、冬」、「止旨」三組韻，又見同作之第三首及曹攄

〔註37〕參見摯虞《文章流別論》論詩之統緒曰：「夫詩雖以情志為本，而以成聲為節；然則雅音之韻，四言為正，其餘雖備曲折之體，而非音之正也。」又見劉勰《文心雕龍·明詩》篇：「若夫四言正體，則雅潤為本；五言流調，則清麗居宗，華實異用，惟才所安。」

〈思友人詩〉、鮑照〈苦熱行〉等亦多此證。

　　另有同篇轉用多韻，或連用、或隔用，但皆以分章方式爲之區隔。如謝惠連〈西陵遇風獻康樂〉一篇，分用月、眞、微、尤、歌五組韻而析爲五章；〔註38〕而陸士衡〈贈馮文羆遷斥丘令〉詩，則分用山、效、寒、眞、寒、止等韻間隔轉用，也以篇長區爲八章。故知古詩轉韻之用，亦可據以爲分章之標記。

　　然而統觀上述叶韻寬泛、平仄兼用、形式自由及轉韻分章之用法，皆可溯源於《詩三百》篇章，其用韻之活潑多樣，乃古體詩取資之源。故清·顧炎武曰：

> 古詩用韻之法，大約有三：首句次句連用韻，隔第三句而于第四句用韻者，〈關雎〉之首章是也；凡漢以下諸家及唐人律詣之首句用韻者源於此。一起即隔句用韻者，〈卷耳〉之首章是也……自首至末句句用韻者，若〈考槃〉、〈清人〉、〈還〉、〈著〉……凡漢以下詩若魏文帝〈燕歌行〉之類源於此。〔註39〕

故知《文選》所選諸篇於叶韻上呈現之形態自由及轉韻變化，實皆得自《詩經》之創作示範與格律影響。

（三）篇體不拘、體漸脩整

　　一般學者論古體詩，多以其篇體自由，句數不拘爲特色，〔註40〕就《文選》選錄詩篇，及齊梁以前歷代存詩概觀，確亦具此徵象。如詳據《文選》選詩分析，則以五至十餘韻者（十句－二十句）居多，少數如〈責躬應詔詩〉、〈諷諫詩〉、〈答賈長淵〉等四言長篇，及〈張子房詩〉、〈秋胡詩〉、〈拜陵廟作〉、〈臨終詩〉等詠史、抒懷之作，則以切意盡情爲止，不在此限。但其多

〔註38〕參見丁福保輯《全漢三國魏晉南北朝詩》（藝文印書館印行）卷中所輯三謝詩，多注俗本分爲數首，如：謝靈運〈酬從弟惠連〉注云：「《文選》作一首，俗本作五首。」〈登臨海嶠初發彊中作〉注云：「《文選》作一首，俗本作四首。」謝瞻〈於安城答靈運〉注云：「《詩紀》作五首，《文選》作一首。」謝惠連〈西陵遇風獻康樂〉，注云：「《文選》作一首，俗本作五首。」按：今考《文選》諸版本，上述諸篇雖作一首，而以分章別之，故以《文選》爲是。

〔註39〕參見清·顧炎武《日知錄》卷二十一「古詩用韻之法」見《原抄本日知錄》（台中市河北同鄉會出版，民國47年4月）。

〔註40〕參見孫克寬《學詩淺說》（台灣學生書局，69年4版）第二章《詩體》。吳文蜀《讀詩常識》第三章〈舊體詩的種類和區別〉第25頁。諸斌杰《中國古代文體概論》第五章〈古體詩〉第122頁。

以分章換韻爲區隔，故亦未覺繁冗。另有少數四韻八句之短章，雖零星分布於魏、宋部分詩家篇章，〔註41〕卻以齊梁之謝朓、沈約諸人爲常，且其叶韻、平仄、對偶之配置，亦略具近體律詩之雛形。如：

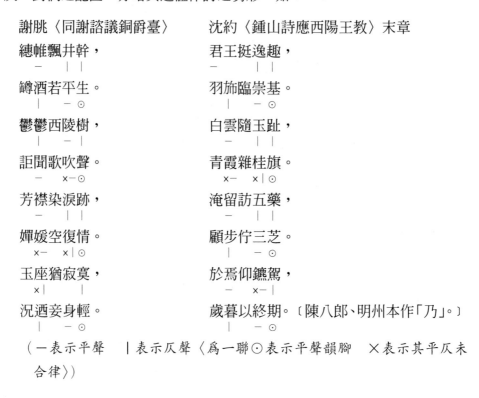

（一表示平聲　　｜表示仄聲〈爲一聯⊙表示平聲韻腳　×表示其平仄未合律〉）

　　自上列上下二篇之標示，已可見謝、沈之詩，在平仄之聲律安排上，已大致符合：

（1）平仄交錯：此即沈約所謂「一簡之內，音韻盡殊」。

（2）平仄對立：此即沈約所謂「兩句之中，輕重悉異」。

　　此外，由上篇之一與二聯，下篇之一與二聯、三與四聯間，又隱然存在著「平仄相黏」之現象。雖有「吹、媛、復、座、寂」與「霞、桂、鑣」等字未能合律，但已見永明時期之詩體聲律探索，已漸爲後世之近體詩律奠下根砥。

　　同時在叶韻規則上，上列二篇之二、四、六、八句四處均叶平聲韻腳，且

────────────

〔註41〕據《文選》詩卷所見，以四韻八句爲單位，連繫成篇者，有：謝瞻〈於安城答靈運〉一首、謝惠連〈西陵遇風獻康樂〉一首、謝靈運〈酬從弟惠連〉一首……以四韻獨立成篇者，則有古詩〈涉江采芙蓉〉、〈庭中有奇樹〉、〈青青陵上柏〉三篇、劉楨〈贈從弟〉三首、阮籍〈詠懷詩－夜中不能寐〉、潘安仁〈悼亡詩〉第二、三首、顏延之〈五君詠〉五首等。

其一、三、五、七句末亦多安排仄聲，此殆源於永明時期「八病」中「上尾」
之避忌，〔註42〕卻因之造成聲調抑揚錯置之美感。除聲韻之諧調外，下篇沈詩
中二、三聯聞，亦顯然鋪設「白雲隨玉趾、青霞雜桂旗」與「淹留訪五藥、顧
步佇三芝」之對句，文義上雖屬魏晉詩中常見之「合掌對」，然其詞組、詞性均
對比工整，亦爲律詩中常見之工對。此類句式、叶韻、平仄、對仗均近於律絕
之例證，在《文選》中雖不易尋，然於《玉臺新詠》及歷代存詩中，謝朓、沈
約、王融、何遜、吳均等家詩篇皆不乏其例，故近代學者推求「近體」律詩之
發展，多以齊梁詩爲前驅。〔註43〕較此潮流，則《文選》選詩似具復古、保守
之傾向，於此類體裁短小、格律精巧之新體之詩家選取較少，在篇幅、風格上，
則以漢代「古詩」爲楷範。

據《文選》所選「古詩十九首」之篇體分析：大都爲五至十韻者，且以五
韻（十句）、八韻（十六句）者居多、十韻（二十句）、四韻（八句）者次之。
〔註44〕其篇長、句數之分布，與「選詩」（尤其是雜詩、雜擬二類）作品之體製
甚爲相近。則知《文選》選詩雖無詩篇長短之限，大體偏好以「古詩」爲取則
之詩篇，以致篇體分布與之近似，且對「古詩」即具之八句短篇尚見選錄，對
時興之四句小詩則絕無所取。

除上述句式、叶韻、篇幅三項體製特徵，《文選》選詩對麗辭駢偶、聲調
抑揚等修辭技巧之崇尚，形成選篇上精麗之風格，亦是難掩之實。聯辭偶章、
對句儷詞雖早見於先秦典籍、《詩經》、《楚辭》之篇，但多出於率爾自然、奇
偶適變，自兩漢辭家、魏晉詩人始刻意雕鏤。而由前文剖析（第五章二、三
節），則知《文選》選錄諸篇，通常爲諸家、諸類詩篇中較崇盛麗辭、工營典
故者。對照詩篇時代、詩家地位之分析，則咸蓄盛藻之建安詩、析句聯字之

〔註42〕 齊武帝永明年間，詩倡聲律，有「四聲八病」之說。見《南史·陸厥傳》：「吳
興沈約、陳郡謝朓、琅琊王融，以氣類相推轂。汝南周顒，善識聲韻。約等
爲文，皆用宮商，將平、上、去、入四聲以此制韻，有平頭、上尾、蜂腰、
鶴膝。五字之中，音韻悉異；兩句之內，角徵不同。不可增減，世呼爲永明
體。」沈約「八病」說之內容已散佚不可知，自《文鏡秘府論》以降各家爭
議，今折衷各家，以《中國古代文論》之說法爲主。其釋「上尾」曰：「指五
言詩中，上下兩句的尾字不得同聲，否則就犯了「上尾」之病。」
〔註43〕 參見羅鏑樓《律詩源導論》第四章150～168頁及徐青《古典詩律史》第三章。
〔註44〕 據《文選》所選古詩十九首分析，其篇體之長短爲：四韻八句者——〈青青陵
上柏〉等共三首。五韻十句者——〈青青河畔草〉等共六首。六韻十二句者—
—〈孟冬寒氣至〉一首。七韻十四句者——〈今日良宴會〉一首。八韻十六句
者——〈行行重行行〉等五首。十韻二十句者——〈東城高且長〉等三首。

太康詩、密附麗典之元嘉詩皆同受推舉，毋怪歷代詩評家率以《文選》崇盛麗藻相傳；雖則前人據「五言古詩多不入律」說，〔註45〕多以古詩無尚平仄詩律，然自先秦「長言、短言」之音感區別後，由句調長短、乃至李登「五聲命字」、沈約「四聲制韻」之聲律嘗試乃愈趨成熟、嚴密。今由「選詩」諸篇中雖難得全篇合於唐律之詩，然一句內平仄交錯，一聯中輕重對立之巧製卻時有可見，尤以鮑照、謝朓、沈約諸家更不乏此詞藻精贍、音調諧暢、兼俱聲文之美篇。〔註46〕乃可知：經建安妙辭之啓發、開創、永明詩律之探索、嘗試，齊梁詩中已有相當份量之作品，在詩體格律，修辭上具有自覺性之技巧表現，足爲隋唐近體詩之先聲。

　　總之，自《文選》選詩結果分析，則顯見其體製上崇尚「雅正」之立場：推舉四言詩爲正體、甄別五言詩之雅篇，叶韻用法體源《詩經》，篇體規模宗法「古詩」，由此篇製之特徵，實足與「嫡承風雅、體宗六義」之源流論相互印證。至於剖聲鑚響、篇體脩短之四句、八句新體，及體近歌謠倡樂之三、六、七言等詩體，〔註47〕雖有所鄙視抑制，卻未完全抹煞，仍備其發展之跡。對於以《文選》爲基本教材之唐代文人而言，乃有「入門須正、不廢創變」之啓發意義。至於辭對儷偶、句調輕重之詩律講求，雖源於選詩者品賞之美感，卻爲唐詩之格律化奠下宏基。

三、詩之分類

　　自編排體例研究，《文選》依文體區分之作法本承總集定制（如《文章流別集》、《翰林論》），而其「體以類分」之分類規模則創選集之先例，故廣受

〔註45〕 參見王力《王力文集》第十四冊《漢語詩律學》上第二章，提出五言古詩的平仄，以「避免入律爲原則」，詳見該見該書第二章 461 頁。

〔註46〕 《文選》詩卷中聲文俱美之篇製甚多，但晉、宋以前多爲「高言妙句、音韻天成、闇與理合、非由思至」（沈約〈謝靈運傳論〉）故不在此列。餘如鮑照〈代東門行〉、謝朓〈之宣城出新林浦向版橋〉、沈約〈新安江水至清淺深見底貽京邑游好〉、〈三月三日率爾成篇〉等，則已在逐文掇采之外，刻意講求聲韻之鏗鏘諧暢。參見王次澄《南朝詩研究》、顏智英《昭明文選與玉臺新詠之比較研究》等論述，皆詳析其詩文。

〔註47〕 參見摯虞《文章流別論》曰：「古之詩有三言、四言、五言、六言、七言、九言。古詩率以四言爲體，而時有一句二句雜在四言之間。後世演之，遂以爲篇。古詩之三言者，『振振鷺，鷺于飛』之屬是也，漢郊廟歌多用之……六言者，『我姑酌彼金罍』之屬是也，樂府亦用之。七言者，『交交黃鳥止于桑』之屬是也，于俳諧倡樂多用之」。

歷代學者注意，評議雖爭疑未定，然其對後出選家、選集之啓迪、影響，卻極具體可見。

（一）分類觀念之源起

若根究《文選》採取詩體分類編排之緣由，固因《文選》編纂之目的，本在爲提供學子才人「歷觀文囿、泛覽辭林」之捷徑，而「體似類分」實最能產生條目分明、檢索迅捷，層次井然、體例分明之具體成效，故《文選》編纂諸公選取篇體繁歧、卷盈緗帙之「賦」、「詩」二體再予類分，乃經深刻之思慮。惟由典籍規制、時代風尚考察，其分類之觀念、構想實非憑空創獲，乃得自《漢書‧藝文志》之啓發，並受六朝類書編纂風尚之影響。

《漢書‧藝文志‧詩賦略》選錄屈原賦以下賦四種、歌詩一種，其中屈原賦、陸賈賦、孫卿賦三種，係以作者爲主，依風格之相近歸其流別；而客主賦以下，則曰「客主賦十八篇、雜行出及頌德賦二十四篇、雜四夷及兵賦二十篇」，依其篇目而觀，大體雜收諸家，再據題材內容設類歸納之。另「歌詩」一類，收「高祖歌詩二篇，泰一雜甘泉壽宮歌詩十四篇……出行巡狩及游歌詩十篇……李夫人及幸貴人歌詩四篇」。亦大體依宗廟、軍戎、王紀、風謠等題材內容類分，故《漢書‧藝文志》乃開分類輯錄詩文之先例者。據《文選》史論‧史述贊二體多錄班固《漢書》論贊之作，〔註48〕推其分類編體之初，於《漢書‧藝文志》之體例或有所斟酌習法。

自魏文《皇覽》以降，六朝帝王公侯每以集士編纂類書相尚，流風所靡，規制愈盛（參前文第一章第四節）。至梁初《類苑》諸作，非但投注之人員、時間更眾，規模、體制亦漸趨詳贍。書雖不傳，今據史志所載則知：《類苑》乃劉峻獨抄事類而成，約百二十卷；〔註49〕《華林徧略》則御召博學才士費時八年始成，合七百卷；〔註50〕《法寶聯璧》則爲簡文集雍州學士三十八人、抄綴十餘年而成，共二百二十卷。故知其歷時甚久、規模宏富、勝逾前代。

〔註48〕 由《文選》篇卷統觀，其選錄班固之文章甚多，除賦、引、設論等體外，多集中於「史論」「史述贊」二類，計有《漢書》〈公孫弘傳贊〉一篇，《漢書》〈述高紀贊〉一篇，〈述成紀贊〉一篇，〈述韓英彭盧吳傳贊〉一篇。

〔註49〕 參見《南史》卷四十九〈劉峻傳〉曰：「及峻《類苑》成，凡一百二十卷，帝即命諸學士撰《華林徧略》以高之，竟不見用。」

〔註50〕 參見《梁書》卷五十〈何思澄傳〉曰：「天監十五年，敕太子詹事徐勉舉學士入華林按《徧略》，勉舉思澄等五人以應選。」又見《南史》卷七十二〈何思澄傳〉曰：「……（前與梁書同）八年乃書成，合七百卷。」

自蕭繹〈法寶聯璧序〉尚可知其大抵採撮釋典之精華旨要、分類編排則於「法」中綱別其「門」類，書前並有序例概述藩王（簡文帝）德業，並列編者名字、年爵。〔註51〕其部區詳確、體例明晰，均顯示當代類書編纂體例已具成式。故《文選》纂集之際，襲類書部區之法以臻詳備，乃極有可能。

（二）分類準據之擬測

故知《文選》分類以選編詩、賦之觀念，乃前有所承，惟其標類目以選詩文之作法仍屬草創，故學者對其分類法，乃時有類目瑣細、準據不一之評。乍觀其類別，頗多「補亡」、「述德」、「百一」、「反招隱」等為少數篇章專設一類之選目；而大體雖多「詠史」、「遊仙」、「遊覽」等類以題材區分之類，亦有「樂府」、「雜歌」等類似以體裁為準，「贈答」、「公讌」、「臨終」則似以功用分別，「哀傷」、「詠懷」又似以性質分類，凡此諸端，均使人模稜難辨其準。其實，如能深入其分類體系，統觀各類詩篇內容，不僅粗略地以類目及篇名為主，其困自解。

由第二章之體例研究，我們大致掌握《文選》選詩分類之首要原則在於「依詩材歸類」，故不可僅依詩題而略窺各類。如徐悱〈古意酬到長史溉登琅邪城〉一首，由其題目而論，似當入「贈答」，又似可入「雜擬」，必由其詩「甘泉警烽候，上谷抵樓蘭，此江稱豁險，茲山復鬱盤」全篇之由寫景而抒懷，乃知其為典型游覽之作，題中「登琅邪城」乃為題主，而不當僅由題面文字臆測；更因《文選》分類原則之「重分亦重合」，故雖以「贈答」、「雜詩」之大類匯群篇以具流變、顯風格，亦不廢〈百一詩〉、〈補亡詩〉等獨特創獲之篇章，以致類目繁歧，難以顯現其分類之哲學體系〔註52〕；再則，隨詩文命名之原則，亦使「勸勵」、「詠懷」、「哀傷」等類目涵義不明，易生分類準據不一之錯覺。

〔註51〕參見《南史》卷四十八〈陸杲傳〉曰：「初簡文在雍州，撰《法寶聯璧》，杲與群賢拜抄掇區分者數歲，中大通六年而書成，命湘東王為序，其作者有侍中祭酒南蘭陵蕭子顯等三十人。」按：查對《梁書》卷四〈簡文帝本紀〉，乃於普通四年（西元523）從為平西將軍、寧蠻校尉、雍州刺史；至中大通六年（西元534）前後共約十二年。

〔註52〕參見《廣弘明集》卷二十梁元帝〈梁簡文帝法寶聯璧序〉，序中長篇稱頌簡文博「施尚仁、動微成務」並「韻調律呂，藻震玄黃。」云：「（般若，涅槃之說）無不酌其菁華、撮其旨要，採彼玳鱗、拾茲翠羽……百法明門於茲總備，千金不刊，獨高斯典，合二百二十卷，號曰法寶聯璧。」後附編三十八人官爵，姓名、年歲、字號。

其實，由各類詩篇及類目研究，其各類義涵、範圍皆各有所繫，並不相交錯、牴牾，在創作內容及類型風格上更井然有別（參見第二章第一節）。配合選錄詩篇以詮釋各類，則詠史、游覽、遊仙等類固以詩篇寫作內容（題材）區分；樂府、雜歌、雜擬等體裁之別，實亦基本於內容之各有所重，相沿而定體；而詠懷、哀傷等類抒寫事物（題材）雖各異，並皆以情志爲主，抒詠過半，類此一一辨析，則知《文選》分類之準據並無分歧。還原於指導創作、利於鑑賞之編纂目的，其各詩類之區分，其實皆爲當代相沿成體之「創作類型」，各因其抒詠（情志）、敘述（題材）之重點不同而各成具體詩類，故隨其定體名篇之題（如百一類、補亡類）、或體製之源出（如樂府類）而定該類名目。其本以創作之立場由寫作內容區別詩體，採約定俗成之名稱設類，故各類形象清晰，而概念含混。今人則採詞義論理之辯證、據類目詞面而將之析論爲題材、體裁、主題，自然與編者原意扞格而難入，秪覺其混雜無方，其實乃陷於以今衡古之繆誤而不自知。此係研究《文選》分類觀念應有之基本認識。

（三）分類理念之呈現與影響

「體以類分」固然爲《文選》編排詩篇之體例，屬編纂格式之層面，而其分類觀點、類目分合卻蘊涵對詩歌義涵、範疇、體裁等理論之深刻體認，具有呈現理論之價值，此本章前文常引分類作法做爲舉證之故。現綜觀其類目編排、分類原則、分類層次等事實，大致表明以下三種詩論觀點。

1. 宗經切用

「選詩」類目之編排，依次約可區分爲三層，而其根本則一。「補亡」至「勸勵」三類，乃秉《詩經》懲善勸惡之義旨，以風教爲主；「獻詩」至「反招隱」八類，則以進獻廟堂、切於世用爲旨，亦屬廣義之「詩教」；「游覽」至「雜擬」則多爲士人才子之情志抒寫，乃秉「言志」傳統而廣其義，其中「樂府」、「雜歌」、「挽歌」諸類雖在體製上各具特色，詩篇內涵則不脫「情志」之抒發，傳於世亦有益於人倫風俗之正；故析言之，三者並具宗旨而以宗經切用爲先，混言之則其旨義貫通而以風教之廣狹爲次第，驗之於「賦」體之分類編排亦類於此。〔註53〕此種詩類架構實爲「嫡承風雅、體宗六義」

〔註53〕參見《文選》卷一～卷十九，其「賦」體亦分爲十五類，依次爲：（甲）：一京都，二郊祀，三耕藉，四畋獵，（乙）：五紀行，六遊覽，七宮殿，八江海，九物色，十鳥獸，（丙）：十一志，十二哀傷，十三論文，十四音樂，十五情。

詩論之具體呈現，更爲宗經切用文學觀之表現。

2. 因應時變

《文選‧序》中強調「隨時變改」、「各體互興」之論點，於其詩體分類中亦獲具體實踐：如「樂府」本爲采風入樂之民歌風謠，經魏晉文士習傚，多已「無詔伶人、事謝絲管」（《文心雕龍‧樂府》），與「樂辭曰詩」之詩體甚近，僅爲文士習作之一體，故《文選》收爲詩體中之一類，乃因當代詩體發展之實況而定；又如宋初顏、謝二家始開山水詩之盛，佳作甚多，後人亦多合收之，惟《文選》選詩將之析爲「游覽」、「行旅」二類，各具風格，作法亦異（參見前文第二章第二節），殆因齊梁以來，江淹、沈約諸家已釐然分別之：如江文通〈從冠軍建平王登廬山香爐峰〉一首，自「此山具鸞鶴、往來盡仙靈」以下，多以山色林景爲寫主，攬景而抒曠懷；另〈望荆山〉一首，則僅「寒郊無留影、秋日懸清光、悲風橈重林、雲霞肅川漲」四句因景興情，餘皆抒其仕途坎壈之感。故知《文選》詩類之設立，實爲當代詩體創作類型之具體呈現，具有因應時變、反映詩史之意義。

3. 體重細分

文章之分體，本身即爲文體概念明確之結果，而「體以類分」之作法，則更顯明該體之體裁觀念（涵結構形式與思想內涵等方面）有了更明確精細之發展。故《文選》以「次文之體，各以彙聚……體既不一，又以類分」之體例，在文體分類之觀念上已較前人更深入、精細，此乃其分類觀念進展之一；而其選詩著重獨創性，於少數別具特色之篇章——如〈述祖德詩〉、〈百一詩〉、〈反招隱詩〉等，均爲之專設一類以突顯其地位，提醒學子習法。則其「分類」另具有呈現詩體流變，作爲創作楷式之標誌功能，此亦爲其分類觀念之進展，同時更爲「踵其事而增華，變其本而加厲」文學理念之體現。

由此，統觀《文選》於文章分體外，兼用詩體類型細分之編纂方式，乃充分展現實踐詩學理論、精密文體結構、指導創作、反映時變之選集優點，致後世選家多引爲典範、遵其體例。如唐初即有劉孝孫《古今類聚詩苑》三十卷、郭瑜《古今詩類聚》七十九卷，唐末又有顧陶《唐詩類選》（以上均見《新唐書‧藝文志》），惜其書不傳。而后宋代李昉、王欽若等奉敕編《文苑英華》，則上續《文選》，輯梁末至唐代之詩文，采集宏富、成千卷之大觀。於刪繁集萃上雖不

大體亦可分出：（甲）公家、（乙）風物、（丙）情志三種不同之重心與次第。

如《文選》精要，卻明遵《文選》成例，將詩歌分爲天、地、帝德、應制等二十五部。又見元、方回之《瀛奎律髓》、選唐宋近體四十九卷，別爲四十九類，亦承《文選》精神，以創作類型立類便於摹習，並強調「拗字、變體、論詩」等獨特體製；至於明清以後《古詩類苑》、《唐詩類苑》、《詩體明辯》等書，編排間亦取「體中類分」之例，實皆可溯源於《文選》分類體例之影響。

第四節　詩歌之批評

由字義探求，「批評」——Criticism 原即具有「裁判」與「理論」之雙重義函，〔註54〕故羅根澤《中國文學批評史》辨析「文學批評」之界說當採取廣義，涵括文學裁判、批評理論與文學理論三方面。〔註55〕而劉若愚《中國文學理論》一書，則將文學研究領域剖分爲「文學的研究」與「文學批評的研究」二途，而「批評」則猶可細分「理論批評」與「實際批評」二方（參考下表）。

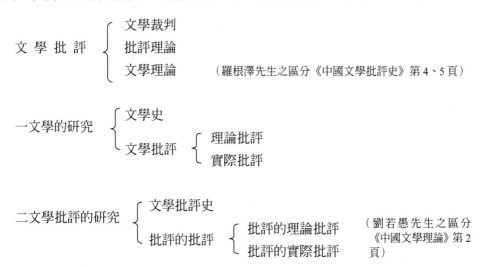

羅、劉二家區分之詳略雖稍異其趣，大體皆以「批評」具有實際批評（裁判）與理論批評二種內涵。

循此論點而言，《文選》本身即爲前人「實際批評」之成果。故由其批評

〔註54〕參見梁實秋主編《遠東英漢大辭典》一九八七年版第 483 頁，其 Criticism 雖爲名詞卻具有「批評、評論」與「文藝批評的理論；評論或鑑定的法則」雙重意涵。前者即羅根澤先生所謂「裁判」，指實際之批評活動而言。
〔註55〕參見羅根澤《中國文學批評史》第一篇、第一章〈緒言〉二——「文學批評界說」第 3 頁（學海書局，民國 79 年再版）。

結果研析之文學理論，雖可關涉本質、源流、體類諸方面，而「批評理論」乃可謂其最重要之核心。今據其評選詩篇之結果統計、分析，則庶可活現詩之裁判活動；自其評選態度、選詩標準之準確掌握，編輯體例、分類架構之連繫貫通，則略能溯明其詩之批評理論。此二者本即相互作用、關係密切。由分析研究之程序言，是由裁判活動之結果還原批評理論之面貌；由文學實際之活動言，乃以批評理論為主幹，進行裁判活動。為求如實呈現文本研究之精神，下文即依序分選詩實際、評詩理論二部分討論：

一、選詩實際

透過三、四、五章兼採數量統計、篇章分析之作法，筆者對《文選》選詩實況，乃大致獲一全面而深入之瞭解。

首先，以詩家為單位，觀察《文選》評選詩才之角度，則其對詩家高下之鑑取，約具下列傾向：

（一）才高詞贍、體蘊多方

「文非一體，鮮能備善」（《典論·論文》）自魏晉以下，論文者多公認文章體有萬殊，實難兼擅，惟才高氣奇者足以當之。詩至南朝、體類愈分，其情亦然。故劉勰以為：四言五言，體式有別，「華實異用，惟才所安……隨性適分，鮮能圓通。」（《文心雕龍·明詩》）今由《文選》詩篇選錄結果分析，其選錄詩篇較多、較詳，於各時期所佔地位較顯著者，多為陸機、謝靈運、曹植、顏延之等大家。其才情粲溢、文采裴然，加以兼擅諸類，皆可謂古詩之冠冕。

將前述詩家之可輯存詩與《文選》選入狀況對應參照，則各家創作成果，詩才廣狹大致可見：

陸　機：約存一二四首，分布十一類。選入五十二首，分布八類，五類地位顯要。〔註56〕

謝靈運：約存一〇七首，分布七類。選入四十首，分布十類，六類地位顯要。

曹　植：約存一三七首，分布十一類。選入二十五首，分布八類，四類地位顯要。

〔註56〕此處「地位顯要」係指該詩人之詩篇入選專有一類，或於一類中占有三首以上者。

顏延之：約存三十七首，分布九類。選入二十一首，分布五類。三類地
　　　　位顯要。

　　整體而言，上列名家於詩篇創作題材，類型上均較豐富、廣泛，甚至多
見獨創典型之佳作，故於《文選》詩卷中佔有較優越之選錄地位，雖未必表
示其詩學成就特高，然由鑑賞詩文、摹習篇製之觀點，確值得給予較多肯定。

　　揆諸南朝詩評，則陸機等人詩才秀逸，亦為共推之事實，如陸機有「才
高詞贍、舉體華美」（《詩品・上品》）「士衡才優、綴辭尤繁」（《文心雕龍・
鎔裁》）之評；曹植有「思捷而才儁」（《文心雕龍・才略》）「骨氣奇高、詞采
華茂、情兼雅怨，體被文質」（《詩品・上品》）之譽；謝靈運則以「興會標舉」
（《宋書・謝靈運傳》）「興多才高」（《詩品・上品》）著稱。

　　故知《文選》評選詩英，雖無特定偏好，但基於分類編排之體例、摹習
詩文之目的，此類才高兼類之詩家，多享有較醒目之選錄地位。

（二）篇章精煉、修辭尚工

　　詩至西晉，由於文風鬱盛，人才蔚集，乃以繁文雕采相尚，沈約評其「縟
旨星稠，繁文綺合」（《宋書・謝靈運傳論》）。劉勰更以其詩風輕綺「采縟於
正始，力柔於建安，或析文以為妙，或流靡以自妍」（《文心雕龍・明詩》），
足見齊梁論文者乃同鑑西晉詩「體變建安、繁縟流靡」之缺弊。而經前章研
析，則顯見《文選》對西晉詩家，詩篇均有較高之評價，於此類雕采麗辭亦
較具包容力（參見第四、五章）；相反地於「理過其辭，篇尚玄虛」之東晉詩，
則選錄甚略，入選諸家亦皆能超然時風、挺拔獨立者。由此略知《文選》推
選詩家確有「崇雅好文」之傾向。

　　詳觀《文選》選臻前列之十二名家，則除劉楨、左思外，莫不以清辭麗句
擅長，其中尤以陸機、謝靈運、顏延之、潘岳、沈約諸家，最以俳偶工對、競
事典故相尚。自前章鑑析陸機〈擬古詩〉十二首、顏延之〈拜陵廟作〉、沈約〈應
王中丞思遠詠月〉諸篇固已可見，由《詩品》之評價：「尚規矩、貴綺錯……咀
嚼英華，厭飫膏澤」（評陸機）「名章迴句，處處間起，麗典新聲，絡繹奔會」
（評謝靈運）、「……體裁綺密……一句一字，皆致意焉」（評顏延之）亦大體可
知此居首之三家，實皆以修辭煉句逞才炫博者，而於《文選》詩卷之選錄地位，
皆高於曹植、謝朓之粲溢才情，亦足為《文選》偏好經緯雅才之證。

　　徵乎歷代詩話之評價，則為《文選》賞愛篇章之陸、謝、顏、潘、沈諸

家，往往亦爲見嗤後人，地位貶抑之詩家。原其所以，殆因太康後詩采華靡，固已爲時尚所趨，故足以名世稱家者，莫不具翰藻。唯繁采寡情、味之必厭，故逐文飾麗之篇，如無情志爲質、紓寫性靈，自易爲後人譏其煩濫。《文選》囿於齊梁「文尚富博、隸事用典」之時尚，標此數子爲文詞命世，供學子習法，致選家每有徒務形式，偏好麗辭之評。

（三）崇古眞摯、渾然壯闊

雖則《文選》大體因循前說、遵從時尚以選詩，但於部分篤意眞古、骨強氣雄之詩家，亦獨具慧識。如左思詩本以精切典則爲時人贊嘆，〔註57〕唯其辭藻壯麗本出於雄才高志之貫注，非深思苦索之鍛鍊，故雖有「振衣千仞岡，濯足萬里流」（詠史詩）「白雲停陰岡、丹葩耀陽林」（招隱詩）之巧聯妙對，卻不以奇章秀句獨出，而以氣貫全篇，結構酣暢爲奇。《文選》選左思詩爲歷代第七，高於情遠詞麗之江淹、爛若舒錦之潘岳，則對於其詩篇氣勢，情意之鑑賞亦深；更顯著之例證，則爲陶潛、鮑照地位之獨厚。

陶詩之省淨自然、質樸眞切，雖爲唐宋以後詩家尊崇，於南朝時評，則皆以其質直簡素爲嘆（詳參第四章第三節），鍾嶸雖許其「篤意眞古，辭興婉愜」，擢陶詩入中品，猶以其「風華清靡」爲託辭。至於蕭統選陶詩，則篇數、類目上均已較擴充，允爲劉宋第五，僅次於顏、謝，宣遠、明遠後，雖由詩篇風格綜覽，仍偏取〈擬古詩〉〈詠貧士〉等清辭麗句，然陶詩抒詠自然，曠懷寫志之眞摯已獲呈現，此殆蕭統欲以選詩實證其「文章不群，辭彩精拔，跌宕昭彰，獨超眾類」（陶淵明集序）之評論。另有「才秀人微、取湮當代」之鮑照，亦在《文選》詩卷中佔有顯著地位（歷代第九），雖則其選錄詩亦偏重典雅工麗之擬古、五言樂府，無顯其雜言歌行俊偉驚奇之特色，但於明遠古樂府之偏重（一類選八）亦知其賞愛雄渾勁氣之詩骨。

綜觀前列三類詩家，乃大體涵括《文選》選詩地位卓著之歷代十二名家：

1. 才高兼類：陸機（第一）、謝靈運（第二）、顏延之（第三）、曹植（第四）

2. 辭采精工：陸機（第一）、謝靈運（第二）、顏延之（第三）、曹植（第四）、謝朓（第五）、王粲（第六）、江淹（第八）、潘岳（第十）、沈約（第十一）。

〔註57〕參見鍾嶸《詩品》上品，評左思詩：「文典以怨，頗爲精切，得諷諭之旨。」又引謝康樂之贊語曰：「左太冲詩、潘安仁詩，古今難比。」

3. 古質雄渾：左思（第七）、鮑照（第九）、劉楨（第十二）

　　且各類型詩家排名分布之先後，亦大致顯現《文選》評選詩家著重之層次：乃以兼擅各類、體被文質者爲上，次則以辭意淵雅、文采繁富爲美，再則以胸次高曠，筆力雄邁者爲高。依選錄實際而言，大體符合「事出于沉思、義歸于翰藻」之序例標榜，以情采兼俱，文質彬彬之詩家爲楷範。然由選錄份量、排名地位細較，則仍以擅於析辭尚采之第二類詩家佔優勢，未能予骨氣奇高之左思、陶潛諸家更顯要之地位，此乃《文選》囿限於當代評詩通議，未能盡脫齊梁論詩習氣之可憾，但由選錄標準之文質並舉，陶、鮑諸家地位之擢昇，亦可見《文選》於同乎時議之際，亦勇於標舉其獨特之鑑賞觀點。

　　此外，以詩篇爲核心之篇章研析，更顯然歸結出《文選》選入篇章，較其他同家、同類之存詩，在修辭、形式及作法上，具有頗鮮明之特色：

（一）典雅精煉、繁麗富博

　　「辭藻華麗、典故繁多」向爲六朝文學作品受學者公推之特徵，〔註58〕於《文選》選錄詩篇中，尤顯此「典麗繁巧」之傾向。

　　自選詩篇卷概覽，魏晉以下固多選曹、王、潘、陸等以詞藻妍練，巧寓典實著稱之詩篇。分由各家詩篇比較，則《文選》選錄者，亦每每爲諸家篇製中較雅麗之翰藻。此由前章阮籍〈詠懷詩〉、江淹〈雜體詩〉等同題詩篇之研究（參見 264 頁），已可見《文選》選詩之過尚采藻、典雅，乃易生華靡無神之缺弊，使「登高臨四野」等七首、「擬劉文楨感遇」等八篇均難獲後人知賞；而自鮑照、陸機之樂府詩，曹植、沈約各類詩篇之取捨異同間，尤確切較知《文選》選詩者偏好雅辭，崇富贍、尚繁巧之趨向。故同以謫居幽悶爲詠，曹植〈雜詩〉「轉蓬離本根、飄颻隨長風。何意迴飆舉，吹我入雲中」，則顯然較〈吁嗟篇〉「吁嗟此轉蓬，居世何獨然。長去本根逝，宿夜無休閒。東西經七陌，南北越九阡。卒遇回風起，吹我入雲間。」更爲精煉緊密，辭意雅馴。究其修辭，殆因「轉蓬」、「長風」等複詞、詞組之應用，使詞義濃縮，文詞更顯精要。並藉「迴飆」等罕詞、「飄颻」等疊韻造成典雅、繁複之文字形象。致主題、喻象皆相近之二篇，《文選》賞取者，通常較具繁巧富麗之修辭美感。另如鮑照樂府之偏取〈昇

〔註58〕參見王次澄《南朝詩研究》一書第五章285～393頁，東吳大學學術著作獎助委員會出版，民國73年。張仁青《六朝唯美文學》一書第三章「六朝唯美文學之內涵」第35～85頁（文史哲出版，民國69年），盧青清《齊梁詩探微》一書第三章第95～175頁（文史哲出版，民國73年）。

天行〉、〈苦熱行〉，亦皆愛其典麗工偶，通篇故實。

至於各類中單篇成類、或一家專擅者，亦莫非才高詞贍、舉體華美之篇。如述德類謝靈運〈述祖德詩〉二首、郊廟類顏延之〈宋郊祀歌〉、及哀傷類潘岳〈悼亡詩〉等，雖屬三家詩篇中典正有禮、敬慎追懷之作，仍不乏「弦高犒晉師，仲連卻秦軍。臨組乍不緤，對珪寧肯分。」（〈述祖德詩〉之一）「駕言陟東阜，望墳思紆軫。徘徊墟墓間，欲去復不忍。」（〈悼亡詩〉之三）等妙運典故、巧嵌成詞之詩句。並時見「奔精昭夜，高燎煬晨。陰明浮爍，沈禜深淪」（〈宋郊祀歌〉之二）「幃屏無髣髴翰墨有餘跡。流芳未及歇，遺挂猶在壁。」（〈悼亡詩〉之二）等結藻妍練，詞趣綺麗之例。故知《文選》選取詩篇之體趨雅麗、時露繁富，已不僅因南朝詩有逐文蓄藻之趨向、齊梁當代具隸事用典之時尚，更基於選詩諸人對「綜緝辭采，錯比文華」之篇章，具獨特之愛好，故於標舉「沉思翰藻」之際，時以華藻為先，偏尚雅辭。

（二）駢偶整飾、俳比鋪陳

經前節「選詩」體製之研究，乃知「詞語駢偶、句式整齊」實為《文選》選錄詩篇共通之特徵。而此形式之特徵，當屬有意篩選之結果，可藉以釐析評詩標準。

檢視現存文籍，遠自《尚書·禹謨》、《易經·文言》，〔註59〕即時見麗辭偶對，然皆出於行文自然，不勞經營。自漢代王、揚、枚、馬諸家，競盛富藻，始見刻鏤雕琢之痕。今由《文選》詩卷鑒析：則絕大部分為整齊之四、五言詩，且每篇約三分之一之詩句為兩兩匹偶之對句，甚如陸機〈猛虎行〉、〈君子行〉等樂府、謝靈運〈晚出西射堂〉顏延之〈車駕幸京口侍遊蒜山〉等遊覽、行旅之作，及沈約〈應王中丞思遠詠月〉諸篇，則過半之篇章以俳比鋪敘；尤以鮑照〈昇天行〉、〈苦熱行〉、謝靈運〈登池上樓〉、〈於南山往北山經湖中瞻眺〉、顏延之〈還至梁城作〉、謝朓〈之宣城出新林浦向版橋〉等則幾通篇駢偶，盡用麗辭，則《文選》雅好麗辭之評，洵非空言。且由第五章詩篇研究可知：《文選》於各家詩類相同或題材近似之詩篇，（如鮑照、陸

〔註59〕 參見《尚書·大禹謨》篇，皋陶曰：「罪疑惟輕，功疑惟重。」又見同書同篇。益贊禹曰：「滿招損，謙受益。」參見《易經·乾卦》文言曰：「元者，善之長也；亨者，嘉之會也，利者，義之和也；貞者，事之幹也。君子體仁足以長人，嘉會足以合禮，利物足以和義，貞固足以幹事。」又見《易經·繫辭上》曰：「乾道成男，坤道成女，乾知大始，坤作成物，乾以易知，坤以簡能。」

機之樂府詩，曹植、沈約之相近詩篇）通常偏好巧聯妙對，儷采駢文之作品。甚至於如阮籍〈詠懷〉、江淹〈雜體〉等同題組詩，亦因偏尚俳比，而選取部分用字牽強、詞義板滯之繁蕪，爲後世選家所嗤（參見第五章第三節）。

詳析詩篇中對偶之用法，則其演變歷程依稀可辨。五言詩句之俳比對偶，約始於魏之曹氏父子，「熊羆對我蹲，虎豹夾路啼」（曹操〈苦寒行〉）「漫漫秋夜長，烈烈北風涼……俯視清水波，仰看明月光。」（曹丕〈雜詩〉）雖皆爲事異義同之「正對」，〔註60〕但已見詩句排整刻意求工之匠心。至於曹子建「攬弓捷鳴鏑、長驅上南山……左挽因右發，一縱兩禽連」（名都篇）之氣貫十字，對偶逞才，以致於太康以後諸家專力堆砌，必成駢偶。如張華、張協、左思，均以對偶圓熟獨步。如：

> 清風動帷簾，晨月照幽房……居歡惕夜促，在感怨宵長。（張華〈情詩〉之一）（陳八郎本、明刊本「照」作「燭」，「惕」作惜，「感」作「戚」）

> 金風扇素節，丹霞啓陰期。騰雲似涌煙，密雨如散絲。（張協〈雜詩〉之三）

> 習習籠中鳥，舉翮觸四隅，落落窮巷士，抱影守空廬。（左思〈詠史〉之八）

則其對偶之用法，非但由實體名詞而擴及抽象之副語、詞組（如張華詩），由二句上下對比而擴至隔句前後呼應（如左思詩），且句中辭采之藻飾、聲調之諧暢亦同時兼及，已儼然近於唐律之精工。入於宋世，則謝靈運、顏延之、鮑照等大家，則以「對偶」爲主要，工求詩句，幾乎全篇俳比，兩兩合掌（參見前例），雖足逞博競才，亦使詩篇流於細密彈緩。故劉勰謂其「儷采百字之偶，爭價一句之奇。情必極貌以寫物，辭必窮力而追新」（《文心雕龍‧明詩》）風尚所及，流靡齊梁，則沈約、謝朓諸家詩乃富其證。如此偏重俳偶形式之作法，雖具「巧言切狀……曲寫毫芥，故能瞻言而見貌，即字而知時」（《文心雕龍‧物色》）之密附精妙，卻常須長篇鋪敘而文思愈疏。缺乏即勢以會奇，善於適要之雄壯氣勢。故由《文選》所選樂府八首，實不足顯鮑照之雄才，而由江淹、沈約之工於儷偶之詩篇，更時見牽強拙滯之對句，此殆《文選》

〔註60〕參見《文心雕龍‧麗辭》曰：「故麗辭之體，凡有四對：言對爲易，事對爲難；反對爲優，正對爲劣。言對者，雙比空辭者也；事對者，並舉人驗者也；反對者，理殊趣合者也；正對者，事異義同者也。」

評詩過尙駢偶之弊端。

（三）抒寫含蓄、情韻隱約

自《文選》與《玉臺新詠》之詩篇選目比較，則大致可見《文選》所選錄者除題材寬廣無拘外，大體具有抒情寫志較含蓄隱約之傾向，而《文選》略選或不選之詩篇，則大多抒情率直、不避淫艷淺俗。（如張華〈情詩〉五首、鮑照〈代白紵歌辭〉二首等）

溯原「選詩」此種抒寫手法之成因，或有二端：一則源於體宗風雅，故多用比興；一則以文士爲本位，修辭尙巧，故忌言淺露。如其「詠史」、「詠懷」二類，本最易明詩見志，抒詠衷腸，而《文選》所選諸篇，則多賴比興之法，貴得蘊藉深遠之致。如：

> 臨穴仰天歎，長夜何冥冥……。黃鳥爲悲鳴，哀哉傷肺肝。（曹植〈三良詩〉）
>
> 金張藉舊業，七葉珥漢貂。馮公豈不偉，白首不見招。（左思〈詠史〉之二）
>
> 椅梧傾高鳳，寒谷待鳴律。影響豈不懷，自遠每相匹。（顏延之〈秋胡詩〉）
>
> 孤鴻號外野，朔鳥鳴北林。徘徊將何見，憂思獨傷心。（阮籍〈詠懷詩〉之一）（陳八郎、明州、贛州本作「翔鳥」）
>
> 夭夭桃李花，灼灼有輝光。悅澤如九春，磬折似秋霜。（阮籍〈詠懷詩〉之四）

餘如此類者繁不勝舉，但多籍一物象爲喻，以寄作者情志思慮，或先以景物題詠，再順勢抒懷，故情隱約而韻綿邈，文雖盡而意有餘。實得自《詩三百》以來言志傳統之特長。

至於「選詩」之務飾美辭，避陳俚俗，則以「樂府」之獨取雅調，「雜擬」類之轉趨隱晦，最足爲證。如其「樂府」詩，以男兒征戍之苦爲詠，則取陸機〈從軍行〉鮑照〈出自薊北門行〉，而不選吳均〈從軍行〉。今撮觀其作法：

> 陸機〈從軍行〉
>
> 苦哉遠征人，飄飄窮四遐。南陟五嶺巓，北戍長城阿。
>
> 隆暑固已慘，寒風嚴且苛。朝食不免冑，夕息常負戈。
>
> 苦哉遠征人，撫心悲如何？

　　鮑照〈出自薊北門行〉

徵騎屯廣武，分兵救朔方。疾風衝塞起，沙礫自飄揚。

馬毛縮如蝟，角弓不可張。時危見臣節，世亂識忠良。

投軀報明主，身死爲國殤。

　　吳均〈從軍行〉

男兒亦可憐，立功在北邊。陣頭橫腳月，馬腹帶連錢。

懷戈發龍坻，乖凍至遼川。微誠君不愛，終自直如弦。

（陳八郎本、明州本「飄飄」作「飄颭」，「朝食」作「朝餐」，「撫

　心」作「抃心」，「馬毛」作「馬步」）

　　則吳均樂府不僅在篇製上不如《文選》選錄二篇俳比鋪敘，已漸簡短精
煉近於律體，其措辭亦淺近如口語，頗具民歌詞白易懂、朗朗成誦之特質。
相對地，陸機之樂府便較爲整飾，雖仍沿用虛詞、設問之語法，卻兩兩成對，
工於俳比；鮑照之詩篇則尤精煉迅捷，匠鑿顯露，純然士族之雄才。由此類
詩篇之取捨，《文選》評選之標準可知。此外，「雜擬」類中《文選》詳錄陸
機〈擬古詩〉十二首，由其擬作與原篇之文句比對，亦略可見《文選》選取
「雜擬」詩之傾向：

古詩原篇	陸機擬作
行行重行行，與君生別離。	→悠悠行邁遠，戚戚憂思深。
相去日已遠，衣帶日已緩。	→攬衣有餘帶，循形不盈衿。
采之欲遺誰，所思在遠道。	→采采不盈掬，悠悠懷所歡。
願爲雙鳴鶴，奮翅起高飛。	→思駕歸鴻羽，比翼雙飛翰。

（陳八郎本、明州本作「雙鴻鵠」）

　　陸機擬古詩篇，步驟如一，故其語意相承，轉化之跡甚明，自右列諸例可
見，古詩諸篇雖已溫文而麗，陸詩尤使之脩整精煉，更趨雅馴，辭意遂至華美
隱晦，反不如原作暢達清遠，故明清王世貞諸人多謂陸詩板滯，實論之有故。
而《文選》標立陸詩以爲傑作，其修辭精贍、抒寫紆曲之文士作風亦明矣。

　　除此形式，技法本身之特徵外，經由修辭風格之例證，亦可側見《文選》
於詩篇創作，頗重模擬、承襲之觀點。故其因應時尚，特立「雜擬」一類，
且於修辭上崇典故，好成詞，甚至推崇陸機〈擬古詩〉拘守前篇章法，江淹
以擬作評舉詩英之作法，實已明示學子由模擬以習作之法門。開後世復古模

擬之風尚。而其精煉修辭之法，雖以文藻典麗、俳偶鋪采爲主，於音調朗暢、叶韻自然之篇章，亦深有愛好，故曹子建、謝玄暉之名篇迭出、盡入選列，此亦由「選詩」諸篇足以開啓唐律之潛在資源。

是故，綜觀《文選》選詩結果，評析推選詩家、詩篇之諸多傾向，則《文選》以文士爲本位，崇雅黜俗、宗尚麗藻之趨向甚爲鮮明，以致甄錄之詩英以詞贍體華者爲多，選取詩篇亦以雅麗富博、駢偶整飾爲特徵，此皆陶染於齊梁文風、取則於當代公論之評詩觀點。難能可貴者，乃其對阮籍、陶潛諸家之賞鑒，及詞貴蘊藉、特重比興之評詩標準，則頗能淬取風雅之精神，提振齊梁詩綺靡之弊，於選文定篇、品藻異同之際，兼具品騭俗風、匡正時弊之功。據此，始足顯其評詩實際之匠心獨運。

二、評詩理論

《文選》評選詩文之選錄標準與批評理論，向爲學者熱切關注之研究焦點。然其足以引爲確切論證者，卻僅有《文選・序》〈陶淵明集序〉及〈答湘東王求文集及詩苑英華書〉等篇論述，故詩論者每每配合相關資料之研析而歸其論理：或概計詩文篇目以測其趨向，或略舉詩篇以見其好尚，或撮與《文心雕龍》論較觀點異同〔註61〕作法隨人變化而臧否自異。雖各具其理，卻不免主觀推論、零碎支離之憾。故救偏補弊之道，當自研究之全面性與客觀性上加強。

經由前四章之研究，本文乃立於全體選詩篇目統計、研究之基礎上，綜觀《文選》選詩之趨向與特色，並參酌書中編輯體例、分類架構與編纂成員之相關論著，則庶可釐析《文選》選詩現象之內層，具有如下之評詩理路，足爲其刪選詩篇、品第詩才、權衡地位之依據。

（一）好惡從公、唯務折衷

自《文選》全書之序例、選目研究，大致可知其評選詩篇並無獨特之詩

〔註61〕近世學者以《文選》文學觀爲主題之研究頗多：採取計算篇目多寡而推測趨向者，如：袁行霈〈從昭明文選所選詩歌看蕭統的文學思想〉、劉樹清〈事出于沈思，義歸于翰藻──論文選對文學主體性的肯定〉。略舉詩篇以分析編者好尚者，如日本、清水凱夫〈關於文選中梁代作品的撰錄問題〉、顏智英〈昭明文選與玉臺新詠之比較〉論文第五章。撮與《文心雕龍》論較觀點異同者，則如鄭蕤〈試論文心雕龍與昭明文選在文學體類上的區分〉、黃章明〈文心選文與昭明文選之比較〉、齊益壽〈文心雕龍與文選在選文定篇及評文標準上的比較〉等多篇，因篇繁不備詳引。

論標榜，僅以「略其蕪穢、集其清英」爲宗旨。而其詩才品第，地位詮次則大體契應南朝詩評之歸趨、昭孚公議。但亦非盲目苟同，毫無創見，故其評詩之基本態度，可謂「同之與異，不屑古今，擘肌分理，唯務折衷。」〔註62〕

　　而此不屑古今、唯務折衷之評論立場，不僅是一種精神之崇尙，於《文選》選詩現象中，亦時可得其印證。首先，《文選・序》溯文論詩之間，即表現折衷之論點。《文選・序》開篇便遠溯伏羲畫卦，以見「文」之時義，並論天文、人文之價值。論詩則承〈虞書・舜典〉與《毛詩・序》之遺緒，宗奉風雅之道。表面觀之，似有尊傳統、循前說之復古、保守傾向，詳明其本末，則知其辨「文義」雖尊古溯遠、著重化成，於文風、文體則毫無拘守，以爲「隨時變改」、「分鑣並驅」乃是文體發展之自然法則，故文采增華、文體趨繁本爲「時變」之必然，既無優劣之判別，亦無所謂進化、退化文學史觀之評價。〔註63〕且其評論原理雖有同乎舊談之處，卻僅是一種義理之追溯，能出入於前人理論間，自成其客觀史實，平視發展之折衷態度，始爲《文選》評選理論之精髓所在。而其論詩觀點亦然，雖亦秉持言志傳統，體宗風雅，卻擴充「風雅」之義，兼蘊正變。論其體製，則廣謂三至九言各體互興，無區高下，故見《文選》序言闡述，雖與前代之說頗爲近似，卻多能事理賅密，自具條理，而無特殊之偏尙。

　　次者，自《文選》選詩之體例，原則概觀，或據時代因素之類目統計，皆具「同視古今」之共同結論。由前文第二章之選詩原則蠡測，已知《文選》選詩於時代因素上著重詩體演變之階段性，而非時代風格之優劣品次；而其全書「體以類分、類以時次」之體例，更明示其時代因素之作用層次，乃爲利於各文體、詩類發展階段之呈現，並無意於好尙之標明，而此編纂體例之架構，除表明《文選》評詩立場之公正執中、不貴古賤近，實亦參酌折衷於《文心雕龍》體呈流變、《詩品》溯源品第之前賢評論。同時，將全體選時據時代因素分析（參見第三章第一節），則無論詩家地位、詩篇刪選上均無近詳略遠，貴遠賤近等主觀之評論繆誤，而一致呈現以西晉、三國、宋、梁

〔註62〕參見《文心雕龍・序志》篇曰：「有同乎舊談者，非雷同也，勢自不可異也；有異乎前論者，非苟異也，理自不可問也。同之與異，不屑古今，擘肌分理，唯務折衷。」

〔註63〕多數學者多依《文選・序》「蓋踵其事而增華，變其本而加厲」一語而判定《文選》編者具進化之文學觀。如馬積高〈文心雕龍與昭明文選中對「文」看法的比較〉其實，筆者以爲此二句主在說明文章之演變由簡而繁，由質而文是一種自然之現象，故無所謂「進化」「退化」之評價意義（見《昭明文選研究論文集》第59頁）。

四期較顯要之共同結果。參諸南朝詩評之評析流變者（如沈約《宋書‧謝靈運傳》、江淹〈雜體詩序〉、裴子野〈雕蟲論〉、鍾嶸《詩品‧序》、《文心雕龍‧明詩》等）則皆公推建安、太康、元嘉、梁初詩體發展之興盛，但《文選》之獨尚西晉與貶抑東晉，則較各家顯明。由此得證：《文選》選詩詮才，大體實以詩體發展之盛衰遷變爲考量，並無獨特之理論標榜與時代取向，故有同乎舊談者，實非盲目之隨聲附響；而其評選之異乎前論者，則爲其獨特詩觀之創獲，亦非蓄意之立異標新，而此同異之詮釋，新舊之折衷，則爲《文選》評詩理論之特色。故近代學者有贊其詩家評選至當、〔註64〕有推崇其詩篇兼容並蓄、〔註65〕有評其選體知本不忘末、〔註66〕有謂其觀念兼融三教，〔註67〕論緒雖紛雜，實皆可歸因《文選》執著「不屑古今、唯務折衷」之評論態度，故見同者贊其公正，見其異者賞其創變。

（二）沈思翰藻、文質兼重

「事出于沉思，義歸乎翰藻」乃《文選‧序》中具體說明其選文標準之文字，故自清代阮元與民國、朱自清等學者專文辨析以來，研究《文選》評論者莫不論及，關注之餘，亦漸膨脹其重要性，致使部分論述據以爲《文選》評選之唯一基準，而論斷《文選》之批評觀。其實，誠如前文（第三章第一節）之辨析，自序文之篇章地位、文詞義涵及作者之行文習慣而言，本段文字只是一種比較性之說明，而非嚴謹之定義。是在選取獨立成作之「篇翰」前提下，說明附於史書之史述贊、史論其實乃具緝采、比華之「能文」特質，內容既出於作者深刻之思辨，亦具華麗之文藻形式，故備文質彬彬之美質。

〔註64〕 參見一殷孟倫〈如何理解文選編選標準〉一文，於詳析《文選》入選入家及作品後，以爲其所選作家都爲各時代有代表性之人物，而入選作品亦皆可稱「先士茂制、諷高歷賞」之作（《文史哲》第一期，一九六三年）。

〔註65〕 參見趙福海〈試論文選理一以「選賦」爲例〉一文則以爲「提倡風格多樣是《文選》理的重要內容，肯定風格多樣化，成爲《文選》選篇兼容並收的指導思想。」（見《昭明文選研究論文集》第51頁，吉林文史，1988年）。

〔註66〕 參見方孝岳〈昭明文選發揮文學的時義〉以爲《文選》辨別文體之作法兼有摯虞、任昉之長：「摯虞好像一切以最初的形體爲標準，他的批評，也多半是古而非今。任昉又只斷自秦漢以後。昭明太子就不同了，他知道本，也知道末，不執末而忘本，也不執本而忘末。」（見《中國文學批評》第217頁，莊嚴出版社，民國70年）。

〔註67〕 又見註65論文，則以爲：「三教同源正是《文選》容納百川的思想淵源。整部《文選》，反映儒家思想的作品有，反映道家思想的作品有，反映佛家思想的作品也有。但就整體而言，還是儒家思想占支配地位。」

乃標示出編者評選詩文時兼及內容、形式雙層考量之傾向。平心而論，本不當視為絕對、唯一之評選標準，在未與選錄實象驗證前，尤不足輕易採信其言，然因其於序文中地位顯要，而其詞義又適可指明《文選》選取篇翰之基本趨向，故仍沿用其稱，而另須詳辨其理。

首先，就序文之義涵思辨。沉思、翰藻之揭示，只是一種補充之說明。《文選·序》曰：

「至於記事之史，繫年之書，所以褒貶是非，紀別同異，方之篇翰，亦已不同。若其讚論之綜緝辭采，序述之錯比文案；事出於沉思，義歸乎翰藻；故與夫篇什，雜而集之。」

約其旨意，大致可知：

1. 紀事、編年之史書，本有其褒貶異同之微義，故在行文體例，論文主旨上均與《文選》選取之篇翰有別。

2. 史述贊、史論之特例廣收，主要因其「綜緝辭采、錯比文華」之形式特徵，且其內容、結構均經評論者深刻之構思，故與紀事實錄之史書有別，能文質兼具，泛入文林。

因此，如將此段體例說明視為《文選》評論詩文之具體論據，則當進一步釐析，其選錄詩文固標榜思想內容、修辭形式之內外二層，於評選之際卻非二者比重相當、等同而觀，乃是以顯著可辨之形式特徵為要件。畢竟經、史、子、集四部典籍，雖各有篇重，其思想內容則皆有可取，惟行文之篇章結構、辭藻修潤為篇翰（文章）較具體可辨之條件，故《文選》選詩評文間特標明之。但基本之衡量取向，仍兼顧文質雙方，故謂之文質「兼重」，而非文質「並重」。

其次，照應前述品第詩家、評選詩篇之結果，則知《文選》詮品詩才，固以才高詞贍、體蘊多方者為上才，論其次，則以辭采精煉、詩具華采者居之，其兼重文質，而以文華為先之觀點乃略可見。綜觀選篇之趨尚，則其選錄諸篇，乃具有「典麗繁富、駢偶鋪陳」之鮮明特色，而此二項特色皆就其修辭、謀篇之形式構成而發，其雅好麗辭之評論傾向乃由此得證。另由〈詠懷詩〉、〈雜體詩〉及樂府眾篇之崇雅黜俗（參見第五章二節），亦為顯示《文選》評選詩篇趨向之具體例證。

次者，檢驗於編者之相關論述，則其兼重文質之論點，時可得印證：如蕭統〈陶淵明集序〉除推重陶潛「貞志不休、安道苦節，不以躬耕為恥，不

以無財爲病」之高德，亦愛其「文章不群，辭精彩拔、跌宕昭彰，獨超眾類」；而其〈宴闌思舊〉詩中追念明山賓、到洽、陸倕、殷芸四人，則亦可見其評論文人之兼取文質。至於明確評述詩文者，則尤懸「文質彬彬」之標的：

> 夫文典則累野，麗亦傷浮。能麗而不浮，典而不野，文質彬彬，有君子之致。吾嘗欲爲之，但恨未逮耳。(〈答湘東王求文集及詩苑英華書〉)

與此相近之觀點，亦見助編之劉孝綽有所提倡：

> 深乎文者，兼而善之。能使典而不野，遠而不效，麗而不淫，約而不儉。獨善眾美，斯文在斯。(〈昭明太子集序〉)

分就引文全篇而觀，二文評論之對象、動機雖稍異，卻不約而同地強調文章應以思想內容與辭藻優美兼顧爲理想，則其二人於論文選詩兼重文質二端亦是自然。但由其文義細辨，蕭統所追求之「麗而不浮、典而不野」實際之表現，亦賴於文章辭藻之修潤、典故成詞之巧寓，仍偏重文采而言；劉孝綽之評，則對其前文子淵、子雲、孔璋、伯喈等六人文章之各病於淫靡、典重，有失體類而論，故本以修辭風格爲對象，亦非眞正能兼重內質與外采，若參見序前「若夫天文以爛然爲美，人文以煥乎爲貴」之論，則劉孝綽之著重文采而論則更確切可知。

故由序文辨析、選篇實際、編者論述三方徵驗，則知《文選》評論詩篇雖與《文心雕龍》近似，同以「文質兼重、情采並茂」爲理想，但於選文定篇之際，則不免有偏重文采之傾向，故與劉勰「依情待實、述志爲本」(《文心雕龍·情采篇》)之觀點本末相左，選篇亦不免出入。〔註68〕此乃配合觀察選詩實際之發現，故與前賢僅就《文選·序》文字臆測忖度而謂其「文質並重」之結論自然有別。

（三）客觀徵實、體寓流變

自本章前言中，已初探《文選·序》具有「各體分驅、變本增華」之基本文學觀。簡括之，即以「時變」之評論觀點出發，一則客觀文體細分趨繁之現象、據實呈現；一則顧及詩壇現況，以梁初詩體情勢、評詩風尚爲評選依據。故凡編輯體例、分類原則、詩篇選取等，莫不以詳細區分、呈現體變

〔註68〕一般學者皆以爲《文選》與《文心雕龍》在選文定篇間大致相符，齊益壽先生於詳析篇目後，則頗不以爲然。詳參見齊益壽〈文心雕龍與文選在選文定篇及評文標準上的比較〉一文（《古典文學》第三集 101～149 頁）。

爲一貫精神。

自摯虞《文章流別集》以降，總集多以「分體纂錄、溯源別流」之體例相沿，《文選》尤爲其著，雖自序選集清英，卻不以品騭高下、辨彰清濁爲宗旨，而藉辨體分類，詳細呈現各類型詩篇之風格嬗變、詩家專擅，猶如精簡之詩體流變史，而其「體以類分、類以時次」之編排體例，則爲詩史開展之基本脈絡，並因其選錄時秉持「尊重詩篇成就、表現詩家專擅」之原則，故選集之「清英」不僅止於創作成就之高者，亦具體裁、風格獨創之傑作，遂使詩體發展之內涵更爲豐實多變。其次，由詩類架構觀察，《文選》具有「重分亦重合」之作法。重「分」故不憚瑣細，凡體制獨創者（如百一詩、從軍詩、反招隱詩等）均爲之獨立一類，突顯其體有別裁；重「合」，故使「雜詩」「贈答」等類體涵數十家、百餘篇，足以歷記該類詩篇風格、作法之遞變。凡此二者，皆主於「溯明流別、呈現體變」之效用，亦爲選詩者客觀評論精神之貫徹。此外，據篇目之分類統計、對照（詳參第三章、第四節），則清楚可見，《文選》各類詩之選錄、配置，雖不與存詩總數成對應，其時代選配，選錄詳略卻常與各類型詩之發展時代、盛衰相契合。故縱向而觀，各類型詩流變瞭然可見，橫向而較，則各時代之創作風尚清晰可辨。因此，乃可確知《文選》詩卷之構成，舉凡編纂體例、選錄原則、分類架構、詩篇配置上，均以客觀呈現詩體流變爲重心，此亦其評詩理論之獨到之處。

《文選》所持「時變」之評論觀點除用以等觀各代變遷、不標立主觀評價外，更明確表現於「立足當代、因應時尚」之現實精神。《文選·序》曰：「蓋踵其事而增華，變其本而加屬；物既有之，文亦宜然。隨時變改，難可詳悉。」其既以文體之變遷爲常，則體變之結果自然於詩體形式、修辭風格、創作內容上均見差異，此乃體思創變、因應時勢之結果，故序者謂之「宜然」，僅視之爲發展之必然、自然，而不予主觀案斷，作古今貴賤、進退之評議，頗具現實精神。至於其呈現詩體、選取詩篇則尤爲分明。雖於篇目句式之分析中，可知五言句式至齊梁時期，已爲詩壇主流，然《文選》呈現詩體發展時，卻有因應此情勢，於五言詩特予優擢之傾向，非但選錄篇幅、比例偏高，於其名家、佳作之選取亦較詳（參見第三章第三節）；而其選錄詩篇時著重文采、偏向麗辭之觀點雖源自魏晉風習，但以用典爲雅、繁麗逞博、鋪陳競才之標準，則當爲宋齊之顏、謝、任、王諸家率領宗風、學子競事用典之流靡，亦爲梁代評詩風尚之共趨，而《文選》選詩評論時沿襲而無忤，其因應現實、遵循時尚之作法可知。

正因《文選》有此客觀時勢、明辨主從之鑒識，故其選賦以漢賦爲多，選詩則以漢以後五言爲主，雖有所偏略，卻較能提綱契要、呈現流變。

（四）崇尚文義、昭顯美感

《文選・序》辨析「文」義，乃遠溯玄古，義昭天文。其所謂「文」，義雖兼涵文、筆，猶今日廣義之文學，然其質性卻已更爲純粹，具藝術之美感。此由序文中強調選文之藝術特質與美感形式可以得見。

首先，自《文選・序》辨析「文」之時義，可知其所謂「文」，本當具炳蔚含章之美感形式，即劉孝綽所謂「天文以爛然爲美，人文以煥乎爲貴。」（〈昭明太子集序〉）。故以爲上古之時「世質民淳，斯文未作。」由其「質」「淳」風尚之對比，亦略見序者以爲之「文」，雖出於人類性靈，必有取法雲霞雕色、草木賁華而錯畫之采藻，故非先民能作，而經後人則「踵其事而增華」。此雖就論文學之演變歷程，亦有助於釐清文學之基本特質。而後，其分述諸體流變，以爲眾制鋒起，實源出同流，故曰：「譬陶匏異器，並爲入耳之娛；黼黻不同，俱爲悅目之玩。作者之致，蓋云備矣。」（《文選・序》）

其取譬於陶匏器樂、黼黻彩色，旨本在彰顯：詩、賦、頌、贊諸體，形制雖異，而皆爲言志之文、抒情之篇。然由行文之謹峭，亦可知其喻象並非隨意拈來，而必有其性質之相近。故有學者以爲作序者乃以文學之功用喻同樂器、美術，只爲提供娛樂玩賞之需，〔註69〕此乃受制於文中「入耳之娛、悅目之玩」之詞面誤導。參諸後文「作者之致，蓋云備矣」，故其所著眼，當其創作過程中「情致」之關連，而非功用之相近。再則，由六朝美學觀念之發展而觀，至齊梁時，繪畫、音樂方面之藝術價值已漸獲肯定，與文學之藝術特質突顯正足呼應，〔註70〕故序者以音樂、美術爲喻，以說明文學發展，適可爲其肯定文學之藝術特質作例證，亦可視爲六朝文學觀念更加釐清之指標。

其次，序文中著力辨析之選文標準，亦可見其選「文」之特徵：

第一、其所選以「篇翰」爲主。故曰「姬公之籍、孔父之書……豈可重以芟夷，加以剪截？」又以爲謀夫之話、辯士之端過於繁博，「雖傳之簡牘，

〔註69〕參見清水凱夫〈昭明太子的文學觀—以《文選・序》爲中心〉一文，即引此段文字而曰：「昭明以爲文學創作的目的，在於娛樂。倡言文學的娛樂性，恐怕自昭明開端。」（見《昭明文選研究論文集》第十三）

〔註70〕參見葉朗《中國美學史大綱》下冊。敏澤《中國美學思想史》第一編第二十三—二十六章。李澤厚、劉紀綱合編《中國美學史》第二卷、第十六章「齊梁文藝與美學」第646～652頁。

而事異篇章，今之所集，亦所不取」，而史書則「方之篇翰，亦已不同」。足見其所不取者，皆有共同之理由，即因其形式上並非獨立之「篇翰」。而此形式之獨立特徵，實正意味其本身具備完整之結構，可獨立成篇，清楚傳達作者之旨意，故不必經他人之芟剪增刪，即足爲文章之典範。

　　第二、所選錄者乃辭自己作，應具創作之價值。故序曰：「作者之致，蓋云備矣」，並謂「記事之史，繫年之書，所以褒貶是非，紀別同異，方之篇翰，亦已不同」，此處之差異，除篇幅長短有別外，主要乃因史書須言之有據，依史實錄，微言即寓大義，故與摛文鋪采之文章有異。

　　第三、所選文章須以能文爲本。此乃究其述作之主旨而言。故其辨老、莊、管、孟等子書「蓋以立意爲主，不以能文爲本。」實由其著作之本旨區分之，故儘管莊子、孟子書中頗多精妙宏贍之美文，亦舍而略諸。並非如學者所謂「昭明之說，本無以自立者也。」〔註71〕

　　綜合三項選「文」之特徵，則可見《文選》評論詩文時，於其形式之美感要求已愈趨明確，故須發揮「文」之藝術特質，具辭自己作之創造性，並具備完整之結構組織。此種美感觀念發展之具體成果，自然爲「事出于沈思，義歸乎翰藻」之提示，更顯著者，則爲《文選》選錄詩「華麗典雅、駢偶整飾」之修辭特徵。此於前文討論中，皆已見詳析。此外，由《文選》選取史述贊，史論等類篇章，偏好《漢書》之精煉華美，略取《史記》之辨而不華，〔註72〕亦可證其講求美感形式、著重藝術特質之評論觀點。

小　結

　　歸結《文選》選詩所呈現之詩學理論特色，其具體、鮮明之處，乃在於各項理論之折衷前說、多所承襲。

　　如其以「源於聖文、言志抒情」論詩之本質，乃沿荀卿、漢儒「原道」理論，《尚書》、《毛詩・序》之「言志」說而來；論詩體「嫡承風雅、詩賦同源」之源流觀點，更受《文章流別》、《文心雕龍》等南朝文論之啓迪。惟其

〔註71〕　參見駱鴻凱《文選學》義例第二第 17 頁引章太炎《文學總略》評論昭明《文選・序》云史籍不同篇翰、諸子不以能文爲貴之説。

〔註72〕　參見齊益壽〈文心雕龍與文選在選文定篇及評文標準上的比較〉一文（《古典文學》第三集第 101～149 頁）。呂興昌〈昭明文選的選文標準〉一文，出自《中國古典文學研究叢刊－散文與論評之部》（巨流出版社，民國 68 年）。

可貴處，在於「沿襲」而不「抄襲」，於評論根源雖前有所據，推闡之際則不忌因時制義、另予創變，故雖秉「言志」傳統，而「志」義涵已予充實、擴大，雖宗奉「風雅」，而「風雅」之義涵已兼及正變。

而其理論之創變性最顯著者，則當推其「體類論」。無論於詩之義涵廣狹、體裁特徵、分類架構種種，較諸《文心雕龍》、《詩品》等近期論詩著述，均有顯著之差異（如《文心雕龍》詩樂分論、《詩品》僅品五言詩），此乃其評詩理論立論基準上之基本異歧，加上各書著述宗旨、體例有別，其評詩結果自難契合，此亦由研究評詩理論所獲之心得。

另外，其評詩理論中「客觀流變」、「文質兼重」與「崇尚藝術美感」等論點，亦多奠立於前人成說、文論發展之基礎上，善用「折衷」之態度予以創發，故頗能擷取眾長而後出轉精，既沿襲《詩經》以來之論詩傳統，亦樹立《文選》本身評選詩篇之獨特理論特色。

第七章　結　論

　　前文以「選詩」爲研究主體，嘗試結合質與量之分析法，經由層層契應之詩論，從外緣資料深入核心特質，由個別研究擴及詩論比較，期自《文選》選詩之實際現象中，統整出較爲詳切、深入之評詩理路。過程雖然繁瑣、曲折，卻終能逐一澄清、實現。謹將其成果條列概述如下：

一、由外緣資料之考辨

　　可知《文選》之編纂，實立於優越編纂條件、成熟文學背景之穩固基礎上開展。由於本文纂成時間之考定，較前人稍爲延後（約在梁武大通元年至中大通元年間），遂推論《文選》乃成於昭明太子壯年時期，集東宮典藏、文士才智，以實現蕭統畢生評選理想，使卷無瑕玷、覽無遺功之大作。並由齊梁時期，文學地位之提高、創作之繁盛，及總集、文論蠭出、文體觀念日明之史實，得知《文選》作爲一部分體編選、體例詳備之選集，實有其發展成熟、水到渠成之客觀背景。而王藩結士、隸事競才之時尙，則足爲「選詩」崇尙典麗之評選趨向，尋求時代依據。

二、由結構研究、篇目統計之初步分析

　　乃肯定《文選》之選錄、編排，均經編者周延之商榷，具有嚴密之結構與客觀之代表性。故既以選集清英、便於文士摹習爲編旨，其體類區分、時代排序、作者編次等，盡皆以詳確明晰之面貌，呈現詩體流變與創作典範。而在不違「沈思翰藻」等選錄原則下，尤力圖依循詩體發展情勢，客觀地選錄各時代、各詩類、各句式之代表篇章，故分據作者時代、作品數量、詩篇

句式等因素分析，《文選》選詩篇目之配置，乃以梁代詩壇情勢爲考量、大體契應各代詩體發展。

三、由詩家、詩篇評估《文選》選詩之成就

則其於詩家地位之高下區分，似較詩篇之刪選爲允當；而選錄詩篇在各詩類中之代表性，又較於各家全體詩篇爲高。故提與南朝詩評、歷代詩話並較，則《文選》推舉之歷代詩英十二家，多爲評詩者尊崇、品騭之焦點，詩類之分布亦能妥當呈現各家詩才專擅；以選錄地位考察，各類入選詩篇每多能體出創獲，足稱典型，惟自入選比例之差距，顯見《文選》詳於「雜擬」，而略選「樂府」，具有偏尚文士雅製之傾向；另與後代詩選輯錄排比，則對各家詩篇之品藻異同尤見懸殊，呈現鮮明之時代色彩。此殆因「質文代變、崇替在選」，故尊重時變、依循風尙而詳取麗辭之《文選》，其品第、選詩之結果，雖能昭孚於當世評議，卻難獲同於後世。

四、由選詩現象歸納評詩理論

則知《文選》之詩歌理論，乃沿《文選·序》溯源、時變、崇文之脈絡，大體承襲前人保守而傳統之論詩觀點，再稍予擴充、創變。此或因選集須著重實用層面之考量，〔註1〕無法明確申論、長篇辨證，故於詩之原理、源流等論理性較高之部分，只見其剿襲前說、梢加變動，而時與〈毛詩序〉、〈文章流別論〉等論述近似；而於詩之體類、批評等應用性爲主之部分，則較能發揮特性、展現創見，而與當代詩論（如《文心雕龍》、《詩品》等）產生明顯之歧異。

整體而言，《文選》選詩結果尙能公正客觀，而具當代選集之權威性。而其呈現之評詩理論，主要具二方面之成就：一則秉持「詩體時變」、「崇尙美感」之精神以選文定篇，突顯古體詩形式美感上之成就；一則折衷品選高下與體呈流變之體例特長，以分類編排充分彰明選集獨特之實用性。故其對後世詩學之影響作用，亦衍生此遠、近二端；論其近，則陳、隋、唐初之詩風、創作，莫不瀰漫於摛藻競華、追求形式美感之風習，此由李諤、魏徵等家之諫議，〔註2〕

〔註1〕 參見王瑤《中古文學史論》——「中古文學思想」中〈文體辨析與總集的成立〉一文。第141～147頁，即詳論選家辨析文體何以不能產生太大理論建樹之故（長安出版社·民國75年版）。

〔註2〕 參見《隋書》卷六十六〈李諤傳〉所錄：李諤〈上隋文帝書〉、《文中子、中

皆可得證。原其源流，雖未必由「選詩」肇其端，而《文選》結集廣傳，亦有
助長聲勢之效；此外，「選詩」具體薈萃古詩之英華，並加以聲韻、格律之嘗試，
對唐代近體詩之技法，乃具相當之啓發性。故如李白、杜甫等大家非但時慕謝
朓、鮑照等「選詩」名家之風采，〔註3〕更明白標舉「精熟《文選》理」之習
文門徑以傳子，〔註4〕足見志爲詩文典範之《文選》，對唐代詩學確曾發生影響；
探其遠，則後代之詩文選集，每對《文選》之編纂體例多所宗奉、沿襲，或因
其選旨再加擴充、變革。故除正文（參見 368 頁）詳引之宋代《文苑英華》、元
代《瀛奎律髓》及明代《詩體明辯》等選集，沿襲「選詩」體以類分之編例外，
元明兩代，更多明題補續之選集，如《文選補遺》（明・周應洽）、《續文選》（明・
胡震亨）等。亦有秉承《文選》選旨而予補正、反省者，如《古詩源》（清・沈
德潛）等，此皆遠紹《文選》體制成就之遺緒者。

　　至此，省視本文嘗試以「選詩」爲題材、研討《文選》文學評論價值之
構想，經由層層計量、析理之探究，實已獲致較明確之肯定。雖則，《文選》
評詩理論因具立足當代、遵循時尙、著重實用之傾向，而致理論之創變性不
足、評選亦未能盡獲後人贊同，然由文學評論史「探述文學批評眞象」〔註5〕
之目的考察，《文選》選詩實已充分反映齊梁當代評詩風尙、論詩觀點之大勢，
並對後代詩學產生具體影響。故雖無《文心雕龍》體大思深之理論體系、《詩
品》詳析風藻之評詩品第，仍當爲齊梁詩學評論史主脈之一，應該在中國文
學評論史上占有更顯著、明確之地位，而不僅止於「梁代文評家」等聊聊數
語或《文選・序》之重點摘述而已。

　　　　說》（舊稱王通作）卷三〈事君篇〉及《隋書》卷七十六、魏徵〈文學傳序〉
　　　　等家論述，均對齊梁以來詩文之繁麗逐巧深表不滿。
〔註3〕李白深慕謝朓詞采，而其詩神韻則多似鮑照。故杜甫評其「清新庾開府，俊
　　　　逸鮑參軍。」（〈春日憶李白〉）。而李詩中，亦多詠謝朓者：如「解道澄江淨
　　　　如練，令人長憶謝玄暉。」（〈金陵城西樓月下吟〉）、「蓬萊文章建安骨，中間
　　　　小謝又清發。」（〈宣州謝朓樓餞別校書叔雲〉），又見〈寄崔侍御〉等十餘篇。
　　　　而杜甫之推崇南朝詩家，則主要見於〈戲爲六絕句〉諸篇及對當代詩人之比
　　　　擬。如「孰知二謝能將事，頗學陰何苦用心。」（〈解悶詩〉）稱畢曜云：「流
　　　　傳江鮑體」（〈贈畢四曜〉），稱張九齡曰：「綺麗元暉擁，牋誄任昉騁。」（〈八
　　　　哀〉）。
〔註4〕參見杜甫〈武宗生日〉詩云：「詩是吾家事，人傳世上情。熟精《文選》理，
　　　　休覓彩衣輕。」用以訓導他的兒子。（見《分門集註杜工部詩》卷九）
〔註5〕參見羅根澤《中國文學批評史》（學海書局，民國 79 年版）篇一篇，第一章
　　　　「緒言」──第 11 頁「文學史與文學批評史」。

　　雖限於才學淺陋，本論文僅能以《文選》中之一體－詩爲研究起點，就
「《文選》之文學評論價值」此一博深之目標而言，或感論證之不足，仍待由
賦、頌、表、書等文體綜觀，始能獲見全面。如能再撮舉歷代選集之大要，
通觀其體要，則對「選集之文學評論意義」當更具深刻認識，且以此作爲未
來研究之展望。

主要參考及引用書目

一、專書：《文選》的版本及研究（依書名筆畫序列）

1. 《文選》，李善注六十卷，宋淳熙尤刊本。

2. 《文選》，李善注六十卷（附考異十卷），清嘉慶胡刊本。

3. 《文選》，五臣注三十卷，宋紹興陳八郎宅刊本。

4. 《文選》，五臣并李善注五十卷，宋明州舊刊本。

5. 《文選》，五臣并李善注六十卷，宋廣都裴氏刊本。

6. 《文選》，五臣并李善注六十卷，韓國奎章閣本。

7. 《文選》，六臣注五十三卷，宋贛州州學刊本。

8. 《文選》，六臣注六十卷，元茶陵陳氏古迂書院刊補本。

9. 《文選平點》，黃侃平點、黃焯編次，上海古籍出版社，1985 年。

10. 《文選理學權輿》，汪師韓，廣文書局，1966 年。

11. 《文選李注義疏》，高步瀛，中華叢書編審委員會，1968 年。

12. 《評註昭明文選》，于光華集評，學海書局，1981 年。

13. 《昭明文選研究初稿》，林聰明，文史哲出版社，1986 年。

14. 《文選學》，駱鴻凱，華正書局，1907 年。

15. 《昭明文選雜述及選講》，屈守元，天津古籍出版社，1988 年。

16. 《昭明文選新解》，李景編著，暨南出版社，1990 年。

17. 《選詩句圖》，（宋）高似孫集，民國 10 年（1921 年）上海博古齋影印本，國家圖書館善本書室藏。

18. 《選詩補註》，（元）劉履編，明宣德甲寅（九年，1434 年）吉安知府陳本深刊本，國家圖書館善本書室藏。

二、相關選集及總集（依書名筆畫序列）

1. 《八代詩選》，王闓運編，廣文書局，1970 年。

2. 《文章正宗》，〔宋〕眞德秀編，臺灣商務印書館《文淵閣四庫全書·集部·總集類》。

3. 《文苑英華》，〔宋〕李昉等撰，臺灣商務印書館《文淵閣四庫全書·集部·總集類》。

4. 《六朝詩集》，薛應旂編，廣文書局，1972 年。

5. 《中國詠史懷古詩卷》，潘民中、王全樂、董延壽選編，中州古籍出版社，1988 年。

6. 《玉海（合璧本）》，〔宋〕王應麟撰，大化書局，1977 年。

7. 《玉臺新詠》，徐陵編，〔清〕吳兆宣注，據掃葉山房石印本、漢京文化公司，1980 年。

8. 《古今詩刪》，〔明〕李攀龍編，臺灣商務印書館《文淵閣四庫全書·集部·總集類》。

9. 《古詩評選》，〔清〕王夫之編，《船山遺書全集》第二十冊，中國船山學會、自由出版社合刊，1972 年。

10. 《古詩紀（附詩紀匡繆）》，〔明〕馮惟訥撰，《文淵閣四庫全書·集部·總集類》，台北市：臺灣商務印書館，1986 年。。

11. 《古詩源箋註》，〔清〕沈德潛編、王父箋註，華正書局，1983 年。

12. 《古詩選》，〔清〕王士禎編，廣文書局，1962 年。

13. 《古詩類編》，胡光舟周滿江主編，廣西人民出版社，1984 年。

14. 《石倉歷代詩選》，〔明〕曹學佺編，《文淵閣四庫全書·集部·總集類》，台北市：臺灣商務印書館，1986 年。

15. 《四庫全書總目提要》，〔清〕紀昀等，臺灣商務印書館，1983 年。

16. 《先秦漢魏晉南北朝詩》，逯欽立輯校，木鐸出版社，1982 年。

17. 《全上古三代秦漢三個六朝文》，〔清〕嚴可均輯，中文出版社，1981 年。

18. 《全漢三國晉南北朝詩》，丁福保輯，世界書局，1962 年。

19. 《昭明太子集二十卷》，陳宏天輯校，據淳熙八年·中華書局聚珍版。

20. 《詳評十八家詩鈔》，〔清〕曾國藩編纂，大立書局，1981 年。

21. 《詩比興箋》，〔清〕陳沆，鼎文書局，1979 年。

22. 《詩詞曲賞析（三冊）》，張夢機、黃永武合編、沈謙、簡恩定，空中大學用書，1990 年 8 月再版。

23. 《詩選》，戴君仁編，文化大學出版部，1981 年。

24. 《詩體明辯》，〔明〕徐師曾纂，景日本嘉永五年刊本·中文出版社。

25. 《漢魏六朝百三家集》，〔明〕張溥，新興書局，1963 年。
26. 《漢魏六朝百三家題辭注》，〔明〕張溥題、殷孟倫輯注，世界書局，1962 年。
27. 《廣弘明集》，〔唐〕釋道宣，臺灣商務印書館《四部叢刊・正編》，1979 年。
28. 《瀛奎律髓》，〔元〕方回編，《文淵閣四庫全書・集部・總集類》，台北市：臺灣商務印書館，1986 年。

三、歷史典籍（依正史年代序列）

1. 《漢書》，〔漢〕班固，鼎文書局，1979 年。
2. 《後漢書》，〔宋〕范曄，鼎文書局，1979 年。
3. 《晉書》，〔唐〕房玄齡，鼎文書局，民國 68 年。
4. 《宋書》，〔梁〕沈約，鼎文書局，1979 年。
5. 《南齊書》，〔梁〕蕭子顯，鼎文書局，1979 年。
6. 《梁書》，〔唐〕魏徵、姚思廉，鼎文書局，1979 年。
7. 《隋書》，〔唐〕魏徵，鼎文書局，1979 年。
8. 《南史》，〔唐〕李延壽，鼎文書局，1979 年。
9. 《舊唐書》，〔後晉〕劉昫等撰，鼎文書局，1979 年。
10. 《新唐書》，〔宋〕歐陽修、宋祁撰，鼎文書局，1979 年。
11. 《宋史》，〔元〕脫脫等撰，鼎文書局，1979 年。
12. 《明史》，〔清〕張廷玉等撰，鼎文書局，1979 年。
13. 《清史稿》，〔民國〕趙爾巽等撰，鼎文書局，1981 年。
14. 《廿二史箚記》，〔清〕趙翼，世界書局，1936 年。
15. 《廿五史述要》，楊家駱，世界書局，1962 年。
16. 《讀史札記》，呂思勉著，木鐸出版社，1983 年。
17. 《魏晉南北朝史》，林瑞翰著，國立編譯館・五南出版公司，1990 年。
18. 《中古史學觀念史》，雷家驥著，臺灣學生書局，1990 年。
19. 《郡齋讀書志》，晁公武，臺灣商務印書館《國學基本叢書》五百種，1968 年。
20. 《歷代經籍考》，馬端臨等撰，新興書局《四部集要──史部》，1959 年。
21. 《中國歷代經籍典》，中華書局編輯部，臺灣中華書局，1970 年。

四、文學史之相關論著（依書名筆畫序列）

1. 《六朝唯美文學》，張仁青著，文史哲出版社，1980年。
2. 《支那詩論史》，鈴木虎雄，弘文堂書房・大正十四年（1925年）。
3. 《中古文學繫年》，陸侃如編，人民文學出版社，1985年。
4. 《中國文學史論》，王瑤著，長安出版社，1975年。
5. 《中國中古文學史》，劉師培著，正生書局，1973年。
6. 《中國文學年表》，敖士英纂輯，文海出版社，1971年。
7. 《中國文學理論史（上古篇・六朝篇）》，王金凌著，華正書局，1988年。
8. 《中國文學批評小史》，周勛初，崇高書社，1985年。
9. 《中國文學批評史》，郭紹虞，明倫出版社，1969年。
10. 《中國文學批評史》，陳鍾凡，鳴宇出版社，1979年。
11. 《中國文學批評史》，羅根澤，學海書局，1990年再版。
12. 《中國文學批評史大綱》，朱東潤，臺灣開明書局，1946年初版，1960年台一版。
13. 《中國文學評論史編寫問題論析》，楊松年，文史哲出版社，1988年。
14. 《中國文學批評通論》，傅庚生，華正書局，1975年。
15. 《中國文學批評》，方孝岳，莊嚴出版社，1981年。
16. 《中國古代文體概論（增訂本）》，褚斌杰，北京大學出版社，1990年。
17. 《中國詩歌流變史》，李曰剛著，文津出版社，1987年。
18. 《兩漢魏晉南北朝文學批評資料彙編》，曾永義等編，成文出版社，1978年。
19. 《南朝詩之研究》，王次澄著，東吳大學學術獎助會，1985年。
20. 《齊梁詩探微》，盧清青，文史哲出版社，1984年。
21. 《隋唐五代文學批評資料彙編》，羅聯添等編，成文出版社，1978年。
22. 《樂府詩紀》，汪中著，臺灣學生書局，1968年。
23. 《漢魏六朝百家雜語》，卜國光編撰，臺北市：臺灣商務，1985年。
24. 《漢魏六朝樂府詩》，王運熙、王國安著，國文天地雜誌社，1990年。
25. 《漢魏六朝樂府文學史》，蕭滌非著，人民文學出版社，1984年。
26. 《魏晉六朝文學史》，陳鍾凡著，臺灣商務印書館，1967年。
27. 《魏晉南北朝文學史》，胡國治，全園出版社，1983年。
28. 《魏晉南北朝文學史參考資料》，北京大學文學史教室選注，北京大學出版，1962年。
29. 《魏晉南北朝文學批評史》，王運熙、楊明著，上海古籍出版社，1986年。

五、傳統文論與研究專著（依書名筆畫序列）

1. 《文心雕龍註》，劉勰著、范文瀾注，明倫出版社，1971 年。

2. 《文心雕龍讀本》劉勰著、王師更生注譯，文史哲出版社，1988 年。

3. 《文心雕龍明詩篇研究》，楊美臻，建立書局，1979 年。

4. 《文心雕龍與詩品之詩論比較》，馮吉權著，文史哲出版社，1981 年。

5. 《文鏡祕府論》，遍照金剛著，學海出版社，1974 年。

6. 《六朝詠懷組詩研究》，李正治，台北縣：花木蘭文化，1980 年。

7. 《六朝麗指》，孫德謙著，新興書局，1963 年。

8. 《中國古代文論管窺》，王運熙，上海市：上海古籍出版社，2006 年。

9. 《中國詩歌美學》，尚馳著，北京大學出版社，1986 年。

10. 《中國詩學》，黃永武著，巨流出版社，1982 年。

11. 《古詩十九首探索》，馬茂元著，純真出版社，1983 年。

12. 《由隱逸到宮體》，洪順隆，河洛圖書公司，1980 年。

13. 《百種詩話類編》，臺靜農主編，藝文印書館，1974 年。

14. 《朱自清古典文學論文集》，朱自清，源流出版社，1982 年。

15. 《宋詩話輯佚》，郭紹虞校輯，哈佛燕京學社，1937 年。

16. 《沈約及其學術探究》，姚振黎著，文史哲出版社，1989 年。

17. 《杜甫與六朝詩人》，呂正惠著，大安出版社，1989 年。

18. 《阮籍詠懷詩研究》，邱鎮京，臺北縣：文津出版社，1980 年。

19. 《金樓子》，梁孝元皇帝撰，南務印書館，《四庫全書珍本‧別輯》。

20. 《唐代詩學》，正中書局編輯委員會，正中書局，1973 年。

21. 《陶淵明評傳》，劉維崇，黎明文化事業，1978 年。

22. 《律詩源導論》，羅鏑樓，廣文書局，1991 年。

23. 《詩式》，（唐）釋皎然撰，台南縣：莊嚴文化，1997 年。

24. 《詩品注》，汪中選注，正中書局，1985 年初版、九印。

25. 《詩品講疏》，許文雨編著，成都市：成都古籍書店，1983 年。

26. 《詩話和詞話》，張葆全，國文天地雜誌社，1991 年。

27. 《詩歌分類學》，古遠清著，中國地質大學，1989 年。

28. 《詩學纂聞》，（清）汪師韓，臺北市：新文豐，1989 年，臺一版。

29. 《詩鏡》，（明）陸時雍編，景印文淵閣《四庫全書》第 1411 冊，台北市：
台北商務印書館，1986 年。

30. 《陸侃如古典文學論文集》，陸侃如著，上海古籍出版社，1986 年。

31. 《陶謝詩之比較》，沈振奇著，臺灣學生書局，1986 年。

32. 《滄浪詩話》，（宋）嚴羽。台北市：金楓出版社，1986 年。

33. 《漁隱詩評叢刊（前、後集）》，〔宋〕胡仔纂集、廖德明校點，人民文學出版社，1963 年。

34. 《漢魏六朝詩歌賞析》，李文初著，廣東人民出版社，1986 年。

35. 《鍾記室詩品箋》，古直，臺北市：廣文書局，1961 年。

36. 《鍾嶸詩品箋證稿》，王叔岷撰，北京市：中華書局，2007 年。

37. 《韻語陽秋》，（南宋）葛立方撰，上海市：上海古籍出版社，1979 年。

38. 《顏氏家訓》，顏之推，臺灣商務印書館《四部叢刊》本。

39. 《學詩淺說》，孫克寬，臺灣學生書局，1980 年。

40. 《讀詩常識》，吳文蜀著，國立天地雜誌社，1990 年。

41. 《藝苑巵言校注》，（明）王世貞著，羅仲鼎校注，濟南市：齊魯書社，1992 年。

42. 《藝概》（清）劉熙載，臺北縣：漢京文化，2004 年。

六、其他相關論述（依書名筆畫序列）

1. 《山水詩歌鑑賞辭典》，張秉戍主編，中國旅遊出版社，1989 年。

2. 《日知錄（原抄本）》，顧炎武，台中河北同鄉會，1958 年。

3. 《文史通義新編》，（清）章學誠，上海：上海古籍出版社，1993 年。

4. 《文學論》，韋勒克、華倫合著、王夢鷗、許國衡譯，志文出版社，1976 年。

5. 《中國美學史》，李澤厚、劉紀綱合編，谷風出版社，1987 年。

6. 《中國美學史大綱》，葉朗著，滄浪書局，1986 年。

7. 《中國美學思想史》，敏澤著，齊魯書社，1987 年。

8. 《古代詩文總集選介》，張滌華著，國文天地雜誌社，1990 年。

9. 《四書集註》，朱熹註，藝文印書館，1980 年。

10. 《四書讀本（語譯廣解）》，蔣伯潛編譯，啓明書局，1983 年。

11. 《兼明書》，（唐）丘光庭撰，臺北縣：藝文印書館，1965 年。

12. 《教育研究法》，王文科著，五南圖書公司，1990 年增訂。

13. 《新校本文獻通考》，（清）馬臨端，臺北市：新文豐，1986 年。

14. 《資暇錄》，（唐）李匡乂，《古今說部叢書、子部雜家類》，民國四年（1915）上海國學扶輪社排印本。

15. 《期待批評時代的來臨》，沈謙，臺北市：時報文化，1979 年。

16. 《詩經釋義》，屈萬里著，文化大學出版部，1980 年。

17. 《漢語詩律學（上、下)》，王力著，《王力文集》第十四、十五冊，山東
    教育出版社，1987 年。

18. 《漢魏晉南北朝隋詩鑒賞辭典》，盧昆、孫安邦主編，山西人民出版社，
    1989 年。

19. 《論文雜記·文說》，劉師培，廣文書局，1970 年。

20. 《劉申叔先生遺書》，劉師培，臺灣大新書局，1965 年。

21. 《類書簡說》，劉葉秋著，國文天地雜誌社，1990 年。

七、論文集及學位論文（依時間先後序列）

1. 《金樓子校注》，許德平，政大中文所碩士班，1967 年。

2. 《劉勰明詩篇探究》，劉振國，文化中文所碩士班，1969 年。

3. 《詩品彙註》，李徽教，臺大中文所碩士班，1970 年。

4. 《昭明太子和他的文選》，謝康等撰，臺灣學生書局，1971 年。

5. 《文心雕龍論文集》，鄭蕤撰，光啟書局，1972 年。

6. 《文心雕龍樂府論研究》，陳麗珠，淡江·講師論文，1975 年。

7. 《梁代文學傳疏證》，李金星，台大中文所碩士班，1975 年。

8. 《蕭統兄弟的文學集團》，劉漢初，台大中文所碩士班，1975 年。

9. 《昭明文選論文集》，陳新雄、于大成主編，本鐸出版社，1976 年。

10. 《六朝詩學研究》，李瑞騰，文化中文所碩士班，1978 年。

11. 《文心雕龍與文選在選文定篇及評文標準之比較》，齊益壽，國科會論文，
    1981 年。

12. 《論魏晉南北朝文質觀念及其所衍生諸問題》，顏崑陽，國科會論文，1987
    年。

13. 《盛唐王孟詩派美學研究》，潘麗珠，師大國研所碩士班，1987 年。

14. 《六朝「緣情」觀念研究》，李昌明，台大中文所碩士班，1987 年。

15. 《物色論與緣情說——中國抒情美學在六朝的開展》，呂正惠，國科會論
    文，民國 1988 年。

16. 《昭明文選研究論文集》，趙福海等五人編，吉林文史出版社，1988 年。

17. 《六朝文學論文集》，〔日〕清水凱夫著、韓基國譯，重慶出版社，1989
    年。

18. 《文選學新探索》，游志誠，東吳大學中國文學研究所博士論文，1989 年。

19. 《荆雍地第與南朝詩歌關係之研究》，王文進，台大中文所博士班，1989
    年。

20. 《魏晉南北朝文論佚書鉤沈》，劉漢，師大國研所碩士班，1990 年。

21. 《昭明文選與玉臺新詠之比較研究》，顏智英，師大國研所碩士班，1991 年。

八、單篇論文（依時間先後序列）

1. 〈昭明文選流傳的原因〉，李嘉言，《現代西北》第七卷一期，1944 年 7 月。

2. 〈論昭明文選〉，李嘉言，《河南大學校刊》復刊第十九期，1948 年 3 月。

3. 〈補梁書藝文志〉，李雲光，《師大國研所集刊》創刊號，1957 年 6 月。

4. 〈魏晉六朝詩的特色〉，金達凱，《民主評論》第九卷十一期，1958 年 6 月。

5. 〈讀文選〉，錢穆，《新亞學報》第三卷二期，1958 年。

6. 〈如何理解《文選》編選的標準〉，殷孟倫，《文史哲》第一期，1963 年。

7. 〈書昭明太子文選序後〉，阮元，見《揅經室文集》第三集藝文印書館，1967 年。

8. 〈蕭繹的文學批評〉，呂凱，《文海》第十四期，1969 年 1 月。

9. 〈鍾嶸詩品研究〉，皮述民，見《高仲華先生六秩誕辰論文集》，師大國研所，1971 年。

10. 〈詩品析論〉，李道顯，同見《高仲華先生六秩誕辰論文集》，師大國研所，1971 年。

11. 〈蕭統文學論研究〉，汪志勇，師院文萃第六期，1971 年 6 月。

12. 〈梁簡文帝的文學見解及其宮體詩——兼論徐陵編玉臺新詠〉，王拓，《現代學苑》第九卷九、十期，1972 年 9 月、10 月。

13. 〈詩大序與詩品序的比較觀〉，董挽華，《幼獅月刊》三十六卷六期，1972 年 12 月。

14. 〈從遊仙詩到山水詩〉，林文月，《中外文學》二卷九期，1973 年 6 月。

15. 〈中國山水詩的特質〉，林文月，《中外文學》三卷八期，1975 年 1 月。

16. 〈詩話、詞話和印象式批評〉，黃維樑，見《中國詩學縱橫論》洪範書店，1977 年。

17. 〈論陸機的詩〉，廖蔚卿，見《中國古典文學研究叢刊——詩歌之部》巨流圖書，1978 年。

18. 〈樂府詩的特性及其源流〉，邱師燮友，《幼獅月刊》四十六卷七期，1978 年 6 月。

19. 〈昭明文選的選文標準〉，呂興昌，見《中國古典文學研究叢刊——散文及論平之部》，巨流出版社，1979 年。

20. 〈李攀龍「古今詩刪」研究〉，楊松年，《中外文學》九卷九期，1981 年 2 月。

21. 〈詩歌鑑賞中的評價問題〉，龔鵬程，《中外文學》十卷七期，1981 年 12 月。

22. 〈鍾嶸評詩的態度和方法〉，王夢鷗，見《古典文學學探索》，正中書局，1983 年。

23. 〈蕭統與陶淵明〉，吳頤平，《輔仁學誌——文學院》，1984 年。

24. 〈齊梁詩的藝術成就〉，盧清青，《華夏學報》十八期，1984 年 10 月。

25. 〈文選與玉臺新詠〉，岡村繁著、余崇生譯，《古典文學》第七集，1985 年 8 月。

26. 〈六朝詩人的評價問題——以陸機為例的探討〉，鄧仕樑，《香港中文大學研究所學報》十六期，1985 年。

27. 〈論國風非民間歌謠的本來面目〉，屈萬里，見《中國古典文學論文精選叢刊——詩歌類》，幼獅文化，1985 年。

28. 〈昭明文選發揮文學的時義〉，方孝岳，見《中國文學批評》三聯書店，1986 年。

29. 〈中國古代比較有特色有影響力的文學選集〉，《文訊月刊》二十三期，1986 年 4 月。

30. 〈我理想中的文學選集〉，《文訊月刊》二十三期，1986 年 4 月。

31. 〈摯虞文章流別志論考〉，興膳宏著、陳鴻森譯，《中華文化復興月刊》十九卷六期，1986 年 6 月。

32. 〈樂府詩的特性及其源流之研究〉，林文瑞，《中華文化復興月刊》十九卷六期，1986 年 6 月。

33. 〈蕭統的文學思想和《文選》〉，王運熙，見《中國古代文學管窺》上海古籍，1987 年。

34. 〈梁代文論三派〉，周勛初，見《文史探微》上海古籍，1987 年。

35. 〈蕭子顯的文論〉，鄧仕樑，《香港中文大學研究所學報》十八期，1987 年。

36. 〈先秦至六朝「情性」與文學的探詩〉，陳昌明，《中國文學研究》一期，1987 年 5 月。

37. 〈文學選集的評論價值與史料價值〉，楊松年，《文訊月刊》三十期，1987 年 6 月。

38. 〈詩話詞話中摘句為評的手法〉，黃維樑，見《中國文學縱橫論》東大圖書，1988 年。

39. 〈略論四蕭的文學觀〉，張辰，《內蒙古大學學報——哲社版》，1988 年二

期。

40. 〈試論詮釋能力與選集之必須〉，羅青，《自由青年》七十九卷三期，1988年。

41. 〈文心雕龍與昭明文選之比較〉，黃章明，《黃埔學報》，1988年6月。

42. 〈《文選》編輯的周圍〉，清水凱夫著、韓基國譯，《佳木斯師專學報——哲社版》，1989年2月。

43. 〈劉勰與蕭統〉，穆克宏，《福建大學學報——哲社版》，1989年4月。

44. 〈昭明文選祖餞詩中的離情〉，王國瓔，《漢學研究》七卷一期，1989年。

45. 〈昭明太子《陶淵明集序》風教說平議〉，丁永忠，《四川師範大學學報——社科版》，1989年4月。

46. 〈陸機的擬古詩〉，林文月，《幼獅學誌》二十卷三期，1989年5月。

47. 〈詩經是一部古代歌謠總集的檢討〉，潘師重規，見《第二屆國際漢學會議論文集文學組》中央研究院，1990年。

48. 〈《文選·賦》立物色一目的意義〉，曹虹，《社會科學戰線》1991年一期。

49. 〈論蕭統《陶淵明集·序》與《文選》的不同文學價值取向〉，丁永忠，《九江師專學報——社科版》，1991年三期。

50. 〈歷代歐陽脩古文的抽樣分析〉，王基倫，《中國學術年刊》第十二集，1991年。

附　錄

附錄一：昭明太子及東宮文士活動年表

圖表說明

一、本年表旨在詳明《文選》可能之編纂期間，昭明太子，及東宮文士等相關人物活動情形，故以梁武帝天監十四年（西元 515 年，昭明太子監國）～中大通（西元 531 年，太子卒）為起迄。

二、因史志載錄，多署《文選》為昭明太子蕭統撰，在未確切考定前，乃循此以昭明太子為考察中心，東宮文士之活動為副。並因其為國副君，知與國事；且《文選》編纂本屬文學盛事，故並參之以「國家重要記事」、「文學記事」二欄。

三、本表之編排，乃以《梁書》、《南史》中所錄資料為主，並參考前賢之研究成果如下：

周貞亮〈梁昭明太子年譜〉。

胡宗楙〈昭明太子年譜〉。

何融〈文選編纂時期及編者考略〉。

敖士英《中國文學年表》，文海出版社，民國 60 年 5 月初版。

姜亮夫《訂補歷代人物年里碑傳綜表》，華世版，民國 65 年 12 月台一版。

黎傑《魏晉南北朝史》，九思出版社，民國 67 年 9 月台一版

華世編輯部《兩晉南北朝大事年表》，華世出版社，民國 75 年 3 月。

柏楊《中國歷史年表》上、下，星光出版社，民國 75 年 4 月四版。

洪任吾《二十四史大事縮編》，五南圖書出版，民國 79 年 4 月。

四、梁天監以前之史傳資料，則可詳參右列論著，由其載錄可略知《文選》編纂者昭明太子與東宮諸文士之交遊、遷異情形如下：

1. 天監九年（太子九歲以前），已熟讀《孝經》、《論語》、義通《五經》。為其師友者，則有：明山賓、賀瑒爲五經博士；臨川王蕭宏、劉苞、沈約分爲太子太傅、少傅；徐勉、張充爲執經、王瑩、張稷、柳憕爲侍講；范雲、王憕、陸杲、何敬客、殷鈞、徐勉、謝舉、蕭藻先後爲太子中庶子，蕭洽、劉孺，明山賓、陸倕、到沆、到洽分爲太子中舍人；後劉之遴、陸倕、到洽遷國子博士，蕭昱、夏侯亹、到沆、褚球、蕭子範、庾於陵、周捨、謝覽、劉孝綽遞爲太子洗馬，掌東宮書記；蕭介、庾仲容、張緬則曾爲太子舍人。〔註1〕東宮文士，可謂選亟賢良，妙盡時譽。

2. 天監十年－十四年間：武帝二度親臨國子學講肄、策試。昭明太子篤志於學，蕭藻、陸襄、劉之遴、張纘、到溉、謝舉、王規、劉孺諸士乃受禮重，分任太子中庶子、太子洗馬等職。天監十三年後，又敕王錫、張纘與太子游狎、與陸倕、張率、謝舉、王規、王筠、劉孝綽、到洽、張緬爲學士十人，後世稱爲昭明太子十學士。〔註2〕

西元	年號帝王	國家重要記事	昭明太子記事	東宮文士記事	文學記事	備註
515	梁武帝天監十四年	△魏世宗卒、子詡嗣。召還攻梁益州之師。政局動亂、沙門法慶起判亂。 △梁任太洪圍魏關城不克。	△太子十五歲。正月，高祖臨軒，冠太子於太極殿。舊制太子著遠遊冠、金蟬翠緌纓，至是詔加金博山。 △太子自加元服，高祖便使省萬機、太子明於庶事。	△到洽入爲太子家令，兼國子博士。 △王錫，後此爲太子洗馬。蕭子雲後此爲太子舍人，撰《東宮新記》。 △陸倕後此爲太子中庶子，復除國子博士。		參見《梁書》：〈到洽傳〉〈王錫傳〉〈張纘傳〉〈蕭子雲傳〉〈昭明太子傳〉〈陸倕傳〉
516	天監十五年	△魏攻浮山，宋康絢擊破之。 △淮堰成，軍壘壩上。入秋，淮堰壞，死者十餘萬。	△太子十六歲。	△殷芸在此之前侍讀東宮。 △王僉後此爲太子中舍人，與陸襄對掌東宮書記。 △明山賓出爲持節，督緣、淮諸軍事。		參見《梁書》：〈殷芸傳〉〈王僉傳〉〈明山賓傳〉

〔註1〕 以上所列東宮諸士，僅以任少傅、庶人、洗馬等文學有關之文職爲主，並不及太子率更令，左右衛率等警衛武官及太子詹事、太子僕等事務官。且其人往往歷任諸職，則以職務最高者撮論。

〔註2〕 據屈守元〈昭明太子十學士說〉一文考定「十學士」的設置當在天監十一年的可能性最大。但筆者據《梁書·王錫傳》所載：「武帝敕錫與祕書郎張纘，使入官。」中張纘之職稱置疑。查〈張纘傳〉所載，其起家祕書郎時年十七，當爲天監十三年之事，故「十學士」之設，亦不致先於此，當在天監十三年後。

西元	年號帝王	國家重要記事	昭明太子記事	東宮文士記事	文學記事	備註
517	天監十六年	△夏四月初去宗廟牲。冬十月，去宗廟薦脩，始用蔬果。△吐谷渾、扶南、婆利獻於梁。△晉安王綱冠。	△太子十七歲。△太子遣東宮通事舍人何思澄，致手令襃美何胤。	△到洽遷太子中庶子。△劉顯時兼東宮通事舍人。△何思澄亦爲東宮舍人。△王錫除晉安王友，以府僚攝事。	△柳惲卒（年五十三）。△何胤卒（年七十三）△何遜作〈哭柳惲詩〉△吳均作〈與柳惲贈答詩〉諸詩成於此前。	參見《梁書》：〈劉顯傳〉《先秦漢魏晉南北朝詩》參見《梁書》：王錫傳
518	天監十七年	△千陀利、扶南獻於梁。△安成王秀薨，夏五月免臨川王宏，改中軍將軍、中書監。	△太子十八歲。	△張率除太子僕。△蕭子範任太子舍人，復直中舍坊。	△蕭統作〈示徐州弟詩〉△蕭子範作〈眞坊賦〉。	參見《梁書》：王錫傳〈張纘傳〉
519	天監十八年	△封鄱陽王恢刺史，始興王憺領軍	△太子十九歲。△蕭詧，統之第三子生，幼而好學，善屬文。		△僧慧皎著《高僧傳》	
520	梁武帝普通元年	△春正月改元，大赦天下。是歲四月，甘露降於慧義殿，咸以爲至德所感。七月、十月，封郡陵王綸、長沙王深業、晉安王綱爲刺史、將軍。△十二月，魏遣使聘於梁，二國始通好。	△太子二十歲。△時高祖大弘佛教，親自講說，太子亦素信三寶徧覽衆經，乃於宮內別立慧義殿，專爲法集之所，招引名僧，自立三諦法義。△時俗稍奢，太子欲以已率物，服御樸素，身衣浣衣、膳不兼肉。	△王筠以母憂去太子家令掌管記職。△到洽爲太子中庶子領博士、頃之，入爲尚書吏部郎。△蕭機爲太子洗馬、遷中書侍郎。	△吳均卒（年五十二）。	參見《梁書》：〈安成王傳〉。《梁書》：〈到洽傳〉〈蕭機傳〉
521	梁武帝普通二年	△正月、梁設孤獨園於健康，收養窮民。△五月蠻酋桓叔興以南荊州降梁。△六月梁文僧明以義州降魏。	△太子二十一歲。△新除盆州刺史晉安王綱，改爲南徐州刺史。	△明山賓徵爲太子右衞率，遷御史中丞。△張纘時爲太子中舍人並掌管記。	△周興嗣卒，擬《皇帝實錄》、《起居注》、《職儀》等百餘卷。	參見《梁書》：〈張纘傳〉。
521	普通三年	△梁西豐侯正德奔魏，既而復逃歸。△梁人司馬達等日本。	△太子二十二歲。△始興王薨。舊制以東宮禮絕旁親，書翰並依常儀，太子以爲疑，命僕射劉孝綽議其事。	△劉孝綽、徐勉時爲太子僕射。△陸襄、張率爲太子家令。△陸倕時爲中庶子，與張率、劉孝綽對掌東宮管記。△蕭藻爲太子詹事。	△劉峻卒（年六十）。△王僧孺卒（年五十八）。△何遜，作〈贈王左丞僧孺詩〉〈酬王明府僧孺詩〉。	△參見《梁書》：〈張率傳〉。劉孝綽〈昭明太子集序〉。
523	普通四年	△十二月、梁始鑄鐵錢、民多盜鑄、物價騰貴。	△太子二十三歲。△太子弟晉安王蕭綱爲雍州刺史，在襄陽令庾肩吾等鈔錄衆籍，號爲「高齊十學士。」	△東宮新置學士，以明山賓、殷鈞、任東宮學士。（明山賓兼並國子祭酒）△王承以父憂去太子中舍人之職。△王規、王錫、殷鈞、張緬同侍東宮。△蕭昂任太子中庶子。△周捨後此任太子詹事，直至卒官。	△十一月，王暕卒，年四十七。	參見《梁書》：〈明山賓傳〉〈殷鈞傳〉〈王規傳〉。

西元	年號帝王	國家重要記事	昭明太子記事	東宮文士記事	文學記事	備註
524	普通五年	△六月，梁攻魏。半年中連克十餘城。 △梁命裴邃督軍伐魏。	△太子二十四歲。 △時連歲大軍北侵，都下米貴。太子因命菲衣減膳，每霖雨而積雪，輒遣腹心左右，周視貧困，賑米施襦。	△謝舉、到洽均為太子中庶子。 △春二月，徐悱卒。天監末、普通初累任太子舍人、洗馬、中舍人、管書記之任。 △明山賓為國子博士，假節權攝北袞州事。	△周捨卒（年五十六）。 △劉令嫻（劉孝綽妹、徐悱妻）悱卒，為祭文甚悽愴，有集三卷。	參見《梁書》：〈徐勉傳〉。
525	普通六年	△正月，魏元法僧以彭城降梁。梁將裴邃大破魏師，斬首萬餘，拔數城。 △五月，梁攻益州，大敗，梁修宿預堰。	△太子二十五歲。 △梁豫章王綜（武帝第二子）奔魏。	△到洽遷御史中丞，劾免劉孝綽廷尉正職。 △王筠除吏部郎，遷太子中庶子。 △殷芸直東宮學士省。 △蕭洽遷太子詹事。 △謝舉為左民尚書，領兵部校尉。 △王規入詔為侍中。	△蕭洽卒（年五十五）。 △徐勉上〈修五禮表〉。	參見《梁書》：〈王筠傳〉、〈徐勉傳〉、〈謝舉傳〉。
526	普通七年	△正月滑國獻於梁，二月吐谷渾獻於梁，三月高麗獻於梁。 △十一月梁眞侯賣拔魏壽陽，凡降城五十二，獲男女七萬五千口。	△太子二十七歲。 △夏四月乙酉臨川王宏薨。 △秋九月乙酉鄱陽王薨。 △冬十月湘東王繹出為荊州刺史。 △十一月庚辰，丁貴嬪薨。 △方貴嬪有疾，太子即還永福省，朝夕侍疾，衣不解帶，及薨，從喪還宮至殯，水漿不入口，每哭輒慟絕。	△到洽出為雲麾長史，尋陽太守。 △孝綽諸弟與書共論洽不平事，又寫別本封至東宮，昭明令焚之，不開視。 △孔休源是年四月前領太子中庶子。 △殷鈞後此服母喪闋，遷五兵尚書，領步兵校尉，侍東宮。	△陸倕卒（年五十七）。 △蕭統作〈鍾山解講詩〉。劉潛作〈和昭明太子鍾山解講詩〉劉孝綽、陸倕亦皆有和太子詩。劉孝綽作〈酬陸長史倕〉。	參見《梁書》《南史》：〈劉繪傳〉附孝綽事。參見《梁書》：〈昭明太子傳〉、〈殷鈞傳〉
527	大通元年	△梁攻魏東州郡。 △梁拔魏竹邑、蕭城、廣陵、渦陽，共獲七萬餘口。	△太子二十七歲。 △三月辛未、武帝幸同泰寺捨身。甲戌還宮，赦天下，改元。 △太子致書晉安王，傷悼賢士凋零，並與殷芸令追懷明山賓之德。 △太子入寺修煉。	△到洽卒（年五十一）。 △明山賓卒（年八十五）。 △張率卒（年五十三）。 △張纘出為華容公長史。 △徵張緬為太子中庶子。 △劉杳仍兼東宮通事舍人。王顯任太子舍人。 △劉孝綽起官湘東王諮議，啓謝東宮，後為太子僕。	△酈道元卒。 △蕭衍作〈戲題劉孺手板詩〉。 △到洽作〈答秘書丞張率書〉。 △蕭統作〈與晉安王書〉。	參見《梁書》：〈劉孺傳〉、參見〈王几山房聽雨錄〉、參見《梁書》：〈劉孝綽傳〉。
528	大通二年	△北魏諸帝后爭權殺戮，國內大亂。梁武帝乘機立王元顥為魏王，遣陳慶之護送還國。	△太子二十八歲。 △豫章王蕭綜卒（年三十一）。 △達摩訃至，太子為文祭之。	△陸襄前此累遷國子博士，太子家令，復掌管記。後因母憂去職，時年已五十，毀頓過禮，太子憂之日遣使誠喻。 △蕭子恪出為寧遠將軍吳郡太守。		參見釋藏《綺口傳》。

西元	年號帝王	國家重要記事	昭明太子記事	東宮文士記事	文學記事	備註
529	大通三年、中大通元年	△梁陳慶之取魏三十二城，復爲爾朱榮所敗，削髮爲沙門，士卒全沒。	△太子二十九歲。 △九月，武帝捨身同泰寺，以一億萬奉贖，多十月己酉，與駕還宮、大赦改元。 △南康王續薨、晉安王上書東宮。	△殷芸卒。 △南平王蕭偉領太子太傅、何敬容爲太子中庶子。※劉孝綽丁母憂去職。	△蕭統作〈宴闌思舊〉詩。	
530	中大通二年	△魏爾朱兆弑敬宗，梁扶立汝南王悅，送還北。 △梁南北司州刺史陳慶之，屢破魏兵，開田六千頃。	△太子三十歲。 △春、太子疏請權停三郡民丁就役，帝優詔喻之。 △正月，晉安王爲驃騎大將軍，揚州刺史。	△王規出爲晉安王長史。 △陸襄服闋，除太子中庶子，復掌管記。 △王筠中大通二年，遷司徒左長史。	△裴子野卒，年六十二。	參見《梁書》昭明太子傳。
531	中大通三年	△魏南衰州民劫刺史，降於梁。	△太子三十一歲。 △張緬卒，太子哀，太子臨哭，並與緬弟纘書以悼之。 △晉安王綱入朝，太子夢以班劍授之。 △三月游後池、舟湛、遇救得疾。以寢疾聞武帝，敕有問，輒自力手書啟。稍篤，猶不許左右啟聞。 △四月，乙巳，太子薨，帝臨哭盡哀，朝野惋愕。	△殷鈞領太子中庶子。 △張緬遷侍中，未拜即卒。年四十二。 △何思澄、劉杳時皆爲東宮通事舍人。太子薨後，何出爲黟縣令，敕特留杳焉。	△劉勰卒？	參見《梁書》：書張緬傳。參見《南史》：〈梁簡文帝紀〉

附錄二：《文選》助編人員之文學素養、編纂經驗概觀

學生姓名	卒　　年	史　傳　評　論		當代推崇	平生交遊	編撰著述	曾任東宮職務
		《梁書》	《南史》				
王筠	太清三（西元549）年六十九	△幼警寤，七歲能屬文。年十六，爲芍藥賦，甚美。 △筠爲文能壓強韻，每公宴並作，辭必妍美。 △奉敕製〈開善寺寶誌大師碑文〉詞甚麗逸。 △筠有孝性，毀瘠過禮，服闋後，疾廢久之。 △狀貌寢小，長不滿六尺。性弘厚，不以藝能高人，而少擅才名，與劉孝綽見重當世。 △自序其好學勤記、熟通經史。	同上而略 △沈約見筠，以爲似外祖袁粲。張纘嚴答曰：袁公矜嚴，王即見人必娛笑，惟此不能酷似。 △筠家累千金，性儉吝嗇，外服粗弊，所乘牛嘗飼以青草。	△時人爲之語曰：「謝有覽舉、王有養炬。」 △沈約每見筠文，咨嗟吟咏，以爲不逮也。並引爲論文之知音。 △沈約報王筠書曰：「覽所示詩，實爲麗則，聲和被紙，光影盈字。」 △昭明太子愛文學士獨重劉孝綽與王筠。又與殷芸以方雅見禮。 △約常從容啓高祖曰：「晚來名家，唯見王筠獨步。」 △沈約於御筵謂王志曰：「賢弟子文章之美，可謂後來獨步！」	△沈約。 △與劉孝綽、陸倕、到洽、殷芸等侍昭明太子遊宴。	△奉敕製〈開善寺寶誌大師碑文〉。 △敕撰《中書表奏》三十卷。 △敕爲〈昭明太子哀冊文〉。 △自撰其文章以一官爲一集，自洗馬、中書，各十卷，尚書三十卷，凡一百卷行於世。	太子舍人、洗馬、中舍人並掌管記。太子家令復掌管記。遷太子中庶子。
劉孝綽	大同五（西元539）年五十九。	△幼聰敏、七歲能屬文。 △孝綽少有盛名，而仗氣負才，多所陵忽，有不合意，極言詆訾由此多忤於物。 △高祖雅好蟲篆，時因宴幸……高祖覽其文，篇篇嗟賞。 △初，孝綽與到洽友善，同遊東宮。孝綽自以才優於洽，每於宴坐，嗤鄙其文，洽銜之。 △孝綽辭藻爲後進所宗，世重其文，每作一篇，朝成暮遍，好事者咸諷誦傳寫流聞絕域。	同上 ▲兼善草隸，自以書似父，乃變爲別體。 ▲孝綽與到溉兄弟甚狎，往溉許，見黃臥具，撫手笑，溉知其旨，奮拳之。 ▲流聞河溯，亭苑柱壁，莫不題其詩文。	△舅王融深賞之，常同載適親友，號曰神童。 △父劉繪掌詔誥，常使代草之。 △父黨沈約、任昉、范雲等聞其名造訪。任昉尤相賞好，范雲使子拜之以申伯季。 △高祖敕答以美錦稱其才，並常幸與宴集，覽其文，篇篇嗟賞，由是朝野改觀焉。			

學生姓名	卒　年	史　傳　評　論		當代推崇	平生交遊	編撰著述	曾任東宮職務
		《梁書》	《南史》				
		△孝綽兄弟及群從諸子姪當時有七十人，並能屬文近古未之有也。 △姚察評曰：劉孝綽之詞藻，主非不好也，才非不用也，其拾青紫，取極貴，何難哉！而孝綽不拘言行，自躓身名，徒鬱抑當年，非不遇也。		△高祖謂「第一官當用第一人」以孝綽爲秘書丞。 △昭明太子好士愛文，與殷芸等同見賓禮。起樂賢使畫工先圖孝綽，文章獨使孝綽集而序之。 △後孝綽免職，湘東王與書慰撫之。 △高祖愛其才，到洽劾之，高祖爲隱其惡，爲籍田詩亦先示之以其詩工，起爲湘東王諮議。			
殷芸	大通三（西元529）年五十九	性偶儻，不拘細行，然不妄交遊，門無雜客，勵精勤學，博洽群書。	同上而略	△幼爲廬江何憲深相歎賞。 △與王筠同以方雅爲昭明太子見禮。〈王筠傳〉	△不妄交遊，門無雜客。 △與陸倕、到洽、王筠、劉孝綽同侍昭明太子遊。	無著錄	天監十年後遷國子博士，昭明太子侍讀。普通六年直東宮學士省至卒官。
殷鈞	中大通四八（西元532）卒年四十九	年九歲以孝聞。及長，恬靜簡文遊，好學有思想。善隸書。 △體羸多疾，任臨川內史，閉閤而治，而百姓化其德，劫盜皆奔出境。 △母憂去職，居喪過禮，昭明太子憂之，手書誡喻之。 △姚察評：殷鈞靜素恬和。	同上而略。 ▲永興公主驕淫，鈞形貌短小，爲公主所憎，每以險虐之。 ▲論曰：殷鈞德業自居，又加以政績，文質斌斌，亦足稱也。	△善隸書，爲當時楷法，范雲、任昉並稱賞之。	△恬靜簡文交遊。 △范雲、任昉。	△爲秘書丞，啓校秘閣四部書，並爲目錄。 △受詔料檢西省法書古迹，別爲品目。	太子舍人。太子家令，掌東宮書記。太子中庶子、東宮學士、領國子博士。
陸襄	太清三（西元549）年七十	△襄痛父兄之酷，喪過於禮，服釋後猶若居憂。 △出爲揚州治中，襄父終此官，固辭職，高祖不許。 △母憂去職，襄年已五十，毀頓過禮，太子憂之。 △在政六年，郡中大治，民皆闕拜表，陳襄德化，求於郡立碑，降勑許之。又表乞留襄。 △襄弱冠遭家禍，終身蔬食布衣，不聽音樂，口	同上而略	△范岫表篤襄起家著作佐郎。 △昭明太子聞襄業行，啓高祖引與遊處。	（未著）	無著錄	太子洗馬，遷中舍人並掌管記。累遷國子博士，太子家令，復掌管記。除太子中庶子，復掌管記。

學生姓名	卒年	史傳評論		當代推崇	平生交遊	編撰著述	曾任東宮職務
		《梁書》	《南史》				
		不言殺五十許年。 △姚察評：陸襄淳深孝性。					
張緬	中大通三（西元531）卒年四十二	△年始十歲，聞梁軍勝負，憂喜形於顏色。 △痛父之酷，喪過於禮，高祖遣戒喻之。 △年十八，任淮南太守，高祖遣使取文案，見其斷決允愜。 △少勤學，目課讀書，手不輟卷，尤明後漢及晉代眾家。客執卷質緬，問對無遺。 △緬為政任恩惠，不設鉤距，故老咸云：「數十年未之有也。」 △緬居憲司，號為勁直，高祖圖其形於臺省。 △緬性愛墳籍，聚書至萬餘卷。	同上而略	△外祖劉仲德異之，許為張氏寶。 △為高祖稱賞。 △以善文學且居鴟行之首，為徐勉舉以選殿中郎。 △明太子與弟纘書。推其學業該通，莅事明敏。	△與王筠、劉孝綽、王規弟張纘等等侍東宮，號十學士。	△抄《後漢書》、《晉書》眾宗異同，為《漢紀》四十卷。《晉抄》三十卷。 △又抄《江左集》尙未成。 △文集五卷。	天監年間，除太子舍人。太子洗馬，中舍人，太子中庶子。
劉杳	大同二（西元536）年五十	△十三、丁父憂，每哭，哀感行路。 △少好學博綜群書，沈約、任昉以下，每有遺忘，皆訪問焉。其博聞強記，皆此類也。 △王僧孺見其〈林庭賦〉歎曰：「〈郊居〉之後，無復此作。」 △昭明太子薨，敕特留杳，並注太子〈徂歸賦〉，稱為博悉。 △杳治身清儉，無所嗜好。為性不自伐，不論人短長，及親釋氏經教，常行慈忍。臨終遺命儉素。	同上而略 ▲（天監年間）尋佐周捨撰國史。 ▲昭明太子賜器曰：「卿有古人之風，故遺卿古人之器。」	△年數歲，徵士明僧紹見而撫之曰千里之駒。 △沈約新構閣，杳題贊二首，約報書稱其「辭采妍富、事義畢舉，句韻之間，光影相照」。 △出餘姚令，在縣清潔，湘東王繹教敎褒美之。 ▲昭明太子謂其「不愧古人」，並賜器。	△沈約、任昉。 △王僧孺。 △范岫。 △何敬容。 △周捨。	△天監十五年，受舉入華林撰《徧略》 △著〈林庭賦〉 △自少至長，述撰多所著述，撰《要雅》五卷，《楚辭草木疏》一卷，《高士傳》二卷，《東宮新舊記》三十卷，《古今四部書目》五卷，並行於世。	東宮通事舍人
何思澄	生年？卒於武陵王中錄事參軍。年五十四	△少勤學，工文辭。 △為〈遊廬山詩〉，沈約見之大相稱賞，自以為弗逮。 △傅昭常請思澄製〈釋奠詩〉辭文典麗。 △初，思澄與宗人遜及子朗俱擅文名。	同上而略	同上而略	△沈約。 △傅昭。 △徐勉、周捨。 ▲思澄重交結，分書與諸賓朋校定，而終日造謁。朝賢莫不狎悉，狎處即命食，有人方之樓護，欣然當之。	△入華林撰《徧略》。 △文集十六卷。	東宮通事舍人。

附錄三：現存《文選》各主要版本概覽

表格說明

一、本表乃以邱師燮友《選學考》、游志誠《文選學新探索》、金學主《朝鮮時代所印『文選』本》等論文爲主要參考，並查閱《臺灣地區漢學資源選介》、《臺灣公藏善本書目》等聯合書目、及《國立故宮博物院藏善本書目》等單行書目之資彙集而成，未及近代私藏書目所列。

二、本表之編旨重在簡明實用，故以現存易求之藏書書目爲主，依注本形式分類，以年代先後排序，並標明收藏地點及通行刊本之有無。

三、爲顯明版本內容之異，凡翻刊、覆刊、重刊者皆不另列，僅於附註說明。如經重校注者，則視爲異本而附於後。

編號	注本種類	版本通稱	簡稱	書寫、刊行年代	西元	現存內容	收藏地點	備　注
一	白文無注	敦煌寫本文選殘卷				伯2542－卷46伯2525－伯2554－卷28伯2498－	法國巴黎圖書館伯希和所收藏	參游志誠論文2～30頁
二	白文無注	隋寫本文選殘卷	隋寫本	隋		一卷（卷四十六、王憲集序文）		
三	白文無注	景唐寫本文選殘卷	唐寫本	唐		三卷（卷二十五、卷二）（卷四十五－答客難15解嘲）		
四	白文無注	日本手寫本		元德二年		一卷）卷二十六－過秦論－非有先生論）	日本天理教圖書館	日本昭和五十五年有影印通行本問世
五	白文無注	日本鈔本		清末楊氏摹寫鎌倉舊鈔本		一卷（卷一）	故宮博物院圖書館	
六	白文無注	日本鈔本		日本室町初年		二十卷（卷五至十、卷十五、十六）（卷十九至三十）	故宮博物院圖書館	
七	白文無注	日本刊本				五十四卷		
八	李善注	敦煌寫本文選本注殘卷	永隆本	唐高宗永隆年間	680	伯2527－答客難、解嘲。伯2528－西京賦	法國巴黎圖書館	卷末有永隆年二月十九日弘濟寺寫
九	李善注	北宋國子監刊本		北宋天聖七年	1027	殘卷	大陸北平圖書館	〔註1〕
						刊本六十卷併入章奎閣六臣注本	韓國漢城大學中央圖書館	此爲章奎閣之臣注本所據
	李善注	北宋刊本	北宋本	北宋明道年間刊		十三卷（殘）	故宮博物院圖書館中央圖書館	

〔註1〕 參見北京中華書局（1977）影印胡克家重刻宋淳熙本《文選》前「出版說明」。

編號	注本種類	版本通稱	簡稱	書寫、刊行年代	西元	現存內容	收藏地點	備注
十	李善注	宋淳熙尤延之貴池初刊本	尤本	北宋淳熙辛三年	1181	六十卷（全）	中央圖書館	有石門圖書公司影印刊行
十一	李善注	元池州路同知張伯顏刊本	張伯顏本	元延祐年間		三十二卷（殘）	中央圖書館	尚有翻列本三種詳見〔註2〕
十二	李善注	明萬曆楚府校刊本		明萬曆六年		六十卷	中央圖書館	
十三	李善注	明萬曆張居仁刊本		明萬曆十九年		十二卷	中央圖書館	
十四	李善注	明毛晉汲古閣刻本	毛本				故宮博物院圖書館	邱師疑此本即四庫總目，謂毛晉據宋本校刊本〔註3〕有翻刻本二種〔註4〕
十五	李善注	清長洲葉氏海錄軒刻何焯評閱本		清乾隆三十七年		六十卷（全）	故宮博物院圖書館 東海大學圖書館	有翻刻本一鍾種〔註5〕
十六	李善注	清乾隆間寫文淵閣四庫全書本	四庫本	清乾隆四十九年		六十卷（全）	故宮博物院圖書館	
		清乾隆間寫文瀾閣四庫全書本	四庫本	清乾隆四十三年		二卷（殘）二十三、二十四合為一冊	中央圖書館	
十七	李善注	清嘉慶鄱陽胡氏重刊宋本	胡本			六十卷（附考異十卷）	故宮博物院圖書館	有翻刻本二種，通行本二種〔註6〕

〔註2〕其後尚有相似之翻刻本三種：

△明成化丁未（二十三年）唐藩重刊張伯顏本，六十卷二十冊，附周士鈞繪梁昭明太子廟圖並影題記，國立中央圖書館藏。

△明嘉靖癸未（二年）金臺汪諒覆刊元張伯顏本，六十卷二十冊（又一部三十冊、一部三十二冊。）國立中央圖書館藏，故宮博物館亦存二部。

△明嘉靖丁亥（六年）晉藩養德書院刊本（亦為張伯顏本翻刻）六十卷二十冊，有鄧邦述手書題記，國立中央圖書館藏

〔註3〕《四庫全書總目題要・集部・總集類》，「文選六十卷下」：「此本為毛晉所刻，雖稱從宋本校正，今考……殆因六臣之本削去五臣，獨留善註，故刊除不盡，未必真見單行本也。」

〔註4〕斯波六郎則謂此本屬張伯顏本系統，其後尚有相近之覆刻本二種：

△清康熙二十五年上元錢士謐覆刊明末虞山毛氏汲古閣本，六十卷，二十四冊（又一部十冊）國立中央圖書館藏，故宮博物館亦存二部。

△清同治八年金陵書局翻刊汲古閣本，六十卷。國立中央圖書館藏。

〔註5〕其後尚有翻刻本一種：

△清崇文書局翻刊長洲葉氏海錄軒本，六十卷，師大圖書館藏。

〔註6〕其後尚有翻印善本二種。

編號	注本種類	版本通稱	簡　稱	書寫、刊行年代	西元	現存內容	收藏地點	備　注
十八	五臣注	唐人鈔卷				十一卷	日人 Hosokawa 藏	僅鈔注文〔註7〕
十九	五臣注	日本手寫本				一卷（卷二十上書）	日本天理教圖書館	
二十	五臣注	北宋平昌氏校定刊印本		宋天聖四年	1026	三十卷	韓國漢城大學中央圖書館	此爲章奎閣本六臣注所據後有沈嚴五臣本後序
二一	五臣注	宋紹興陳八郎崇化書坊刊本	陳本	南宋紹興辛巳（三十一年）	1161	三十卷（卷二十～二十五）（及其他零星鈔配）	中央圖書館	
二二	五臣幷李善注	宋明州修補舊刊本	明州本	南宋淳熙以前	1058	五十卷（卷一至十九、卷三十至六十）	故宮博物院圖書館	此類六家合併注本五臣注較詳，並列於前。
						六十卷（全）	日本足利學校遺蹟圖書館	
二三	五臣幷李善注	宋廣都裴氏刊本	（裴體）廣都本	南京紹熙（光宗）慶元（寧宗）間	1195	六十卷（全）	故宮博物院圖書館	源出明州本，有翻刻本一種〔註8〕
二四	五臣幷李善注		章奎閣本		1420		韓國漢城大學中央圖書館	書末附沈嚴五臣本後序及校勘、合注經過。
二五	五臣幷李善注	朝鮮甲寅學體訓練都監字本	朝鮮活字本	朝鮮宣祖三十六至孝宗五年間	1603 1654	六十卷（全五十冊）	中央圖書館	書末所附同章奎閣本
二六	六臣注	宋贛州州學刊本	贛州本	南宋淳熙年間以前		二卷（三十一、三十二）6頁（卷十六、第11～17頁）	故宮博物館	以下此類詳於李注，並排列於五臣注前。

　　△清同治八年，湖北崇文書局仿胡刊本，六十卷，師大圖書館、臺大圖書館
　　　俱藏。
　　△商務館仿胡排印本，六十卷，附標點，師大圖書館藏。
　　近刊通行本二種：
　　△台北藝文印書館影印胡刻本。
　　△台北華正書局影印。
〔註7〕參見游志誠《文選學新探索》第一章38頁：載錄日人 Hosokawa 所藏鈔卷，由
　　　其裝幀方式與伯希和《切韻》殘紙之葉、王仁煦《刊繆補缺切韻》同式，而定
　　　爲唐人所鈔。而其僅鈔經文之形式爲各本所無。考校其內容乃五臣之一先注之
　　　文，未經呂延祚刪取合併之注。故應當爲早於五臣合注之善本，彌足珍貴。
〔註8〕據《故宮善本書影》（六十五年版）載錄，原作「宋開慶咸淳間廣都裴宅刊本」，
　　　存二十六卷，後據袁褧翻刻本補足。但《國立故宮博物院善本舊籍總目》（七
　　　十二年度）則作「宋紹熙慶元間廣都裴氏刊」，故據後者爲準。
　　　其後有翻刻本二種，盛行於世：
　　△明嘉靖己酉（二十八年）吳郡袁氏嘉趣堂覆宋廣都裴氏本，六十卷，故宮
　　　博物院藏十部（一部有缺），國立中央圖書館藏五部。
　　△明末覆刊嘉靖袁氏本，六十卷，故宮博物院藏三部。

編號	注本種類	版本通稱	簡　稱	書寫、刊行年代	西元	現存內容	收藏地點	備　注
	六臣注					五十三卷（缺13，29，30，59，60）二十九卷	故宮博物院圖書館中央圖原北平館託	有近人手書題識存序目。
	六臣注					二十五卷十卷	中央圖北平館託故宮博物院圖書館	
二七	六臣注	元茶陵陳氏古迁書院刊補本	茶陵本	元大德年間		四十五卷（卷六十為配宋尤底本補）	故宮博物院圖書館代管北平館藏	源出贛州本，有翻刻本一種通行本二種〔註9〕
二八	六臣注	明崔孔昕薪都刊本	崔氏本	明萬曆二年			故宮博物院圖書館中央圖書館	邱師以為「此依陳本仿刻之蜀本」。因刻本精良故另列。
二九	六臣注	明崔氏新都刊徐成位修定本	徐修本	明萬曆六年			故宮博物院圖書館中央圖書館	
三十	六臣注	朝鮮宣祖時乙亥字本	朝鮮舊活字本	朝鮮宣祖壬辰以前		四十一卷（1，25，28，35，42，43，47，49，53，54）	故宮博物院圖書館	書前序、表、敕言及目錄俱毀，後人增補。
三一	六臣注	日本寬文刊本	寬文本	日本寬文二年	1662	六十卷	中央圖書館	斯波六郎以為據明、吳勉學本刊刻〔註10〕
三二	六臣注	明嘉靖錢塘洪楩刊本	洪本	明嘉靖二十八年		六十卷	中央圖書館	宋陳仁子增注
三三	六臣注	清乾隆間寫文淵閣四庫全書本	四庫本	清乾隆年間		六十卷	故宮博物院圖書館	〔註11〕有通行版發行
三四	六臣注	清乾隆四庫全書薈要本	薈要本	清乾隆末年		六十卷（目錄一卷）	故宮博物院圖書館	

〔註9〕 後有據茶陵本翻刻之善本一種。
　　　 △明翻刊元大德間陳氏古迁書院本，稱為《增補六臣注文選》六十卷，國立中央圖書館藏四部，其中一部缺二卷，為北平圖書館託管，現轉存於故宮博物院圖書館。
　　　 ※尚有通行本二種：
　　　 △華正書局印行《增補六臣注文選》，民國69年版，乃據中央研究院歷史語言研究所所藏刊印。
　　　 △漢京文化公司印行《增補六臣注文選》，民國69年係以茶陵陳氏古迁書院本為主，間取《四部叢刊本》校補而成。
〔註10〕 日人、斯波六郎〈文選索引序〉中簡述文選各類版本之同異，以為：『寬文版本，六十一冊，據慶安板本重刻。按：慶安板本係據明、吳勉學本刊刻。』
〔註11〕 《四庫全書總目提要》謂：「此本乃據明袁褧本」，然今觀其注文以李注在前，並略詳於五臣，常不為袁氏本體例，而反近於元明以來陳氏本之體例，故列於此。

編號	注本種類	版本通稱	簡　稱	書寫、刊行年代	西元	現存內容	收藏地點	備　注
三五	六臣注	商務印書館據寒涵芬樓宋刻本影印	四部叢刊本	民國		六十卷	商務印書館	此與贛州本同種而稍有異。
三六	集注	日本平安朝鈔本	集注本	日本昭和十一年影印		二十卷（原爲二十卷）	日本京都帝國大學	詳見游文 39 頁及《文選索引序》
三七	集注	日本平安朝寫卷子本				一卷（九十八）	中央圖書館	〔註12〕
三八	集注	日本寫本		日本六德二年寫本		二卷（卷六十一、卷百十六）	日本天理教圖書館	
三九	集注	（唐寫）文選集注殘本		民國七十年		十六卷	中研院史語所東海、台大圖書館	民國七十九年羅振玉影印本
四十	他注	敦煌寫卷					俄國列寧格勒亞洲研究中心	Oldenlurg 所持有

〔註12〕斯波六郎〈文選索引序〉謂：「商務影印所據之宋本係與贛州本同種，形式上均爲李善注在前，五臣注在後，但又有不同。」按：此本並李善注加五臣注之合刻，似據五臣李善注本而顚倒五臣注與李善注之先後位置。注多省略，故未列入贛州本附之翻刻本中，而另行詳明。

附錄四：《文選》選入各家詩篇輯全分類詳表

〔周〕荊軻　共一首一類

類別	文 選 作 品	先秦漢魏晉南北朝詩	全漢三國兩晉南北朝詩	古詩紀	漢魏六朝百三名家集	六朝詩集
雜歌	歌一首〔荊軻〕	荊軻歌〔荊軻〕	無	渡易水歌	無	無
小計	一	一	一			

漢第一　高帝劉邦　共一首一類

類別	文 選 作 品	先秦漢魏晉南北朝詩	全漢三國兩晉南北朝詩	古詩紀	漢魏六朝百三名家集	六朝詩集
雜歌	歌一首〔漢高帝〕	歌詩二首·大風	大風歌	∨同上	無	無
雜歌		鴻鵠	鴻鵠歌	∨同上		
小計	二	一	二	二	2	

漢第二　共二首二類

類別	文 選 作 品	先秦漢魏晉南北朝詩	全漢三國兩晉南北朝詩	古詩紀	漢魏六朝百三名家集	六朝詩集
勸勵	諷諫詩	諷諫詩	∨	∨	無	無
詠懷		在鄒詩	∨	∨		
小計	二	一	二	二	2	

漢第三　李陵（少卿）　共十二首二類

類別	文 選 作 品	先秦漢魏晉南北朝詩	全漢三國兩晉南北朝詩	古詩紀	漢魏六朝百三名家集	六朝詩集
雜歌		歌	歌一首		無	無
雜詩	與蘇武詩〔三〕	×	∨	∨		
		×	錄別詩〔八〕	∨別歌〔一〕		
小計	十二	三	一	十二	四	

漢第四　蘇武　共六首一類

類別	文 選 作 品	先秦漢魏晉南北朝詩	全漢三國兩晉南北朝詩	古詩紀	漢魏六朝百三名家集	六朝詩集
雜詩	詩四首〔蘇子卿〕	×	詩四首	∨	無	無
		×	答李陵詩			
		×	別李陵			
小計	六	一	零	六	四	

漢第五　班婕妤　共一首一類

類別	文　選　作　品	先秦漢魏晉南北朝詩	全漢三國兩晉南北朝詩	古詩紀	漢魏六朝百三名家集	六朝詩集
樂府	怨歌行〔一〕	ˇ怨詩	ˇ	ˇ怨歌行	無	無
小計	一	一	一	一	一	

漢第六　張衡（平子）　共十三首二類

類別	文　選　作　品	先秦漢魏晉南北朝詩	全漢三國兩晉南北朝詩	古詩紀	漢魏六朝百三名家集	六朝詩集
雜歌		歌四首〔殘〕		思玄詩（七言）		
雜詩	四愁詩〔四〕	ˇ并序	ˇ	ˇ	ˇ	
		怨詩	ˇ怨篇	ˇ	ˇ怨篇	
		同聲歌	ˇ	ˇ	ˇ	
		歌〔殘〕、詩〔殘〕		定情歌		
小計	十三	四	十二	六	八	六

漢第七　蔡邕　共八首一類

類別	文　選　作　品	先秦漢魏晉南北朝詩	全漢三國兩晉南北朝詩	古詩紀	漢魏六朝百三名家集〔蔡中部集〕	六朝詩集
樂府	飲馬長城窟行	ˇ蔡邕	ˇ	ˇ	ˇ	
		歌〔一〕	答元式詩	樊惠渠歌	ˇ答對元式詩 ˇ答卜元嗣詩	
		翠鳥詩等〔五〕首	等五首	等五首無見志詩〔二〕	ˇ翠鳥	
小計	八	一	七	七	七	四（共四首）

三國第一　劉楨（公幹）　三類二十七首

類別	文　選　作　品	先秦漢魏晉南北朝詩	全漢三國兩晉南北朝詩	古詩紀	漢魏六朝百三名家集〔劉公幹集〕	六朝詩集
公讌	公讌詩	ˇ	ˇ	ˇ	ˇ	
贈答	贈五官中郎將詩四首	ˇ	ˇ	ˇ	ˇ	
	贈徐幹詩	ˇ			ˇ	
		附殘詩一				
	贈從弟詩三首	ˇ	ˇ	ˇ	贈從弟四首	
雜詩	雜詩一首	ˇ	ˇ	雜詩		
		鬥雞詩	鬥雞	鬥雞	ˇ	
		射鳶詩	射弋鳥詩等六首	射鳶	ˇ	
		詩【殘詩十三】		失題二	失題二首	
小計	共二十七	十	二十六	十六	十三	十五

三國第二　王粲　八類三十一首

類別	文選作品		先秦漢魏晉南北朝詩	全漢三國兩晉南北朝詩	古詩紀	漢魏六朝百三名家集	六朝詩集
公讌	公讌詩　一首		∨	∨	∨	∨	
詠史	詠史　一首		∨詠史詩	∨	∨	∨詠史詩	
哀傷	七哀詩　二首		∨七哀詩三首	∨	∨	∨七哀詩三首	
			爲潘文則作思親詩		∨	∨思親詩	
贈答	贈蔡子篤		∨	∨	∨	∨	
	贈士孫文始		∨	∨	∨	∨	
	贈文叔良		∨〔附一殘詩〕	∨	∨	∨	
	贈楊德祖〔殘〕		贈楊德祖〔殘〕				
軍戎	從軍詩五首		∨〔附殘詩一〕	∨	∨	∨五首	
郊廟			太廟頌	∨	∨	太廟頌三章	
樂府			俞兒舞歌　四	∨	∨	∨俞兒舞歌四首	
雜詩	雜詩一首		∨又『詩四首殘三首』	∨	∨	∨又雜詩四首	
小計	共三十一	十三	三十一	十九	十九	二十四	

三國第三　應瑒（德璉）　四類六首

類別	文選作品		先秦漢魏晉南北朝詩	全漢三國兩晉南北朝詩	古詩紀	漢魏六朝百三名家集
公讌	侍五官中郎將建章臺集詩		∨	∨	∨	∨
			公讌詩	∨	∨	∨×
祖餞			∨報趙淑麗詩【殘】	∨	∨	∨×
贈答			別詩二首	∨	∨	∨二首
雜詩			鬥雞詩	∨	∨	∨×
小計	共六	一	六	六	六	六

三國第四　曹操（魏武帝）　一類二十三首

類別	文選作品		先秦漢魏晉南北朝詩	全漢三國兩晉南北朝詩	古詩紀	漢魏六朝百三名家集
樂府	短歌行		∨短歌行二首	∨　二	∨　二	∨　二
	苦寒行		∨	∨※1	∨	∨
			氣出倡	∨氣出唱三首	∨氣出唱三首	∨氣出唱三首
			精列	∨	∨	∨
			度關山	∨	∨	∨
			薤露	∨	∨	∨
			蒿里行	∨	∨	∨

類別	文選作品	先秦漢魏晉南北朝詩	全漢三國兩晉南北朝詩	古詩紀	漢魏六朝百三名家集
		對酒	v	v	v
		陌上桑	v	v	v
		秋胡行二	v	二首	二首
		善哉行二〔又殘一〕	v	v	二首
		步出夏門行	步出東西門行　四章	步出東西門行四章	碣石篇四首
		卻東西門行	v		v
		又董卓歌辭……等殘 5 首			董卓歌辭五言五句
					謠俗詞
			塘上行※2		
			董逃歌辭※3		
小計　總二十三	二	二十二	十九	十七	二十

附注

※1. 《藝文類聚》、《樂府詩集》並作魏文帝。

※2. 丁書曰：「或曰古辭、或曰甄后作、或曰魏文帝作、或曰魏武帝作，共有四說。《宋書》卷二十一〈樂志〉塘上行爲武帝辭；《樂府詩集》卷三十五亦作武帝辭，今從之。」

※3. 丁書按曰：「今本《魏志》註逃作卓，乃不知樂府有董逃者所改也，張溥所輯魏武帝集沿其誤，今訂正錄之。」

三國第五　曹丕（子桓）　六類五十四首

類別	文選作品	先秦漢魏晉南北朝詩	全漢三國兩晉南北朝詩	古詩紀	漢魏六朝百三名家集
公讌		於譙作詩	v ×	v ×	v 於譙作×
游覽	芙蓉池作	v	v ×	v ×	v 芙蓉池作詩
		孟津詩	v	v ×	v 孟津　×
		於玄武陂作詩	v ×	v ×	v ×
行旅		v 黎陽作詩　三首	v 黎陽作三首	v 黎陽作三首	v 黎陽作　四首
		又【殘一】首	v 又一首	v 又一首	v 又一首
		v 至廣陵於馬上作詩	v ×	v ×	v ×
		v 於明津作詩	v ×	v ×	v ×
		v 清河作詩	v ×	v ×	v ×
樂府	樂府　二：燕歌行	v 燕歌行　二	v 二	v 二	v 二首
	善哉行	v 善哉行　二※4	v 二	v 二	v 四首
		v 秋秋胡行　三	v 三	二首 v 又一首	v 三
	短歌行	v 短歌行	v	v	v
	丹霞蔽日行	v 丹霞蔽日行	v	v	v
	煌煌京洛行	v 煌煌京洛行	v	v	v
		v 善哉行　二※5	v	v	v

		釣竿行……等十首	ˇ 十首	ˇ 十首	臨高臺等七首
		又：殘樂府四首			
			於清河見挽船士新婚與妻別一首	題作『陳琳』	上留田行 15 大牆上蒿行
					艷歌何嘗行月重輪行
雜　歌		ˇ（殘一）	ˇ	ˇ	ˇ
雜　詩	雜詩二首	ˇ	ˇ	ˇ	ˇ
		ˇ代劉勳妾王氏詩	ˇ	ˇ	ˇ
		ˇ寡婦詩	ˇ　並序	ˇ　×	ˇ　×
		ˇ令詩	ˇ	ˇ	ˇ
		ˇ夏日詩	ˇ夏詩		
		ˇ見挽船兄弟辭別詩	ˇ	ˇ	ˇ
		ˇ詩（殘三首）	ˇ	ˇ失題一	ˇ
小　計	四十九	五	四十八	四十五	四十四	四十二 42

附注

※4. 逯案：第一首《類聚》作〈苦寒行〉。

※5.《初學記》載第一解，題云『於講堂作』，《藝文類聚》作『銅雀詩』。

三國第六　曹植（子建）　十一類一百三十七首

類　別	文選作品	先秦漢魏晉南北朝詩	全漢三國兩晉南北朝詩	古詩紀	陳思王集	六朝詩集
獻　詩	上責躬詩并序	ˇ	ˇ責躬詩	ˇ上責躬詩	ˇ	ˇ責躬
	應詔詩	ˇ	ˇ	ˇ應詔詩	ˇ	ˇ
公讌	公讌詩	ˇ	ˇ	ˇ公宴詩	ˇ公讌詩	ˇ公宴
		侍太子坐詩	ˇ	ˇ	ˇ×	ˇ
		正會詩　四言	ˇ元會詩	ˇ元會詩	ˇ正會詩（又元會詩）	ˇ元會
祖　餞	送應氏詩（二）	ˇ	ˇ二首	二首	二首	ˇ
		離友詩三首并序又（殘一）	ˇ二首并序	二首并序	二首并序	ˇ一首并序
		離別詩〔殘〕	ˇ	ˇ	ˇ	ˇ
詠史	三良詩	ˇ	ˇ	ˇ	ˇ	ˇ
遊仙		ˇ遊仙詩	ˇ遊僊	遊仙詩	ˇ	ˇ
		ˇ述仙詩〔殘〕	ˇ	ˇ	ˇ	ˇ
游覽		ˇ芙蓉池詩〔殘〕	ˇ失題〔一〕	芙蓉池	ˇ	ˇ
詠懷		矯志詩殘（二）	ˇ	ˇ　一〔殘一〕	ˇ〔又一言志詩〕	ˇ言志殘
哀傷	七哀詩	ˇ又一〔怨詩行〕雷同	ˇ〔怨歌行〕	ˇ怨歌行	ˇ	ˇ七哀
		ˇ又殘詩〔二〕	ˇ殘一	ˇ	ˇ	ˇ
贈答	贈徐幹	ˇ贈徐幹詩	ˇ	ˇ	ˇ	ˇ
	贈丁儀	ˇ贈丁儀詩	ˇ	ˇ	ˇ	ˇ
	贈王粲	ˇ贈王粲詩	ˇ	ˇ	ˇ	ˇ

類　別	文　選　作　品	先秦漢魏晉南北朝詩	全漢三國兩晉南北朝詩	古詩紀	陳思王集	六朝詩集
	又贈丁儀王粲	ˇ又贈丁儀王粲詩	ˇ贈丁儀王粲	ˇ	ˇ	ˇ贈丁儀王粲
	贈白馬王彪	ˇ贈白馬王彪詩	ˇ	ˇ〔并序〕	ˇ〔并序〕	ˇ
	贈丁翼	ˇ贈丁翼詩	ˇ	ˇ	ˇ	ˇ
樂府	箜篌引	※6	ˇ	ˇ	ˇ	ˇ
	美女篇	ˇ	ˇ	ˇ	ˇ	ˇ
	白馬篇	ˇ	ˇ	ˇ	ˇ	ˇ
	名都篇	ˇ	ˇ	ˇ	ˇ	ˇ
		丹霞蔽白日行	ˇ	ˇ	ˇ	ˇ
		飛龍篇	ˇ	ˇ	ˇ	ˇ
		鰕䱇篇	ˇ	ˇ	ˇ	ˇ
		吁嗟篇	ˇ	ˇ	ˇ	ˇ
		浮萍篇	ˇ	ˇ	ˇ蒲生行浮萍篇	ˇ
		薤露篇	ˇ	ˇ	ˇ	ˇ
		惟漢行	ˇ	ˇ	ˇ	ˇ
		豫章行二首	ˇ　二首	ˇ　二首	ˇ	ˇ
		浮萍篇	ˇ	ˇ蒲生行浮萍篇	ˇ	ˇ
		野田黃雀行〔又一殘〕	ˇ殘篇	ˇ殘	ˇ殘	ˇ殘
		門有萬里客	ˇ	ˇ	ˇ	ˇ
		泰山梁甫行	ˇ	ˇ	ˇ	ˇ梁甫
樂府		怨歌行	ˇ	ˇ	ˇ	ˇ〔又一〕
		當欲游南山行	ˇ	ˇ	ˇ	ˇ
		升天行	ˇ	ˇ　二首	ˇ　二首	ˇ　二首
		五遊詠	ˇ	ˇ五遊篇	ˇ五遊篇	ˇ五遊
		遠遊篇	ˇ	ˇ	ˇ	ˇ
		仙人篇	ˇ	ˇ	ˇ	ˇ
			君子行　文選作（古辭）			ˇ君子行
		盤石篇	ˇ	ˇ	ˇ	ˇ
		驅車篇	ˇ	ˇ	ˇ	ˇ
		種葛篇	ˇ	ˇ	ˇ（日月既逝另一首	ˇ
		妾薄命行	ˇ妾薄命二首※7	ˇ妾薄命二首	ˇ妾薄命二首	ˇ
		平陵東行（殘）	ˇ	ˇ平陵東	ˇ	ˇ平陵東
		當來日大難（殘）	ˇ	ˇ	ˇ	ˇ
		桂之樹行	ˇ	ˇ	ˇ	ˇ
		當牆欲高行	ˇ	ˇ	ˇ	ˇ
		當事君行	ˇ	ˇ	ˇ	ˇ
		當車已駕行	ˇ當車以駕行	ˇ	ˇ當車以駕行	ˇ當車以駕行

類別	文選作品	先秦漢魏晉南北朝詩	全漢三國兩晉南北朝詩	古詩紀	陳思王集	六朝詩集
		苦思行（殘）善哉行（殘）	v　v善哉行	v　×	v　×	v
		飛龍篇（二）遠遊篇	v其一　v			
		對酒行　苦熱行	v		v	
		艷歌行（二）結客篇	v　v		v	
		天地篇　妾薄倖	v			v妾薄命
		長歌行　甌出行	v			
		艷歌行　妾薄相行	v　v			v艷歌
		陌上桑　兩儀篇	v　v		v	
		秋胡行　對酒行	v　v	v	v	
		樂府（十）歌（一）謳（六）	v			
			v		怨詩行	v
			v		艷歌（五言四句）	v
			v	v樂府〔殘〕	樂府（五言四句）	v
			v	v艷歌	樂府歌（四言六句）	v
			v	v樂府〔殘〕	樂府歌詞（五言四句）	v
			v		遺句	
雜　詩	朔風詩	v	v	v	v	v
	雜詩（六）	v　六首	v　六首	v　七首	v雜詩六首 v殘	六首
		v　又殘二	v　殘二	v　殘一	v　殘	v（六）
		v	v雜詩			
	情詩	v	v	v	v玉台作（雜詩）	v
			死牛詩			
	閨情詩	v	v　失題	v	v	v
	鬥雞詩	v	v	v	v	v
	代劉勳妻王氏雜詩					
	棄婦詩	v	v	v	v	
	喜雨詩	v	v	v	v	v
	七步詩	v	v	v	v	
	妒詩	v	v	v	v	
	四言詩（二）	v				
	詩　（九）	v	v　失題（十一）	v　失題一	v　失題	
	寡婦詩	v				
					髑髏詩	
雜　歌			七忿			
		v鼙舞歌五首	v	v	v	v
小　計	一百三十七　二十一	一百三十三	一百三十	七十七	七十九	六十八

附注

※6. 逯書作〈野田黃雀行〉，乃據《宋書·樂志》：「箜篌引亦用此曲。」而改。

※7. 應爲一篇而據宋刻本《玉臺新詠》仍題二篇，附張溥集之二十二字另作一篇。

三國第七　謬襲（熙伯）　二類一三首

類　別	文　選　作　品		先秦漢魏晉南北朝詩	全漢三國兩晉南北朝詩	古詩紀
樂　府			魏鼓吹曲十二曲	魏鼓吹曲十二曲	魏鼓吹曲十二曲
挽　歌	挽歌		×	∨	∨
小　計	十三	十三	十二	十三	十三

三國第八　應璩（休璉）　二類三十四首

類　別	文　選　作　品		先秦漢魏晉南北朝詩	全漢三國兩晉南北朝詩	古詩紀	漢魏六朝百三名家集〔漢　應休璉集〕
百　一	百一詩		百一詩（二十三）	∨　三首		百一詩三首　雜詩三首
雜　詩			雜詩　二首	∨　三首　∨三叟		百一詩（後四）　三叟
			詩　九首			百一詩（後三）
						遺句（五言二句共6組）
小　計	三十四	一	三十四	七	零	三十五

三國第九　阮籍（嗣宗）　二類九十八首

類　別	文　選　作　品		先秦漢魏晉南北朝詩	全漢三國兩晉南北朝詩	古詩紀	漢魏六朝百三名家集	六朝詩集
詠　懷	詠懷詩（十七）		詠懷詩五言（八十二）	∨五言八十二首	∨八十二首	詠懷八十二首	五言詩八十二首
			詠懷詩四言（十三）	∨四言三首	∨三首	詠懷三首	
雜　歌			采薪者歌	歌二首	∨	∨	
			大人生先歌二首	訪孫登後作	∨	∨	
小　計	共九十八	十七	九十八	八十七	八十七	八十七	八十二

三國第十　嵇康（叔夜）　七類二十四首

類　別	文　選　作　品	先秦漢魏晉南北朝詩	全漢三國兩晉南北朝詩	古詩紀	漢魏六朝百三名家集	六朝詩集
哀　傷	幽憤詩	∨	∨	∨	∨	∨
詠　史		六言詩（十）首	∨	∨	∨十首六言	∨十首
遊　仙		遊仙詩（一）	∨	∨	∨一首五言	∨一首
詠　懷		述志詩（二）	∨	∨　二首	∨二首五言	∨二首
哀　傷		思親詩（一）七言	∨	∨	∨	思親詩（一）
贈　答	贈秀才軍（五）四言	贈秀才軍（十八首）	贈秀才軍（十九首）	（十九首）	贈秀才軍（十九首）	贈秀才軍（十九）

類別	文選作品	先秦漢魏晉南北朝詩	全漢三國兩晉南北朝詩	古詩紀	漢魏六朝百三名家集	六朝詩集
	與阮德如（一）詩	v	v ×	v		
	具答二郭三首	v 三首	v 三首	v 三首		
	五言贈秀才詩（一）					
樂府	代秋胡歌詩（七）	秋胡行（七）	v 秋胡行（七）	v 七首		重作四言詩七首
雜詩	雜詩（一） ※8	v 四言	v	v 一首	v	
	酒會詩一		v 七首	v 酒會詩七首	v 酒會詩七首	v 酒會詩七首
	四言詩（十一）※9					
	琴歌				v 七言楚辭體	
小 計	共六十四　七	六十三	五十三	五十三	五十四	五十三

附注

※8. 逯書將此併入『四言詩十一首』

※9. 逯按：據舊說前六首爲〈酒會詩〉，今察其內容體制，以分立爲佳。

晉代第一　應貞（吉甫）　一類　二首

類別	文選作品	先秦漢魏晉南北朝詩	全漢三國兩晉南北朝詩	古詩紀	漢魏六朝百三名家集	六朝詩集
公讌	晉武帝華林園詩集	v	v	v （九）	無	無
	四言　九章	v 畢覽崇文大夫唱（四言四句）				
小 計	共二　一	二	一	一	零	零

晉代第一　應貞（吉甫）　一類　二首

類別	文選作品	先秦漢魏晉南北朝詩	全漢三國兩晉南北朝詩	古詩紀	漢魏六朝百三名家集	六朝詩集
公讌	晉武帝華林園詩集	v	v	v （九章）	無	無
	四言　九章	v 畢覽崇文大夫唱（四言四句）				
小 計	共二　一	二	一	一	零	零

晉代第二　傅玄（休奕）　九類一百六十首

類別	文　選　作　品	先秦漢魏晉南北朝詩	全漢三國兩晉南北朝詩	古詩紀	漢魏六朝百三名家集
公讌		宴會詩〔殘〕	v 又一（宴詩）	v （宴詩）共二首	v （宴會詩）四言六句
哀傷		七哀詩　二句			
贈答		答程曉詩	v	v	v
		又答程曉詩	v ×	v ×	v 又答程曉
郊廟		晉郊祀歌三首	v 古詩		v
		晉天地郊明堂歌六首			v
		晉宗廟歌十一首			v
		晉四廂樂歌三首			v

類　別	文　選　作　品	先秦漢魏晉南北朝詩	全漢三國兩晉南北朝詩	古詩紀	漢魏六朝百三名家集
		晉正德大豫舞歌（二）			✓
		鐸舞歌一首			✓
		晉鞞舞歌五首			✓
		晉宣文舞歌二首			✓
		晉精吹曲二十二首			✓
		晉宣武舞歌　四首			✓
樂　府		短歌行	✓	✓	✓
		秋胡行　〔又一首〕	✓（另一作和班氏詩）	✓和秋胡行	✓和班氏詩和秋胡行
		惟漢行	✓	✓	✓
		艷歌行　二首	✓	✓	✓
		長歌行	✓	✓	✓
		苦相篇	✓苦相篇豫章行	✓苦相篇豫章行	苦相篇豫章行
		青青河邊草篇	✓飲馬長城窟行	✓飲馬長城密行	飲馬長城密行
		放歌行	✓	✓	✓
		有女篇	✓有女篇艷歌行	✓	✓艷歌行有女篇
		牆上難爲趨	✓	✓	✓
		朝時篇	✓朝時篇怨歌行	✓	✓怨歌行朝時篇
		明月篇	✓	✓	✓
		秋蘭篇	✓	✓	✓
		前有一樽酒行	✓	✓	✓
		何當行	✓	✓	✓
		卻東西門行	✓	✓	✓
		飛塵篇	✓	✓	✓
		天行篇	✓	✓	✓
		歷九秋篇	✓歷九秋篇董逃行	✓董逃行歷九秋篇十二首	
		吳楚歌	✓	✓	✓
		鴻雁生塞北行	✓	✓	✓
		白楊行	✓	✓	✓
		秦女休行	✓	✓	✓
		雲中白子高行	✓	✓	✓
		西長安行	✓	✓	✓
		車遙遙篇	✓	✓	✓
		昔思君	✓	✓	✓
		美女篇	✓	✓	✓
		豫章行			✓雜言・雲歌・蓮歌
		擬楚篇			✓啄爪・雜歌・歌詞
		樂府（七）	✓	✓	✓
挽　歌		挽歌　三首			
雜　歌		日昇歌	✓	✓	✓

類　別	文　選　作　品	先秦漢魏晉南北朝詩	全漢三國兩晉南北朝詩	古詩紀	漢魏六朝百三名家集
		驚雷歌	∨	∨	∨三光篇，驚雷篇
			芙渠	∨	∨
		九曲歌		∨	∨
		歌（十五）	∨歌八首	∨	∨
雜　詩	雜詩	雜詩　三首〔殘一〕	∨	∨	∨
		雜詩　七眾		∨	∨
		眾星詩二首		∨	∨
		雨詩		∨	∨
		庭燎燎詩		∨	∨
		兩儀詩			∨兩儀詩
雜　擬		擬四愁詩四首	∨	∨	∨
		擬馬防詩（殘）		∨	∨
		詩　九首	古詩		古詩
			∨炎旱詩（一）		古詩
			∨季多詩（一）		
			∨啄外　∨無題	∨苦雨	∨
		雜言詩（一）	∨	∨雜言	∨
小　計	共一百六十　一	一百六十	六十八	七十	五十四

晉代第三　棗據（道彥）　二類九首

類　別	文　選　作　品	先秦漢魏晉南北朝詩	全漢三國兩晉南北朝詩	古詩紀	漢魏六朝百三名家集
贈　答		答阮得猷詩	∨（一）	∨	無
雜　詩	雜詩	∨	∨	∨	
		詩（殘　六首）	遊覽（一）	∨遊覽	
		五言詩	失題（一）	∨失題	
小　計	共九　一	九	四	四	零

晉代第四　孫楚（子荊）　五類八首

類　別	文　選　作　品	先秦漢魏晉南北朝詩	全漢三國兩晉南北朝詩	古詩紀	漢魏六朝百三名家集
公　讌		會王侍中座上詩　四句※10			
		太僕座上詩　八句	∨	∨	∨
祖　餞	征西官屬送於陟陽猴候詩	∨	∨	∨	∨
		∨　祖道詩　四句		∨	∨四言
		之馮翊祖道詩　四句	∨	∨	∨五言
哀　傷		除婦服詩	∨	∨	∨
贈　答		答弘農故吏民詩	∨　×	∨　×	∨　×
雜　歌		出歌（孫楚歌）			
小　計	共八　一	八	六	六	六

附註

※10 此二首詩文雖未周備，但由題名及體制觀之，並非一般閑居所賦故入「公讌」類。

晉代第五　傳咸（長虞）　二類二十首

類　別	文　選　作　品	先秦漢魏晉南北朝詩	全漢三國兩晉南北朝詩	古詩紀	漢魏六朝百三名家集
贈　答	贈何劭王濟	∨	∨　并序　×	∨　并序	∨　并序
		與尚書同僚詩	∨	∨	∨
	贈褚武良詩	∨	∨	∨
	贈崔伏二郎詩	∨	∨	∨
	答潘尼詩　并序	∨　并序	∨　并序	∨　并序
	答欒弘詩　并序	∨　并序	∨　并序	∨　并序
	贈建平大守李叔龍詩	∨　×	∨　×	
	贈太尉司馬虞顯機詩	∨　×	∨　×	∨　四言　四句
	贈郭泰機詩			
雜　詩		秋霖詩	∨		
	孝經詩	∨	∨	∨　二章
	論語詩	∨	∨	∨　二章
	毛詩詩	∨	∨	∨　二章
	周易詩	∨	∨	∨
	周官詩	∨	∨	∨
	左傳詩	∨	∨	∨
	詩四（其中三殘）	失題（二）	失題（二）	失題（二）
小　計	二十	一	二十	十七	十六	十六

晉代第六　郭泰機　一類一首

類　別	文　選　作　品	先秦漢魏晉南北朝詩	全漢三國兩晉南北朝詩	古詩紀	漢魏六朝百三名家集
贈　答	勵答傳咸	∨	∨	∨	∨
小　計	一	一	一	一	一

晉代第七　張華（茂先）　九類八十一首

類　別	文　選　作　品	先秦漢魏晉南北朝詩	全漢三國兩晉南北朝詩	古詩紀	漢魏六朝百三名家集
勸　勵	勵志詩	∨	∨	∨	∨
公　讌		太康六年三月三日後園會詩	∨	∨	∨
	上巳篇	∨	∨	∨
祖　餞		祖道征西應詔詩	∨	∨	∨
	祖道趙王應詔詩	∨	∨	∨
遊　仙		遊仙詩　四首	∨　三首	∨遊仙詩三首	∨　遊仙　三首
招　隱		招隱詩　二首	∨　招隱　二首	∨	

類別	文選作品	先秦漢魏晉南北朝詩	全漢三國兩晉南北朝詩	古詩紀	漢魏六朝百三名家集
贈答	答何劭詩（二）	答何劭詩三首	✓答何劭詩三首	✓	✓
		贈摯仲洽詩	✓ 贈摯仲洽詩	贈摯仲洽詩	✓
樂府		門有車馬客	✓	✓	✓門有車馬客行
		輕薄篇	✓	✓	✓
		遊俠篇	✓	✓	✓
		博陵王宮俠曲二首	✓	✓	✓
		遊獵篇	✓	✓	✓
		壯士篇	✓	✓	✓
		蕭史曲	✓	✓	✓
		縱橫篇			
		苦寒行			
		眞人篇			
雜詩	雜詩	雜詩 三首	✓ 三首	✓	✓
	情詩（二）	情詩 五首	✓	✓	✓
		感婚詩	✓	✓	✓
		荷詩			✓ 荷詩
					✓ 橘詩
雜擬		擬古詩	✓ ×	✓ 擬古	✓ 擬古
		詩（殘 九）			
樂歌		晉四廂樂歌 十六首			✓晉四廂樂歌（十六）
		晉多至初歲小會歌			✓晉東初小會歌
		晉宴會歌			✓晉宴會歌
		晉中宮所歌			✓晉中宮所歌
		晉宗親會歌			✓晉宗親會歌
		晉凱歌二首			✓晉凱歌二首
		晉正德大豫舞歌三首	✓		✓晉正德大豫舞歌（三） ✓晉白紵舞歌詩（三） ✓晉杯槃舞歌詩（六）
小計	八十一　六	八十	二十七	二十七	六十九

晉代第八　潘岳　九類二十五首

類別	文選作品	先秦漢魏晉南北朝詩	全漢三國兩晉南北朝詩	古詩紀	潘黃門集
勸勵		家風詩 ※11	✓	✓	✓
獻詩	關中詩	✓ 十六章	✓	✓	✓
祖餞	金谷集作詩	✓	✓	✓	✓
		金谷會詩 〔殘〕			
		北芒送別王世冑詩	贈王冑一首	北芒送別王世冑	✓〔又一作『別詰』〕
詠懷		東郊詩（殘）			
哀傷	悼亡詩	悼亡詩三首	✓	✓	✓ 三首
		楊氏七哀詩	✓ 哀詩	✓ 哀詩	✓ 哀詩
		思子詩（殘）	✓	✓	✓
贈答	爲賈謐作贈陸機	✓ 十一章	✓	✓	✓

類別	文選作品		先秦漢魏晉南北朝詩	全漢三國兩晉南北朝詩	古詩紀	漢魏六朝百三名家集
行　旅	河陽縣作（二）		✓ 詩二首	✓ 河陽縣作二首 ×	✓ ×	✓ ×二首
	在懷縣作		✓ 詩二首	✓ ×二首	✓ ×	✓ ×二首
雜　歌			✓闕道謠	✓	✓	✓闕柱謠
雜　詩			於賈謐坐講漢書詩	✓ ×	✓	
			雜合詩	✓ ×	✓	× ×
			內顧詩二首	✓內顧詩二首	✓內顧詩二首	✓
			魯公詩（殘）	✓	✓	
			詩（三）	✓	✓	
	共二十五	十	二十五	十九	二十	二十

附注

※11　參見《世說新語‧文學篇》：「夏侯湛作周詩成，示潘安仁，……潘因此遂作家風詩。」

晉代　第九　石崇（季倫）　三類十首

類別	文選作品		先秦漢魏晉南北朝詩	全漢三國兩晉南北朝詩	古詩紀	漢魏六朝百三名家集
贈　答			答曹嘉詩	✓	✓	
			贈棗腆詩	✓ ×	✓ ×	
			答棗腆詩（六句）	✓ ×	✓ ×	
			贈歐陽建詩（二句）			
樂　府	王明君辭			✓ 并序	✓ 并序	✓ 并序
			大雅吟	✓	✓	
			楚妃歎 并序	✓ 并序	✓ 并序	
			思歸引 并序	✓	✓ 并序	
			思歸歎	✓		
雜　詩			還京詩（二句）	✓		
			✓	✓	✓	
	共十	一	十	八	八	

晉代第十　歐陽建（堅石）　二類二首

類別	文選作品		先秦漢魏晉南北朝詩	全漢三國兩晉南北朝詩	古詩紀	漢魏六朝百三名家集
贈　答	終		答石崇贈詩	✓答石崇贈	✓答石崇贈詩	
詠　懷	臨終詩		✓	✓	✓	無
小　計	共二	一	二	共二	共二	零

晉代第十一　何劭（敬祖）　四類五首

類別	文選作品		先秦漢魏晉南北朝詩	全漢三國兩晉南北朝詩	古詩紀	漢魏六朝百三名家集
祖　餞			洛水祖王公應詔詩	✓洛水祖王公應詔	✓	無
遊　仙	遊仙詩		✓	✓	✓	
贈　答	贈張華		✓	✓	✓	
雜　詩	雜詩		✓	✓	✓	
			詩（殘一）			
小　計	共五	三	五	四	四	零

晉代第十二　張載（孟陽）　九類二十一首

類別	文選作品	先秦漢魏晉南北朝詩	全漢三國兩晉南北朝詩	古詩紀	《張孟陽集》
祖餞		送鍾參軍詩（二句）				✓
招隱		招隱詩	✓		✓	✓
游覽		登成都白菟樓詩	✓ ✗		✓ ✗	✓
		泛湖詩（二句）				
		登臺詩　詩（二句）				
詠懷		述懷詩　四研言（六句）	✓		✓	
哀傷	七哀詩（二）	七哀施二首	✓		✓	
贈答		贈司隸傅咸詩（五章）				
		贈虞顯度詩（殘）	✓ ✗		✓ ✗	✓ ✗
		贈棗子琰詩二句				
雜詩		霖雨詩八句	✓ ✗		✓ ✗	✓ ✗
雜擬	擬四愁詩一	擬四愁詩四首	✓		✓	✓
		詩一詩四殘✓	秋詩失題三✓	失題三✓	失題三✓	失題三　四言一八句✓五言一四句✓五言一四句
小計	二十一　三	二十一	十四	十三	十三

晉代第十三　陸機（士衡）　十一類一二四首

類別	文選作品	先秦漢魏晉南北朝詩	全漢三國兩晉南北朝詩	古詩紀	《陸平原集》	六朝詩集
公讌	皇太子讌玄圃宣猷堂有令賦詩	✓	✓	✓	✓	✓
		皇太子賜讌詩	✓	✓	✓	✓	
祖餞		祖會太極東堂詩六句					
		元康四年從皇太子祖會東堂詩八句					
		祖道畢雍孫潘正叔劉邊仲　詩	✓ ✗		✓		✓ ✗
		祖道清正詩四句					
招隱	招隱詩	招隱詩	✓招隱詩二首	✓招隱二首	✓招隱二首	✓
		✓招隱詩（殘）	✓招隱詩	✓招隱詩	✓招隱詩	
遊覽		遨遊出西城詩	✓ ✗		✓	✓	
贈答	贈馮文羆遷斥丘令	✓	✓	✓	八章	✓
	答賈謐並序	✓	✓	✓	✓十一章有序	
	於承明作與士龍	✓　詩	✓於承明作與弟士龍	✓		✓
	贈尚書郎顧彥先（二）	✓×詩二首	✓　二首	✓	✓×二首	✓×二首
	贈交阯太守顧公真	✓贈顧交阯公真詩	✓贈顧交阯公真	✓贈顧交阯公真	✓贈顧交阯公真	✓贈顧交阯公真
	贈從兄車騎	✓　詩	✓	✓	✓ ×	✓

類　別	文　選　作　品	先秦漢魏晉南北朝詩	全漢三國兩晉南北朝詩	古詩紀	《陸平原集》	六朝詩集
	答張士然	ˇ　詩	ˇ	ˇ	ˇ　×	ˇ
	爲顧彥先贈婦二首	ˇ　詩二首	ˇ	ˇ	ˇ　×二首	ˇ
	贈馮文羆	ˇ　詩	ˇ	ˇ	ˇ	ˇ
	贈弟士龍	ˇ　詩	ˇ贈弟士龍（五言）	ˇ贈弟士龍（五言）	五言十句	ˇ
		與弟清河雲詩十章	ˇ與弟清河雲（四言）	ˇ贈弟士龍（四言）	四言有序	ˇ
		贈顧令文爲宜春令詩	ˇ　×			
		贈武昌太守夏少明詩	ˇ　×一首			
		贈潘尼詩	ˇ贈潘尼叔	ˇ贈潘尼叔	ˇ贈正叔　×	ˇ
		答潘尼詩	ˇ　×	ˇ	ˇ　×	ˇ
		贈潘岳詩二句詩	ˇ贈潘尼	ˇ贈潘尼	ˇ贈潘尼	
		爲陸思遠婦作詩詩	ˇ　×	ˇ	ˇ　×	ˇ　×
		爲周夫人贈車騎詩	ˇ周夫人贈車騎	ˇ爲周夫人贈車騎	×	ˇ　×
		贈斥丘令馮文羆詩五言二句	ˇ	ˇ贈斥丘令馮文羆　×		
		贈顧彥先詩四句	ˇ　×	ˇ　×		
		贈紀士詩六句	ˇ　×	ˇ　×	ˇ　×	ˇ贈紀士
		爲顧彥先作詩四句				
行　旅	赴洛（二）	ˇ赴太子洗馬時作詩ˇ東宮作詩	ˇ赴洛　二首	ˇ	ˇ	ˇ赴洛上ˇ赴洛上
	赴洛道中作（二）	赴洛道中作詩二首	ˇ　×二首	ˇ	ˇ赴洛道中作二首	ˇ又赴洛道中（二）首
	爲吳王郎中時從梁陳作	ˇ　作詩	ˇ　×	ˇ　×	ˇ吳王郎中時從梁陳作	ˇ×
樂　府	樂府十七首　猛虎行　君子行	ˇ　ˇ	ˇ　ˇ	ˇ　ˇ	ˇ　ˇ	ˇ　ˇ
	從軍行豫章行	ˇ　ˇ	ˇ　ˇ	ˇ　ˇ	ˇ　ˇ	ˇ　ˇ
	苦寒行	ˇ	ˇ	ˇ	ˇ	ˇ
	飲馬長城窟行門有車馬客行	ˇ　ˇ	ˇ　ˇ	ˇ　ˇ	ˇ　ˇ	ˇ　ˇ
	君子有所思行齊謳行	ˇ　ˇ	ˇ　ˇ	ˇ　ˇ	ˇ　ˇ	ˇ　ˇ
	長安有狹邪行長歌行	ˇ　ˇ	ˇ　ˇ	ˇ　ˇ	ˇ　ˇ	ˇ　ˇ
	悲哉行吳趨行	ˇ　ˇ	ˇ　ˇ	ˇ　ˇ	ˇ又一殘篇	ˇ　ˇ
	短歌行日出東南隅行	ˇ　ˇ	ˇ　ˇ	ˇ　ˇ	ˇ　ˇ（或日羅敷豔歌）	ˇ　ˇ
	前緩聲歌塘上行	ˇ　ˇ	ˇ　ˇ	ˇ　ˇ	ˇ　ˇ	ˇ　ˇ
		秋胡行（八句）隴西行（六句）	ˇ　ˇ	ˇ　ˇ	ˇ　ˇ	ˇ八句ˇ六句
		折楊柳行框歌行	ˇ折楊柳ˇ	ˇ折楊柳ˇ	ˇ折楊柳ˇ	ˇ折楊柳ˇ

類　別	文　選　作　品	先秦漢魏晉南北朝詩	全漢三國兩晉南北朝詩	古詩紀	《陸平原集》	六朝詩集
		太山吟梁甫吟	ˇ ˇ	ˇ ˇ	ˇ ˇ	ˇ ˇ
		東武吟行六句班婕妤六句	ˇ ˇ	ˇ ˇ	ˇ 五言六句ˇ班好怨五言八句	ˇ ˇ 班仔怨
		駕言出北闕行壯哉行	ˇ	ˇ	ˇ	ˇ ˇ 悲哉行
		董桃行上留田行	ˇ 董逃行ˇ	ˇ 董逃行ˇ	ˇ ˇ	
		燕歌行櫂歌行	ˇ ˇ	ˇ ˇ	ˇ ˇ	
		順東西門行日重光行	ˇ ˇ	ˇ ˇ	ˇ ˇ	
		月重輪行放歌行二句	ˇ ˇ	ˇ ˇ	ˇ ˇ	ˇ ˇ 當置酒八句
			ˇ 飲酒樂二首	ˇ 二首ˇ 吳趨行〔又一〕	ˇ 飲酒樂二首	飲酒樂四言六句
挽　歌	挽歌詩（三）	挽歌詩三首	ˇ	ˇ	ˇ	ˇ 挽歌三首
		庶人挽歌辭〔又二殘〕	挽歌詩 ˇ 又一首附注※12			
		王侯挽歌辭四句				
		挽歌辭二殘				
雜　歌		百年歌十首	ˇ	ˇ	ˇ	ˇ
雜　詩	園葵詩（一）	園葵詩二首	ˇ 二首	ˇ	ˇ	ˇ 園葵
		尸鄉亭詩六句	ˇ ×	ˇ	ˇ 五言六句×	
		講漢書詩四句	ˇ	ˇ	ˇ	
		春詠	ˇ 春詠	ˇ	ˇ 春詠	春詠
		東宮詩	ˇ ˇ	ˇ ˇ	ˇ ˇ	
		三月三日詩	ˇ 三月三日ˇ 秋詠（五言四句）	ˇ ˇ	ˇ 三月三日ˇ 秋詠 五言四句	
		詩　十首殘	ˇ 失題二首		失題二首五言	
雜　擬	擬古詩（十二）	擬行行重行行詩擬今日良宴會詩	ˇ ×ˇ ×	ˇ ×ˇ ×	ˇ ×ˇ ×	ˇ ×ˇ ×
		擬迢迢牽牛星詩擬涉江採芙蓉詩	ˇ ×ˇ ×	ˇ ×ˇ ×	ˇ ×ˇ ×	ˇ ×ˇ ×
		擬青青河畔草詩擬明月何皎皎詩	ˇ ×ˇ ×	ˇ ×ˇ ×	ˇ ×ˇ ×	ˇ ×ˇ ×
		擬蘭若生春陽詩擬青青陵上柏詩	ˇ ×ˇ ×	ˇ ×ˇ ×	ˇ ×ˇ ×	ˇ ×ˇ ×
		擬東一何高詩擬西北有高樓詩	ˇ ×ˇ ×	ˇ ×ˇ ×	ˇ ×ˇ ×	ˇ ×ˇ ×
		擬庭中有奇樹詩擬明月皎夜光詩	ˇ ×ˇ ×	ˇ ×ˇ ×	ˇ ×ˇ ×	ˇ ×ˇ ×
小　計	共一二四　五十二	一二三	一百零五	九十八	一百零四	九十七

附注

※12　見《太平御覽》。

晉代第十四　陸雲　四類三十七首

類別	文選作品	先秦漢魏晉南北朝詩	全漢三國兩晉南北朝詩	古詩紀	《陸清河集》	六朝詩集
公讌	大將軍宴會被命作詩	✓	✓	✓	✓	✓六章
		征西大將軍京陵王公會堂皇太子見命作此詩	✓	✓	✓	✓六章
		從事中郎張彥明爲中護奚世都爲汲郡太守客將之	✓ 從事中郎張彥明爲中護軍	✓ 從事中郎張彥明爲中護軍	✓同上	✓ 從事中郎張彥明爲中護軍	✓ 從事中郎張彥明爲中護軍並序
		官大將軍崇賢之德既遠而厚下之用又隆非此雜析					以下爲序（客作各）
		有感聖皇既蒙引見又宴于後園感鹿鳴之晏詠魚					✓
		藻之凱歌而作是詩（按·此當爲詩序）					
祖餞		太尉王公以九錫命大將軍讓公還京邑祖餞贈此詩	✓	✓	✓	✓六章
		大安二年夏四月大將軍出祖王羊二公於城南堂皇被命作此詩	✓	✓	✓	✓六章
贈答	爲顧彥先贈婦二首	✓往返四首	✓往返四首	✓四首	✓四首	✓四首
	答兄機　五言	答兄平原詩　五言	✓ ×五言	✓ ×五言	✓ 五言	✓答兄平原二首
		答兄平原詩　四言	✓ ×四言	✓ ×四言	✓答兄平原書	✓
	答張士然	✓詩	✓ ×	✓	✓	✓
		贈汲郡太守詩八章無序	✓ ×有序	✓ ×有序	✓ 八章有序	✓八章
		贈顧驃騎詩二首	✓ ×二首	✓ ×二首	✓ ×二首序	✓贈顧驃騎後二首
		贈鄱陽府君張仲膺詩	✓ ×	✓ ×	✓ ×	✓五章
		贈顧彥先	✓	✓	✓	
		答顧秀才詩	✓ ×	✓ ×	✓ ×	✓五章
		答大將軍祭酒顧令文詩	✓ ×	✓ ×	✓ ×	✓五章
		答吳王上將顧處微詩	✓ ×	✓ ×	✓ ×	✓九章
		贈顧尚書詩	✓ ×	✓ ×	✓ ×	
		贈鄭曼季詩四首	✓ ×四首	✓ ×四首	✓	✓贈鄭曼季往返八首
		答孫顯世詩（又一殘）	✓ 四言　十章	✓ 十章	✓ ×	✓
		失題　四（八章·一章）（六章·一章）	失題　四（八章·一章）（六章·一章）	✓同上	✓✓✓✓	失題四首　前八章·一章前六章·一章
雜詩		芙蓉詩（殘四　各兩句）				
		詩（二）	失題（二）	✓	✓ 芙葉	
小計	共三十七　五	三十七	三十二	三十二	三十一	二十九

晉代第十五　左思（太沖）　四類十五首

類別	文選作品		先秦漢魏晉南北朝詩	全漢三國兩晉南北朝詩	古詩紀	漢魏六朝百三名家集	六朝詩集
祖餞			悼離贈妹詩二首	∨×二首	∨贈妹九嬪悼離詩	無	無
詠史	詠史八首		∨詠史詩八首	∨	∨	無	無
			又殘一四句			無	無
招隱	招隱詩二首		招隱詩二首	∨	∨	無	無
雜詩	雜詩（一）		∨	∨	∨	無	無
			嬌女詩	∨	∨	無	無
小計	十五	十一	十五	十四	十四	零	零

晉代第十六　束皙　一類六首

類別	文選作品		先秦漢魏晉南北朝詩	全漢三國兩晉南北朝詩	古詩紀	漢魏六朝百三名家集	六朝詩集
補亡	補亡詩（六）		補亡詩六首	∨	∨	∨六首有序	
小計	六	六	六	六	六	六	

晉代第十七　司馬彪（紹統）　一類八首

類別	文選作品		先秦漢魏晉南北朝詩	全漢三國兩晉南北朝詩	古詩紀	漢魏六朝百三名家集	六朝詩集
贈答	贈山濤		∨〔又一殘〕		∨	無	無
			∨詩（五言八句殘）	雜詩（一）	∨	無	無
			∨詩五言・二句・二句（五）四句・四句・四句			無	無
小計	共八	一	八	二	二	零	零

西晉第十八　張協（景陽）　四類十五首

類別	文選作品		先秦漢魏晉南北朝詩	全漢三國兩晉南北朝詩	古詩紀	〈張景陽集〉	六朝詩集
詠史	詠史一首		詠史	∨	∨	∨	無
遊仙			遊仙詩六句	∨×	∨	∨	無
雜歌			采菱歌二句			∨	無
雜詩	雜詩十首		雜詩殘	∨	∨	∨	無
			雜詩殘	∨	雜詩	∨	無
			詩二句			∨	無
小計	十五	十一	十五	十三	十三	十三	零

西晉第十九　曹攄（顏遠）　二類十一首

類　別	文　選　作　品	先秦漢魏晉南北朝詩	全漢三國兩晉南北朝詩	古詩紀	漢魏六朝百三名家集	六朝詩集
贈　答		贈韓眞詩	∨×		無	無
		贈石崇詩〔又一殘〕	∨〔又一殘〕×	∨	無	無
		贈王弘遠詩	∨×		無	無
		贈歐陽建詩	∨×		無	無
		答趙景猷詩三首	∨		無	無
		贈石荊州詩二句			無	無
雜　詩	思友人詩	∨	∨	∨	無	無
	感舊詩	∨	∨	∨	無	無
小　計	十一　　二	十一	十一	三	零	零

晉代第二十　王讚（正長）　五類五首

類　別	文　選　作　品	先秦漢魏晉南北朝詩	全漢三國兩晉南北朝詩	古詩紀	漢魏六朝百三名家集	六朝詩集
公　讌		侍皇子宴始平王詩	∨×	∨×	無	無
		皇太子會詩四句			無	無
祖　餞		侍皇太子祖道楚淮南二王詩	∨×	∨×	無	無
雜　詩	雜詩（一）	雜詩	∨	∨	無	無
		三月三日詩	∨	∨	無	無
小　計	共五　　一	五	四	四	零	零

晉代第二十一　潘尼（正叔）　八類三十首

類　別	文　選　作　品	先秦漢魏晉南北朝詩	全漢三國兩晉南北朝詩	古詩紀	《潘太常集》	六朝詩集
獻　詩		獻長安君安仁詩	∨×	∨		無
公　讌		七月七日侍皇太子八句宴玄圃園詩	∨×	∨	∨×	無
		上巳日帝會天淵池詩八據	∨			無
		皇太子上巳日詩四句	∨	∨	∨	無
		皇太子集應令詩	∨	∨		無
		皇太子社詩	∨		∨	無
祖　餞		送盧弋陽景宣詩十二句	∨送盧景宣詩	∨×	∨送盧景宣	無
		送大將軍掾盧晏詩六句	∨	∨×	∨×	無
游　覽		遊西岳詩六句三月三日洛水作詩	∨∨×	∨∨×	∨	無
贈　答	贈陸機出爲吳王郎中令	∨	∨×	∨	∨六章	無
	贈河陽詩	∨	∨	∨	∨	無
	贈侍御史王元貺	∨	∨	∨	∨	無
		贈司空掾安仁詩	∨×	∨		無
		答陸士衡詩	∨×	∨×	∨×	無

類　別	文　選　作　品	先秦漢魏晉南北朝詩	全漢三國兩晉南北朝詩	古詩紀	《潘太常集》	六朝詩集
		答傅咸詩并序	∨詩	∨×	∨	無
		贈長安令劉正伯詩	∨	∨	∨×	無
		贈隴西太守張仲治詩	∨張正治詩	∨張正治詩	∨×	無
		贈滎陽太守吳子仲詩	∨	∨	∨×	無
		答楊士安詩	∨	∨	∨×	無
		贈汲郡太守李茂彥詩	贈汲郡太守李茂彥	∨		無
		贈劉佐詩	贈劉佐	∨×	×	無
行　旅	迎大駕	∨詩	∨	∨	∨×	無
雜　歌		逸民吟（二殘）	∨十四句	∨十四句	∨雜言十四句	無
雜　詩		巳日詩				無
		釋奠詩	∨四言六句	∨	∨	無
		長至詩				無
		詩（殘二）				無
小　計	共三十　　四	三十	二十六	二十五	十八	零

晉代第二十二　劉琨（越石）　二類五首

類　別	文　選　作　品	先秦漢魏晉南北朝詩	全漢三國兩晉南北朝詩	古詩紀	《劉越石集》	六朝詩集
贈　答	答盧諶一首	∨詩并書	∨×	∨×	∨答盧諶八首	無
	重贈盧諶一首	∨詩	∨×	∨×	∨×	無
雜　歌	扶風歌一首	∨扶風歌	∨	∨	∨	無
		扶風歌（艷歌行）	胡姬年十五	胡姬年十五	胡姬年十五	無
小　計	共五　　三	四	四	四	四	零

晉代第二十三　張翰（季鷹）　三類六首

類　別	文　選　作　品	先秦漢魏晉南北朝詩	全漢三國兩晉南北朝詩	古詩紀	漢魏六朝百三名家集	六朝詩集
贈　答		贈張弋陽詩	∨×	∨	無	無
雜　歌		思吳江歌四句	∨	∨	無	無
雜　詩	雜詩	雜詩三首	∨雜詩（一）	∨雜詩二首	無	無
		周小史詩	∨×	∨	無	無
小　計	六　　一	六	無題二首六	四	零	零

晉代第二十四　郭璞（景純）　三類三十一首

類　別	文　選　作　品	先秦漢魏晉南北朝詩	全漢三國兩晉南北朝詩	古詩紀	漢魏六朝百三名家集	六朝詩集
遊　仙	遊仙詩七首	遊仙詩十九首	∨遊仙詩十四首	∨十四首	∨遊仙詩十四首	無
		答賈九州愁詩	∨	×	×	無
		與王使君詩	∨×	×	×	無
		答王門子詩	∨×	×	×	無
		贈溫嶠詩	∨贈溫嶠一首	∨	∨	無

類　別	文　選　作　品	先秦漢魏晉南北朝詩	全漢三國兩晉南北朝詩	古詩紀	漢魏六朝百三名家集	六朝詩集
雜　詩		幽思篇二句	贈潘尼	∨	∨贈潘尼	無
		詩（殘七）	無題（一）	×	春	無
		失題（三）首	失題（三）		夏	無
					別	無
					題墓詩	無
小　計	共三十一　七	三十一	二十三	十九	二十	零

晉代第二十五　盧諶（子諒）　三類十一首

類　別	文　選　作　品	先秦漢魏晉南北朝詩	全漢三國兩晉南北朝詩	古詩紀	漢魏六朝百三名家集	六朝詩集
詠　史	覽古一首	覽古詩	∨詩	∨詩	無	無
贈　答	贈劉琨一首	∨詩（并書二十章）	∨×（并書二十章）	∨	無	無
	贈崔溫一首	∨詩×	∨×	∨	無	無
	答魏子悌一首	∨詩×	∨×	∨	無	無
		重贈劉琨詩×	∨×	∨	無	無
		答劉琨詩（二）×	∨×	∨	無	無
雜　詩	時興詩一首	∨時興詩（一）	∨	∨	無	無
		詩（殘三）	失題（一）	失題（一）	無	無
小　計	共十一　五	十一	八	八	零	零

晉代第二十六　殷仲文　三類三首

類　別	文　選　作　品	先秦漢魏晉南北朝詩	全漢三國兩晉南北朝詩	古詩紀	漢魏六朝百三名家集	六朝詩集
祖　餞		送東陽太守詩六句	∨×	∨×	無	無
游　覽	南州桓公九井作一首	∨詩	∨×	∨×	無	無
行　旅		入剡詩二句			無	無
小　計	共三　一	三	二	二	零	零

晉代第二十七　謝混（叔源）　五首四類

類　別	文　選　作　品	先秦漢魏晉南北朝詩	全漢三國兩晉南北朝詩	古詩紀	漢魏六朝百三名家集	六朝詩集
勸　勵		誡族子詩	∨	∨	無	無
祖　餞		送二王在領軍府集詩	∨	∨	無	無
游　覽	遊西池	∨	∨	∨	無	無
雜　詩		秋夜長			無	無
		詩〔殘〕			無	無
					無	無
小　計	共五首　一	五	三	三	零	零

晉代第二十八　王康琚　共二首二類

類　別	文　選　作　品	先秦漢魏晉南北朝詩	全漢三國兩晉南北朝詩	古詩紀	漢魏六朝百三名家集	六朝詩集
招　隱		招隱詩〔殘〕	∨〔殘〕	∨〔殘〕	無	無
反招隱	反招隱詩一首	反招隱詩	∨	∨	無	無
		∨	∨	∨	無	無
小　計	共二　一	二	二	二	零	零

宋代第一　陶潛（淵明）　共一百二十五首十一類

類　別	文　選　作　品	先秦漢魏晉南北朝詩	全漢三國兩晉南北朝詩	古詩紀	《陶彭澤集》	六朝詩集
勸　勵		命子詩十章	∨	∨	∨	無
		勸農詩	∨	∨	∨	無
祖　餞		與殷晉安別詩	∨×	∨×	∨×	無
		於王撫軍座送客詩	∨×	∨×	∨×	無
詠　史		詠二疏詩	∨×	∨	∨	無
		詠三良詩	∨×	∨	∨	無
		詠荊軻詩	∨×	∨	∨	無
游　覽		時運詩	∨	∨	∨	無
		遊斜川詩	∨ 并序	∨	∨	無
		諸人共遊周家墓柏下詩	∨×	∨	∨	無
詠　懷		歸去來分辭				無
		歸田園居詩五首	∨	∨	∨	無
		榮木			∨有序	無
哀　傷		悲從弟仲德詩	∨×	∨×	∨×	無
贈　答		贈長沙公	∨贈長沙公族祖一首	∨贈長沙公族祖	贈長沙公族祖有序	無
		酬丁柴桑詩	∨×	∨×	∨×	無
		示周續之·謝景夷祖企三郎時三人共在城北講禮校書詩	示周掾祖謝詩	∨×	∨×	無
		怨詩楚調示龐主簿鄧治中	∨	∨	∨	無
		答龐參軍	∨	∨	∨	無
贈　答		酬劉柴桑	∨	∨	∨	無
		贈羊長史詩	∨×	∨×	∨×	無
贈　答		和胡西曹示顧賊曹詩	∨×	∨×	∨×	無
		癸卯歲十二月中作與從弟敬遠詩	×∨	∨×	∨×	無
雜　詩		五月五日作和戴主簿詩	∨五月五日作和戴主簿詩	∨×	∨×	無
		和劉柴桑詩	∨	∨×	∨×	無
		和郭主簿詩二首	∨ 和郭主簿二首	∨	∨	無
		歲暮和張常侍詩	∨	∨×	∨×	無
行　旅	始作參軍經曲阿詩	∨	∨×	∨×	∨×	無
	辛丑歲七月赴假遷江陵夜行塗中詩	∨	∨×	∨×	∨×	無
		庚子歲五月中從都還阻風於規林詩二首	∨×	∨×	∨×	無
		乙巳三月爲建威參軍使都經錢溪詩	∨×	∨×	∨×	無

類　別	文　選　作　品		先秦漢魏晉南北朝詩	全漢三國兩晉南北朝詩	古詩紀	《陶彭澤集》	六朝詩集
挽　歌	挽歌一首		擬挽歌辭三首并序	挽歌辭三首	∨ 擬 挽 歌 辭（三）	∨ 擬挽歌辭（三）	無
雜　詩	雜詩〔二〕		飲酒詩二十首	∨	∨	∨×	無
			雜詩十二首	∨	∨	∨	無
	詠貧士一首		詠貧士七首	∨	∨	∨	無
	讀山海經一首		讀山海經十三首	∨	∨	∨	無
			停雲詩四章	∨	∨	∨×	無
			歸鳥詩四章并序	∨	∨	∨	無
			桃花源詩并記	∨	∨	∨	無
			形影神詩三首并序	∨	∨	∨	無
			九日閑居	∨	∨	∨	無
			乞食詩	∨×	∨×	∨×	無
			連雨獨飲詩	∨ 連雨獨酌	∨	∨	無
			移居詩二首	∨×	∨×	∨×	無
			癸卯歲始春懷古田舍詩二首	×∨	∨×∨	∨×∨	無
			還舊居詩	∨×	∨×	∨×	無
			戊甲歲六月中遇火詩	∨×	∨×	∨×	無
			已酉歲九月九日詩	∨×	∨×	∨×	無
			庚戌歲九月中於西田穫早稻詩	∨×	∨×	∨×	無
			丙辰歲八月於下洪田舍穫詩詩	∨×	∨×	∨×	無
			止酒	∨	∨		無
			止酒述酒詩	∨	∨	∨	無
			責子詩	∨×	∨×	∨×	無
			有會而作詩	∨×	∨×	∨×	無
			蠟日	∨	∨	∨	無
				問來使附註※13		∨	無
			榮木（并序）	榮木（并序）	∨	∨	無
雜　詩			擬古詩九首	∨ 擬古詩九首	∨×	∨×	無
雜　擬	擬古詩一首		聯句	∨	∨	∨	無
				四時		∨	無
小　計	一二五	一二五	一二六	一二五	一二四	一二五	零

附註

※13　南唐本有此一首，或謂晚唐人偽作。今見方祖燊《陶淵明研究》，劉維崇《陶淵明評傳》亦考其爲偽。

宋代第二　謝瞻（宣遠）　共六首五類

類別	文選作品	先秦漢魏晉南北朝詩	全漢三國兩晉南北朝詩	古詩紀	漢魏六朝百三名家集
公讌	九日從宋公戲馬臺送孔令一首	九日從宋公戲馬臺送孔令詩	∨	∨	無
祖餞	王撫軍庾西陽集別作詩一首	王撫軍庾西陽集別時為豫章太守庾被徵還東詩	∨	∨	無
詠史	張子房詩	經張子房廟詩	∨張子房詩	∨	無
贈答	答靈運	∨答康樂秋霽詩	∨答靈運	∨	無
	於安城答靈運	∨	∨	∨	無
遊覽		∨遊西池詩			無
		∨			無
小計	六　五	六	五	五	零

宋代第三　謝惠連　八類三十四首

類別	文選作品	先秦漢魏晉南北朝詩	全漢三國兩晉南北朝詩	古詩紀	漢魏六朝百三名家集	六朝詩集
公讌		三月三日曲水集詩	∨×	∨×	∨×	
		夜集歡乖詩	∨×	∨	∨	∨
祖餞		與孔曲阿別詩	∨	∨	∨	
遊覽	泛湖出樓中翫月	泛湖出樓中望月詩	∨×	∨×	∨×	∨
		泛南湖至石帆詩	∨×	∨×	∨×	
詠懷	秋懷一首	秋懷詩	∨	∨×		
贈答	西陵遇風獻康樂	西陵遇風獻康樂詩	∨	∨	∨×	∨
樂府		秋胡行二章	∨	∨	∨	
		隴西行一全一殘四句	∨∨	∨∨	∨∨	
		豫章行	∨	∨	∨	
		塘上行	∨	∨	∨	
		卻東西門行	∨	∨	∨	
		長安有狹邪行	∨	∨	∨	
		從軍行	∨	∨	∨	
		燕歌行	∨	∨	∨	
		猛虎行	∨	∨	∨	
		鞠歌行	∨	∨	∨	
		前緩聲歌	∨	∨	∨	
		順東西門行	∨	∨	願東西門行八句	
			∨代悲哉行附注※14	∨	∨	
雜詩	七月七日夜詠牛女	∨詩	∨	∨	∨	
	擣衣	∨詩	∨	∨	∨	
		喜雨詩八句詠多詩九句	∨×∨	∨×∨×	∨×∨×	

		詠螺蚌詩八句讀書詩六句	✓✓✗		✓✗✓		✓✗✓
		詩〔殘四〕三日詩一句	失題〔一〕✓		失題〔一〕✓		失題✓
雜　擬		代古詩〔擬客從遠方來〕	✓		✓		✓
		雜合詩	✓		✓		✓
		夜集作離合詩	✓		✓		✓
小　計	三十四	五	三十二	三十二	三十二	三十二	四

附注

※14 《鮑照集》亦載此。

宋代第四　謝靈運　一百零七首十一類

類別	文選作品	先秦漢魏晉南北朝詩	全漢三國兩晉南北朝詩	古詩紀	《謝庸樂集》	六朝詩集
述　德	述祖德詩二首	✓	✓✗	✓	✓	✓
公　讌	九日從宋公戲馬臺送孔令詩	九日從宋公戲馬臺送孔令一首	✓	✓	✓✗	✓
		三月三日待宴西池詩	✓✗	✓	✓	✓
祖　餞	鄰里相送方山一首	✓鄰里相送至方山詩	✓鄰里相送至方山✗	✓	✓	✓
		送雷次宗詩	✓✗	✓	✓	✓
		北亭與吏民別詩	✓	✓	✓	✓
游　覽	從游京口北固應詔	✓從游京口北固應詔詩	✓	✓	✓	✓
	晚出西射堂	✓晚出西射堂詩	✓	✓	✓	✓
	登池上樓	✓登池上樓詩	✓	✓	✓	✓
	游南亭	✓游南亭詩	✓	✓	✓	✓
	游赤石進帆海	✓游赤石進帆海詩	✓	✓	✓	✓
	石壁精舍還湖中	✓石壁精舍還湖中詩	✓石壁精舍還湖中詩	✓	✓	✓
	登石門最高頂	✓登石門最高頂	✓	✓	✓	✓
	於南山往北經湖中瞻眺	✓於南山往北經湖中瞻眺詩	✓	✓	✓	✓
	從斤竹澗越嶺溪行	✓從斤竹澗越嶺溪行詩	✓	✓	✓	✓
		登永嘉綠嶂山詩郡東山望溟海詩	✓✓	✓✓	✓✓	
		遊嶺門山詩石室山詩	✓✓	✓✓	✓✓	
		登廬山絕頂望諸嶠詩登孤山詩四句殘	✓	✓	✓	
詠　懷		臨終詩	✓	✓	✓	
					✓自敘	
哀　傷	廬陵墓下作	✓詩	✓	✓	✓	
贈　答	還舊園作見顏范二中書	✓詩	✓	✓	✓	✓從文選作一首

類　別	文　選　作　品	先秦漢魏晉南北朝詩	全漢三國兩晉南北朝詩	古詩紀	《謝庸樂集》	六朝詩集
	登臨海嶠與從弟惠連	登臨海嶠初發疆中作與從弟惠連可見羊何共和之詩 ∨×	∨	∨	∨×	登臨海嶠與從弟惠連一首
	酬從弟惠連	∨詩	∨	∨	∨	
		贈從弟弘元詩答中書詩				
		贈從弟弘元時爲中軍功曹住京詩	∨			
		贈安成詩答謝諮議詩	∨∨			
		答謝惠連詩四句東陽溪中贈答詩二首	∨×∨×二首	∨×∨	∨×∨	
行　旅	初發都	∨永初三年七月十六日之郡初發都詩	∨×	∨×	∨×	∨
	過始寧墅	∨	∨	∨	∨	∨
	富春渚	∨	∨	∨	∨	∨
	七里瀨	∨	∨	∨	∨	∨
	發江中孤嶼	∨登江中孤嶼詩	∨×	∨×	∨×	∨
	初去郡	∨	∨	∨	∨	∨
	初發石首城	∨	∨	∨	∨	∨
	道路憶山中	∨	∨	∨	∨	∨
	入彭蠡湖三首	∨入彭蠡湖口詩	∨×	∨入彭蠡湖口	入彭蠡湖口	入彭蠡湖口作
	入華子岡是麻源第三谷	∨詩	∨	∨	∨	∨
		登上戍石鼓山詩	∨	∨	∨	
		過白岸亭詩	∨	∨	∨	
		石門岩上宿詩	∨	∨附注※15		
		行田登海口盤嶼山詩	∨×	∨×	∨×	
		白石巖下逕行田詩	∨×	∨×	∨×	
		初至都詩				
		入東道路詩	∨	∨	∨	
		夜發石關亭詩六句	∨×	∨×	∨	
		發歸瀨三瀑布望兩溪詩	∨×	∨×	∨×	
		初往新安至桐廬口詩	∨×	∨×	∨×	
		初發入南城詩四句	∨×	∨×		
		入竦溪詩	∨	∨	∨	∨
樂　府	樂府詩一首（會吟行）	會吟行	∨	∨	∨	
		善哉行	∨	∨	∨	
		隴西行	∨	∨	∨	
		日出東南隅行	∨	∨	∨	
		長歌行	∨	∨	∨	
		苦寒行六句	∨	∨	∨	
		又四句	∨	∨	∨	

類　別	文　選　作　品	先秦漢魏晉南北朝詩	全漢三國兩晉南北朝詩	古詩紀	《謝庸樂集》	六朝詩集
		豫章行 ✓	✓	✓	✓	
		相逢行 ✓	✓	✓	✓	
		折楊柳行附注※十六 ✓	✓	✓	✓	
		泰山吟 ✓	✓	✓	✓	
		君子有所思行 ✓	✓	✓	✓	
		悲哉行 ✓	✓	✓	✓	
		緩歌行 ✓	✓	✓	✓	
		燕歌行 ✓	✓	✓	✓	
		鞠歌行 ✓	✓	✓	✓	
		順東西門行 ✓	✓	✓	✓	
		上留田行 ✓	✓	✓	✓	
雜　詩	南樓中望所遲客	∨詩	✓	✓	✓	✓
	田南樹園激流植援	∨植援	∨植援	✓	✓	✓
	石門新營所住四面高山迴路石瀨茂林脩竹一首	✓	✓	✓	✓	✓
	齋中讀書	∨詩	✓	✓	✓ ×	✓
		登石室飯僧詩	✓	✓		
		石壁立招提精舍詩 ✓ ×		✓	✓ ×	
		讀書齋詩 ✓	✓	✓		
		命學士講書詩 ✓ ×	✓ ×	✓ ×		
		種桑詩 ✓	✓	✓		
		山家詩 ✓	✓	✓		
		七夕詠牛女詩 ✓ ×	✓ ×	✓ ×		
		歲暮詩 ✓ ×	✓ ×	✓ ×		
		衡山詩 ✓	✓	✓		
		詩〔殘三〕 ✓	✓	✓		
		彭城宮中直感歲暮詩 ✓	✓	✓		
		∨感歲暮詩 ✓	✓	✓		
雜體詩		∨作離合 ✓	✓	✓		
雜　擬	擬鄴中詠八首	擬魏太子鄴集詩八首 ✓	✓	✓	✓ ×	
			過瞿溪山璔生僧 ✓			
			王子晉讚 ✓			
			巖下見一老翁四五少年讚 ✓			
			維摩經十譬讚 ✓			
					大林峯（峰）	
					柚溪詩	
					泉山詩	
小　計	一百零七　三十二	一百零三	九十三	九十一	九十一	四十

附注

※15《拾遺》題「石門巖上宿」。

※16 逯案：「原二首，第一首〈鬱鬱河邊樹〉乃魏文帝詞，今刪。」

宋代第五　王微（景玄）　二類五首

類　別	文　選　作　品	先秦漢魏晉南北朝詩	全漢三國兩晉南北朝詩	古詩紀	漢魏六朝百三名家集	六朝詩集
哀傷		詠愁詩	∨	∨	無	無
雜　詩	雜詩一首	雜詩二首	∨	∨	無	無
		四氣詩	∨	∨	無	無
		七襄怨詩			無	無
小　計	共五　　一	五	四	四	零	零

宋代第六　范曄（蔚宗）　二類二首

類　別	文　選　作　品	先秦漢魏晉南北朝詩	全漢三國兩晉南北朝詩	古詩紀	漢魏六朝百三名家集	六朝詩集
公讌	樂遊應詔	樂遊應詔詩	∨	∨	無	無
詠懷		臨終詩	∨	∨	無	無
小計	共二　　一	二	二	二	零	零

宋代第七　袁淑（陽源）　共三類九首

類　別	文　選　作　品	先秦漢魏晉南北朝詩	全漢三國兩晉南北朝詩	古詩紀	漢魏六朝百三名家集	六朝詩集
游覽		登宣城郡詩	∨	∨	∨	無
		詠冬至詩	∨	∨	∨	無
		種蘭詩	∨	∨	∨	無
		詠寒雪詩（三首殘）				無
		啄木詩				無
雜　擬	傚白馬篇一首	傚曹子建白馬篇	∨效子建白馬篇	∨	∨效子建白馬篇	無
	傚古詩一首	效古詩	∨	∨	∨效古	無
		∨	∨	∨		無
小　計	共九　　二	九	五	五	六	零

宋代第八　劉鑠（南平王）休玄　四類十首

類　別	文　選　作　品	先秦漢魏晉南北朝詩	全漢三國兩晉南北朝詩	古詩紀	漢魏六朝百三名家集	六朝詩集
行　旅		過歷山湛長史草堂詩	∨	∨	無	無
樂　府		三婦艷詩	∨	∨	無	無
		白紵曲	∨	∨	無	無
		歌詩	∨	∨	無	無
雜　詩		七夕詠牛女	∨	∨	無	無
雜　擬	擬古詩〔二〕	擬行行重行行詩	∨	∨	無	無
		擬孟冬寒氣至詩	∨	∨	無	無
		擬明月何皎皎詩	∨	∨	無	無
		擬青青河邊草詩	∨	∨	無	無
		代收淚就長路詩	∨	∨	無	無
小　計	十　　二	十	十	十	零	零

宋代第九　顏延之（延平）　十類三十七首

類　別	文　選　作　品	先秦漢魏晉南北朝詩	全漢三國兩晉南北朝詩	古詩紀	《顏光祿集》	六朝詩集
公　讌	應詔曲水讌詩	應詔讌曲水作詩	v	v	詔讌曲水作詩	無
	皇太子釋奠會詩	皇太子釋奠會詩	v×	v×	皇太子釋奠會詩	無
		三月三日詔宴西池詩	v	v		無
		爲皇太子侍宴餞衡陽南平二王應詔詩	v	v		無
詠　史	秋胡詩	v秋胡行九章	v秋胡詩一首	v秋胡詩九首	v秋胡行九章	無
	五君詠（五）	v詩五首	v	v五首	v五首	無
游　覽	應詔觀北湖田收	v詩	v	v×	v×	無
	車駕幸京口侍游蒜山	v作詩	v作×	v×	v×	無
	車駕幸京口三月三日侍游曲阿後湖詩	v作詩	v作×	v×	v×	無
		登景陽樓詩	v登景陽樓	v×	發×	無
		獨秀山詩				無
哀　傷	拜陵廟作	v詩	v	v	v	無
贈　答	贈王太常	v贈王僧達詩	v	v	v	無
	夏夜呈從兄散騎車長沙	v詩	v詩	v	v	無
	直東宮答鄭尚書	v直東宮答贈鄭尚書道子詩	v	v	v	無
	和謝靈運	v詩	v和謝監靈運	v	v	無
行　旅	北使洛	v詩	v	v	v	無
	還至梁城作	v詩	v	v	v	無
	始安郡還都與張湘州登巴陵城樓作	v詩	v v	v v	v v	無
郊　廟	宋郊祀歌（二）	宋南郊登歌三首	v	v	宋南郊登歌三首	無
樂　府	從軍行	v	v	v	v秋胡行九章	無
挽　歌		挽歌五言八句			v	無
雜　詩		爲織女贈牽牛詩	v×	v×	v×	無
		歸鴻詩十句	v×	v×	v×	無
		除弟服八句	v	v	v	無
		辭難潮溝詩	v×	v×	v×	無
		侍東耕六句	v	v	v詩	無
		白雪詩二句				無
		詩（殘三首）				無
	共三十七	二十	三十一	三十一	三十一	零

宋代第十　王僧達　共五首三類

類　別	文　選　作　品	先秦漢魏晉南北朝詩	全漢三國兩晉南北朝詩	古詩紀	漢魏六朝百三名家集	六朝詩集
贈　答	答顏延年	v詩	v×	v×	無	無
		釋奠詩	v	v	無	無
雜　詩		七夕月下	v	v	無	無
		詩一首	朱櫻	v	無	無
雜　擬	和琅邪王依古	v詩	v×	v×	無	無
小　計	共五	二	五	五	五	零	零

宋代第十　鮑照（明遠）　共二百零九首十二類

類別	文選作品	先秦漢魏晉南北朝詩	全漢三國兩晉南北朝詩	古詩紀	《鮑參軍集》	六朝詩集
公讌		侍宴覆舟山詩二首	ˇ×二首	ˇ×	ˇ	ˇ
祖餞		吳興黃浦亭庾中郎別詩	ˇ×	ˇ×	ˇ	ˇ×
		與伍侍郎別詩	ˇ×	ˇ×	ˇ	ˇ×
		送別王宣城詩	ˇ×	ˇ×	ˇ	ˇ×
		與從弟道秀別詩	ˇ×	ˇ×	ˇ×	ˇ
		贈傅都曹別詩	ˇ×	ˇ×	ˇ×	ˇ
		和傅大農與王僚故別	ˇ	ˇ		ˇ
		送盛侍郎餞候亭詩	ˇ×	ˇ×	ˇ×	ˇ
		與荀中書別詩	ˇ×	ˇ×	ˇ×	ˇ
詠史		詠史詩	ˇ×	ˇ×	ˇ×	ˇ 詠史（作史）
		蜀四賢詠	ˇ	ˇ	ˇ	ˇ
遊覽	行藥至城東橋	ˇ	ˇ	ˇ	ˇ	ˇ
		從拜陵登京峴山	ˇ從拜陵登京峴	ˇ	ˇ	ˇ
		蒜山被始興王命作詩	ˇ×	ˇ	ˇ	ˇ×
		登廬山詩二首	ˇ×附注※17	ˇ×二首	ˇ×一首又一	ˇ×
		從登香爐峰詩	ˇ	ˇ×	ˇ	ˇ×
		從庾中郎遊園山石室詩	ˇ	ˇ	ˇ	ˇ×
		登翻車峴詩	ˇ×	ˇ×	ˇ	ˇ×
		登黃鶴磯詩	ˇ×	ˇ×	ˇ×	ˇ×
		登雲陽九里埭土詩	ˇ×	ˇ×	ˇ	ˇ×
		自礦山東望震澤詩	ˇ×	ˇ×	ˇ	ˇ×
		三日遊南苑詩	ˇ×	ˇ×	ˇ	ˇ×
哀傷		懷遠人	ˇ	ˇ×	ˇ×	ˇ×
		夢歸鄉詩附注※18	×	ˇ×	ˇ×	ˇ林夕夢歸鄉×
		春羈詩	ˇ×	ˇ×	ˇ×	ˇ×
		春暮悲詩	ˇ×	ˇ×	ˇ×	ˇ×
		在江陵歎年傷老詩	ˇ×	ˇ×	ˇ×	ˇ×
贈答		贈故馬子喬詩六首	ˇ×	ˇ×	ˇ×	ˇ贈故人馬子喬六首
		答客詩	ˇ×	ˇ	ˇ×	ˇ×
		和王丞詩	ˇ	ˇ	ˇ×	ˇ×
		日落望江贈荀丞詩	ˇ	ˇ	ˇ×	ˇ
		答休上人菊詩	ˇ答休上人	ˇ答休上人	ˇ答休上人	ˇ×
		贈顧墨王曹詩（殘）	ˇ	ˇ	ˇ	ˇ
行旅	還都道中作	ˇ還都道中詩三首	ˇ×	ˇ×	三首	ˇ還都道中三首

類　別	文　選　作　品	先秦漢魏晉南北朝詩	全漢三國兩晉南北朝詩	古詩紀	《鮑參軍集》	六朝詩集
		從過舊宮詩	∨×	∨×	∨	∨×
		從臨海王上荊初發新渚詩	∨×	∨×	∨	∨×
		上潯陽還都道中作詩	∨×	∨×	∨	∨潯陽還都道中
		還都至三山望石頭城詩	∨×	∨×	∨×	∨×
		還都口號詩	∨×	∨×	∨×	∨×
		行京口至竹里詩	∨×	∨×	∨×	∨×
		發後渚詩	∨×	∨×	∨×	∨×
		陽岐守風詩	∨×	∨×	∨×	∨×
		發長松遇雪詩	∨×	∨×	∨×	∨×
樂　府	東武吟	∨代東武吟	∨	∨	∨代	∨代東武吟×
	出自薊北門行	∨代出自薊北門行	∨	∨	∨代	∨
	結客少年場行	∨代結客少年場行	∨	∨	∨	∨
	東門行	∨代東門行	∨	∨	∨代東門行	∨
	苦熱行	∨代苦熱行	∨	∨	∨代	∨
	白頭吟	∨代白頭吟	∨	∨	∨代	∨
	放歌行	∨代放歌行	∨	∨	∨代	∨
	升天行	∨代昇天行	∨	∨	∨	∨
		采桑	∨採桑	∨採桑	∨	∨詠採桑
		代蒿里行	∨	∨	∨	∨
		代悲哉行	∨	∨	∨	∨
		代門有車馬客行	∨	∨	∨	∨
		代櫂歌行	∨	∨	∨	∨
		代別鶴操	∨	∨	∨	∨
		代朗月行	∨	∨	∨	∨
		代堂上歌行	∨	∨	∨	∨
		代少年時至衰老行	∨	∨	∨	∨
		代陽春登荊山行	∨	∨	∨	∨
		代貧賤苦愁行	∨	∨	∨	∨
樂　府		代邊居行	∨	∨	∨	∨
		代邦街行	∨	∨	∨	∨
		蕭史曲	∨	∨	∨	∨詠蕭史
		王昭君	∨	∨	∨	∨
		幽蘭五首	∨	∨	∨	∨
		代白紵舞歌詞四首	∨	∨	∨	∨
		代白紵曲二首	∨	∨	∨	∨
		代鳴雁行六句	∨	∨	∨	∨
		梅花落	∨	∨	∨	∨
		代淮南王二首	∨	∨代淮南王附注※19	∨一首	∨

類別	文選作品	先秦漢魏晉南北朝詩	全漢三國兩晉南北朝詩	古詩紀	《鮑參軍集》	六朝詩集
		代雉朝飛	v	v	v	v
		代北風涼行	v	v	v	v
		代空城雀	v	v	v	v
		代夜坐吟	v	v	v	v
		代春日行	v	v	v	v
挽歌		代挽歌	v	v	v	v
雜歌		扶風歌				
		吳歌三首	v	v	v	v 吳歌二首
		探菱歌七首	v		v	v
		中興歌十首	v		v	v
雜詩	數詩	數名詩	v	v 數名詩	v 數詩	v 數詩
	翫月城西門廨中	v 詩	v 翫月城西門	v 翫月城西門廨中	v	v
		建除詩	v	v	v	v ×
		白雲詩	v ×	v ×	v	v ×
		臨川王服竟還田里詩	v ×	v	v ×	v ×
		園中秋散詩	v ×	v	v ×	v ×
		觀圃人藝植詩	v ×	v	v ×	v ×
		過銅山掘黃精詩	v ×	v	v ×	v ×
		賣玉器者詩并序	v 見賣玉者×	v		v ×
		夜聽妓詩二首	v ×	v ×	v ×	v ×
		喜雨詩	v ×	v ×	v ×	v ×
		苦雨詩	v ×	v ×	v ×	v ×
		詠白雪詩	v ×	v ×	v ×	v ×
		三日詩	v ×	v ×	v ×	v ×
		詠秋詩	v ×	v ×	v	v ×
		秋夕詩	v ×	v ×	v	v ×
		秋夜詩二首	v ×	v ×	v ×	v 秋夜二首
		冬至詩	v ×	v ×	v ×	v ×
		冬日詩	v ×	v ×	v ×	v ×
		望水詩	v ×	v ×	v ×	v ×
		望孤石詩	v ×	v ×	v ×	v ×
		山行見孤桐詩	v ×	v ×	v	v ×
		秋日示休上人詩	v	v	v ×	v ×
		和王護軍秋夕詩	v ×	v	v	v
		和王義興七夕詩	v ×	v	v	v ×
		詠雙燕詩二首	v ×	v	v ×	v ×
		酒後詩	v ×	v	v	v ×
		講易詩	v ×	v	v	v ×
		可愛詩	v ×	v	v	v ×

類　別	文　選　作　品	先秦漢魏晉南北朝詩	全漢三國兩晉南北朝詩	古詩紀	《鮑參軍集》	六朝詩集
		夜聽聲詩	∨×	∨	∨	∨×
		詠老春詠		∨	∨∨	∨
雜　擬	擬古詩（三）	∨擬古詩八首	∨擬古八首	∨×	∨×	∨擬古八首
	學劉公幹體	∨學劉公幹體（五）首	∨學劉公幹體五首	∨	∨	∨
	代君子有所思	代陸平原君子有所思行	∨	∨	∨	∨
		代陳思王京洛篇	∨	∨	∨	∨
		代陳思王白馬篇	∨	∨	∨	∨
		松柏篇并序	∨	∨	∨	∨
		擬行行路難十八首	∨附注※20	∨	∨	∨
		紹古辭七首	∨	∨	∨	∨
		學古詩	∨×	∨×	∨	∨×
		古辭八句	∨	∨	∨	∨
		擬青青陵上柏詩	∨	∨	∨	∨
		擬阮公夜中不能寐詩	∨×	∨	∨	∨
		學陶澎澤體詩	∨×	∨奉和王義興……	∨	∨學……奉和王義興
（聯句）		在荊州與張使君聯句李居士	∨	∨	∨	∨
		與謝尚書莊三聯句	∨	∨	∨	∨
		月下登樓連句	∨	∨	∨	∨
（字謎）		字謎三首	∨	∨	∨	∨
小　計	共二百零九	十八	二百零七	二百零五	二百零五	二百零五	二百零三

附注

※17 《類聚》其中一首作〈登廬山望石門〉。

※18 《玉華新詠》作〈夢還鄉〉。

※19 《古詩紀》註曰：「《玉臺》分朱城以下別作一首。」

※20 《樂府詩集》作十九首，分第十三首〈朝悲泣閑房〉以下爲一首。

齊代第一　謝朓（玄暉）　共一百四十九首九類

類　別	文　選　作　品	先秦漢魏晉南北朝詩	全漢三國兩晉南北朝詩	古詩紀	《謝宣武集》	六朝詩集
公　讌		侍宴光華殿曲水奉勑爲皇太子作詩	∨	∨×	∨×	∨
		三日侍光華殿曲水宴代人應詔詩	∨	∨×	∨×	∨
		三日侍宴曲水代人應詔詩	∨	∨×	∨×	∨
		侍宴西堂落日望鄉	∨	∨	∨落日望鄉	∨

類別	文選作品	先秦漢魏晉南北朝詩	全漢三國兩晉南北朝詩	古詩紀	《謝宣武集》	六朝詩集
祖餞	新亭渚別范零陵	˅雲詩	˅×	˅×	˅×	˅
		同羈夜集詩	˅×	˅×	˅×	˅
		別王丞僧儒詩	˅×	˅×	˅×	˅
		忝役湘州與宣城吏民別詩	˅×	˅×	˅×	˅
		送江水曹還遠館詩	˅×	˅×	˅×	˅×
		送江兵曹檀主簿朱孝廉還上國詩	˅×	˅×	˅×	˅
		臨溪送別詩	˅×	˅×	˅×	˅
		和別沈右率諸君詩	˅×	˅×	˅	˅
		離夜詩	˅×	˅×	˅	˅
游覽	游東田	˅詩	˅×	˅×	˅×	˅
		遊山詩	˅×	˅×	˅×	˅
		將遊江水尋句溪	˅×	˅×	˅×	˅
		望三湖詩	˅×	˅×	˅×	˅
		與江水曹至干濱戲詩	˅×	˅×	˅×	˅
		和何讓曹郊遊詩二首	二首×	二首×	二首×	
		和劉西曹望海臺詩	˅×	˅×	˅×	˅
		和劉中書繪入琵琶峽望積布磯詩	˅×˅	˅×˅	˅×˅	˅˅
哀傷	同謝諮議銅爵臺詩	˅同謝諮議銅爵臺詩	˅同謝諮議詠銅爵臺		˅銅爵臺同謝諮議賦	
贈答	郡內高齋閑坐答呂法曹	˅詩	˅×	˅	˅×	
	在郡臥病呈沈尙書	˅詩	˅×	˅	˅×	
	暫使下都夜發新林至京邑贈西府同僚	˅詩	˅×	˅×	×	
	詶王晉安	˅酬王晉安德元詩	˅酬王晉安×	˅×	˅酬王晉安德元	˅
		答王世子詩	˅×	˅×	˅×	˅
		答張齊興詩	˅×	˅×	˅×	˅
		多緒羈懷示蕭諮議虞田曹劉江二常侍詩	˅˅×	˅×˅	˅×˅	
		贈王主簿詩二首	˅×二首	˅×二首	˅×二首	˅贈王主簿詩二首
						˅答沈右率諸軍餞別
行旅	之宣城出新林浦向板橋	˅向板橋詩	˅向板橋×	˅×	˅向板橋×	˅
	敬亭山	遊敬亭山詩	˅×				
	休沐重返道中	˅休休重還丹陽道中詩	˅休休重還丹陽道中		休沐重返單丹陽道中	˅休休重還丹陽道中
	晚登三山還望京邑	˅詩	˅	˅	˅	˅
	京路夜發	˅詩	˅	˅	˅	˅
		始之宣城郡詩	˅×	˅×	˅×	˅
		將發石頭上烽火樓詩	˅×	˅×	˅×	˅
		往敬亭路中	˅	˅	˅	˅
樂府	鼓吹曲	隋王鼓吹曲十首	˅十二首	˅	˅十二首	˅內容實有十二首
		永明樂十首	˅	˅	˅十首	

類　別	文　選　作　品	先秦漢魏晉南北朝詩	全漢三國兩晉南北朝詩	古詩紀	《謝宣武集》	六朝詩集
		銅雀悲	✓	✓	✓	✓
		玉階怨	✓	✓	✓	✓
		金谷聚	✓	✓	✓	✓
		王孫遊	✓	✓	✓	✓
		同沈右率諸公賦鼓吹曲二首	✓		✓	✓ 鼓吹曲二首 同沈右率諸公賦二首	✓
		同賦雜曲名	✓	✓	✓	✓
		同王主簿有所思	✓	✓	✓ 有所思同王主簿賦	✓
雜　詩	始出尚書省	✓詩	✓	✓	✓	✓
	直中書省	✓詩	✓	✓	✓	✓
	觀朝雨	✓詩	✓	✓	✓	✓
	郡內登望	✓宣城郡內登望詩	✓	✓×	✓×	✓
	和伏武昌登孫權故城	✓詩	✓×	✓×	✓×	✓
	和王著作八公山詩	✓和王著作融八公山詩	✓×	✓×	✓×	✓×
	和徐都曹詩	✓和徐都曹詩出新亭渚詩	✓×	✓×	✓和徐都曹詩出新亭渚	✓×
	和王主簿怨情	✓和王主簿季哲怨情詩	✓×	✓	✓和王主簿季哲怨情	✓×
		懷故人詩	✓×	✓×	✓×	✓
		冬日晃郡事隙詩	✓×	✓×	✓×	✓
		高齋視事詩	✓×	✓×	✓×	✓
		落日悵望詩	✓×	✓×	✓×	✓
		賽敬亭山廟喜雨詩	✓×	✓×	✓×	✓
		賦貧民田詩	✓×	✓	✓×	✓
		移病還園示親屬詩	✓×	✓	✓×	✓
		治宅詩	✓×	✓	✓×	✓
		秋夜講解詩	✓×	✓	✓×	✓
		春思詩	✓×	✓	✓×	✓
		秋夜詩	✓×	✓	✓×	✓
		奉和黃陵王同沈右率過	✓×	✓×	✓×	✓
		劉先生墓詩	✓	✓		✓
		和宋記室省中詩	✓×	✓×	✓×	✓
		夏始和劉潺陵詩	✓×	✓×	✓	✓
		新治北窗和何從事詩	✓×	✓×	✓×	✓
		和王長史臥病詩	✓×	✓×	✓×	✓
		和蕭中庶直石頭詩	✓×	✓✓	✓	✓
		和江丞北戍琅邪城詩	✓×	✓×	✓	✓
		和沈祭酒行園詩	✓×	✓×	✓	✓
		奉和隨王殿下詩十六首	✓×	✓×	✓	✓
		和紀參軍服散得益詩	✓×	✓×	✓	✓
		和王中丞聞琴詩	✓×	✓×	✓	✓
		後齋迴望詩	✓×	✓×	✓	✓

類別	文選作品	先秦漢魏晉南北朝詩	全漢三國兩晉南北朝詩	古詩紀	《謝宣武集》	六朝詩集
		祀敬亭山廟詩	✓×	✓×	✓	✓
		出下館詩	✓×	✓×	✓	✓
		夜聽妓詩二首	✓×	✓×	✓	✓
		落日同何儀曹煦詩	✓×	✓	✓×	✓×
（詠物）		詠風詩	✓×	✓	✓	✓
		永竹詩	✓×	✓	✓	✓
		詠落梅詩	✓×	✓	✓	✓
		詠牆北梔子詩	✓×	✓	✓	✓
		詠薔薇詩	✓×	✓	✓	✓
		詠蒲詩	✓×	✓	✓	✓
		詠兔絲詩	✓×	✓	✓	✓
		遊東堂詠桐詩	✓×	✓	✓	✓
		雜詠三首	✓	✓	✓	✓
		同詠樂器	✓	✓	✓	✓
		同詠作上玩器	✓	✓	✓	✓
		同詠坐上所見一物	✓	✓	✓	✓
		詠竹火籠	✓	✓	✓	✓
		詠鸂鶒	✓	✓	✓	✓
（聯句）		阻雪連句遙贈和	✓	✓	✓	✓ 阻雪
		還塗臨渚	✓	✓	✓	✓
		紀功曹中園	✓	✓	✓	✓
		閒坐	✓	✓	✓	✓
		祀敬亭山春雨	✓	✓	✓	✓
郊廟		齋霅祭歌八首	✓	✓	✓ 齋霅祭歌八首	✓ 齋霅祭歌八首
		✓詠邯鄲故才人嫁爲廝養卒婦詩	✓×	✓×	✓×	✓×
小計	共一百四九	選二十一	一百四十九	一百三十三	一百三十三	一百三十四	一百三十二

齊代第二　陸厥（韓卿）　三類十一首

類別	文選作品	先秦漢魏晉南北朝詩	全漢三國兩晉南北朝詩	古詩紀	漢魏六朝百三名家集	六朝詩集
贈答	奉答內兄弟叔	✓詩	✓	✓	無	無
樂府		蒲板行	✓	✓	無	無
		齋歌行	✓	✓	無	無
		邯鄲行八句	✓	✓	無	無
雜歌	中山孺子妾歌	✓二首	✓	✓	無	無
		臨江王節士歌	✓	✓	無	無
		南郡歌	✓	✓	無	無
		左馮翊歌	✓	✓	無	無
		京兆歌	✓	✓	無	無
		李夫人及貴人歌	✓	✓	無	無
	共十一	十一	十一	十一	十一	零	零

梁代第一　范雲（彥龍）　共七類四十三首

類　別	文　選　作　品	先秦漢魏晉南北朝詩	全漢三國兩晉南北朝詩	古詩紀	漢魏六朝百三名家集	六朝詩集
祖　餞		餞謝文學離夜詩	∨	∨	無	無
		別詩十句	∨	∨	無	無
		別詩四句	∨	∨	無	無
游　覽		送沈記室夜別詩八句	∨×	∨×	無	無
		登三山詩	∨登三山×	∨×	無	無
		送別詩	∨送別×	∨×	無	無
贈　答	贈張徐州	∨贈張徐州謖詩	∨贈張徐州謖	∨贈張徐州謖	無	無
	古意贈王中書	∨詩	∨×	∨×	無	無
		答句曲陶先生詩	∨×	∨×	無	無
		貽何秀才詩	∨×	∨×	無	無
		答何秀才詩	∨×	∨×	無	無
		贈俊公道人詩	∨×	∨×	無	無
		贈沈左衛詩	∨×	∨×	無	無
行　旅		度黃河詩	∨×	∨×	無	無
		治西湖詩	∨×	∨×	無	無
		述行詩四句	∨	∨	無	無
		之零陵郡次新亭詩	∨之零陵郡次新亭	之零陵郡江新亭	無	無
樂　府		自君之出矣	∨	∨	無	無
		巫山高	∨	∨	無	無
		當對酒	∨	∨	無	無
雜　詩		建除詩	∨	∨	無	無
		數名詩	∨	∨	無	無
		州名詩	∨	∨	無	無
		望織女詩	∨附注※21×	∨	無	無
		閨恩詩	∨附注※22×	∨×	無	無
		酌修仁水賦詩	∨	∨	無	無
		登城怨詩	∨	∨×	無	無
		四色詩四首	∨四色詩五首	∨四色詩四首	無	無
		∨奉和齊竟陵王郡縣名詩	∨	∨奉和齊竟王郡縣名詩	無	無
雜　擬	效古詩	效古詩	∨	∨	無	無
		擬古五雜組詩	∨	∨	無	無
		擬古	∨	∨附注※23	無	無
		擬古四色詩		∨	無	無
		詠井詩	∨×	∨×	無	無
		悲廢井詩	∨×	∨×	無	無
		詠桂樹詩	∨×	∨×	無	無
		園橘詩		∨×	無	無
		詠寒松詩	∨×	∨	無	無
		詠早蟬詩	∨×	∨×	無	無
	共四十三　三	四十二	四十二	四十三	零	零

附注

※21《文苑英華》作梁武帝，今從《藝文類聚》、《玉臺新詠》作范雲。

※22 或題作〈思歸〉。

※23 又見於《何遜集》。

梁代第二　江淹（文通）

類別	文選作品	先秦漢魏晉南北朝詩	全漢三國兩晉南北朝詩	古詩紀	漢魏六朝百三名家集	六朝詩集
公讌		劉僕射東山詩	v×	v×	v×	v
		陸東海譙山集詩	v×	v×	v×	
		無錫縣歷山集詩	v×	v×	v×	v
		外兵舅夜集詩	v×	v×	v×	v
祖餞		v臥疾怨別劉長史詩	v×	v×	v×	v
		v應劉豫章別詩	v×	v×	v×	v
		v無錫舅相送銜涕別詩	v×	v	v×	v
游覽	從冠軍建平王登廬山香爐峰一首	v詩	v從冠軍行建平王登廬山香爐峰×	v×	v從冠軍行建平王登廬山香爐峰×	v從冠軍行建平王登廬山香爐峰
		從建平王遊紀南城詩	v×	v×	v×	v
		望荊山詩	v×	v×	v×	v
		赤亭渚詩	v×	v×	v×	v
		遊黃蘗山詩	v×	v×	v×	v
哀傷		v傷內弟劉常侍詩	v×	v×	v傷內弟劉常侍五言	v
		v悼室人詩十首	v×	v×	v	悼室人十首
贈答		v貽袁常侍詩	v×	v×	v×	v
		v古意報袁功曹詩	v×	v×	v×	v
		v寄丘三公詩	v×	v×	v×	v
		v郊外望秋答殷博士詩	v×	v×	v×	v
		v冬盡離和丘長史詩	v×	v×	v	v
		v池上劉記室詩	v×	v×	v	v
行旅	望荊山	v詩	v			
		侍始安王石頭城詩		v侍始安王石頭	v	v×	v侍始安王石頭
		從征虜始安王道中詩	v×	v	v	v×	v
		秋至懷歸詩	v×	v×	v×	v
		渡西塞望江上諸山詩	v×	v×	v×	v
		渡泉嶠出諸山之頂詩	v×	v×	v×	v
		遷陽亭詩	v×	v×	v僊陽亭	v僊陽亭×	v

類　別	文　選　作　品	先秦漢魏晉南北朝詩	全漢三國兩晉南北朝詩	古詩紀	漢魏六朝百三名家集	六朝詩集
		還故園詩	˅×	˅×	˅×	˅還故園
		從蕭驃騎新亭詩	從蕭驃騎新帝壘	˅	從蕭驃騎新帝壘	從蕭驃騎新帝壘
行　旅		自樂昌郡泝流入郴詩	˅	˅	˅	
郊　廟		齊藉田樂歌二首	˅	˅	˅齊藉田樂歌二首	
		牲出入歌	˅	˅	˅牲出入歌	
		薦豆呈毛血歌辭	˅	˅	˅薦豆呈毛血歌辭	
		奏宣列之樂歌辭	˅	˅	˅奏宣列之樂歌舞	
樂　府		銅爵妓	˅	˅	˅	˅
		採菱曲	˅	˅	˅	採菱
樂　府		齊鳳皇銜書伎辭			˅齊鳳皇銜書伎辭	
雜　詩		步桐臺詩	˅×	˅	˅	˅
		燈夜和殷長史詩	˅×	˅	˅	˅
		惜晚春應劉秘書詩	˅×	˅	˅	˅
		秋夕納涼奉和刑獄舅法	˅×	˅	˅	˅
		吳中裡石佛詩	˅×	˅	˅	˅
		採石上菖蒲詩	˅×	˅	˅	˅
		就謝主簿宿詩	˅×	˅	˅	˅
		當春四韻同口左丞詩	˅×	˅	˅	˅
		感春冰遙和謝中書詩二首	˅×	˅	˅	˅
		詠美人春遊詩	˅×	˅	˅	˅
		征怨詩	˅×	˅	˅征怨	˅
		贈煉丹法和殷長史詩	贈煉丹法和殷長史×	˅	贈煉丹法和殷長史	贈煉丹法和殷長史
雜　詩		清思詩五首	˅	˅	˅清思詩	清思詩五首
雜　擬	雜體詩（三十）	雜體詩三十首并序	˅	˅	˅	˅
雜　擬		學魏文帝	˅	˅	˅	
		效阮公詩十五首	˅	˅	˅	
		詩三首		˅	˅	
		歌三首		˅	˅	
		謠二首		˅	˅	
		騷體十三		˅	˅	
小　計	一三二　三二	一三二	一一〇	一一四	一一〇	七二

梁代第三　虞羲（子陽）　五類十三首

類別	文選作品	先秦漢魏晉南北朝詩	全漢三國兩晉南北朝詩	古詩紀	漢魏六朝百三名家集	六朝詩集
祖餞		送友人上湘詩	∨×	∨	無	無
		送別詩	×	∨×	無	無
詠史	詠霍將軍北伐	∨詩	∨×	∨×	無	無
贈答		敬贈蕭諮議詩	∨×	∨×	無	無
		贈何錄事諲之詩	∨×	∨×	無	無
樂府		巫山高	∨	∨	無	無
		自君之出矣	∨	∨	無	無
雜詩		數名詩	∨×	∨	無	無
		見江邊竹詩	∨×	∨×	無	無
		春郊詩	∨×	∨×	無	無
		詠秋月詩	∨	∨×	無	無
		橘詩	∨×	∨×	無	無
		望雪詩	∨×	∨×	無	無
小計	十三　一	十三	十三	十	零	零

梁代第四　任昉（彥陽）　六類二十二首

類別	文選作品	先秦漢魏晉南北朝詩	全漢三國兩晉南北朝詩	古詩紀	《任中丞集》	六朝詩集
公讌		爲王嫡子侍皇太子釋奠宴	∨	∨	∨	無
		九日侍宴樂遊苑詩	∨×	∨×	∨×	無
祖餞		別蕭諮議詩	∨×	∨×	∨×	無
游覽		泛長溪詩	∨×	∨×	∨×	無
		落日泛舟東溪詩	∨×	∨×	∨×	無
		濟浙江詩	∨×	∨×	∨×	無
哀傷	出郡傳舍哭范僕射	出郡傳舍哭范僕射詩	∨附注※24×三首	∨×三首	∨×三首	無
贈答	贈郭桐廬出谿口見候余既未至郭仍進村維舟久之郭生方至	贈郭桐廬出谿口見候余既未至郭仍進村維舟久之郭生方至詩	∨×	∨×	∨×	無
		贈王僧儒詩	∨×	∨×	∨×	無
		答劉居士詩	∨×	∨×	∨×	無
		答何徵君詩	∨×	∨×	∨×	無
		贈徐徵君詩	∨×	∨×	∨×	無
		答劉孝綽詩	∨×	∨×	∨×	無
		答建安餉杖詩	∨×	∨×	∨答到建安餉杖×	無
贈答		寄到漑詩	∨×	∨×	∨×	無
雜詩		奉和登景陽山詩	∨×	∨×	∨×	無
		屬吏人講學詩	∨×	∨×	∨×	無
		苦熱詩	∨附注※25×	∨×	∨×	無
		同謝朏花雪詩	∨×	∨×	∨×	無
		嚴陵瀨詩	∨×	∨×	∨×	無
		泳池邊桃詩	∨×	∨×	∨×	無
					清暑殿聯句柏梁體	無
	共二十二　二	二十一	二十三	二十三	二十四	零

附注

※24　《文選》將三首合爲一首。

※25　丁按：《樂府詩集》作〈苦熱行〉。

梁代第五　丘遲（希範）　四類十一首

類　別	文　選　作　品	先秦漢魏晉南北朝詩	全漢三國兩晉南北朝詩	古詩紀	丘司空集	六朝詩集
公讌	侍宴樂遊苑送張徐州應詔	∨詩	∨×	∨詩	∨詩	無
		九月侍宴樂遊苑詩	∨	∨×	∨	無
行　旅	旦發漁浦潭	∨詩	∨×	∨	∨×	無
		夜發密巖口詩	∨×	∨	∨×	無
贈　答		敬酬柳僕射征怨詩	∨×	∨×	∨×	無
		答徐侍中爲人贈婦詩	∨×	∨×	∨×	無
		贈何郎詩	∨×	∨×	∨×	無
		題琴朴奉柳吳興詩	∨×	∨×	∨×	無
雜　詩		芳樹詩	∨×	∨×	∨×	無
		望雪詩	∨×	∨×	∨×	無
		玉楷春草詩	∨×	∨×	∨×	無
	共十一	選二	十一	十一	十一	十一	零

梁代第六　沈約（休之）　表一

類　別	文　選　作　品	先秦漢魏晉南北朝詩	全漢三國兩晉南北朝詩	古詩紀	漢魏六朝百三名家集	六朝詩集
公讌	應詔樂游贈呂僧珍一首	∨	∨應制	∨應制	∨侍宴樂遊苑餞呂僧珍應詔	∨
		皇太子釋奠宴詩	∨	∨×	∨皇太子釋奠宴	∨
		爲南即王侍皇子釋奠宴詩二首	∨	∨×	∨釋奠宴二首	∨
		三日侍鳳光殿曲水宴應詩	∨	∨×	∨×	∨
		爲臨川壬九日侍太子宴詩	∨	∨×	∨×	∨
		九日侍宴樂遊投詩	∨	∨	∨×	∨
		三月侍林光殿曲水宴應中詩	∨	∨	∨×	∨
		正陽堂宴勞凱旋詩	∨	∨	∨×	∨
		樂將殫思未已應詔詩	∨	∨	∨	∨
		侍宴樂遊宴餞徐州刺史應詔詩	∨	∨	∨	∨
		侍宴謝朏宅餞東歸應詔詩	∨	∨	∨	∨
祖餞	別范安成	詩	∨	∨	∨	∨
		去東陽與吏民別詩	∨	∨	∨	∨
		餞謝文學離夜詩	∨×	∨	∨×	∨
		送別友人詩	∨	∨	∨	∨
游　覽	鍾山詩應西陽王教	游鍾山詩應西陽王教	∨	∨	∨	∨

類　別	文　選　作　品	先秦漢魏晉南北朝詩	全漢三國兩晉南北朝詩	古詩紀	漢魏六朝百三名家集	六朝詩集
	宿東園	∨詩	∨×	∨	∨×	∨
	游沈道士館	∨詩	∨	∨	∨	∨
		登高望春詩	∨×	∨	∨×	
		遊金華山詩	∨	∨	∨	∨
		登玄暢樓詩	∨×	∨	∨×	∨
		赤松澗詩	∨×	∨	∨×	∨
		登北固樓詩	∨	∨	∨	
		行園詩	∨	∨	∨	
		待遊方山應詔詩	∨	∨	∨	
		泛永康江詩	∨×	∨	∨×	
哀　傷		悼亡詩	∨	∨	∨	∨
		懷舊詩九首	∨	∨	∨	∨
贈　答		贈沈錄事江水曹二大使詩	∨	∨	∨	
		贈劉南邵李連詩	∨	∨	∨	
		留眞人東山還詩	∨劉眞人東山還	∨	∨	∨
		還酬謝宣城腓詩	∨×	∨	∨×	
		酬華陽陶先生詩	∨×	∨	∨×	
		還園宅奉酬華陽先生詩	∨×	∨	∨×	
		華陽先生登樓石復不贈呈詩	∨×	∨	∨×	∨
		早行逢故人車中爲贈	∨	∨	∨	
		酬孔通直邊懷蓬居詩	∨	∨	∨	
行　旅	早發定山	∨詩	∨	∨	∨	
	新安江水至清深淺見底貽京色游好	∨詩	∨	∨ ∨	∨ ∨	
		從齊武帝瑯琊城講武應詔詩	∨×	∨	∨×	
		循役朱方道路詩	∨×	∨	∨×	
						清旦發玄洲
樂　府		日出東南隅行	∨	∨	∨	
		昭君辭	∨	∨	∨	
		長歌行（二）	∨	∨	∨	
		君子行	∨	∨	∨	
		從軍行	∨	∨	∨	
		豫章行	∨	∨	∨	
		相逢狹路間	∨	∨	∨	
		長安有狹斜行	∨	∨	∨	
		三婦艷	擬三婦艷	∨	∨	
		江蘺生幽渚	∨	∨	∨	
		郃東西門行	郃出東西門行	∨	∨	
		飲馬長城窟	∨	∨	∨	
		梁甫吟	∨	∨	∨	
		君子有所思行	∨	∨	∨	
		白馬篇	∨	∨	∨	
		齊謳行	∨	∨	∨	
		前緩聲歌	∨	∨	∨	

梁代第六　沈約（休之）　表二

類　別	文　選　作　品	先秦漢魏晉南北朝詩	全漢三國兩晉南北朝詩	古詩紀	漢魏六朝百三名家集	六朝詩集
樂　府		芳樹	∨	∨	∨	∨
		臨高臺	∨	∨	∨	∨
		洛陽道	∨	∨	∨	∨
		江南曲	∨	∨	∨	∨
		東武吟行	∨	∨	∨	∨
		怨歌行	∨	∨	∨	∨
		悲哉行	∨	∨	∨	∨
		攜手曲	∨	∨	∨	∨
		有所思	∨	∨雜曲三首		∨
		夜夜曲（二）	∨	∨	∨二曲	∨
		釣竿	∨	∨	∨	∨
		臨碣石	∨	∨	∨	∨
		湘夫人	∨	∨	∨	∨
		貞女引	∨	∨	∨	∨
		永明樂	∨	∨	∨	∨
		江南弄	∨	∨	∨	∨
		樂未央	∨	∨	∨	∨
		青青河畔草	∨擬青青河畔草	∨青青河畔草	∨青青河畔草5言8句	∨青青河畔草5言8句
雜　歌		襄陽踏銅蹄歌	∨	∨	∨	∨
		四時白紵歌五首	∨	∨	∨	∨
		團扇歌二首	∨	∨	∨	∨
雜　詩	和謝宣城詩	∨	∨	∨	∨	
	應王中丞思遠詠月	∨	∨	∨	∨	
	冬節至丞相第詣世子車中作	冬節至丞相第詣世子車中作詩	∨×	∨×	∨×	∨
	詠湖中鴈	∨詩	∨×	∨×	∨×	∨
	三月三日率爾成	和竟陵王遊仙詩二首	∨×	∨×	∨×	∨
		奉華陽王外兵詩	∨×	∨×	∨×	∨
		八關齋詩	∨×	∨×	∨×	∨
		古意詩	∨×	∨×	∨×	∨
		少年新婚爲之詠詩	∨×	∨×	∨×	∨
		夢見美人詩	∨×	∨×	∨×	∨
		直學省愁臥詩	∨×	∨×	∨×	∨
		休沐寄懷詩	∨×	∨×	∨×	∨
		和左丞庾杲之移病詩	∨×	∨×	∨×	∨
		和竟陵王抄書詩	∨×	∨×	∨×	∨
		奉和竟陵王邵淋名詩	∨×	∨×	∨×	∨
		奉和竟陵王藥名詩	∨×	∨×	∨×	∨
		和陸慧曉百姓名詩	∨×	∨×	∨×	∨
		織女贈牽牛詩	∨×	∨×	∨×	∨

類　別	文　選　作　品	先秦漢魏晉南北朝詩	全漢三國兩晉南北朝詩	古詩紀	漢魏六朝百三名家集	六朝詩集
		和王中書德充詠白雲詩	∨×	∨×	∨×	∨
		詠雪應令詩	∨×	∨×	∨×	∨
		大言應序詩	∨×	∨×	∨×	∨
		細言應令詩	∨×	∨×	∨×	∨
		和劉雍州繪博山香爐詩	∨×	∨×	∨×	∨
		奉和竟陵王經劉瓛墓詩	∨×	∨×	∨×	∨
		庭雨應詔詩	∨×	∨×	∨×	∨
		初春詩	∨×	∨×	∨×	∨
		春詠詩	∨×	∨×	∨×	∨
		傷春詩	∨×	∨×	∨×	∨
		秋夜詩	∨×	∨×	∨×	∨
		翫庭柳詩	∨	∨	∨	∨
		麥李詩	∨	∨	∨	∨
		爲鄰人有懷不至詩	∨	∨	∨	∨
		四城門詩	∨×	∨×		∨
		和劉中書仙詩二首	∨	∨	∨	∨
		華山館爲國家營功德詩	∨	∨	∨	∨
		和王衛軍解講詩	∨	∨	∨	∨
		石塘瀨聽猿詩	∨	∨	∨	∨
		出重圍和傅昭詩	∨	∨	∨	∨
		秋晨羈怨望海思歸詩	∨	∨	∨	∨

梁代第六　沈約（休之）　表三

類　別	文　選　作　品	先秦漢魏晉南北朝詩	全漢三國兩晉南北朝詩	古詩紀	漢魏六朝百三名家集	六朝詩集
雜　詩		憩郊園和約法師採藥詩	∨	∨	∨	
		上巳華光殿詩七言	∨	∨	∨七言	
		六憶詩四言	∨	∨	∨四言	
		詩（殘二句）				
						詠月篇
詠　物		詠竹火籠詩				
		詠簾詩	∨×	∨×	∨	∨簾
		詠竹檳榔槃詩	∨×	∨×	∨	∨
		詠簷前竹詩	∨簷前竹	∨×	∨簷前竹	∨簷前竹
		詠桃詩	∨×	∨×	∨×	∨
		詠青苔詩	∨×	∨×	∨×	∨
		十詠二首	∨×	∨×	∨	
		詠新荷應詔詩	∨×	∨×	∨×	
		聽蟬聲應詔詩	∨×	∨×	∨×	∨
		詠笙詩	∨×	∨×	∨×	
		詠箏詩	∨×	∨×	∨×	∨二首

類　別	文　選　作　品	先秦漢魏晉南北朝詩	全漢三國兩晉南北朝詩	古詩紀	漢魏六朝百三名家集	六朝詩集
		詠山榴詩	✓×	✓×	✓×	
		詠餘雪詩	✓×	✓×	✓×	
		詠帳詩	✓×	✓×	✓×	
		詠侍宴詠友舌詩	✓×	✓×	✓×	
		寒松詩	✓×	✓×	✓×	
		詠孤桐詩	✓×	✓×	✓×	
		詠梧桐詩	✓×	✓×	✓×	
		園橘詩詩	✓×	✓×	✓×	✓
		詠梨應詔詩	✓詠梨應詔	✓×	✓詠梨應詔	✓
		西地梨詩	✓×	✓×	✓	
		詠芙蓉詩	✓×	✓×	✓×	
		詠杜若詩	✓	✓	✓	
		詠鹿蔥詩	✓	✓	✓詠鹿蔥	
		詠甘蔗詩	✓甘蔗	✓	✓	
		詠菰詩	✓	✓	✓	
		詠竹詩	✓	✓	✓	
		八詠詩	✓	✓	✓	✓

梁代第六　沈約（休之）　表四

類　別	文　選　作　品	先秦漢魏晉南北朝詩	全漢三國兩晉南北朝詩	古詩紀	漢魏六朝百三名家集	六朝詩集
郊　廟		✓梁雅樂歌六首	✓	✓	✓	✓
		✓梁南郊登歌二首	✓	✓	✓	✓
		✓梁北郊登歌二首	✓	✓	✓	✓
		✓梁明堂登五首	✓	✓	✓梁明堂登五首	✓
		✓梁宗廟登歌七首	✓	✓	✓梁寶廟登歌七首	✓
		✓梁三朝雅樂歌六首	✓	✓	✓梁三朝雅樂歌六首	✓

梁代第七　徐悱（敬業）　三類四首

類　別	文　選　作　品	先秦漢魏晉南北朝詩	全漢三國兩晉南北朝詩	古詩紀	漢魏六朝百三名家集	六朝詩集
游覽	古意酬到長史溉登琅邪城	✓　詩	✓×	✓×	無	無
樂府		白馬篇	✓	✓	無	無
雜詩		針房前桃樹詠佳期贈內詩	✓	✓×	無	無
		贈內詩	✓×	✓×	無	無
小計	共四　選一	四	四	四	零	零

書　影

文選卷第二十三

梁昭明太子撰

文林郎守太子右内率府錄事參軍事崇賢館直學士臣李善注上

詠懷

阮嗣宗詠懷詩十七首

謝惠連秋懷詩一首

歐陽堅石臨終詩一首

哀傷

嵇叔夜幽憤詩一首

曹子建七哀詩一首

書影二：宋淳熙尤刊本李善注《文選》總目格式

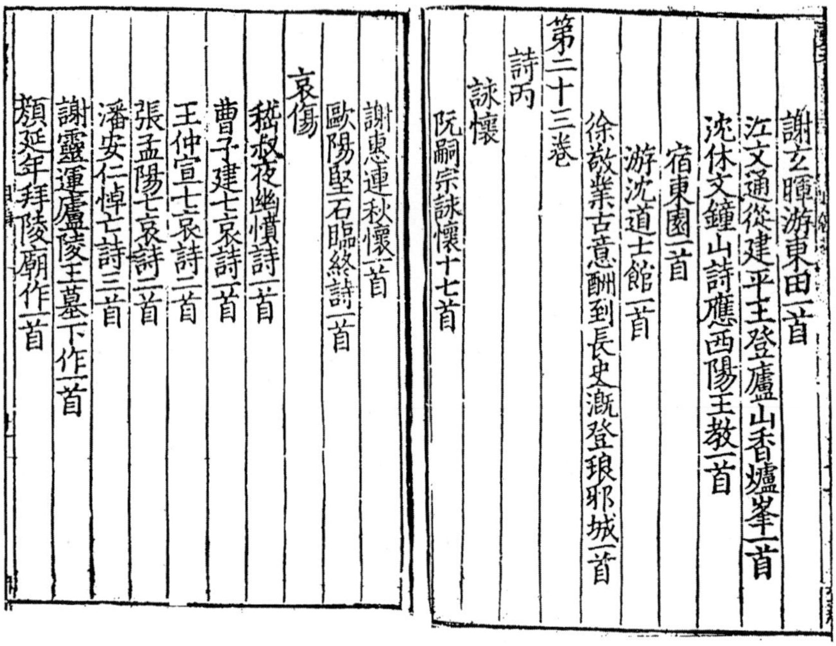

謝玄暉游東田一首
江文通從建平王登廬山香爐峯一首
沈休文鍾山詩應西陽王教一首
宿東園一首
游沈道士館一首
徐敬業古意酬到長史溉登琅邪城一首
第二十三卷
詩丙
詠懷
阮嗣宗詠懷十七首
謝惠連秋懷一首
歐陽堅石臨終詩一首
哀傷
嵇叔夜幽憤詩一首
曹子建七哀詩一首
王仲宣七哀詩二首
張孟陽七哀詩二首
潘安仁悼亡詩三首
謝靈運廬陵王墓下作一首
顏延年拜陵廟作一首

書影三：韓國章閣本五臣并李善注《文選》書前附〈文選序〉及國子監准奏文

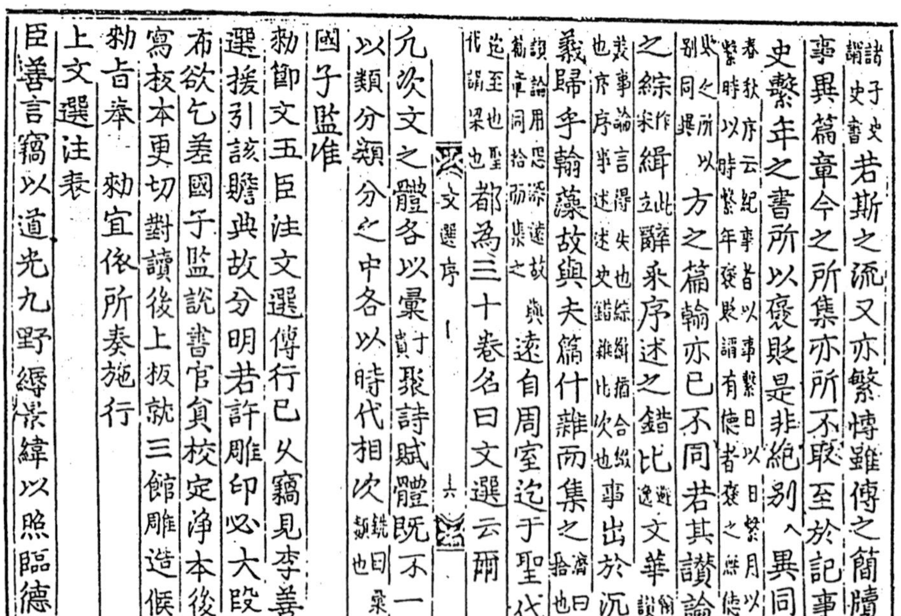

若斯之流又亦繁博雖傳之簡牘而
事異篇章今之所集亦所不取至於記事之
史繫年之書所以褒貶是非紀別異同
方之篇翰亦已不同若其讚論
之綜緝辭采序述之錯比文華
事出於沉思
義歸乎翰藻故與夫篇什雜而集之
遠自周室迄于聖代
都為三十卷名曰文選云爾
文選序 一
凡次文之體各以彙聚詩賦體既不一又
以類分類分之中各以時代相次
國子監准
敕節文五臣注文選傳行已久竊見李善文
選援引該贍典故分明若許雕印必大段流
布欲乞差國子監説書官員校定淨本後抄
寫板本更切對讀後上板就三館雕造候
敕旨奉 敕宜依所奏施行
上文選注表
臣善言竊以道光九野縟景緯以照臨德載

書影四：韓國奎章閣本五臣并李善注《文選》書後附沈嚴〈五臣本後序〉
　　　　及李善注校勘、雕造人員

五臣本後序

文選之行其來舊矣若夫發文之華實匠產之工拙梁昭明序之詳矣製作之端倪引用之典故唐五臣注之審矣可以垂吾徒之憲則須時文之摛撫是為益也不其博歟雖有拾拾微缺術為已餘者　所謂忘我大德而修我小怨君子之所不取焉二川兩新先有印本橫字大而部帙重較本粗疏舛脫影舛則轉迻泵亥誤後生之記誦部帙重則難實巾箱勞游學之頁摯斯為用也

文惠徵序

得盡善乎今平昌孟氏好亭者也訪精當之本命博洽之士極加考斠彌用刊正一切洞燭風手仕湖文屈賦父云走新詠馬之類如誤一字洽以類辨之字有訛可備凡例一切校之中或傳注之五品可頡以正本則頗以五品小字楷書深鏤濃印俾其挾輕可以致遠字明可以經久其為利也良可多矣且

國家於國子監影印書籍周鬻天下豈所以規錐刀之末為市井之事乎蓋以防傳寫之草率懼儒學之因循耳苟或書肆悉如孟氏

後序

一四六一

文選議上

李善本

天聖三年五月校勘了畢

前進士沈嚴序

之用心則五經子史皆可得而流布
國家咸何所藉焉孟氏之本新行尚冀市之者未諒請後序以誌之庶讀者詳焉則識儻之言不為誣矣時天聖四年九月二十七日

檢說官員公將出試校守許州司法參軍國學諭
校勘官公梁州晉良縣主簿門刑
校勘官將仕郎守宣德縣令國學諭
校勘官文林郎守棣州軍事判官國學諭
校勘官宣德郎守棣州軍事刑官國學諭
校勘官彭州判事參軍國學諭
校勘官文林郎守洲州錄事參軍先國子監
校勘印校朝奉郎秦府教院大理寺丞先國子監教授臣張臣點
校勘印校朝奉印守誌書丞等附都尉臣黃
監雕造興備庫訓使朝青光祿大夫檢校太子賓客兼御史大夫同臣

天聖七年十一月□日雕造了畢

天聖九年□月□日進呈

書影五：韓國章奎閣本五臣并李善注《文選》書後附秀州州學編注六家
注《文選》作法及卞季良跋文

書影六：宋紹興陳八郎宅刊本五臣注《文選》書前附近人王同愈，吳清之手書長跋、題記、及名家收藏印

書影七：宋紹興陳八郎宅刊本五臣注《文選》總目格式

書影八：宋紹興陳八郎宅刊本五臣注《文選》卷目格式

書影九：宋贛州州學刊本六臣注《文選》五十二卷書前有近人莫棠、宗舜年、王秉恩手書題識